茫茫前程

长篇小说

吴新财◎著

中国言实出版社

图书在版编目(CIP)数据

茫茫前程 / 吴新财著 . -- 北京：中国言实出版社，
2023.9

ISBN 978-7-5171-4605-6

Ⅰ . ①茫… Ⅱ . ①吴… Ⅲ . ①长篇小说 – 中国 – 当代
Ⅳ . ① I247.5

中国国家版本馆 CIP 数据核字（2023）第 191435 号

茫茫前程

责任编辑：王蕙子
责任校对：佟贵兆

出版发行：中国言实出版社
  地　　址：北京市朝阳区北苑路180号加利大厦5号楼105室
  邮　　编：100101
  编辑部：北京市海淀区花园路6号院B座6层
  邮　　编：100088
  电　　话：010-64924853（总编室）010-64924716（发行部）
  网　　址：www.zgyscbs.cn电子邮箱：zgyscbs@263.net

经　　销：新华书店
印　　刷：北京中科印刷有限公司
版　　次：2024年1月第1版　2024年1月第1次印刷
规　　格：880毫米×1230毫米　1/32　10.375印张
字　　数：295千字

定　　价：58.00元
书　　号：ISBN 978-7-5171-4605-6

目 录

第一章　异乡的城市

1

这是六月里最后的一天，太阳像是挂在天空中一团燃烧正旺的大火，肆意地吞吐着火舌。整个汪海市被一团让人窒息的热浪吞卷着、裹挟着、包围着。

肖凌和鲁晓威正是在这时出现在汪海市黄东区正阳大街上的。他们尽可能避开阳光的照射，寻找树下的荫凉处行走。

这是一座令他们完全陌生的海滨城市，在这座城市里他们没有一个熟悉的朋友和亲人，将来的人生会是什么样子，无法预测。

闯荡和漂泊本身就是一道赌注。胜败未知。

他们走到一个十字路口时，停住了脚步，不知道该朝哪个方向走了。

周围没有行人，只有一个拾荒女人正在垃圾桶前翻找着什么。他们猜测拾荒女人肯定是外地人，只有外地人才会在炎炎烈日下为求生而奔波。这时他们看见在街对面那棵大树下有一个卖冰糕的人。鲁晓威随口说：我去问一问。他说完就朝卖冰糕的人走去。

肖凌站在那里没有马上跟过去。她看着鲁晓威横穿马路的背影有点心酸。她觉着汪海这座城市让她摸不着底，前途未卜。

鲁晓威穿过马路，来到卖冰糕人的跟前。卖冰糕的是个头戴小白帽的老太太，老太太趴在冰糕箱子上睡得正香。鲁晓威不好意思打扰人家，向四周看了看，希望能有路人经过。但是周围没有一个过路人。他回头看了一眼正朝这边走来的肖凌，用很平稳的语调喊："大娘。"

老太太没听见喊声，仍在睡眠中。

鲁晓威见老太太没醒，声音大了点喊："大娘。"

老太太动了一下，但没有醒。鲁晓威心想老太太的耳朵可能有毛病，要么也该醒了。当他再次喊时，老太太醒了。老太太抬头问："买冰糕呀？"

鲁晓威觉着老太太醒来的样子有些好笑，眼睛还没睁开，就做起生意了，这不是得职业病了吗？不然她怎么会反应得这么快，这么专业呢。

老太太脸上还存留着困意。她看着鲁晓威，用手撸了撸脸问："你买哪种？买几支？"

"大娘，我向您打探一下路，往黄东区区政府怎么走？"鲁晓威虽然问路的心情急切，但仍很客气。

老太太看鲁晓威没有买冰糕的意思，非常扫兴，热情荡然无存，态度来了个三百六十度大转弯。她张着皱皱巴巴的嘴唇，责怪地说："你不买冰糕，叫醒我干什么？"

"大娘，我向您打探路。"鲁晓威说。

老太太瞪了鲁晓威一眼说："我是卖冰糕的，又不是给你们外地人做导游的。"

鲁晓威没想到老太太会说出这种伤人的话，不知怎么办才好。

老太太坐在那儿晃动着头，好像是在故意气鲁晓威似的说："谁是你大娘？我认识你是谁呀？年纪不大，还挺会套近乎的呢！"

鲁晓威发现老太太的左眼白眼球多，黑眼球小，很特别。

老太太见鲁晓威没有马上走，又冷言冷语夹带着命令的口气说："走开，别挡我的生意。"

鲁晓威心想他只是问一下路，不告诉就不告诉呗，也没必要发火呀，更没必要出口伤人呀，就不满地说："你这人怎么这样？"

"我这人怎么了？你不买冰糕，我让你走开不对吗？我让你别挡我的生意，你没听见吗？你不聋不瞎的，你站在这儿不是故意找麻烦吗？"老太太瞪起她那一大一小的眼睛。

"你……"鲁晓威气得一时接不上话来。

老太太不让步地说："我这人怎么了？我就是个卖冰糕的，不是给你们外地人当向导的。"

"我不问你行了吧。"鲁晓威转身就走。

老太太提高了嗓门说："我就是不告诉你！气死你！"

"你快死吧！"鲁晓威头也不回地骂了一句。

老太太腾的一下站了起来，伸着脖子喊："你回来，我扯下你的舌头！"

鲁晓威不理睬老太太。他跟肖凌走个对面。

肖凌装作不认识鲁晓威的样子，两人擦身而过。她走到老太太面前说："大娘，我买一支冰糕。"

"你买哪种？"老太太笑容满面。

肖凌不加思索地说要汪海牌的。老太太掀开箱盖，从中取出一支冰糕，又迅速把箱盖盖好。肖凌把一张十元钱递给老太太。老太太打开小钱包，翻找着零钱。肖凌在老太太找零钱时："大娘，去区政府走哪条路？"

"往前走，过一个路口，往左拐就看见了。"老太太伸手向前指着说。

肖凌耸了一下肩，做了个很时尚的动作，转过身与鲁晓威一起朝前走去。老太太怔怔地看着他们的背影好一会儿才缓过神来。显然她没有想到肖凌与鲁晓威是一起的。

鲁晓威说："那个老太太真是可恨，不告诉就不告诉呗，也没必要摆出一副要吃人的样子吧！我算是白喊她大娘了。"

"喊大娘也没用，大娘不顶钱花。汪海是座开放城市，人的经济意识强。我花两元钱买了老太太的冰糕，老太太最少能赚五毛钱，赚了钱，我向她问路，她当然会告诉我了。像你那样问她，她一点好处没有，肯定不会告诉你。"肖凌深有感触地说。

2

黄东区政府办公楼是一座高六层的现代化大楼。区人才交流中心的办公室在一层楼的西头。李主任正看着手中的材料，听到敲门声，随口说："请进。"

"您好，李主任在吗？"肖凌拉开门，站在门口，迟疑了一下问。

李主任抬起头看着肖凌和鲁晓威说："我就是。"

肖凌慢慢走进去，鲁晓威跟在后面。肖凌自我介绍说："李主任，我们是肖书记介绍来的。他跟您说了吧？"

"我知道了。我们才从肖书记那回来。他说你们发表了很多文章，很有才气。"李主任说。

肖凌一听这话，心里有了点底气，不像刚才那样紧张了。

李主任看了一眼旁边坐着的王干事，又好像是在自言自语地说："去哪个单位呢？"

"去哪个单位呢？"王干事只是应付，像这种应付在机关里是普遍现象。下级对上级回答是不能做决定的，要是下级做了决定，上一级领导不采纳不好，采纳吧，领导还有领导的处理方式。

肖凌歉意地说："李主任，给您添麻烦了。"

李主任拿出一个名片夹，翻找名片。他抽出一张名片，把头转向王干事说："去梅花药业集团公司吧？"

"好，就去梅花药业集团公司吧。"王干事笑着说。

李主任向肖凌和鲁晓威介绍起梅花药业集团公司的情况。他说梅花药业集团公司的前身是梅花药业研究所，公司在碧云楼办公。

鲁晓威和肖凌对梅花药业集团不了解，也没听说过。肖凌说我们听李主任的安排。

李主任拿起桌上的电话，拨通了梅花药业集团公司的电话。接电话的是个女人。李主任说："我是区人才交流中心。袁董事长在吗？"

"您稍等。"一个年轻女人回答。

片刻之后，电话里传来一个中年男人的声音："李主任吗？"

"袁董事长，你想招聘的两个文秘人员，我给你找到了，你看什么时间让他们过去？"李主任说。

袁大祥说："明天来吧。"

"袁董事长，他们可不是什么大学生，但比大学生还有水平。他们在报上发表了好多文章，文章写得确实不错。"李主任向袁大祥介绍肖凌和鲁晓威的情况。

袁大祥表明观点地说："我看真本事，不看毕业证。上次我这里来了一个大学毕业的，让他写份报告，结果他写出来的报告还不如我上初中儿子写的呢！"

"看来贵公子出类拔萃呀！"李主任开了句半真半假的玩笑。实际上也是对袁大祥刚才说的那句话不满，做了回击。他不相信一个大学生会不如一个中学生有水平。

李主任放下电话，站起身走到档案柜前，打开，从柜里取出公函，给肖凌和鲁晓威开了一张。他又向肖凌和鲁晓威介绍了去梅花药业集团公司乘车的路线。

肖凌接过公函，不好多打扰，离开时连声说谢谢。

鲁晓威和肖凌特别兴奋，按捺不住心中的喜悦。眼前他们最要紧的事情就是找一份工作。工作是他们打开通向汪海市大门的金钥匙。

3

太阳朝西山落去，霞光正由红变紫，又由紫变黑。在白昼与黑夜交替时，景色是迷人的。整个汪海市都被这迷人的景色包围着。

他们的腿发软腰发酸，迈出的每一个脚步都很吃力。他们不想再继续走下去了。他们的肚子也开始叫起来，一整天没吃东西了，体力已完全透支，他们要找一个住的地方，吃点东西，恢复一下体力。

街两边高楼林立，酒楼、夜总会、星级宾馆、美容院、练歌房的招牌一个挨着一个，使人眼花缭乱，目不暇接。

他们看见宾馆就往里进，又很快退出来，昂贵的价格让他们望而却步。鲁晓威和肖凌是不可能花那么多钱去住上一夜的，住这种旅馆不符合他们的身份。他们要找在价格上能承受得了的旅馆,可是一连找了好多家,也没能找到。这时他们恍然大悟,猜测像那种不上档次的旅馆是不可能处在繁华的主街旁边的。很可能是在远离主街,远离商业区,在偏僻的角落里。俩人离开了主街,沿着一条小巷,走进一片平民住宅区。

住宅区也是楼群。但这里的楼群跟主街两旁的楼群显然不同,在档次上相差一大截。这里楼的一层或地下室门口大都挂有理发店、小吃店、旅馆等许多招牌,开着各种各样小店。他们在一家名为平安旅馆前止住了。

鲁晓威让肖凌在外面等他,他进去问一问价格。肖凌不想一个人站在那里,便跟着一起进去了。他们推开旅馆半敞半关的门,向屋里望着。肖凌冲着屋里喊:"有人吗?"

"进来吧。"从屋里传来一个老人的声音。他们走进去,发现屋里的地势比外面的地势低。屋里的光线暗淡,几乎看不清脚下的地面。一个六十多岁的罗锅腰老头迎面走来问:"住店呀?"

"一夜多少钱?"鲁晓威问。

老头伸手拉亮了另一盏灯,屋里顿时亮多了。他眨了一下眼睛说:"每人三十五元。"

"太贵了,便宜点吧。"鲁晓威说。

肖凌拉了一下鲁晓威说:"这破屋还要三十五呢,走,咱们再找一家。"

"别走,可以商量嘛!"老头忙说。

鲁晓威扫视着屋里,背对着老者,语气坚决地问:"最低多少钱?"

"每人三十元钱。"老头说。

鲁晓威说:"两个人五十吧?"

"两个人少了六十不行。每人三十元钱你要还嫌贵,那你就别想住店了。在汪海你要是在厕所里住上一夜,也不只收你这个钱。"旅馆老头一副不满的表情。

肖凌拉起鲁晓威的手说:"咱们再看一看,我就不信找不到比这个更好的旅馆。"

"五十就五十吧。"见肖凌要走，旅馆老头就缓和了语气。

进了屋，鲁晓威试着往床上一坐，床发出吱嘎一声响。他用手拍了一下床，用嘲笑的口气说："这张破床怕是被压坏了？"

"别说你瘦成这个样，上次来了一个大胖子都没压坏。你就放心睡吧。"老头姓宁，开旅馆多年了，脾气有点儿倔。此时天已晚，他想留住他们。

肖凌看屋里黑黑的，心里不舒服。

宁老头问："你们有结婚证吗？"

"有，但没带在身上。"鲁晓威回答。

宁老头判断肖凌和鲁晓威可能没有结婚证，认为鲁晓威是在找借口。他说："没结婚证不能住在一起，要是想住在一起，就要另外交十元钱责任费。如果不交，晚上被治安员抓住了，后果自己负责。"

"别证不证的，你不就是想多要点钱吗？你要是同意，我们就住。你要是不同意，我们就走。我住你的店，你就要负责我的人身安全。就五十元钱，多一分也没有。"鲁晓威没有退让的意思。

宁老头见鲁晓威态度强硬，看天又黑了，心想不会再有人来住店了，如果房间空着，别说五十元钱，就是一分钱也没有了，便没再坚持多要，他一伸手说："付钱吧。"

"明天早晨给你不行吗？"鲁晓威试探着问。

对方摇晃着头说："那可不行。"

"住你的店，还能不给你钱怎么着。你怕什么？我还能跑了？"鲁晓威说。

"林子大了什么鸟没有？现在的人复杂着呢，啥人没有，啥事干不出来？在这里住店都是先交钱。"

鲁晓威从衣服兜里掏出五十元钱递给宁老头。他接过钱转身就要走。鲁晓威喊："开个收据吧！"

"你还要收据？"宁老头转过身，不解地看着鲁晓威。那样子好像很疑惑，他似乎是听错了。

鲁晓威说："开一个吧！"

"住这种店的人从来就没有人要过收据，要收据干什么？又不是报销，要是能报销，谁还会住这种店？"宁老头说的是实情。

鲁晓威让开收据，主要是想留个证据，不然一夜过后，老头反咬他一口，再问他要店钱怎么办。

宁老头说："我没有收据。"

"那就打个收条吧。"鲁晓威说。

宁老头拿个烟盒，撕开说："你写吧，我不会写。"

"你签字？"鲁晓威说。

对方点了一下头。鲁晓威写了一个收据，让他签字。宁老头签完字，握着五十元钱走了。

肖凌看着房间那扇破门，试着关，可门关不上。

鲁晓威走过去关了好一会儿，也没关上，生气地说："开着吧！"

"那怎么行。"肖凌反对开着门睡觉。她胆小，从小到大都没开过门睡觉，更何况他们才来到这座陌生城市呢！

鲁晓威认为关上这扇破门也起不到安全作用，开门睡觉和关门睡觉没有什么不同。他说："不会有事的。"

"哪有睡觉不关房门的。再说连蚊帐都没有，还不让蚊子吃了。"肖凌对住这个旅馆非常不满意。

鲁晓威看肖凌真生气了，就去找宁老头要蚊帐。

老头的态度跟刚才可大不一样了，判若两人，他带着气说："就你们怕死，就你们怕蚊子，住了那么多人，也没有一个人说不好的。看你们给的那点钱吧，让你们住就不错了。要是不满意就住大酒店去，大酒店条件好。"

"你总得给个蚊帐吧？"鲁晓威认为门开着没事，蚊帐没有不行。两件事都让他来做，不可能，有点难为他了。鲁晓威就退步，做了下选择。

"蚊帐是给每人三十元钱的人用的，像你这样不给用。不过今天给你破回例，就给你用一次。"老头弯下身，从床下捞出一个蚊帐。蚊帐腾起一股灰尘，同时一股刺鼻的气味扑来，呛得鲁晓威直咳嗽。

鲁晓威本不想拿了，又怕肖凌生气，就拿着蚊帐转身走了。

肖凌伸手一摸蚊帐，从蚊帐上腾起一股灰尘，立刻扔下蚊帐说："太脏了，不用了。"

"脏点没事，总比让蚊子咬强。"鲁晓威知道肖凌怕蚊子咬。蚊子一咬，她身上就起包。最近电视和报纸上又不断报道蚊子叮咬传播登革热，就更担心了。

肖凌还是坚持不用蚊帐。她认定的事别人是很难改变的。她说："不用了，就一晚上，怎么还对付不过去。"

"我说不用，你不听。要来了，你又不用，你这不是在折腾人吗。"鲁晓威不满意地说。

肖凌生气地说："我说再找一找，说不定就会有好一点的旅馆呢。你可倒好，进来就不走了，死活就认准这家了。"

"都走多少家了，你没看见？好的一夜要收多少钱，你又不是不知道。再说住条件好的旅馆你也不同意，不想花钱，住不好的又怕遭罪，还都是你的理了呢。"鲁晓威说。

肖凌恼火地说："你挣来住旅馆的钱了吗？你要是有钱，我当然想住了。还不是你穷吗？"

"你真不讲理，不跟你说了。"鲁晓威见跟肖凌争论不出个理由来，做出了让步。

肖凌又累又渴。她拎过随身带的方便兜，取出方便面和水杯，扭过头看了一眼鲁晓威说："你去找老头要杯开水吧。"

鲁晓威不愿意见老头，他说："你自己不会去要？"

"你一个大男人不去，让我去？你还是男人吗？"肖凌侧过头说。

鲁晓威听肖凌说这句话觉着挺有意思，接过话说："男人就应该去打水，女人就不能打水了？谁规定的？打水又不是重活。"

肖凌看跟鲁晓威来硬的说不动他，就来软的，娇气十足地说："你快去嘛，我都饿了。"

"我去，我去。"鲁晓威很不情愿。

肖凌说："算啦，我自己去吧！"

旅馆老头看肖凌来要开水，脸色一沉，没好气地说："交两元钱的水钱，不交水钱，谁给你开水，烧开水是要用电的，用电是要花钱的。"

"哪有住店不给开水的？我还是第一次见到像你这样不讲道理的人。"肖凌一听就火了。

老头火气更大。他说："你没见过的事多了。你们就给我那么点钱，又要这又要那的，干脆我白给你们住算了。"

"你不讲理！"肖凌说。

老头把脸转向黑白电视机，连看也不看肖凌一眼，继续看他的电视。电视里正播放着汪海新闻。

肖凌一转身说："我不喝了。"

"不喝，你还来要？"老头说。

鲁晓威看肖凌气呼呼地回到屋里，就劝她说："别跟老头计较了。他变态。"

肖凌好像突然找到了住这么不好旅馆的根源了，不就是因为没有钱吗，要是有钱不就可以住星级酒店了吗。她瞪了鲁晓威一眼说："都是你没本事，你要是有本事还能住这个破地方吗！"

鲁晓威也火了说："我没本事，我没钱。你也没本事，你也没有钱。你要是有本事，要是有钱，也就不用死活挣命似的要到汪海来了。咱们来汪海是你的主意，遇到这点困难，你就朝我发火。你向我发火，我向谁发火？"

"鲁晓威，你不该我的，是我该你的！"肖凌似乎要吼起来了。

鲁晓威说："我说得不对吗？"

"你说得对，你说得全是真理！行了吧？"肖凌的声音更大了。

鲁晓威用手使劲砸了一下床，床被砸得颤了一下。

肖凌咬着牙，牙齿被咬得咯嘣咯嘣响。她说："鲁晓威，你听着，要是你用这种心态来跟我说话，有你好看的。"

旅馆老头不知道是听到了他们的吵架声，还是没事过来看一看，站在门口用命令的口气说："别吵了！给你们开水，过去拿吧。再吵，就不让你们住了。"

肖凌才不怕威胁呢！她冲着他喊："你把钱给我，我这就走，一分钟都不在这里多呆！"

"你嚷什么，天黑了，你们是找不到住处的。"宁老头咳嗽几声。

肖凌毫不畏惧地说："你别拿天黑来吓我，我又不是三岁小孩子。没地方住，我睡在大街上，也不住在你这里。"

老头见肖凌一脸认真的样子，转变了态度，像无赖似的说："钱只要到我手里，你就别想要回去。"

"那你出去，我要睡觉了。"肖凌说着就往床上躺去。

宁老头还是第一次遇到像肖凌这样伶牙俐齿的年轻女人。他没想到肖凌看上去年龄不大，还真有点冲劲，犟脾气。他没有再多说什么，走开了。

肖凌躺在床上还在生气。鲁晓威坐在床边，撕开一袋方便面干吃起来。肖凌猛地坐起来，上前一把抢过鲁晓威手中的方便面说："弄点凉水来。"

"喝凉水不行，会闹肚子的。"鲁晓威说。

肖凌说："让你拿，你就去拿好了。你就不能痛快一点！"

"会闹肚子的。"鲁晓威还是不同意喝凉水。

肖凌说："你要是不拿，我就不吃了。"她说完又躺下了。被子在她脚下，伸不开腿，她用脚使劲蹬了几下，把被子蹬到一边去了。

鲁晓威从床上下来，拿起杯子，出去接了一杯凉水。他回到屋里说："凉水给你打来了，你喝吧。喝了不闹肚子才怪呢！"

"闹肚子我也喝。"肖凌坐起来，一边吃方便面，一边喝凉水。

鲁晓威虽然渴得难受，还是没敢喝凉水，干吃了一袋方便面。到了下半夜，肖凌的肚子叫个不停，如同翻江倒海一样。她一趟趟地往厕所里跑。鲁晓威翻了一下身子，闭着眼睛说："不让你喝凉水，你就是不听，现在好了，你住在厕所里算了。"

"还不是你，连找一个有开水喝的旅馆都不舍得。你好好想想吧，你还有责任心吗？"肖凌话中带着指责。

鲁晓威不搭话了，继续睡觉。肖凌睡不着，总在想，梅花药业集团的董事长袁大祥长什么样子呢？这一夜，她想这想那的，很不踏实，直到天亮才沉沉睡着。可鲁晓威又把她叫醒了，他们要去碧云楼找袁大祥去。

第二章　谎言

1

袁大祥走出碧云楼的时候，已经是星光满天了。院子里没有人，车也只有他那辆刚买来的二手旧夏利。他走到车前，没看见司机，听到车下面有金属碰撞的声音，知道司机在车下修理着什么。他站在那等着司机从车下爬出来。

司机小孙从车下爬出来时，满脸油泥，微微喘着粗气，讨好地说："董事长，刹车出了毛病，不好使了。"

"不能开了？"袁大祥显得不高兴。

小孙说："能开，但不敢开快。"

"能开就行，明天再说。"袁大祥拉开车门上了车。

小孙用手中的一团油布擦了擦手，然后往地上一扔，钻进车里，发动了车，朝市区驶去。小孙把车开得很慢，不一会就有好几辆车从他们后面超了过去。

袁大祥不相信小孙的话。他对车是外行，生怕小孙骗他。他知道有些司机车没毛病也说有毛病，然后从维修费中捞取好处，赚钱。

小孙说："董事长，我家没钱了，你看能不能给我开一个月工资？"

袁大祥正在为筹措资金的事急得焦头烂额呢，哪里有钱给小孙发工资。他安慰地说："小孙，你可要好好地干。你放心，我是不会亏待你的。现在不是我不给你发工资，现在公司里的人不都没有发工资吗？

你急着用别人就不急着用吗？大家都急着用。其他员工都没有向公司要工资，只有你提出来了。公司刚成立，处处都需要花钱，各部门都要打点，只要有一个地方钱花不到，就会挡住路。你是公司的员工，就要为公司多想一想，不要把个人的利益放在第一位。公司好了，你不就好了吗？"

小孙对袁大祥不满意。现在他是梅花药业集团公司里跟袁大祥干工作最长的员工。他对梅花药业集团公司里的事最清楚不过了。公司到现在不过才五六个人，五六个人就成为集团公司了，这不是太可笑了吗？

袁大祥看出小孙的心思，想给小孙打个预防针。他接着说："小孙，你这些日子思想很不稳定，你是不是对公司有看法？要是有，你就说出来，咱们沟通沟通。"

小孙有小孙的困难。他一脸无可奈何地说："董事长，我连给孩子交托儿费的钱都没有了，要是有一点办法，我都不会开口要工资。"

"我知道你爱人厂子效益不好。可是你看看在汪海有几家经济效益好的工厂。别说效益好的工厂，就是效益不好的工厂，都有的是人去抢着干活，找一份工作多不容易。现在缺钱，不缺人。明天咱们公司还要来两个新职员，都是关系，要不我才不要呢！"袁大祥想吓一吓小孙。

小孙根本不想听袁大祥再讲下去。他也不是一次两次找袁大祥要工资了，每次袁大祥都是用这一套话来应付他。他说："董事长，我工资的事，你还是想一想办法。我真的已经是火烧眉毛了。"

车驶进了黄东区，在街上转了几个弯，停在一座住宅楼前。袁大祥下了车。小孙急匆匆地往公共汽车站跑。小孙家离袁大祥家相距八个站点。并且路不顺，中间要换两次车。小孙每天来回都是坐公共汽车。

2

小孙拿钥匙打开房门，摁亮灯，屋里没人。他的妻子晚上从来不出去，就算是晚上出去，也都会提前跟他说一声。今天没跟他打招呼就出去了，让他感到纳闷。他走到桌子前，见上面留有一张纸条。他看过纸条，慌忙锁上房门，转身就往外跑。

昏黄的路灯下，行人稀少，只是偶尔有行人和车辆经过。当他疯狂地跑到黄东区医院。医院值班护士看他呼哧带喘的忙问是怎么回事，他做了回答。护士允许他进了病房。

小孙的妻子背对着门，守在女儿的病床前。女儿看到他进来喊："爸爸。"

他的妻子回过头看着他没说话。

小孙问："什么病？"

"肺炎。"妻子回答。

女儿娇气地说："爸爸，你怎么才回来呀？"

"爸爸晚上加班了。"小孙走到女儿的病床前。

妻子问："你还没吃饭吧？这还有一个馒头。"

"我不饿。"小孙说。

妻子说："不饿也得吃，都什么时间了。"

女儿拿起放在床头的一个苹果说："爸爸，你吃苹果。"

小孙用手摸着女儿的额头说："好女儿，好点了吗？"

女儿点点头。

小孙看女儿没事了，就从病房里走出来，来到阳台上，看着夜色中的城市。

妻子也跟着来到阳台上，轻声地问："工资要回来了吗？"

小孙沉默了。他理解妻子此时的心情。可他的心情也很不好，也着急。

妻子看出他的心思，没再问下去，过了一会说："住院的押金还没交呢。医院让马上补交，不然就不让住了。"

小孙脸上的肌肉抽动了一下，觉着心都在颤抖。他咬着牙，下着决心说："你不用愁，明天我一定找袁大祥把工资要回来。"

"我看这工资也要不回来了。你要了这么久，袁大祥一分钱也没给。我看他是不想给了，要是想给，多少还不给点。"妻子说。

小孙安慰妻子说："你不用想别的，只管照看好女儿就行。我明天就会拿钱回来。"

妻子看小孙表情冷漠得像一块僵肉，有点担心，提醒地说："你可不要胡来。"

"你想到哪儿去了，不会的。"小孙心中已经有了一套要钱的方案。

妻子体贴地说："你出去一天了，这里用不着你，回家早点休息吧。"

"还是你回去吧，我在这里照看女儿。"小孙说。

妻子说："你回去休息，你明天还要出车呢，休息不好开车精力不集中，容易出事。"

小孙看医院里用不上他就回家了。这一夜他没睡好，一直想着钱。现在他必须弄到钱，女儿住在医院里没钱怎么行。

他起来时，天色还是灰蒙蒙的呢。他来到停车场把车开走了。他找了一个毛笔，又找来一张大白纸，在白纸上写上"出租"俩字，贴在车的右玻璃上，跑起了非法出租。他见到警察就躲，见到乘客就拉，就这样他干了一天的非法出租，天黑时开车到医院去看女儿。

妻子从小孙手里接过二百元钱时，不但没高兴反倒生气了。她生气的是小孙向袁大祥要了这么长时间的工资，才要回这么点钱。这不是杯水车薪吗。

小孙看妻子不高兴急忙解释说："明天差不多还有这个数。"

"袁大祥就二百二百地给你？他要干什么？他是不是在故意刁难你？你是要工资，又不是要饭的。他欠咱们的，又不是让他施舍咱们。"妻子火了。

小孙说："这钱不是袁大祥给的，要是等他给钱，人早就饿死了。"

妻子一惊，态度来了个大转变，从责怪变成了疑问："他没给你，你从哪里弄来的钱？"

"你别大惊小怪的，钱是挣来的，又不是偷来的。"小孙说。

妻子疑惑地问："你没有上班？"

"那班上不上也没多大意思，挣几天钱把住院的押金交上再说。"小孙说。

妻子担心地说："你不干也行，你先把工资要回来。袁大祥要是知道你走了，肯定不给你工资。"

"他敢不给？"小孙信心十足。

妻子叮嘱地说："你别跟他硬要，硬要不行。"

"好了，这是我的事，你就别乱操心了。晚上吃点什么饭？"小孙转移了话题。

妻子看着女儿问："美美，你想吃什么？"

"想吃饺子。"美美回答。

小孙心里一酸，难过地差点落下泪。他们家真是好长时间没有吃饺子了。他感觉没有尽到当父亲的责任，就爽快地说："好，咱们这就出去吃水饺。"

"能行吗？她的病还没好呢？"妻子担心地说。

小孙说："咱们就在医院门口的饺子馆吃，一会就回来了。"

"不会吃了这顿没下顿吧？"妻子说。

小孙生气地瞪了妻子一眼说："你就不能给女儿一个愉快的心情吗？"

他们一家三口出了病房，来到医院旁边的饺子馆。

饺子馆条件还不错，客人也多。因为女儿有病，小孙要了个单间。今天他的心情特别好，又要了两盘菜和一瓶青岛啤酒，一家三口有说有笑其乐融融地吃着晚饭。

这是近日来小孙吃的最幸福的一顿晚饭。也是他最高兴的一天。他忘掉了烦恼和忧愁。晚上他没有回家，在车里睡了一夜。天才开始放亮，他又出车了，到天黑时又挣了二百多元。他想要是自己有本钱买辆出租车多好啊，这可是个不错的生意。可是自己没钱，别说是买车了，就连维持基本生活的钱都没有，只是想想罢了。

当他把二百多元钱再次交给妻子时，妻子问他到底钱是怎么赚来的，他就把开车跑出租的事说了。

妻子反对地说："这怎么可以，让袁大祥知道了，你的工资还能要回来吗？你赶紧把车给袁大祥送回去，把你的工资要回来。"

"车我会送的，钱也会要的，再过两三天挣够了押金钱，我就送回去。"小孙说。

妻子说:"不行,你明天就把车送回去。袁大祥是一个开公司的人,凡是能开公司的人,都大大小小有点本事。咱们不惹他。"

"袁大祥开的是假公司,他有什么本事。他那点本事别人不清楚,我还不清楚吗?说白了,他就是个骗子。"小孙满不在乎地说。

妻子说:"开假公司就更不好惹了。真公司是合法的,假公司是不合法的。他要是没本事敢违法开公司吗?"

"袁大祥没你说的那么了不起。我跟他这么久了,多少对他有个了解。"小孙不相信事情会像妻子说的那么严重。

妻子说:"明天你一定把车送回去。万一袁大祥到公安局报案说你偷车呢?到时候你就说不清道不明了。"

"我才不怕他呢!"小孙不服气地说。

妻子央求地说:"你要是想让我们娘俩过得舒心点,你就少惹点事吧!"

"那就听你的,明天我把车送回去。"小孙不想让妻子担心。

小孙并没有马上把车送回去,还是起了个大早,在街上跑了一天的出租。天黑时他才把车开到袁大祥家楼下的停车场上,锁好车门,朝袁大祥家的楼上望了望,见袁大祥家屋里的灯亮着,往地上吐了一口痰才离开。在转弯处有一个卖水果的摊贩,他买了几斤水果,拎在手里,就挤上开来的公共汽车。

3

袁大祥习惯每天早晨起来站在阳台上,向楼下看一眼轿车。早晨他看车不在了,就慌了神,不相信自己的眼睛。他仔细一看,车真的没了。他出了一身冷汗,忙打小孙的手机。他一连打了好几遍,小孙也没接。他没吃早饭就去了公司。

肖凌和鲁晓威来到碧云楼时,还没有人来上班,就在门口转悠。

碧云楼地处黄东区西面,离城区八里路。主楼是一座六层小楼,另外还有一座三层附属楼。四周再没其他建筑物,而是一片空旷的田野和连绵的山脉。在这里找不到大海的影子和气息,更看不见都市的繁华。

梅花药业集团公司的办公室在四楼。肖凌和鲁晓威看见只有三间房门上挂着梅花药业集团公司的牌子。他们想三个房间怎么可能称得上集团呢?或许公司在别的地方还有办公地点?李主任不是说公司正在筹建中吗?他们在犹豫中等着。

袁大祥心事重重地来到公司,但小孙不在公司,车也不在。他看见肖凌和鲁晓威站在办公室门口。他不认识他们,他们也不认识他,相互没打招呼,擦肩而过。他打开办公室的门,随后又关上,把手中的包往沙发上一扔,来回在屋里踱着步。

肖凌和鲁晓威仔细打量着从身边匆匆经过的这个男人。这个男人只有一米六的个子,四十七八岁的年龄,留着小胡子,走路时腰板挺挺的。透过门缝隙,他们猜出这个中年男人可能就是袁大祥。袁大祥在屋里来回踱着步,样子紧张得很,他们没敢进去。

一位中年女人从肖凌和鲁晓威身边经过时,停下来,问他们找谁。肖凌慌忙说是找袁大祥董事长。中年女人用审视的目光看着他们。肖凌赶忙又补充说,我们约好了,袁董事长让我们来的。中年女人这时才放松警戒说,里面那个人就是袁董事长。中年女人走进另一间办公室。

肖凌和鲁晓威敲响了袁大祥办公室的门。

袁大祥两只大眼睛上下打量着肖凌和鲁晓威问:"什么事?"

"袁董事长,昨天李主任跟您说过了的……我们就是。"肖凌说。

袁大祥见眼前这两个年轻人就是李主任介绍来的,表情放松了许多。他说:"你们坐。"

"袁董事长,您是哪里人?"肖凌听出来袁大祥说话是东北口音,心中涌起一股亲切感。

袁大祥说:"我是延边人。"

"噢。"肖凌轻轻地点了一下头。她和鲁晓威都坐到沙发上了。他们没去过延边,但知道那是朝鲜族人聚集居住的地方。

近年来朝鲜族人来沿海的比较多,他们主要是在韩国人开办的工厂里干活,或跟韩国人做生意。但像袁大祥这样在大公司当一把手的并不多。

袁大祥审视着肖凌和鲁晓威，表情极为严肃。

肖凌和鲁晓威认真地看着袁大祥。他们非常紧张。因为袁大祥是决定他们命运的人。袁大祥能否接收他们，还不知道。他们的目光一刻也不离袁大祥的脸，在洞察袁大祥的表情，希望能在表情中得到答案。肖凌忐忑不安地说："袁董事长，也不知道我们行不行？能不能胜任您这里的工作？"

"应该没问题，这里的工作很简单，只要用心做，不但能胜任，还可以做得非常好。"袁大祥态度平静。

肖凌笑了一下说："还是很担心。"

"你们把材料带来了吗？"袁大祥问。

鲁晓威忙从随身带的手提包里取出一叠材料，向前走了几步，双手把材料交给袁大祥说："您看一看。"

袁大祥接过材料，开始一页一页地看。

鲁晓威说："请董事长多关照。"

"能不能来本公司要取决于你们的才识，我是不会要一个废物来公司的。我是相信你们的，凡是出来闯荡、创业的人，都有一技之长，没有一技之长出来干什么？出来怎么生存？"袁大祥说这番话时没有抬头。

鲁晓威目不转睛地看着袁大祥，生怕袁大祥在他视线中消失了似的。

肖凌看了一眼鲁晓威，没了主意，不知该说什么。鲁晓威向她轻轻摇了一下头，意思是不用再说了，等袁大祥看过材料后见机行事。

袁大祥一言不发，低着头，一页一页慢慢地翻着材料，直到看完最后一页，才稍稍停了一下，合上材料，抬起头，目光直视着肖凌和鲁晓威说："很好，真的很好。我代表梅花药业集团公司的全体员工欢迎你们来公司工作。"

"董事长，公司现在有多少人？这里大学生是不是很多？"鲁晓威想用套近乎的口气了解一下公司的情况。

袁大祥略加思索一下说："公司刚筹建，人员不是很多，眼前公司也用不上太多人。但公司现在所用的每个员工，都是一个顶十个的优秀人才。比如说我们的会计，就是从深圳聘来的。比如说我们的人事科长，就是从银行调来的。按照常规我们是不能接收你们的，因为你们的文凭不够级。但是我最看重实际水平，你们的实际水平要比许多本科和研究生还高。文凭只能证明一个人上了多少学，并不能证明一个人的能力有多大，能创造多少社会财富。有好多实干家和企业家都没多少文化，但是他们为社会创造的价值却是许多专家、教授都赶不上的。如果说一个人只有文凭，而在工作中却没发挥作用，不能用学过的知识为社会创造价值，创造不了财富，这张文凭就一钱不值，就是一张白纸，也就失去了原本的意义了。"

"袁董事长，我们才来汪海，人地两生，有许多事情都还需要您来关照。如果没有您的关照，我们是很难在这里立足的。"肖凌说。

袁大祥很仗义地说："你们尽管放心，在我手下工作保证没人敢欺负你们。虽然我来汪海时间不长，但从公安到工商，从税务到卫生，没有走不通的。我会尽我最大的努力给你们创造条件，让你们发挥专长，实现你们人生的价值。"

"袁董事长，我们来了就会好好干，会尽职尽责，您放心好了。"肖凌做了表态。

袁大祥说："我认为一个领导者，要是不能给下属创造发挥才能的条件和机遇，就是失职，就是在犯罪。"

"袁董事长，我可以冒昧地问一句吗？"鲁晓威说。

袁大祥做出口渴的样子，拿过水杯，但又没有去倒水，警觉地看了一眼鲁晓威说："问吧？"

"您从前是从事什么工作的？"鲁晓威问。

袁大祥不加思索地说："我一直从事行政管理工作。药业对我来说也是外行。但不能说外行领导不了内行。也不能说我们没有干过，就不能干。我们通过努力，不但可以干，反而能干好。也相信你们能干好。无论我，还是你们，都应该有信心。一个人能不能干成一件事，成就一番事业，最重要的就是信心。如果没有信心，就没了动力和勇气。干药业这一行更是这样。我们不但应该有信心，还要信心百倍。因为我们有一个从事药业生产最强的项目，这是谁也比不上的。我们有一位专家研制出来一种新药，这种新药投入生产后，肯定会占领医药市场，前景非常看好。"

"咱们公司现在主要生产什么？"鲁晓威问。

袁大祥迟缓了一下说："现在没有生产任务，主要是在筹建集团公司。药业不同于其他行业。它直接关系到人的生命。国家对药品的生产和审批管理要求都非常严格。我们最终是要报到国家卫生部门审批，还没正式批下来。"

"袁董事长，我们初来汪海，花销比较大，不知待遇怎么规定的？"鲁晓威问得直截了当。

袁大祥有点心慌。他显然没想到鲁晓威会这么问。他停顿了一下说："你们放心，待遇没问题。如果我们正式投入生产了，每位员工的月工资都是高薪。"

肖凌认为鲁晓威问得太多了，也过于直接了，生怕让袁大祥产生不快，就接过话题说："袁董事长，您看我们什么时间能上班？"

"当然越快越好了，我手上有很多材料等着写。当然小的材料我自己能写，可大的我就没时间写了。写大材料是要用时间来做保证才行的。我知道写材料很辛苦，但也能获得相同的报酬。"袁大祥想让他们早点来上班。

鲁晓威问："我们来负责哪方面工作呢？"

"那可就多了。有材料、有广告、有信息。现在是信息时代，没有信息做保证的企业必然会在市场竞争中被淘汰掉。咱们公司将来每年都要拿出上千万元资金来做宣传，绝对闲不着你们。"袁大祥兴致勃勃地说起公司的前景和未来。

肖凌说："董事长，我们的东西在烟台呢，你看公司能否派车帮我们把东西拉来？"

"因为公司正在筹建中，我们没有把资金用在购车上，而是把资金用在买地和机械上。公司现在只有两部车，并且都出门了。你们只有自己想办法了。"袁大祥说得很慢，也很谨慎。

肖凌看了一眼鲁晓威。

鲁晓威犹豫着，还有点拿不定主意。

袁大祥看出鲁晓威不放心，就劝说："你们还犹豫什么？只要你们来到汪海，我就有办法。"

"袁董事长，我们住在哪里？"肖凌问。

袁大祥对这个问题好像早有准备了。他回答："住的由公司来安排。我马上让方主任去办。"

鲁晓威看了一眼肖凌，还是下不了决心。

袁大祥拿起电话说："方主任，你过来一下。"

方主任是一个二十二三岁的小伙子，一张方脸，看上去精明得很。他来到袁大祥的办公室，站在那里在等袁大祥说话。

袁大祥目不转睛地看着方主任，认真地说："方主任，你明天给这两位新来的同事，租一个房子，没有问题吧？"

"没问题。"方主任回答。

袁大祥问："工业园的地谈好没有？"

"正在谈。"方主任回答。

袁大祥说："抓紧点，你快去办吧！"

方主任转身就要走。

袁大祥说："方主任，等一会，咱们一起去卫生局一趟。"

肖凌说："董事长真是很忙。"

"我忙得天天都休息不好。这是一个集团公司，不是个小公司，要是小公司，就不会这么忙了。没办法的事。"袁大祥无可奈何地摇晃了一下头说。

肖凌重复了一下说："董事长，那我们就回去搬家了？"

"快去搬吧，搬来我好给你们安排工作。"袁大祥对肖凌的这句话表示满意。

刚才跟肖凌说话的那个中年女人走到门口，本想进来，但看见肖凌跟袁大祥正在说话，没直接进来，但是也没有走开的意思，站在门口看着袁大祥。

袁大祥向肖凌和鲁晓威介绍说："这是钟主任。"

"钟主任。我们见过面了。"肖凌站起身。

钟主任对肖凌笑了一下。

袁大祥说："你们还有要问的吗？如果没有，就这样好不好？"

"那你忙吧，董事长，我们回去搬家了。"肖凌说。

袁大祥拿起桌子上的一张名片递给肖凌叮嘱道："你们到汪海后，就给我打电话，我派车接你们。我和梅花药业集团的全体员工等着你们到来。我相信你们来汪海后会成就一番事业的。"

袁大祥对肖凌和鲁晓威非常满意。他满意的并不是他们文笔有多好，满意的是他们东北人的出身。他并非一定要用东北人，只要是外地人就行。聘用外地人是他近期才产生的念头。公司来的人不少，走的人也不少。不用说别的，仅会计两个月内就走马灯似的先后换了五个。都是不辞而别。他有这些人的地址和电话，但他不敢把他们怎么样。因为他的公司是空的。他不敢惹本地人。他想要是用外地人，就会好得多，就可以照他的意图去工作了。

袁大祥让钟主任去找小孙，让小孙回公司，要是小孙再不回公司来，公司就向公安局报案了。钟主任说她马上就去找小孙。袁大祥还让她去找个有经验的司机。钟主任说公司给的工资太少，没人愿意来干。袁大祥说工资可以商量。

4

肖凌和鲁晓威走出碧云楼时，太阳已经高高地悬在天空中了。又是炎热的一天。他们还没吃早饭，肚子叫个不停。在碧云楼旁边没有饭店，他们只有回市区吃饭了。鲁晓威想吃点随身带的方便面就行了。肖凌不同意。昨晚她吃方便面闹了一夜的肚子，现在还难受呢！她实在是受不了方便面的滋味了。她要吃一顿热饭。他们能这么顺利被梅花药业集团聘用，也算是件喜事，不说是庆贺吧，高兴地吃一顿普通饭总不过分吧。她生气地说："你这人也太小气了吧！"

"我小气？"鲁晓威承认自己过于节约了。他认为节约并没有错，从他们离开东北到沿海后，生活一直没稳定下来。钱虽然没花多少，但必须留着应急用，到关键时刻拿不出钱来怎么办。今天和袁大祥的一番谈话虽然没让他失望，但也让他高兴不起来。袁大祥是个很不好对付的人，说是聘用他们，可能干多久还不一定呢！现在的公司今天有明天无的，能让他安心吗？

小饭店的主人上前问他们要吃点什么。肖凌点了一盘肉炒芹菜和一盘肉炒茄子，还要了一瓶崂山啤酒和两碗米饭。这一顿有滋有味的饭，也算是破例了。

吃过饭，他们就乘车回南里了。在南里他们没有亲人，也没有朋友。只有刚认识的同事。在来南里之前，他们不知道南里是什么样。他们是拿着全国地图册从东北来到南里的。南里在地图上实在是太小了。但在他们心中却占了很大的位置。他们是在中央电视台的新闻中和《中国青年报》上看到了王雨的先进事迹报道后，才慕名来找王雨求职。

王雨是南里镇党委书记。在他的带领下，镇里的经济得到迅猛发展，名扬四方。

肖凌在来南里之前，曾经想去深圳、广州闯一闯。可她没有去广州、深圳，那是因为她没上过大学。要是上大学了，她肯定会去的。她没上大学不是因为学习不好，而是家里没有钱，拿不出上大学的钱。她高中毕业，为了生活，就工作了。但她不气馁，一直坚持自学写作，并很快发表了数十万字的作品。她想南里是属于北方城市，虽然与东北有差别，但跟南方城市相比相对还是好适应的，于是才决定到南里。

南里又名难里。全镇人口不足一万人。四周环山，过去通往外界只有一条土路，南里的经济也是全市最落后的乡镇，穷得出了名。王雨上任后带领全镇父老乡亲修路、引资，没几年，就引进韩国、加拿大、新加坡等国外资企业二十三家，外资的引进大大增强了镇里的经济实力。南里镇一举成为全市、全省的经济强镇。

王雨的事迹也被各家媒介刊登出来，成为全市非常有威望的年轻干部之一。

肖凌和鲁晓威来找王雨那天，正下着绵绵细雨。有人说王雨都一个多月没来镇里上班了，他们不知到哪里才能找到王雨。他们在南里等到第三天时，王雨开车来了。王雨在听完他们的介绍后，被这种真诚感动，当时就想让办公室主任帮他们安排工作。

南里的经济正如电视里宣传的那么好，发展那么强劲，镇容是那么美观，那么具有现代都市气息。但富裕不能改变地理位置上的偏僻，文化的缺乏，在这里找不到大城市那样的文化气息。全镇都没有一个书店，这对于热爱文学的肖凌和鲁晓威来说就是不足，就是天大的缺陷，让他们很失望。思考了一番后他们决定离开南里，寻找新的机遇。

现在他们有了到汪海市发展的机会，心里特别高兴。汪海是座大城市，无论从经济上，还是文化方面，都远远超过南里，这是天地之差，不能相提并论的。

从汪海回来，他们在一家小饭店宴请了几个刚认识的同事，做了最后的告别。他们休息了一天，把一些事情处理利索，就坐公共汽车返回汪海了。

一卸下公共汽车上的东西，鲁晓威就给袁大祥打电话，想让袁大祥派车来接他们。"袁大祥让咱们租车过去。"鲁晓威心情突然不好起来，觉着袁大祥不可靠。袁大祥亲口说只要他们到汪海市，一切事都由他来安排。可现在呢？袁大祥态度不好，挺冷的，没等鲁晓威把话说下去就挂断电话了。鲁晓威沉默了。

肖凌问："他怎么说？"

鲁晓威说："他变卦了？"

肖凌的心情十分糟糕，六神无主地说："怎么办？"

"开始我就有点不相信，哪有这么好的事。"鲁晓威说。

肖凌不想听责怪的话，现在他们谁责怪谁都不能解决问题，他们要找解决问题的办法才行。她心情烦躁地说："你说这没用，眼下你说怎么办？咱们要想个办法才行。"

"你不是一直都非常有主意吗？这回怎么没了主意了？我真想听一听你的看法。"鲁晓威带着怨气。

肖凌不理鲁晓威，转身就走。

鲁晓威喊："你上哪？"

"我去租车。"肖凌止住步。

鲁晓威说："你看着东西，我去租车。"

肖凌折回身来。

鲁晓威大步流星地走向马路对面，马路对面停靠着好几辆出租小货车。他一过来，几个司机就迎上前来跟他讲价钱。经过一番讨价还价，他花八十元钱租了一辆黑色半截货车去了碧云楼。

到碧云楼司机就要卸货。鲁晓威没让，他让肖凌上楼去找袁大祥，问袁大祥房子找好了没有，想把东西直接拉过去。

肖凌小跑着上了楼，走进袁大祥的办公室。袁大祥一个人在屋里，看了一眼肖凌，阴沉着脸装成没看见一样。肖凌说："董事长。"

"来了。"袁大祥一副爱理不理的样子。

肖凌看出袁大祥对她的态度明显跟上次不一样了。她说："车就停在下面。"

"你先下去，我一会儿就跟方主任下去。"袁大祥说。

肖凌问："东西现在卸吗？"

"东西先不要卸，过一会领你们到城里再卸。"袁大祥说。

肖凌从袁大祥的办公室出来，就失去了信心。

鲁晓威正和司机蹲在楼下的墙根等着肖凌呢。司机着急卸货，鲁晓威不让，两人争执着。鲁晓威看肖凌一个人从楼上下来，有些不安，迎上前急切地问："袁大祥在吗？"

肖凌点一下头。

鲁晓威又问："他态度好不好？"

"一点都不好。"肖凌回答。

鲁晓威问："袁大祥怎么样说？"

"他说一会就下来。"肖凌回答。

鲁晓威抬头向楼梯口望去。

袁大祥戴着一副黑色太阳镜出现在楼口上，挺着腰板，不紧不慢地往下走。那样子不像是公司的董事长，而像是流氓头目。在他的身后跟着方主任。方主任总和袁大祥保持着一米的距离。他们走下来，没有到鲁晓威这边来，而是站在空地中央。

肖凌小声说："他可冷了。"

"这很正常。原先对咱们热情是因为咱们不在他手下工作。现在咱们在他手下工作了，他是领导，咱们是职员，当然是要给咱们摆出点架子了。不摆架子能显示出他是领导吗？你不要太在意他的态度了。"鲁晓威安慰肖凌。

肖凌担心地说："要是只摆点架子也没什么，就怕事情再有变化。你说要是有变化，咱们可怎么办？在这里一个亲戚朋友都没有。"

"没事。别说了，让袁大祥听见不好。"鲁晓威不让肖凌往下说。他们朝袁大祥走过去。

方主任问袁大祥说："董事长，打个车？"

袁大祥点一下头。这头点得非常轻，好像是在演戏一样。

方主任朝院外走去。

鲁晓威说："董事长。"

"房子还没有租到，先给你们找个办公室住，过些天再说。"袁大祥来回走动，摆出拒人千里之外的姿态。他不时地用手理着并不多的几根头发。

方主任拦了一辆出租车，出租车来个急转弯，嘎的一声，停在了袁大祥的身前。

袁大祥让肖凌跟着他上了出租车，然后对鲁晓威说："跟着我们走。"

"到什么地方？"鲁晓威忙问。

袁大祥从车窗对鲁晓威说："鹤山小学。"

鲁晓威转过身对还在荫凉处乘凉的司机说："师傅，走，跟上前面的车。"

司机没动地方问："上哪儿？"

"鹤山小学。"鲁晓威回答。

司机让鲁晓威加钱，不加钱就不开车。司机说："你不是说到碧云楼吗？这就是碧云楼。从这到小学校是要加钱的，不加钱不行。"

"加多少？"鲁晓威问。

司机说："四十。"

"太多了，加二十吧。"鲁晓威说。

司机说："不行。"

鲁晓威看袁大祥坐的车已经开出很远了，着急地说："那就加三十吧。"

司机认为这个价钱还可以，才开动了车，加足马力向前追去。

鲁晓威和肖凌都没来过鹤山小学，不清楚从碧云楼到鹤山小学有多远的路，三十是多还是少他不知道。但他从司机的表情上能看出司机还是满意的。司机满意就证明他多付了钱，又一想多付就多付吧，要不司机也不干。再说袁大祥说过了，只要到了汪海市，他就会安排好一切。可能公司会给司机钱，或者报销。

车在笔直的大道上行驶了一会，就开进了城区，在城区里又转了几个弯，便开进了一个大院里面。院子里很静。他们的到来扰乱了这片宁静。

袁大祥从车上下来，摘掉鼻梁上的黑色变色镜，仰着脖子朝二楼喊："雅凤，雅凤。"

不一会，在二楼的阳台上就出现了两个四五十岁的女人。两个女人跟两只空中的小鸟一样探着头往下面看。

袁大祥说："雅凤，把餐厅的钥匙扔下来。"他的声音大，在院子里产生了回音。

一个女人转身进了屋。不一会又再次出现在阳台上，扔下一串钥匙。

袁大祥接住钥匙，打开一楼的一间房门，对鲁晓威说："你们先住在这里，这个房间不算小，两个人住还行。"

鲁晓威看着屋子。

袁大祥在屋里转了转，跟方主任把一袋大米抬到了另外一间屋里锁上，转身回来说："你们收拾一下，我和方主任还要到市里去办事。"

"董事长，你忙吧。"肖凌说。

袁大祥还没走开，司机就已经卸完车上的东西，走过来要钱了。袁大祥装作没看见，急忙上了出租车，忽然离开了。

鲁晓威看出袁大祥是怕付车费，故意躲开了。他向坐上车的袁大祥挥了挥手，目送袁大祥坐车出了大院，才转身付出租车钱。

二楼上的两个女人来到一楼肖凌和鲁晓威的房间里。刚才扔钥匙的那个女人自我介绍说："我姓赵，是这儿的经理。如果你们有事，就上楼找我好了。"

"赵经理，今后你要多关照。"肖凌说。

赵雅凤的目光扫视着屋里，心不在焉地说："只要是我能办到的一定办。"

"我们会尽量不给公司添麻烦，只要我们自己能做的，就一定自己做。"肖凌马上又把话转过来。她是个不愿意麻烦别人的人。

赵雅凤伸手摸了摸放在屋中间的那张圆桌子的桌面，故意做出特别爱惜的样子，转过脸对肖凌说："这张桌子你们可以用，但不要烫坏了，烫坏了公司可要罚款的。"

肖凌对这句话很在意，觉着不是滋味，她说："我们会注意的，要么公司拿走也行。"

"不用拿了，拿还怪麻烦的。"赵雅凤说。

肖凌对赵雅凤的印象不怎么好，一见面就说这种话，这是对她人格的不尊重。

赵雅凤说："我还有事，你们如果有事可以到楼上找我。"

肖凌跟鲁晓威送赵雅凤和那个一直没说话的女人出了门。

鲁晓威看着眼前这个陌生的大院，心里总是七上八下的，很茫然。院子是长方形，不远处有几个女人手中拿着毛线，在往绳子上挂，她们在晾毛线。白色的毛线晾了一片，成了院落里的一道独特风景。那几个女人正新奇地朝这边看。

一楼有好多房间。每个房间的门都上着锁。

肖凌在上厕所回来的路上，遇到了一个中年男人。中年男人遇到肖凌止住步问："你们是才来的吧？"

"刚到。"肖凌笑着回答。

中年男人又问："从哪里来的？"

"你也在这里工作？"肖凌没有回答，反问道。

中年男人轻轻晃了晃头。肖凌想知道袁大祥的真实情况，便问："梅花药业集团公司现在有多少员工？"

"无可奉告。"中年男人神秘一笑。

肖凌不喜欢中年男人这种皮笑肉不笑的样子，对中年男人没有好感，见他这样，不想跟他再说下去，想走开。

中年男人问："你们是来梅花药业集团工作的？"

肖凌点一下头。中年男人嘲讽地说："好好干吧，前途无量。"

肖凌还是想问一下中年男人的身份，她问："你是从事什么工作的？"

"医生。"中年男人回答。

肖凌重复了一句：医生。她对医生在这里没感到意外。她第一次见到袁大祥时，袁大祥就说梅花药业集团是生产药品的公司，生产药品当然离不开医学方面的人了。

中年男人朝与肖凌相反的方向走去，留给肖凌的不只是背影，还有一连串的疑惑。

肖凌站在那里很不舒服，她产生了猜测。回到屋里，她把遇到医生的事告诉鲁晓威。鲁晓威跟她一样，有着相同的看法。他们要尽快了解梅花药业集团公司的情况，好做下一步打算。

他们住的确实是汪海市黄东区鹤山小学校的后院。正赶上学生放暑假，学生和教师都不在学校，校园一片寂静，只是偶尔有几个人在院子里经过。

天快黑时，袁大祥和方主任来了。鲁晓威穿着短裤正在屋里擦洗，门没插。袁大祥也没敲门，推开门，头就伸进来了。他看鲁晓威在洗澡，在门口迟疑了一下，马上说："男同志，没问题。"说完就进来了。

肖凌环顾一下屋子，屋里没有什么可坐的，只有床。她说："董事长、方主任，你们坐在床上吧。"她有点不好意思。她是女人，女人爱面子，自己家毕竟是太简陋了。

袁大祥的眼睛在屋里扫视了一遍说："我们才从市里回来，过来看一看你们还缺什么不？"

"不缺什么了。"肖凌说。

袁大祥像是在寻找餐具问："做饭的东西都有吧？"

"都有。"肖凌回答。

袁大祥表明观点地说："那我就放心了。无论到哪里，首先是别饿着，吃饭第一。吃饱了饭，才能去考虑别的。民以食为天嘛。"

鲁晓威粗略地用毛巾擦拭了一下身子，忙穿上衣服说："董事长，我们什么时候上班？"

"先不用急，有的是活让你们干。你们先休息两天，熟悉一下周围的环境，别迷路。过两天，让方主任来领你们去上班。"袁大祥说。

肖凌说："董事长，你考虑得真周到。"

"你们能吃上饭，我就放心了。你们奔波一天了，早点休息吧。"袁大祥说完和方主任朝外面走去。

天已经黑下来。

5

肖凌和鲁晓威送走袁大祥和方主任后，医生就关上了后院的大门，并上了锁。后院的大门锁上了，进出的人就要走前大门。前大门有门卫。进出的陌生人要出示证件。

当天晚上，肖凌和鲁晓威没有出屋，在屋里向外看，观察着院落里的动静。院子里有几个人在乘凉。他们住的房间后窗户是用塑料布封死的，只有前窗户敞开着。房子在校园围墙内。鲁晓威在睡觉前还是用铁链在里面把门反锁上。

肖凌真是累了，可躺下又睡不着。她想着过去，想着现在，想着未来，心里产生了无限的感触，人这一辈子真是说不上在哪里生活。昨天还在南里呢，今天就来到汪海了，就是这么简单。

鲁晓威觉得腰酸腿疼，在床上来回翻着身子。他总想着袁大祥这个人，想到袁大祥，心里就不痛快。本来他就对到梅花药业集团公司工作没底，今天让袁大祥这样一弄，心里就更没数了。

肖凌趴到鲁晓威身上，她说起对袁大祥的看法，说起来就一个劲地叹气。鲁晓威劝慰她别太悲观，在这里的生活才开始，会好起来的。关于能不能在梅花药业集团干，只有干一些天后才能决定。

两个人入睡得很晚，第二天起来得也非常晚。太阳早早就出来了，他们睁开惺忪的眼睛，就是不想起来。他们不去上班，晚一点起来无关紧要。

肖凌饿了，昨晚没吃好，睡了一觉，醒来有一种强烈的食欲。她推着鲁晓威，让他起来。鲁晓威打着哈欠，伸着懒腰，起了床。肖凌也没再睡下去，也起来了。洗过脸，他们上街去买早饭了。

街上静静的，行人也不是很多。正是上班时间，好像没事可做的闲人只有他们两个。鹤山小学离菜市场不远，整个菜市场也没几个来买菜的。卖菜的也不多，卖菜的黄金时间已经过去了。他们买回菜，开始做早饭。

赵雅凤给他们送来一把门锁。肖凌接过门锁说着感谢的话。但在送走赵雅凤后，他们没用这把锁锁门。他们怕赵雅凤有钥匙，不安全。他们用的是自己带的锁锁上房门。赵雅凤看他们没用她给的锁，下午又把锁要了回去。他们从赵雅凤的表情中看得出来，她肯定另外还有钥匙。她送锁来有着另一个原因，那就是在他们不在时，要进这个房间。

肖凌和鲁晓威谨慎地对待着眼前的事情。经过一天的熟悉，他们对这里的环境有了初步的了解。晚上从屋里出来，到院子中乘凉。院子里没有人，一片漆黑。他们站在院子中央，看二楼的灯亮着，并传来悠扬的音乐声。乐曲是他们熟悉的《万水千山总是情》，这首乐曲勾走了他们的神思。肖凌想到二楼看一看。鲁晓威也有这个想法。于是鲁晓威在前，肖凌在后，扶着楼梯，摸着黑向二楼缓缓走去，这种情形就跟雷场上的士兵探雷似的。

亮灯的屋子里有两个二十四五岁的男青年，两个人正在忙着做饭。其中一个穿着白色短衬衫的男青年是四方脸，鼻子上戴着近视镜，姓张。而另一个穿着印有"中国人民解放军"字样的草绿色背心的男青年是长形脸。两个人正围在电炒锅前做饭，他们没有陌生感，显然知道肖凌和鲁晓威是住在院子里的人。其中一人问："你们吃过了吗？"

"刚吃过。"肖凌友好地回答。

戴眼镜的男青年很礼貌地招呼："坐吧。"

"你们吃饭挺晚的。"肖凌说。

男青年指着穿草绿色背心的人说："他才下班。"

"你们都是这里的老师？"肖凌打量着眼前这两个男青年。

穿草绿色衣服的男青年做了一下解释说："他是，我不是。"

眼镜青年张老师接过话说："他是最可爱的人，刚退伍回来。"

肖凌再次看了一眼房间里的布局、摆设。这是四个人住的房间，每张床上都有书。张老师家在郊区，他利用暑假在给两个学生当日语家庭老师，每天上两个小时的课，能挣六十元钱。

草绿色背心的年轻人姓刘，住在一楼，跟鲁晓威和肖凌只相隔两个房间。他昨天看见鲁晓威卸车了，就问："你们是昨天刚来的吧？"

"昨天才来的。"鲁晓威回答。

小刘问："干什么？"

"梅花药业集团的。"鲁晓威回答。

张老师吃惊地说："你们跟袁大祥干？"

"梅花药业怎么样？"鲁晓威很想了解梅花药业集团的事情。

张老师直截了当地说："不怎么样，袁大祥可能吹了。"

"能吹？"鲁晓威对青年教师说的话很在意。

张老师接着说："袁大祥说给我们学校老师每人买一套西服，一直也没买。他说买轿车，也只买个二手旧夏利。他说的话不可信。"

鲁晓威最关心袁大祥的情况，话题也以袁大祥和梅花药业集团公司为中心。他问："你们与袁大祥来往多吗？"

"不来往。"青年教师果断地回答。

鲁晓威问："梅花药业在这里多久了？"

"一年多吧。"青年教师想了一下说。

小刘认为青年教师说的时间不够准确，便接过话说："不止是一年多吧？"

"梅花药业现在有多少人？"鲁晓威问。

小刘笑了笑说："没几个，还有聋哑人。"

"聋哑人？"鲁晓威吃惊地重复，这可是他万万没有想到的。

小刘说："用聋哑人不用交税。"

"这里的办公室是梅花药业租的，还是买的？"肖凌问。

青年教师说："租的。他对外人说是买的，他也不想一想，学校是公家的，能说卖就卖吗？要不是看在校长的面子上，我们早就把他赶走了。开始袁大祥说就租两间屋，后来他把好几间屋都给锁上了，我们只能走一面。我们就用东西堵锁眼，让他开不开。"

肖凌心想袁大祥跟学校的员工矛盾还挺大的呢。她问："这么说袁大祥跟你们校长的关系是很好了？"

"原来还行。"青年教师说。

不说："袁大祥那四十万元的贷款就是李校长做的担保吧？"

"就是因为这个，两个人才弄得不好了。贷款到期了，袁大祥还不上，人家就来找李校长要，把李校长要得心烦意乱。"青年教师说笑了起来。

肖凌接过话问："在银行贷的款？"

"在一位个体户那儿。"青年教师回答。

肖凌还想问下去，鲁晓威给她使了个眼色，不让她再往下问了。肖凌想第一次跟人家见面就不管三七二十一地问了那么多，再问下去会招人烦的。

小刘和青年教师小张已经做好了饭，往桌上端。

肖凌说："你们吃饭吧，我们下去了。"

"一起吃点吧？"小刘热情地说。

肖凌说："不了，我们吃过了。"

鲁晓威和肖凌从二楼下来。对袁大祥和梅花药业集团公司就更失望了。他们想到梅花药业集团公司很可能是个空壳公司，像这种公司报纸上经常报道。只是他们还没遇到过，这回恐怕是真的让他们遇上了。

他们对复转军人小刘和青年教师说的话一点都不怀疑，话也许说得过火了点，但至少一大部分说对了。了解到这些，他们对袁大祥和梅花药业公司提高了警惕。

鲁晓威想到医生那坐一会儿，看能不能从医生那里再了解一些有关袁大祥的事，肖凌没让。她认为医生是不可能说的，从见到医生第一面起，肖凌就认为医生可能跟袁大祥有交往。同时医生对他们的到来也有一种藐视。肖凌挎着鲁晓威的胳膊从医生住的房间经过时，听到一个女孩在和医生说话。他们见过那个女孩子，女孩住在医生的屋里，什么关系不知道。但医生跟女孩子正说着他们。

6

袁大祥从鹤山小学校回到家心情是复杂的，一方面为鲁晓威和肖凌来投奔他高兴，另一方面是在为找车发愁。他给小孙打电话小孙不接。小孙反倒给钟主任打电话说车在他那儿，说车坏了，他在修。显然小孙是在跟他绕圈子。他报案没法报，不报案又找不回车来。他明白如果不给小孙工资，车可能就要不回来了。他决定把工资给小孙。

他正心不在焉地看着电视时，桌上的电话响了。他没有去接，等他老婆从厨房走进来接电话。这已经是他家的老习惯了。这样做主要是为了回避一些向他讨债的电话。

袁大祥的老婆拿起电话，听出是李校长，就声音很大地说："李校长，你好。最近忙什么呢？"

"没忙什么，老袁在家吗？"李校长不想跟袁大祥老婆多说。

袁大祥听出是李校长的声音，伸手接过听筒说："李校长。"

"老袁，你也太过火了吧，你让两个人住进学校，也不跟我说一声，这是学校，你知道吗？学校里是不准住住家户的，有几个刚结婚的教师没房子住，要住在学校，我都没同意。你可倒好，连个招呼也不打，就让两个人住了进去。你让我今后怎么开展工作？看来你是存心不想让我当这个校长了。你想砸掉我的饭碗是不是？"李校长开口就是一通责备。

袁大祥赶忙解释说："李校长，没跟你说是我的不对。现在我就向你赔礼。我可不是目中无人，只是没来得及。只住几天，过几天就让他们搬出去。"

"老袁，你做事时别总想着自己，也要为别人想一想。"李校长还在气头上。他分明不只是对袁大祥做的这一件事不满意。

袁大祥笑着道歉说："真是对不起，我这个人是太自私了，下次一定注意，一定改。"

"你一定要让他们在学生开学前搬出去。"李校长用命令的口气说。

袁大祥说："用不了那么长时间。"

"那钱，你还要想办法快点还呀！你不还，人家总来找我，你让我怎么办？总不能让我替你去还吧？"李校长说。

袁大祥说："我正在想办法，你放心，不就四五十万吗，好还。"

"老袁，要不是我拦着，人家早就上法院告你了。"李校长说出事情的严重性。

袁大祥说："知道。你让他再等一等，我现在正跟市里的丽人公司谈合伙办养鹿场的事，谈成了，资金一到位了，我立刻就还。"

"我会尽力劝他别去法院，但你也要快点。"李校长说。

袁大祥老婆开始就不同意让鲁晓威和肖凌住在学校里。她对学校里的情况非常了解，在那里她心虚，那几个青年男教师很不友好，经常往门锁里塞东西。再说那个医生也是她的一块心病。

袁大祥也没打算让鲁晓威和肖凌常住在学校里，住在这里只是一个过渡。让他们的心平静一下后，就让他们搬出去。因为他是想聘用鲁晓威和肖凌的。要是不给他们找个住的地方，可能他们就不会来了。

袁大祥让他老婆找雅凤给鲁晓威租一间房子，让房主跟鲁晓威签长期合同，防止鲁晓威中途跑掉。他老婆问用不用事先告诉鲁晓威，他说不用，等房子租好了，直接带车过去来个突然性的。他老婆认为这样不好，但袁大祥就让这么做。

袁大祥有心事，睡不着，半夜起来站在阳台上向外看。让他没想到的是车回来了，就停在他家楼下的停车场上。他想下楼看一看，但又一想，现在是半夜里万一发生别的事情怎么办，就没有下去，而是趴在阳台上看，一直到天亮。

汪海市早晨的空气很潮湿，天灰蒙蒙的。当有几个人从楼下经过时，袁大祥才下楼去看他日夜牵挂的车。

车跟原来一样，依然没有变。他用手摸着。他想起应该给钟主任打个电话，让她无论如何今天也要找位司机。他要坐着这辆车去上班。

钟主任找到了一位司机，这位司机是她中学时的同学。只是她认为钱太少，就没定下来。袁大祥打来电话时，她还没有睡醒，还在睡梦中。她半睡半醒地拿起电话说："董事长，司机是有，就是人家觉着工资太少了。"

袁大祥说："今天你就带他来，月工资两千。"

钟主任一听来了精神说："董事长，我没听错吧？"

袁大祥重复着说："干得好，还可以加。"

钟主任说："早晨我就把人带过去，保准让你满意。"

袁大祥用月工资两千来聘司机，这在眼下的汪海也不算低了。因为他急着用司机，也就只能这样了。这些天他一直没抽出空来去人才劳动力市场，去了肯定能找到让他满意的司机。他想好了，答应给两千元钱，最多聘用一个月。第二个月都不会用。这个月正好他要用车，也可以让他在时间上做一下缓冲。等他找到新的司机了，就把这个辞退掉。

袁大祥还没吃完早饭，钟主任就领着一个三十五六岁的中年男人来了。他看这个男人果然顺眼。袁大祥把车钥匙递给司机，司机打开车门。袁大祥没上，让司机先熟悉一下车的操作。司机认为袁大祥这么做是在看他的车技怎么样，就在袁大祥的面前开了一圈。袁大祥认为司机开车的技术没有问题才上了车，他想不通为什么小孙把车送来又不跟他打照面。

司机把车开到碧云楼，跟着来到楼上的办公室。办公室没地方坐，他又回到车里了。天开始热了，司机坐在车里打起了盹。一个声音把他叫醒，司机还以为是袁大祥用车呢，睁开眼睛一看小孙站在他的面前。司机不认识小孙，小孙也不认识司机，但小孙认识车，他拿出钥匙开了一下车门。司机马上就明白是怎么回事了，他问："你原来开这辆车的？"

"开得好伤心。"小孙沮丧地说。

司机问："老板这人怎么样？"

"不怎么样。"小孙说。

司机问："你为什么不干了？"

小孙说："再干下去，十根肠子就得闲九根半了。都半年没给我发工资了，你说谁受得了。"

司机问："是没钱呢？还是有钱不给呢？"

"不跟你说了，你慢慢品吧！我上去一趟。"小孙朝楼上走去。

司机猜测小孙可能是来拿工资的，想看袁大祥给不给，就好奇地跟着上了楼。

袁大祥笑容可掬地对小孙说："你用车也该跟我说一声，我还能不让你用吗？你这么做就不好了。我要是报了案，公安局把你当小偷抓起来，你说多不值。"

"车我给你送回来了，工资你还没给我。我女儿现在就住在黄东区区医院里，医院催着要钱呢，到现在连押金还没交呢！别的我就不说了，咱们相处一回，好聚好散。我来拿我的工资，你把工资给我，咱们算是两清了，也算是认识了。"小孙干脆地说。

袁大祥说："工资一分也不会少你的，这你放心。"

"我最爱听的就是这句话。"小孙直视着袁大祥。

袁大祥用手指轻轻地弹着桌子说："你让会计过来一趟。"

小孙转身到隔壁找会计去了。

会计是一个年轻女孩，一米五几的个子。她走进来不说话，看着袁大祥。袁大祥让她把小孙的工资支付了。她说："全给吗？"

袁大祥说："全给。"

会计回自己的办公室去了。

小孙跟着会计去拿钱。他从会计手中接过钱数了数有点吃惊，没想到会如此顺利。这次他来要工资是做好了跟袁大祥决斗的准备。同时对自己离开袁大祥也有点后悔，要是干下去也许会好的。但这毕竟已无可挽回，他只能去寻找新的工作了。

7

鲁晓威和肖凌刚吃过早饭，方主任就来找他们了。今天他们要到梅花药业集团正式上班了，他们跟着方主任往公共汽车站点走去。方主任告诉他们每天就坐这趟车去公司上班。

开往碧云楼方向的公共汽车不是很多，乘客也少，车厢里宽松，车票每人单趟是两元。方主任买了自己的车票。鲁晓威拿出钱买了他和肖凌的车票。这种买票方式让鲁晓威和肖凌心里不通快，看来方主任是斤斤计较的人，同斤斤计较的人在一起工作相处肯定非常难。

袁大祥正拿着一本书看。鲁晓威走进来时，他放下书问："休息好了吗？周围的环境都熟悉了吧？"

鲁晓威回答："熟悉了。"

袁大祥说："生活上如果有问题，你们可以找方主任。最近我特别忙，连孩子转学的事都是由朋友帮办的。我把全部时间和精力都用在了工作上，药业审批非常严格，我们的审批手续到了最关键时刻。我不能分心，必须把全部精力都用上，稍有考虑不周的地方，就会前功尽弃。你们根本不会想到申办生产药品的许可证有多么难办。这是要经过市、省、国家十几个部门审核批准才行。我常常有力不从心的感觉，你们生活上的困难就要靠自己克服了。"

"董事长，您的心情我们理解。生活上我们没有过高的要求，只要保证工资能发下来，我们就会努力工作。"肖凌说。

袁大祥拿起桌上的那本书，看了又看，郑重地说："干任何事情都离不开法律。首先应该是守法、懂法，只有这样才能按照法律规程去办事，才会不违法。凡是到梅花药业集团公司来工作的员工，我都要求他们学法、懂法、守法。公司规定新来的员工在到公司第一个星期里，都要学一个星期的法律知识，然后进行考试。"

"这么严。"肖凌笑了一下。

袁大祥说："你们是搞宣传的，更应该懂法，不懂法怎么宣传。这是两本《法律大全》，你们拿去看。但要爱惜，读书人就要爱书。我是爱书的，相信你们也会爱书。"

鲁晓威上前从袁大祥手中接过书。

袁大祥站起身，领着肖凌和鲁晓威来到隔壁的办公室。这是一间面积不大的办公室，里面放着四张办公桌，每张办公桌都有人。除了钟主任和方主任外，另外两个就是会计和出纳了。在一进门的左侧放着一个长沙发。办公室没有他们坐的位置，他们只能坐在沙发上。袁大祥给肖凌和鲁晓威做了介绍，然后就回自己的办公室了。

肖凌和鲁晓威坐在沙发上看着《法律大全》。

钟主任和方主任分别被袁大祥叫到他的办公室。他把声音压得非常低，叮嘱他们在与肖凌和鲁晓威的交谈中，要多留意一下他们在汪海的社会关系。

方主任和会计跟着袁大祥出去办事了，出纳到袁大祥办公室里看电话去了，屋里只有肖凌和鲁晓威还有钟主任三个人。

钟主任拿起水杯给自己倒了一杯水，顺口问了一句："你们喝不？"

"谢谢，不喝。"肖凌回答。实际上肖凌已经有点渴了，只是没有带水杯，就忍着。

鲁晓威不喜欢钟主任那种装腔作势的样子，钟主任的举止给他的感觉有点轻浮。

钟主任没事可做，坐没个坐相，站也没个站姿。她坐在椅子上来回扭动身子，屁股跟生疮了似的。幸亏她是背对着肖凌和鲁晓威。她看不见肖凌和鲁晓威，肖凌和鲁晓威才能放松些。钟主任实在是无聊，就转过身与他们交谈。她问："你们能看进去吗？"

"还可以。"肖凌回答。

鲁晓威问："钟主任，你来时也学法律吗？"

"学，当时学得我头都疼。"钟主任轻轻地摇了一下头，好像是很难做到的事情。

肖凌问："钟主任，你在这里干多长时间了？"

"不到一个月。"钟主任回答。

肖凌问："钟主任，你在来梅花药业集团公司之前是从事什么工作的？"

"过去我是搞商业的。"钟主任很不情愿回答这个问题。

肖凌看了一眼鲁晓威，他正好也在看她。两个人都认为钟主任过去干的也就是个小商贩或者推销员之类的工作，不会是太好的工作。他们没再多问下去，这是第一天上班，问多了会引起人的反感。

钟主任喝了一口水，看了看肖凌和鲁晓威问："你们是怎么来汪海的？"

"怎么说呢？"肖凌没回答，只是应付着。

钟主任接着问："你们在汪海有什么亲戚吗？"

"有。"肖凌干脆地回答。

肖凌和鲁晓威商量过了，不能对梅花药业集团的人讲实情。讲出实情对他们是不利的，把实情告诉他们，就等于出卖了自己。

钟主任问："住在鹤山小学还方便吗？"

"凑合吧。"肖凌说。

钟主任还想问什么，出纳从隔壁过来把她叫走了。

屋里只有肖凌和鲁晓威两个人，如同笼子里的小鸟重新飞上天空一样自由自在了。鲁晓威站起身把门关上，伸着懒腰说，咱们像小学生在背诵课文。肖凌站起身说，咱们是不是该给肖书记打个电话？鲁晓威赞同地说，打一个吧，把这里的情况告诉他。

肖凌拨通了电话，接电话的人正是肖书记。她忙说："肖书记，你好。"

"你好，小肖。"肖书记很特别的男中音从电话那头传过来。

肖凌听肖书记跟往常一样热情、可亲，接着说："肖书记，我们搬来了。"

"都安排了吧？"肖书记显然是对这件事心中有数了。他认为人才交流中心李主任介绍的工作不会有问题。

肖凌本想把梅花药业集团的实情告诉给肖书记，看肖书记在兴头上，不想让他扫兴，也就没有说。而是顺着肖书记的话说："这都是你帮助的结果，我们一定要回报的。"

"不要那么客气，应该做的。那就好好干吧，要是没别的事就这样吧，我还要到区里汇报工作呢。"肖书记不想多说下去。他跟肖凌和鲁晓威说话总是保持着一定的距离，这也许是当领导的习惯和风格吧。

肖凌去过肖天明的办公室，她知道找肖天明的人很多，就说："那好，再见。"

"再见。"肖天明放了电话。

肖凌手里还拿着听筒，茫然地看着鲁晓威。

鲁晓威觉着这个电话打得不理想，没有说到该说的事情上。实际上也没有过多要说的话，他们才到梅花药业集团上班，对公司的了解都是听别人说的，还没有亲自体会到，不能断言好与坏。

午饭只有他们四个人在碧云楼的食堂吃。碧云楼的食堂对外营业，一个馒头五毛钱，一碟菜三元。钟主任和出纳在一起吃，肖凌和鲁晓威一起吃，自己拿钱买饭，这让肖凌和鲁晓威更感到不顺心。要是在其他公司，中午饭都是由公司统一负责安排。

晚上下班，肖凌和鲁晓威还有方主任是坐公共汽车回市区的。其他人都挤在袁大祥那辆旧夏利上，搭车回。鲁晓威问方主任公司的班车呢？方主任说从他来到梅花药业集团公司起，就从来没见到过班车。第二天方主任没来找他们，他们自己坐公共汽车到碧云楼上班。鲁晓威对袁大祥产生了不满情绪。他认为袁大祥是说一套做一套的人，涉及实际事情，不照说的去做，言而无信。他们每天要花八元钱来坐公共汽车，中午饭要花十二元钱，一天下来就算是维持最低生活标准，也要二十多元钱才行。而袁大祥在他们到来后，从不提工资和待遇的事，像是在故意回避这个问题。

8

晚上吃过饭，肖凌和鲁晓威来到院子里乘凉。他们想从青年教师那里得到更多关于袁大祥和梅花药业集团公司的消息。他们万万没有想到那个神秘的医生也是袁大祥从外地聘请来的。医生跟袁大祥合作过，因为袁大祥不给医生发工资，医生就不跟袁大祥干了。医生现在自己干，一脸的无奈。

医生有时也到院落中乘凉。他说话不像青年教师那么直接明朗，总是含含糊糊，转弯抹角。他对肖凌和鲁晓威来梅花药业集团不满，总带着冷嘲热讽。肖凌和鲁晓威问药业集团的事情，医生从不跟他们说一个字，守口如瓶。跟别人说起药业集团公司时也非常谨慎，恐怕说错了哪一句，引火烧身。当大家在一起议论袁大祥和梅花药业时，医生又总会控制不住情绪，在一旁插话说上几句谁也想不到的感触。那些感触肯定是发自内心的。

鲁晓威和肖凌每天的工作仍然是学法律。在学到第五天时，就忍不住了，想找袁大祥谈工资的事。他已明显地感到要是他不提，袁大祥很可能会永久拖下去。可这是很实际的问题，必须说清楚才行。

肖凌没有让鲁晓威马上去。肖凌想袁大祥让他们学一个星期的法律，现在都学到第五天了，再有两天就到期了，不如到期后看看下步的安排再说。

鲁晓威认为肖凌说得有道理，就等到第七天。但是到了第七天时让他们没料到的事情发生了，先是袁大祥辞了司机，从人才劳动力市场又招聘来个新司机，随后是会计走了。这两个人一走，就让他们的心更不安了。他们来到集团就见到这么几个人，几个人中又发生了这样大的变化，让他们怎么能接受得了？更让他们接受不了的是这些人中没有一个大学毕业的，全是高中生，高中生能从事药品生产吗？他们对公司的信任感完全动摇了。肖凌在跟肖天明通电话时，把梅花药业集团的事告诉了他。她怕不告诉，万一出事了，肖天明会误认为是他们不好好干造成的呢。肖天明听完肖凌说的情况，没表明态度，只是和往常一样不慌不忙地说他再问一问人才交流中心，对梅花药业集团进行核实一下。鲁晓威认为不能再这样拖下去了，必须找袁大祥谈一谈，把工资的事情说清楚。那天下午他看袁大祥一个人在办公室里，就走了进去。

袁大祥装成很忙的样子问："有事吗？"

"董事长，我们就整天学法吗？"鲁晓威觉着学习法律不是工作，完全是在做无聊的事。要是公司需要法律方面的人，现学是来不及的，也不起作用，不如到专业学校去招人。他认为袁大祥是在故意拖延时间，但袁大祥拖延时间的目的他不清楚。

袁大祥说："学法只是工作前的准备，不准备好了怎么工作呢？你是不是着急？是不是学不下去了？你们年轻人就是浮躁，稳不下心来，要想干好工作心浮是不行的。如果你学好了，那我来考考你？"

鲁晓威没回答，他对这件事不感兴趣。他现在想要知道的是他一个月能挣多少工资。他说："董事长，我们的待遇公司是怎么定的？"

"这要看你们给公司带来多大的经济效益，带来多大经济效益就有多大的回报，两者的关系是成正比的。我们公司是个非常年轻的公司，不可能养闲人。"袁大祥说得很直接。

鲁晓威点了一下头，明白了袁大祥的用意。袁大祥说的话就像在他头上泼了一盆凉水，蒙了。创造的经济效益用什么来衡量呢？标准又是什么呢？这是没有标准和界线的，怎么说都行，所以袁大祥给他们工资可以，不给也行。他停了一下问："董事长，那我们的交通费呢？"

"交通费眼下都是自己负担。等过些时候公司正式生产了，搬到公司里住，就不用坐公共汽车了。"袁大祥不以为然地笑了一下。

鲁晓威问："董事长，我们试用期时的工资标准是多少？"

"公司规定，第一个月是属于试用期，试用期没工资。试用期时员工不但不能给公司创造出经济效益，并且还要占用公司的办公设备，本来是要收学徒费的，但考虑到员工的经济条件，就不收了。"袁大祥说话时看着鲁晓威的反应。

鲁晓威说："董事长，我们学法已经学到一个星期了，还继续学下去吗？"

"你们学懂了吗？总不能法还没学完，就开始学别的吧！"袁大祥说。

鲁晓威不高兴地说："咱们公司应该到法学院去招工作人员，我们这些半路出家的人恐怕胜任不了这项工作。"

袁大祥看鲁晓威态度生硬起来，没接这个话题。

鲁晓威问："咱们公司的生产车间设计好了吗？"

"还没有，正在进行中。"袁大祥回答。

鲁晓威问："生产的项目上报到哪一级主管部门了？"

"最后一级是国家卫生部门。"袁大祥有点慌乱。

鲁晓威不说话了，只是看着袁大祥。他的沉默更让袁大祥坐不稳了。袁大祥从桌子里拿出一张纸，走到鲁晓威面前，递给鲁晓威说，这是我们项目的申请报告。鲁晓威接过来一看，上面没有任何部门盖章，也没有任何领导签字、批复。没领导批复，没主管部门盖章，就等于是张空白纸，就跟白纸的价值是相同的。袁大祥本来是想拿这个来证明公司的合法性，没想到不但没起到好的效果，反倒让鲁晓威看出了真面目。当他再一次夸夸其谈时，鲁晓威就更不想听了，好像更没那份心情和耐心了。他说："袁董事长，从明天起我就不来公司上班了。没别的意思，主要是我们两个人同在一个单位不好开展工作。"

"其实，夫妻同在一个公司工作没什么不好，相互还有个照顾。再说我们公司一旦发展起来，规模会很大的，到时候你们各忙各的，一天都见不上一次面。"袁大祥听鲁晓威提出辞职，就改变了谈话方式。他没有想到鲁晓威会这么快提出辞职，他不希望鲁晓威辞职，话也就软了。

鲁晓威解释说："我怕胜任不了。"

"其实我对员工要求并不是很严，只要工作能过得去就行。"袁大祥补充着，他想让鲁晓威改变刚才做的决定。

鲁晓威还是找借口说："董事长，你看我们两个坐在一间办公室里，都成什么样子了。"

"这只是暂时的。我们正在与市里一家大公司谈共同创办一个梅花鹿养殖场的项目，如果你不愿意在总公司，可以到养殖场去。养殖场建得很大，当然条件也很好。"袁大祥用展望未来的口气说，他对前景是乐观的。

鲁晓威一针见血地问："养殖场开工了吗？"

"还没有，正在谈。谈成一个项目不是那么简单的，要经过一个漫长的过程。你也不是第一次参加工作，应该知道。"袁大祥想让鲁晓威理解他的难处。

鲁晓威表示理解，但决定没有改变。他说："我知道，引资是非常难的，我也理解公司的难处，更是感谢你对我的信任。可是我等不了那么久，正像你说的，我是个急性子，想好了就不回头。"

"我看你现在一时有点冲动，你回去再好好想一想。"袁大祥还是想说服鲁晓威。

鲁晓威说："也好。"

"梅花药业集团是很有希望的。"袁大祥补充道。

鲁晓威从袁大祥的办公室走出来，看肖凌正站在门外听他跟袁大祥谈话，就没有回办公室，而是朝外面走去。肖凌跟在他的身后。

鲁晓威辞职的事没跟肖凌商量，让肖凌大吃一惊。鲁晓威事前也没有准备，也是刚刚决定辞职的。他一连问袁大祥好几个问题，袁大祥都没给个明确答复。他就生气，认为袁大祥是在说空话。从他们来到这里，袁大祥一分钱也没给他们，而他们每天都要搭进去几十块钱。他必须退出来，另找出路。他让肖凌先在梅花药业集团干着，因为他们还住着人家的房子，要是两个人都走了也不好，等自己找到了新的工作，再让肖凌离开也不迟。

鲁晓威现在只有一个念头，就是不能再在梅花药业集团公司干下去，干下去只是白浪费时间和精力，只会是死路一条。他必须在最短的时间内找到更好的工作，就算不是很好，也要有稳定的收入才行。他想到这里，心情就沉重了。在这座陌生的城市里，找工作对他来说绝对不是件轻松的事。

肖凌是女人，女人的心总是细微的，能观察到男人的内心深处。她把鲁晓威的一点点变化都看在眼里，劝鲁晓威缓一缓，鲁晓威紧绷着脸不说话。

肖凌满不在乎地说："没什么大不了的，这么大一座城市，还找不到一份工作？还会被饿死？我就不信。要么我去找工作？"她总是那么自信。

鲁晓威责怪地说："看把你能的，就没你不行的。"

"我承认难，干什么不难？难就不活了？难不也得活，想活就有想活的办法。只要去寻找，出路总会有的。"肖凌面对困难总是毫不在乎。她天生就有着与困难做斗争的勇气。

鲁晓威在这方面不是肖凌的对手，他不想听下去，便说："你又开始说大道理了，我不跟你说了。"

"好了，开心点，没事。过些天我再给肖书记打个电话，看他能不能再给想个办法，他是政府领导，会有办法的。"肖凌说。

鲁晓威忧心如焚地说："总找人家好吗？一无亲二无故的。"

"怎么不好，又不是白让他办，办成了给他钱。当官的不办事谁给钱？不收外快家里能有那么多钱吗？"肖凌说。

鲁晓威说："肖书记是个好人。"

"应该说咱们的命好，在认识肖书记前，不还认识王雨了，王雨多爽快。就是那地方不好，这是命里注定的转变。"肖凌说。

鲁晓威问："你真不愁？"

"愁也没用，不解决问题。愁让人老得快，人要是老了，没个好模样，应聘时就更没单位要了。愁就是跟自己过不去，傻瓜才会发愁呢！愁坏了身体还要花钱治病。"肖凌说。

鲁晓威承认肖凌说得有道理，可他还是开心不起来，晚上在院子里乘凉时，一句话也没说。肖凌却说得兴高采烈，鲁晓威回到屋里就睡下了。

9

第二天肖凌一个人坐在公共汽车上，一切都是陌生的，显得特别孤单，加上工作的不如意，没有精神。她来到公司，仍看那本《法律大全》。往日她还能看进去，今天她是一点也看不进去，眼睛盯着书，心早就长了翅膀，飞到九霄云外了。中午饭她没买菜，只买了一个馒头。吃过饭，她坐在阳台上，放松地看着悠悠的蓝天白云。

下午她没看书，这是没有意义的。她又不想当律师，再说能学到什么？学到了这么一点有什么用，她对学这个也开始讨厌了。袁大祥没回公司，她想早点回家，就比平时提前半个小时下班了。她牵挂鲁晓威。

鲁晓威没其他地方可去。早晨在他住的房间对面来了好多人，那些人抬着桌子和椅子，打出一个红条，红条上写着"汪海师范学院黄东区考生报名处"，不一会人更多了起来，陆续有考生来报名了。有一男一女两名中年教师值班，鲁晓威上前跟男教师搭话。男教师人很好，非常健谈，跟他谈了很多汪海的人文地理知识。鲁晓威怕打扰人家工作，便走开了。他想去医生那里，但考虑到医生不理睬他，就没去。他去跟看门老头聊天。

看门的是位六十多岁的小个子老头，爱说话，也善良。老头在鲁晓威住进学校的当天晚上来问过鲁晓威住进学校的原因，然后向李校长做了汇报。他跟鲁晓威说话很投机，交谈中鲁晓威得知老头年轻时去过东北，对东北的冬天记忆犹新。他是名退休的老教师，李校长请他来看门的。李校长信任他，他也负责任。鲁晓威从他口中得知，医生是一年前从石家庄来汪海的，当时也是梅花药业集团公司聘请来的。鲁晓威想多了解梅花药业集团公司的情况，但老头对梅花药业知道得并不多。

肖凌回来了，心情不太好，不想再去梅花药业集团上班了。鲁晓威问她袁大祥说什么了。她说袁大祥倒是和往日一样，只是她认为在这里是一点希望也没有，去了每天都要白搭交通费。鲁晓威让肖凌先在梅花药业集团干着，现在住着人家的房子，要是不干了，住在哪里呢？就算自己租房子也要有个时间。肖凌认为房子不是主要的，主要的是找工作，只有工作得到落实了，才能决定住在哪里，到哪儿租房子。他们想再去人才交流中心找一下李主任，看他是不是能再给介绍一家单位，李主任要比他们的办法多。

李主任仍然跟原来一样热情接待他们。听他们把话说完后，李主任没说一句好与不好的话，只是笑着。他沉默一会儿才说："现在一些公司还很不正规，正规的很少。你们要是想再去试一试，倒也可以。"

"李主任，你再给我们介绍一家吧？"肖凌认为还有选择的机会。

李主任打开名片簿，看了看说："到海湾发展公司吧，他们要文员。"

"麻烦你了，李主任。"肖凌不好意思地说。

王干事从外面办事回来了，看到肖凌和鲁晓威忙说："你们来了。"

"给你们添麻烦来了。"肖凌说。

王干事一笑说："我们就是干这个的嘛，不用客气。"

肖凌和鲁晓威接过李主任开的介绍信，说了些客气话，从人才交流中心出来。他们又看了看手里的介绍信，看离下班时间还早着呢，就直接去海湾发展公司了。

海湾发展公司在黄东区的郊区，是做化妆品的小公司，属于村办企业。他们来到海湾公司时，办公室主任接待了他们。办公室主任是一位中年女人。她爱理不理地说老板到烟台去了，两天后才能回来。他们很失望。鲁晓威问一个月工资多少钱，中年女人说八百，只招聘一个人。鲁晓威听工资这么少，还只要一个人，就对这个工作不抱希望了。他们不能来这里，钱太少了，再说到村办企业也不是理想的地方。他们从海湾发展公司出来，茫然了。

大千世界中，他们到哪里能找到一份谋生的工作呢？

10

肖凌口干舌燥。大路边上就有卖西瓜的，她想吃西瓜。鲁晓威本不想买西瓜，现在钱对他们来说是太重要了。他看肖凌想吃西瓜的那个样子，没说二话，走到小商贩那就抱来个西瓜。两个人蹲在树下阴凉处吃起来。这是他们入夏来吃的第一个西瓜。他们吃得心满意足。但吃过西瓜，刚才那种快乐也消失了，又回到现实中，困惑也就再一次向他们袭来。

他们带着失落回到住处。虽然已经跟看门老头、青年教师等人都熟悉了，见面也打招呼，可谁又能理解他们找工作的苦恼呢！他们想好单位人早就满了，还用到人才交流中心招人吗？他们决定第二天吃过早饭后，就去石门镇找肖书记。但这个计划被突然闯进来的赵雅凤给搅乱了。

他们正在吃早饭时，赵雅凤跟袁大祥老婆坐着一辆半截货车来了。车旋风般地开进院子里，嘎的一声急刹车，便停在了门口。车门迅速打开，两个女人利索地跳下车，直奔屋里，冲着肖凌和鲁晓威喊："学校不让住了，给你们找了一间房子，你们搬过去吧！"

"搬家？往哪里搬？谁让你搬了？"鲁晓威放下手中的筷子，站起来，心中怒火顿生。他双眼射出的目光像两把锋利的箭直逼赵雅凤。

赵雅凤不耐烦地说："你这人真不知好歹。车我们都给你租来了，你还不搬。"

"你付车费吗？"鲁晓威直视着赵雅凤。

赵雅凤说："你搬家为什么我付车费。"

"我付车费，还用你找车。你们就会说空话，动真的一点也没有。"鲁晓威已经发现了梅花药业集团公司的办事规律，只动口，实际的一点也不付出。

司机看来是着急了，在外面摁响了喇叭。

赵雅凤用命令的口气问："你搬不搬？"

"不搬！你也不事先跟我说一声，你们想给我往哪里搬？"鲁晓威恼怒着脸都胀红了，额头上的筋也暴起来。

赵雅凤说："房子是很不错的。"

"房租谁来付？"鲁晓威的目光带着怒火。

赵雅凤说："这还用问，当然是你付了。你住又不是别人住。"

"我付钱，还用你给我租！"鲁晓威说。

赵雅凤也火了,声音也提高了好多,厉声厉语说:"小鲁,你别不识好歹,看你可怜才来帮你搬家的。就是我不帮你搬,你也要搬出去。"

"姓赵的!你说这话是不是太武断了?你以为你是什么大人物吗?"鲁晓威说。

赵雅凤毫不客气,坚持地说:"我说话就这样。"

"你给我滚出去,滚出去,滚!滚!"鲁晓威不想跟赵雅凤理论下去。他像火山喷发一样不可阻挡。

赵雅凤失去了斯文,完全是一副农家女人骂街的架势,吼着:"姓鲁的,你要知道这是在汪海,不是在你们东北!"

"姓赵的,你威胁我?"鲁晓威更火了。

赵雅凤说:"你不服?走着瞧。"

"姓赵的,我就不服。你再说,我就撕烂你的嘴。"鲁晓威猛地冲上前去,要把眼前这两个女人从房间里赶出去。

赵雅凤和袁大祥老婆谁也没有料到鲁晓威会直扑上来,惊慌失措地往后退了几步。

肖凌上前抱住鲁晓威。

司机见屋里吵起架了,就再次鸣喇叭。

赵雅凤见肖凌抱住了鲁晓威就说:"打人是违法的!"

"你抢我的家,就不违法吗?"鲁晓威说。

赵雅凤被鲁晓威这句话说中了,意识到地点对她不利,便退到了门口说:"姓鲁的,你要想在公司干,就要听公司的,公司的安排你必须无条件服从!"

"公司让我杀人我就去杀人吗?公司让我死我就非去死不可吗?"鲁晓威吼起来。

赵雅凤说:"公司没有让你去死,只是让你搬家。"

"我不搬!"鲁晓威斩钉截铁地说。

赵雅凤说:"你可要老实点。"

"我就不老实,你能怎么样?"鲁晓威不可征服地说。

袁大祥老婆对肖凌说:"小肖,你快把他拉到屋里去,让外人看到不好。"

肖凌一直在拉着鲁晓威，在撕扯中累得气喘吁吁。

司机再一次鸣响喇叭。赵雅风看让鲁晓威搬家是不可能了，就从随身带的小挎包里拿出一张拾元钱递给司机，司机开车走了。

院子里那几个干活的妇女正在不远处朝这边张望。

医生蹲在他住的房门口，干着什么活，也不时地朝这边观看。医生对这边发生的事非常注意。

那两个招考教师也把目光投向这边，把发生的事看在眼里。

袁大祥老婆见院子里人太多，吵下去会造成不良影响，别因小失大，拉起赵雅风往楼上走。赵雅风没有走的意思，还想跟鲁晓威继续争吵下去。

鲁晓威对梅花药业集团非常不满意，有一种上当受骗的感觉，心里非常不平衡。赵雅风的威胁不但没吓住他，反激起了他强烈的反抗与愤怒。他控制不住想要发泄的怒火，一切对他来说都无所谓了，就破罐子破摔了。

赵雅风被袁大祥老婆生拉硬拽弄到了楼上。她一屁股坐在沙发上，出了一身汗，觉着四肢无力。她没想到能发生这种事。她这几天一直在细心地观察着肖凌和鲁晓威，没想到看上去文文静静的鲁晓威性格会如此刚烈。

袁大祥老婆走到阳台上，冲着楼下院子里的医生说："金医生，你让小肖上来一趟。"

金医生向楼上看了一眼，就去找肖凌。

肖凌听到了这句话，她还没等金医生说话就说："我上去。"

"我去。"鲁晓威抢着就往门口走。

金医生没好气地责备说："吵架算什么本事，吵架是最无能的表现。"

鲁晓威没想到一向在背后说梅花药业集团公司不好的医生，对他跟赵雅风吵架的事，会这么反对。医生是怕鲁晓威吵架把他牵连进去。

肖凌不让鲁晓威上二楼。

鲁晓威一想到赵雅风就生气。赵雅风让肖凌上去无非就是看肖凌是女的好说话，让他们接受搬家的事。他不是不同意搬家，搬家可以，但绝对不能搬进赵雅凤给租的房子。他怕赵雅凤私下与房东有交易，怕自己掉进陷阱里。他告诉肖凌别怕赵雅凤，肖凌表示不会怕，只要他不上去就行。他坐在那里不说话了。

肖凌来梅花药业集团公司这么多天，还是第一次上二楼赵雅凤的办公室里。赵雅凤的办公室有八九十平方米，屋里干净、整洁，有两张桌子和一部电话。

袁大祥老婆见肖凌上楼来，便热情地让肖凌坐下。

肖凌刚才心情过于紧张，脸色惨白，没血色，坐在那里就出虚汗。

赵雅凤问："你怎么了？"

"我身体不太好。"肖凌说。

赵雅凤说："你是个好人，你怎么会嫁这么个男人？"

袁大祥老婆也为肖凌惋惜。

肖凌对两个女人说的话不感兴趣，这两个女人不过是想把责任推到鲁晓威身上罢了。她抱歉地说："刚才发生的事真是对不起。"

"我们是好心好意帮你们，可你们不但不领情反倒恩将仇报，到哪儿能说得过去。那房子不错，位置也好。可谁知道小鲁不但不领情，还会做出这种事，真让人想不通。"袁大祥老婆说。

赵雅凤说："我也没有对不起你们，从你们来到这里，我一直也没跟你们接触，小鲁对我的意见怎么会那么大呢？"

"你们要是提前说一声就好了，太意外了，也太突然了，他没思想准备，接受不了。"肖凌为鲁晓威做辩护。

袁大祥老婆说："没提前告诉你们是考虑到告诉你们也没用，你们才来汪海，在这里一个人也不认识，找房子肯定找不到，找车也不好找。我们都来好多年了，对这里熟悉，哪的房子好，哪的房子不好，都一清二楚，就给你们做了主。本来是好事，倒让你们给骂了一顿，真憋气。"

"真是对不起，我也没想到会是这样。事情发生过了，就要往开处想，别放在心里。"肖凌说。

赵雅凤说:"这事要是让袁董事长知道了,那可不得了。袁董事长的脾气才不好呢,你没看见方主任吗?方主任可不是白养的,前些时候有一个人对袁董事长无礼,就被方主任给打了,打就白打了,公安局都不管。再说,没本事谁敢开公司。只要是开公司,没大本事,小本事总会有点的。你们才来,有什么?"

"就是。就是。"肖凌说。

袁大祥老婆说:"小鲁太不懂事了,你们跟着我们干,还能亏了你们?这么大的公司,从哪省不出你们的工资钱。"

"你们别跟他一样的,我替他向你们道歉。"肖凌说。

赵雅凤说:"这件事如果让袁董事长知道了,有小鲁好看的。袁董事长能受这种冤枉气?简直是天大的笑话。"

"赵经理,你们最好不要告诉袁董事长,告诉董事长会把事情弄得更加复杂,更不好收拾。他们两个人脾气都不好,要是咱们不把事情压下来,还不出大事了。"肖凌说。

赵雅凤见肖凌害怕了,心理上得到了一点安慰和满足,就摆出一副高傲的姿态说:"小鲁怎么会是这样一个人,不分好坏。他眼神发直,像是有精神病。我姐姐就有精神病,眼神也跟他一样。"

"他精神是不太好。"肖凌顺着说。

袁大祥老婆看了一眼赵雅凤,没想到她会把鲁晓威跟精神病联系到一起。实际上赵雅凤的姐姐真有精神病,也真的是这种眼神。

肖凌说:"我们可以搬出去,也会尽快搬出去,但要给我们时间。我们要找房子。"

"这可以,你要理解我们。主要是学校不让住,我们跟李校长关系不错,李校长打电话说学校里不让住,袁董事长才让我们给你们找房子的。"袁大祥老婆解释着。

肖凌说:"我理解你们。"

"小肖,你们住到这里后是不是有人跟你们说什么了?"袁大祥老婆问。

肖凌回答:"这没有。"

"医生没对你们说什么吗？"袁大祥老婆提示到。

肖凌说："医生是说了。"

"他说什么了？"袁大祥老婆追问。

肖凌说："他说梅花药业集团不错，让我们好好干。"

"我们跟李校长关系好，有些教师看着眼红，就使坏，也说这说那的，你不要理他们，也别信他们，嘴是两张皮，这么说行，那么说也行。学校还是校长说了算。"袁大祥老婆说。

"不会的，都这么大的人了，哪能好坏不分呢？"肖凌说。

赵雅凤说："你真是个不错的人。"

"赵经理，我准备辞职。"肖凌说。

赵雅凤迟疑了一下，看了一眼袁大祥老婆说："你在公司里继续干没事，我们不会因为这件事找你的麻烦。这是小事，过去就算了，当没发生过好了。"

"看你们想到哪里去了，我主要怕自己胜任不了这项工作。"肖凌认为发生了这种事，她是没法再干下去了。就算是干下去也没意义。梅花药业集团公司一穷二白，干还不是白干。过去因为住人家的房子，她才没有马上辞职，现在事情弄到了这种地步，还不如一下子断了。

赵雅凤说："这事你要跟袁董事长说，董事长非常看重你的才华，在你没来时就说了。我没权答复你，只有董事长才能答复你。"

"好吧。"肖凌说。她不能强人所难，她会跟袁大祥去说的。

鲁晓威出现在二楼的门口，目光直勾勾地盯着赵雅凤。

赵雅凤不看鲁晓威。

袁大祥老婆招呼说："小鲁，过来坐。"

"你下去。"肖凌上前拦住鲁晓威，往一楼推他。

鲁晓威还没有消气，他说："你不要理她们，她们还算是人？"

"你下去吧。"肖凌推着他。

鲁晓威指着赵雅凤说："你要是再胡说，我就从楼上把你扔下去。你再胡说，你再武断，再目中无人，有你好看的。你别认为你是经理就了不起了，告诉你，你什么也不是，只是一个泼妇。"

肖凌总算把鲁晓威从二楼推到了一楼，把他拉到了屋里。

鲁晓威原以为肖凌上楼一会儿就能下来，看她好长时间没下来，才上去找她。他不怕赵雅凤，他要让赵雅凤知道他不是好欺负的，他要在气势上压住赵雅凤。肖凌责怪鲁晓威不应该再追到二楼，她说事情过去也就算了。初来汪海不如少点事，惹也惹不起袁大祥。鲁晓威认为肖凌说得有道理，也就慢慢消了气。

汪海师范学院的男教师走进来，看了看屋里说："这只是明枪，还会有暗箭呢！他们敢舞刀弄枪的，主要是你们来到汪海的时间短，要是过个三年五载，你们有了一定的社会根基，他们就不敢张牙舞爪了。"

"你们才来？"那位女教师跟进来问。

肖凌回答："才来一个多星期。"

"黄东区还行，才开发。"男教师说。

鲁晓威说："市里比这儿好。"

肖凌问："明天你们还来？"

"不来了。"男教师说。女教师着急回市里，两个人就走了。

肖凌和鲁晓威送他们出来，感觉心里很温暖。现在有人能来这个小屋里看一看，也会让他们感动。人在最困难的时候，一点小事也会让你一生无法忘记，铭记在心。

肖凌和鲁晓威的心悬着，面对生活，没了目标，更担心袁大祥晚上会来报复。于是他们开始研究如何躲避袁大祥的报复，预防可能会发生的不测。肖凌想让鲁晓威到外面住旅馆，鲁晓威不同意。鲁晓威没有躲避的想法，他要跟袁大祥拼个你死我活。肖凌死活不让他在家住，像袁大祥这种人什么事都敢干，要是领一帮人来报复，他俩人单力孤，怎么对付得了。在肖凌的怂恿下天快黑时他们从学校出来，到街上找旅馆。

街上仍然是人来人往，旅馆的价格仍然是那么昂贵。他们仍然是进去了，又出来。上次住旅馆花了最少的钱，现在连最少的钱都不想花了。因为他们有了可以住的地方，就不想再多花一分钱。

他们在街上转了一圈，两个人的想法也没统一，关于住与不住也没定下来。鲁晓威不相信袁大祥会有那么可怕，要是真来了，他就拼了。

肖凌认为好汉不吃眼前亏，躲过去就没事了。当然她也不能肯定就会出事，只怕万一，万一出事了呢？

两个人你劝我，我劝你，在大街上走着、徘徊着，很茫然。最终还是肖凌动摇了，不舍得花住旅馆的钱，她同意还住在自己的屋里。她口渴了，鲁晓威买了个西瓜，两个人坐在路边吃了一半，把另一半装在塑料袋里，拎着回学校了。

看门老头正在吃晚饭，他们经过这里时，肖凌把西瓜给了老头。老头还是不错的，从他们住进学校后，就常过去跟他们说话。他们从老头那里找到了安全感。肖凌也不舍得把西瓜给老头的，在这炎热的夏日里，她没吃几回西瓜。但是为了处好关系，就应该多与人家在感情上交流。老头推让着，最后还是收下了。老头告诉他们他已把早晨发生的事告诉李校长了，李校长生袁大祥的气。肖凌问袁大祥晚上会不会来报复？老头一摇头说，不会，这是学校，谁敢来闹事，派出所就来抓谁。他们回到了后院。

青年老师他们坐在院子里，早晨发生的事大家都看到了。肖凌和鲁晓威走过来时青年教师说："你们怎么能到这种三无单位上班呢？"

肖凌和鲁晓威知道青年教师说的三无是什么，三无就是指无固定办公室、无资金、无生产产品。但他们来之前哪里知道这是个三无集团公司呢，到这里后才知道，知道也晚了。

小刘问："你们来时人才交流中心没告诉你们？"

"要是告诉了，我们就不来了。"鲁晓威说。

青年老师说："人才交流中心也不管，只要是单位就给你介绍，介绍完就跟他们没关系了，好坏你自己受着。"

"人才交流中心也管不了那么多，现在假单位有的是。如果让他们去调查真假，其他工作就不用干了。"小刘说。

鲁晓威为了防备袁大祥来报复，睡觉前从屋外捡了几块砖头放在床下，一把菜刀也放在了床头。他反锁上房门，再用桌子顶上。

肖凌一直没有入睡，听着屋外的动静。上半夜是平静的，没任何异常声音。下半夜他们在不知不觉中睡着了，睡梦中他们被一阵汽车的发动机声惊醒。他们全神贯注地辨别着声音的来源和发展。外面有人在说话，说的是什么听不清楚。说话的人是在后面的大街上，车也停在那里。

房间的后窗是用塑料布封死的，不透明，在屋里看不见外面，外面也看不见屋里，只能辨别声音。这种声音持续了大约十几分钟后，车开走了才消失。周围又恢复了宁静，他们悬着的心才放下来。

肖凌出了一身冷汗。她的头伏在鲁晓威的胸脯上，听着鲁晓威的心跳。鲁晓威用手抚摸着肖凌的短发，他们再也没睡着，也不说话，一直到天亮。

11

袁大祥老婆回家看见袁大祥就一脸的不高兴。她对袁大祥说："你招聘人时也不看一看，见人就要，照这样下去，早晚要出事的。今天那个姓鲁的才凶呢！"

"没那么严重吧！"袁大祥满不在乎地说。他跟赵雅凤通过了电话，知道在学校发生的事情了。他没发脾气，也没有打算去找鲁晓威的意思，而是心平气和地接受了这个事实。他想只要鲁晓威搬出学校就行了。

他老婆又说："你没见他有多凶。"

"有多凶？"袁大祥显然是不把这件事放在心上，故意做出放松的姿态。

他老婆说："你别不信。你要是招人时再不看清楚了，没准啥时就弄出大事来。"

"我也不能招聘一个就去调查一个吧。我哪有时间来调查，就算有时间调查，又能上哪去调查？你想来个人就让他听话，还不给工资，这种好事可能吗？你们女人就是毛病多。今天不过是吵几句嘴吗，过去了不就没事了。我现在只认钱，有钱才是真的，说别的没用。"袁大祥说。

他老婆问："你找到投资人了吗？"

"还没有。"袁大祥回答。

他老婆忧虑地说："那怎么办？"

"这事不用你管，我会有办法的，活人还能让尿憋死。"袁大祥说。

他老婆说："你还想继续拖下去呀？人家不是要上法院告你了吗？"

"让他告去吧！等法院接了案子，下了传票，我也就有办法了。"袁大祥镇静地说。

他老婆不相信地问："什么办法？"

"你问那么多干什么？你能办吗？还是你能弄到钱？"袁大祥生气地瞪了他老婆一眼。

桌子上的电话响了，袁大祥老婆伸手拿起听筒。她一听是钟主任打来的，就把话筒递给了袁大祥说："钟主任的。"

钟主任打电话是为那个服装公司与梅花药业集团公司合作办梅花鹿养殖场的事。钟主任说服装公司只同意投资三十万。袁大祥认为三十万太少了，这点钱能买几头鹿，不是在唬人吗？他说要想合作最少也要投资五十万，这是他开出的底线，少了这个数不行。钟主任说："瑞经理要跟你面谈。"

"行。"袁大祥说。

钟主任问："在什么地方？"

"让她定。"袁大祥接着问："她多大年龄？"

"我不是跟你说过了吗。"钟主任说。

袁大祥说："我忘了。"

"二十六。"钟主任说。

袁大祥重复说："二十六。"

"她很年轻，也很有活力。"钟主任说。

袁大祥是在怀疑服装公司的实力。因为这个服装公司的老板确实太年轻了。他问："你到她的公司看过了吧？"

"你多虑了。别看她年龄小，人家从十六七岁开始经商，已经在商海中打拼十多年了，经验多着呢！你不相信人家，人家还不相信梅花药业集团呢！她说现在三两个人开个公司就叫集团公司，这种事很多，到处都是骗子。"钟主任想借机打击袁大祥一下。

袁大祥忙说："咱们公司虽然人少，可是政府批准的，有正规手续。你要跟她说清楚，咱们是正处级单位。"他语气虽然装作平静，心却慌乱。

钟主任说："我当然要跟人家说好话，要不能促成这件事吗？"

"你放开手脚干，如果办成了，公司给你百分之三的提成，超过五十万还可以更多一些。"袁大祥把希望寄托在这件事上了，也盼着钟主任快点促成这件事。

钟主任说："瑞经理有心合作，只是咱们公司的办公室太不起眼了，让她看到会起疑心的。在投资的事情上，她是非常谨慎的。"

"看你的本事和能力了。咱们公司在碧云楼办公是暂时的，过些时候就搬迁到高科园了。高科园的康主任找过我好多次，希望咱们公司搬过去。咱们生产的药品，也属于高科技，搬到那里也是名正言顺的。"袁大祥说。

钟主任说："那好。"

"服装公司叫什么名？"袁大祥问。

钟主任停了一下没回答。

袁大祥说："不好说？还是保密？"

"丽人服装公司。"钟主任不想告诉袁大祥，这是商业机密，说出来就有可能被别人抢走。她怕袁大祥跨过她，直接跟丽人服装公司联系，如果那样她不就竹篮打水一场空，白忙活一场了吗？

袁大祥问："经理是？"

"瑞芳。"钟主任不得不告诉袁大祥。

袁大祥刚放下电话，电话又响了。他又拿起电话。

李校长生气地说："老袁，你是怎么回事？大白天就在学校吵架，影响多不好。你就不考虑负面影响吗？你这不是存心不想让我当这个校长了吗？"

"李校长，你别发火，这是没想到的事。真对不起。"袁大祥解释说。

李校长不听袁大祥解释，接着说："老袁，你可不能再在校园里胡闹了，再胡闹我可真的把你赶出去了。"

"不会的，都是这个年纪的人了，哪能跟年轻人一样。"袁大祥说。

李校长问："还钱的事有眉目了吗？"

"快了，正在谈，谈好了我给你信。"袁大祥说。

李校长说："那你快点谈，也该还人家了，都过期多长时间了，办事总要讲个信誉，要是不讲信誉，下次谁还跟你打交道。"

"我也急。"袁大祥说。

李校长说："急也好，不急也好，还给人家才是真的。"

"我尽快还。"袁大祥说。李校长挂断了电话。袁大祥看了一眼手中的听筒，狠狠一摔，骂了句："妈的。"

他老婆走过来说："你不能拿东西发火呀！摔碎了还得花钱买新的，又不能解决问题。"

"你闭嘴！你少说两句还能把你当成哑巴？"袁大祥狠狠瞪了老婆一眼，心烦得要命。

第三章　意料之外

1

这一夜鲁晓威和肖凌见袁大祥没来报复，心想这事就算过去了。他们继续按照原计划去做自己的事了。昨天他们还在担心袁大祥来报复呢，今天就开始为寻找生活的出路着急了。他们下一步去哪里还不知道。但总不能常住在这里，这是非常现实的问题。他们想来想去，认为还是应该去石门镇找肖书记。现在他们也只有去找肖书记这一条路可走了。他们认为肖书记是石门镇最大的领导，帮忙找一份工作还是可以的。早晨天刚开始放亮，他们就锁上房门，朝校园外走去。

校园的大门还没有开，肖凌去传达室找看门老头。

看门老头已经听到肖凌和鲁晓威的脚步声了，正睁着睡意蒙眬的眼睛从屋里往外走。他边开大门边问："这么早，你们去哪儿？"

"我们去市里。"肖凌不想对老头说实话。她现在不想把自己的行踪告诉任何人。不让人们了解他们的底细，这样是有利无害的，这也是一种自我保护。

他们从学校出来，路上行人很少。公共汽车站在离学校不远的地方，等车的人不多。他们坐上开往石门镇的公共汽车。

石门镇是个远离黄东区的偏僻乡镇。从黄东区坐公共汽车到石门镇需要一个多小时的时间。他们来得太早，到石门镇时还没有到上班时间，镇政府的大门还关着。他们找了一家靠街的小饭店简单地吃了早饭后，才到上班时间。

肖书记的办公室在镇政府四楼，他们来过。肖书记的办公室门锁着，旁边的党委办公室的门开着，一位年轻小伙从党委办公室里走出来，上下打量着他们问："你们找谁？"

"肖书记在吗？"肖凌问。

小伙说："肖书记今天早晨还没过来。"

"今天他能来吗？"肖凌问。

小伙说："不清楚。"

"你贵姓？"肖凌问。

"姓周，我是党办秘书。"小伙说。

肖凌看了一眼周秘书，突然想起了电视剧《大雪无痕》里面的周秘书来。她把目光转向鲁晓威等鲁晓威拿主意。

鲁晓威对肖凌说："咱们走吧。"

周秘书问："你们找肖书记有什么事吗？"

"个人有点事。"肖凌回答。

周秘书一听是私事，就没再多问。

肖凌和鲁晓威从镇政府大院出来，没有返回黄东区。他们想来一趟石门镇不方便，来了就等一等吧！如果回去了，还要再来。

镇政府门前是一条涓涓流淌的河流，河岸边是绿树，坐在河边，能避开太阳的暴晒。这也是进出石门镇的唯一通道，在这里能看见进出的人。他们在河边等到中午也没见肖天明来上班，就从河边的树林里走出来。

石门镇不大，柏油路通向全镇的各个角落，街道干净整洁。

中午下班的人都在往家走，过了这个时间，街上就没有多少行人了。太阳底下只有他们两个人在没有目标地走着，走累了的时候，肚子也饿了。他们到一家小食品店买了两根火腿肠和两个馒头，蹲在食品店门口吃起来。

卖货的小女孩给他们端来一碗凉水。他们轮流着把这碗凉水喝了下去，把碗还给小女孩时，对小女孩说着感谢的话。吃过午饭，他们又回到河边的小树林里。下午四点钟时，一辆白色轿车从他们眼前一闪而过，他们知道这是肖书记坐的车，便匆匆地钻出树林，直奔镇政府办公楼。

肖天明中等个，微胖，显得结实健壮，充满着活力。他已经四十五岁了，但看上去就像三十多岁。他给人的印象朴实可亲。他与人交谈时总带着幽默感。

他在黄东区开了一上午的会，吃过午饭才回来。他是个不能喝酒的人，喝一杯啤酒脸红得就跟苹果似的。像他这样身在官场不能喝酒的人实在是不多。他拎着一个红色的公文包，往四楼的办公室走去。

办公室里人的眼睛都好使，耳朵也灵敏。用眼观六路耳听八方来说，一点也不过分。他还没到四楼办公室，身后就跟上好几个请示工作的人了。他们都是各个部门的头头，手里拿着文件与报告。

肖天明把公文包往办公桌上一放，看着来找他的人。

那些手拿文件与报告的人在向肖天明汇报完工作后，有的马上离开了，有的没离开，还在口头汇报。

肖凌和鲁晓威在经过党委办公室门口时，周秘书从里面出来拦住他们，让他们到党委办公室等着。他们不想进党委办公室，又不好不去。周秘书没有恶意，这只是工作程序。周秘书把他们领到党委办公室，转身去向肖天明汇报。

肖天明让周秘书领他们过来。

周秘书回到党委办公室，站在门口，善意地朝肖凌和鲁晓威笑着，向肖书记的办公室轻微举了一下手，意思是快过去吧。肖凌和鲁晓威高兴地起身，走了过去。

肖天明看见他俩就明白来意了，他开门见山地问："还是工作的事吧？"

"肖书记，梅花药业是个空壳。公司什么设备都没有，办公地点也不固定，人员只有三五个人，连个大专生都没有，这样的集团公司……"肖凌说着就想哭。

鲁晓威接过话说："袁大祥那人也没一句实话。他说话出尔反尔，言而无信，像这种人谁敢跟他在一起共事。"

"咱们知道了，就没必要继续在那里干了。你们到我这里，我欢迎。可是编制有困难，镇政府前后两排楼，只给三十六个编制。你们要是到企业里吧，也不适合。现在说是企业重视文化，其实有些个体老板就认钱，除了钱他们什么都不认。"肖天明说得坦荡而直接。

肖凌说："肖书记，我们知道你有难处，可总比我们好办法多。你是政府官员，认识的人多，也许只是一句话，就能解决问题，就能改变我们的命运。"

"哪有那么容易。"肖天明笑了，笑容里带着自信。

鲁晓威说："我们就在你这里了，随便找个工作，能维持生活就行。"

"那不行。你们有才华，应该找能发挥你们才能的工作。要是随便找个工作让你们干，我何必让你们来汪海呢？我让你们来就是认为你们有才气，一旦有机会，就能发展起来，改变人生。当然，维持生活是最目前重要的。前一段时间市里的《汪海科技市场》月刊杂志副总编马永池来我这儿谈业务，我向他推荐了你们，他把你们的材料拿走了。他很有兴趣，想让你们去他那里，要是你们想去，我给你们联系一下？"肖天明对工作的事已有了准备。

肖凌一听去杂志社工作，简直不敢相信这是真的，太突然了，完全是意料之外的事情。虽然她心里高兴，依然平静地说："肖书记，我们是奔你来的，你怎么安排都行。你说去就去，我们听你的。"

"你们先看一下材料，对这个单位先有个了解。"肖天明从办公桌上拿起几本《汪海科技市场》月刊杂志递给鲁晓威和肖凌。

肖凌和鲁晓威还是第一次看到这本杂志。过去他们从没听说过有这本杂志。

肖天明打开名片簿翻找着名片说："我给你们联系一下，听一听那边的情况。"

"让你费心了。"肖凌说。

鲁晓威说："你这么忙，还想着我们，我们是不会忘的。"

"没关系。"肖天明拿起电话，拨着号码。电话通了，对方问找谁。肖天明说："我是石门镇的，姓肖。请问马永池总编在吗？"

接电话的人说："稍等一下。"肖天明拿着电话看着肖凌和鲁晓威。

鲁晓威和肖凌像在做梦一样。在他们的思想意识中杂志社是很遥远的工作，只是向往，从没想到能实现。

马永池的声音从电话中传来说："肖书记，你好。"

肖天明没有拐弯，直接地问："马总编，上次我向你推荐的那两个年轻人，你们考虑得怎么样了？"

"我把他们的材料给胡总看了，胡总认为他们有灵气，要见一见他们，让他们过来吧。"马永池说。

"马总，他们是很有才华的，特别是在这文艺感觉方面，咱们别耽误人才就行了。你们社在什么位置？"肖天明伸手拿过放在桌角的笔。

马永池说："北京路78号。"

"马总，明天让他们去可以吗？"肖天明记下了地址。

马永池说："可以。"

肖天明放下电话，转过脸对肖凌和鲁晓威说："马总是个副职，还有个正的。你们去看看，也许是一次机会。"

"我不想去，只想到你这里工作。"肖凌说的是真心话，对到杂志社工作有点担心，万一不行，好给自己留个退路。

鲁晓威说："怕我们胜任不了。"

"我希望你们来我这里，只是这里不适合你们发展。你们要想发展，还要到市里去，市里工作环境好。你们现在年龄也正好，要是年龄大了，想去也没机会，我相信你们能干好。"肖天明表达着心愿。

肖凌说："我们听你的。"

"明天去吧，杂志社在北京路78号。"肖天明把杂志社的地址写在纸上递给鲁晓威。

鲁晓威接过来说："我们怎么回报呢？"

"你们发展好了，就是对我的最大回报。"肖天明与肖凌和鲁晓威认识完全是天意。他不相信巧合，但他相信缘分。他在见到肖凌和鲁晓威第一面时，就决定帮助他们了。他认为他们有培养价值，最初他是想把二人留在自己的部门工作，后来又改变了想法。主要有两个原因，一是因为九州公司人员的编制没有让他全面负责，而是由区委组织部和人事局下派来的。二是因为他认为石门镇不适合肖凌和鲁晓威的发展。镇里虽然有文化站和新闻科，但条件有限，不能充分发挥他们的专长。像肖凌和鲁晓威这样的人才，至少应该在区以上的宣传文化单位工作，才能得到良好的发展，不然就会断送前程。

肖天明认识肖凌和鲁晓威是在九州公司成立后的一个月里。

九州公司成立的启事是在省报上刊发的，刊发后收到全国各地众多求职信。肖天明也是在这众多求职信中发现了肖凌和鲁晓威。他看过材料后认为二人都有不错的文字功底，就让周秘书给他们去了电话。

肖凌和鲁晓威是在接到周秘书的电话后来到汪海市的。

九州公司是在石门镇和澳大利亚合资开发的工业园里。主要生产羊毛制品，产品销往东南亚各国。公司是由省政府和汪海市政府批准成立的正处级单位。

2

第二天肖凌和鲁晓威起了个大早到汪海市里去了。他们还没到过汪海市的市里呢。他们对市里的路线不熟悉，把时间留得充足些，这样才不会误事。他们下了公共汽车，边走边问，等见到马永池时，正好刚到上班时间，马永池也才来到办公室。

马永池一米七五左右的个子，五十岁上下的年龄，穿着一件已经褪色的半截袖黄色衬衫，给人的第一印象就是厚道。他热情地把肖凌和鲁晓威让到自己的办公室里。

办公室里摆放着四张桌子，比较宽松。肖凌感觉这里要比梅花药业集团好得多，实际得多。她问："马总，咱们这里现在有多少人？"

"二三十个吧。"马永池说。

鲁晓威对来杂志社工作很满意，只是不知道这家杂志是以发行为主，还是以广告为主，要是以发行为主还好干，要是以广告为主，就不好干。他们才来汪海，到哪里拉广告？虽然他没有在杂志社工作过，但对这种工作环境是熟悉的。他曾经到省报社学习过，也到各地的报社参观过，对报社的经营模式并不陌生。他说："工作人员不算少。"

"人不在多少，在能不能干活。能干活的一个顶十个用，不能干活的十个不顶一个。我们杂志社现在就缺少像格琳那样的人。"马永池喝了一口水。

肖凌看着马永池问："格琳是谁？"

"她是《讯报》新闻部的，非常能干。"马永池夸赞说。

肖凌吃了一惊，接着问："马总，《讯报》也是咱们办的吗？"

"是。"马永池回答。

肖凌没看过《讯报》，不清楚是张什么报纸。她问："公开发行的吗？"

"内部办的，但也可以往外卖。"马永池说。

鲁晓威问："是以拉广告为主吗？"

马永池点一下头。

肖凌问："广告好拉吗？"

"格琳去年拉了十几万。有的人一个广告也没拉到，这就要看能力大小了。"马永池没直接回答肖凌的问话，举格琳做例子。他说得不紧不慢，有张有弛。

肖凌看了一眼鲁晓威。

鲁晓威没说话，看着马永池。他认为马永池是个不错的人，但有种让人难接近的感觉。马永池好像缺少一种活力与灵气，也缺少领导者的敏锐和委婉。他见过不少杂志、报社的编辑、记者，但像马永池这样的人不多。鲁晓威不相信一个杂志社的副总编就是这个样子，他感觉马永池与这个职位不太相称。

马永池问："你们有什么要求？"

"马总，发工资没问题吧？"鲁晓威在袁大祥那儿吃了亏，这回有了经验，直接问了最主要的事。他问得比较平静，脸上带着笑容，把事情问了，也给对方好的感觉。

马永池迟疑了一下说："发工资好像没问题。"

"只要工资有保证就行了。"鲁晓威也表明了态度。

马永池给鲁晓威和肖凌每人倒了一杯水，然后出去了。没过几分钟他回来了，说胡总正在跟客人谈话，没过多大一会儿，电话就响了。马永池拿起话筒说："胡总。"

"领他们过来吧。"胡总说。

肖凌和鲁晓威跟着马永池来到胡总的办公室。

胡总全名胡友德，现年四十岁，中等个子，胖胖的身体，小平头，一副十足的老板派头。他坐在老板台后面看肖凌和鲁晓威走进屋，没起来，只是欠了欠身子说："二位来了，欢迎你们，我是起不来了，昨天喝酒喝多了。"

"胡总一定酒量不小。"肖凌说。

胡友德向肖凌和鲁晓威招了招手说："别站着，请坐。"

马永池拿过旁边的椅子。

胡友德用手理了一下头发说："找不到感觉了。"

"胡总，要么我们先出去，过一会儿再过来？"肖凌说。

胡友德说："不用。你们都是有才华的人，在你们面前，我有点无从说起。我就先介绍一下我们这个单位吧！我们是一个综合性单位。目前有《汪海科技市场》月刊和《讯报》两个编辑部，另外还有广告公司和经贸公司两个单位，但这些都归文厦信息文化传播有限公司管理。我是董事长，又是总编，一人多职。我是负责全面的，各单位还有主管业务的副总。马总就是负责《汪海科技市场》月刊杂志的主管领导，其他副总出去谈业务了，不在公司。"

"单位挺大的。"肖凌说。

胡友德接着又说："我们最初只是一个文厦信息文化传播有限公司，经过两年多的努力，才发展到如此大的规模，还是发展比较快的。这跟全体员工的努力是分不开的。"

"胡总，咱们的杂志、报纸发行多少份？"鲁晓威问。

胡友德略加思索了一下说："报纸六万八千份，杂志八千。"

鲁晓威听人说报纸要是能发行三万份就赚钱了。他想《讯报》发行到六万份经济效益应该是不错的，最少维持正常运转是没问题的。但这是一个实数吗？胡友德会不会跟袁大祥是同一种人呢？他脑子里画了个问号。

胡友德说："听说你们很有才华。肖书记把你们推荐了给马总，马总又推荐给了我。我们都欣赏你们的才华，你们两个公司都接收了。一个在《汪海科技市场》月刊杂志社，一个在《讯报》编辑部，先当实习记者和编辑。"

"谢谢，胡总夸奖了。"肖凌说。

胡友德问："你们还有什么要求吗？"

"胡总，我们住在黄东区，离市里较远，能不能搬过来？"肖凌不想在鹤山小学住了，她答应赵雅风搬出来，现在找到工作了，接下来急着解决的问题就是住处了。

胡友德毫不含糊地说："没问题，住的由单位负责。单位现在没有房子，由马总编给你们租。马总编还是文厦信息文化传播有限公司的工会主席呢，工会主席就是负责解决职工生活问题的。"

"没问题吧？"肖凌笑着补充了一句。

胡友德看了一眼马永池说："马总编，表个态度。"

"应该不会有问题。"马永池不是很肯定地说。

"我们的工资是多少？"肖凌本不想问了，但是不问又不放心。

胡友德转了转两只大眼睛说："两千二，外加补助和提成。发工资实行保密制，同事之间不许相互打听，相互打听就违反了公司的制度，是要受到处理的。当然，你们回家可以说。你们两个是特殊关系嘛！"

鲁晓威问："胡总，我们的工作关系能调进来吗？"

"人我都接收了，工作关系还能不办吗？试用期三个月过后，我保证把你们调进来。我调你们进来很简单，不费吹灰之力，举手之劳。"胡友德强调说。

鲁晓威知道办户口要交市容增值费，这笔钱胡友德是不会出的，也就没说，说了也白说，还是自己出钱办吧。他说："胡总，只要单位把我们的工作关系调进来就行，户口我们自己办。"

"户口我也可以变通，但要看情况而定。我们是公司，不是政府。政府是靠国家财政拨款来维持运转的，我们要靠自己创造经济效益来运转，并且还要交税，员工的待遇是和创造出的效益成正比的。"胡友德说。

肖凌问："胡总，我们什么时间上班？"

"要看你们自己的时间了。"胡友德说。

肖凌问："明天行吧？"

"可以。"胡友德回答。

肖凌说："胡总，这是个文化单位，人才济济，人与人相处复杂，要有个过程。我们才来到这里，对这里的情况不是很了解，开展工作有一定难度，您要多关照，不然我们是站不住脚的。有做得不对的地方，您就批评。你的批评就是对我们的爱护。"

"你们在这里工作放心好了，没人敢欺负你们。你们是我聘请来的，谁要是欺负你们，不就是在欺负我吗？我们的财务处处长就是你们的东北老乡，他是吉林省铁岭市的。在这儿干两年了。他活干得不错，就是太老实了，做事缺少激昂情绪和活力。都说东北人是'东北虎'，他不但不是'东北虎'，连'东北猫'都不如。猫急了还咬人呢，他可倒好，无论大事小事，都看不到他发脾气。我希望你们是'东北虎'。虎比猫生存能力强，也比猫更可爱，更珍贵。"胡友德说得神采飞扬，自我感觉很好。

肖凌和鲁晓威不愿意听胡友德说这种话。他们认为胡友德话中有瞧不起人的意思，也不相信那人真像胡友德说的那么老实。他们认为胡友德过于贬低和夸张了。

吃中午饭时，他们见到了"东北猫"。中午饭是在酒店里吃的，胡友德让马永池找来了财务处的"东北猫"，让他陪肖凌和鲁晓威吃饭。

"东北猫"叫郝军。三十一二岁的年龄，人挺瘦。说话细声细语的，时不时就脸红，带着害羞，像个女孩。马永池给他们做了介绍。郝军见是东北老乡，心里挺高兴。实际上鲁晓威跟郝军不是一个省的。他们一个是黑龙江省的，一个是吉林省，相隔还很远。郝军来汪海两年了，来汪海之前，在青岛、烟台干过一年，并在青岛认识个女朋友。女朋友嫌他太老实，在相处一段时间后，跟他分手了。郝军跟母亲住在一起，他母亲是汪海人。母亲在二十岁那年嫁给他父亲后，就去了吉林省，郝军是在吉林省出生长大的，因此，他回到母亲的城市后，总感觉自己是外乡人，有着漂泊感。

马永池和郝军领着肖凌、鲁晓威先来到了饭店。过了一会儿胡友德陪着一个人来了，胡友德给他们做了介绍。那人是汪海市电视台编导耿奇，耿奇跟胡友德年龄相差不多，人长得也相像。耿奇正在拍一部反映汪海市改革开放的二十集短剧《汪海的风》。他身上穿的衣服上就印着"汪海的风摄制组"字样。他说话谦虚，没有那种空洞的豪情。

酒菜摆了满满一大桌子，很丰盛。

胡友德对鲁晓威和肖凌说："你们二位要明白我的用意。我是不会平白无故请人吃饭的，平时来人我不陪，都是马总的事。你们是特殊人才，我也就破一回例。"

"胡总放心，我们会好好干的。"鲁晓威说。

马永池给大家夹菜，自己却不怎么吃，时刻都看着胡友德的脸色行事。胡友德则看着肖凌和鲁晓威，鲁晓威和肖凌很尊重马永池，马永池对他们很客气。

胡友德把鲁晓威和肖凌的举动看在眼里，记在心上。他认为马永池在鲁晓威和肖凌心中的位置超过了他，就生气。他不允许马永池有这样好的威信，他要扼杀这种威信。于是他端起马永池刚倒满的一大茶杯白酒，用命令的口气说："马总，你把这杯酒喝下去。"

马永池接过酒杯，没敢喝。杯中酒让他望而却步，他两只眼睛怯生生地看着胡友德，希望胡友德能收回命令。

胡友德没有因马永池的胆怯而放弃。他要的就是马永池的胆怯，这样他才算达到目的了。胡友德严厉地说："马总，把它喝下去。"

马永池还是没动，只是他的目光中比刚才多了许多无奈。

胡友德没再说话，只是看着马永池。

肖凌和鲁晓威看着那杯足有半斤的白酒为马永池担心。他就算有酒量，喝下去也够受的了。

马永池端起酒杯，一仰脖，把酒喝了下去。然后又把酒满上，恭敬地把酒杯放到胡友德的桌前。他脸红了起来。

胡友德对自己的这个做法很满意，对鲁晓威和肖凌说："二位是马总推荐来的。马总爱才，我更是爱才如命。你们来了，马总高兴，我也高兴。今天这里还缺个邹一峰，邹一峰去印刷厂了，他来不了。相信邹一峰也会好好对待你们。"

"胡总，可别这么说，我们跟着你们干就是了。人和人相交是用心来换的。"鲁晓威表明态度。

耿奇喝了一口酒，做出了解胡友德的样子说："胡总是个武夫。"

肖凌和鲁晓威没有明白耿奇话中的意思，也不便多问。

耿奇说："外来人有拼搏精神。现在在汪海市文联的作家，凡是出成绩的都是下过乡、插过队的那些人。"

"胡总对本市人不感兴趣。"马永池补充说。

胡友德说："别说搞文化了，就连市级领导也没有几个是汪海本市人，都是从外地调来的。汪海人缺少敬业精神、开拓意识。"

"这就叫一方水土养一方人。"耿奇说。

胡友德说："他们要是不当官，不拿老百姓的纳税钱吃饭，还不知能干点啥。"

马永池点着头。从胡友德让他喝下那杯酒后，他再很少说话，保持着沉默。

胡友德看了一眼郝军说："我们的郝处长也是东北人，他干得就不错。郝处长，你也不跟你的东北老乡碰一杯？"

"我们向郝处长学习，郝处长我敬你一杯酒。"肖凌端起了酒杯。

胡友德接过话茬说："你们可别跟他学，跟他学就学成'东北猫'了，那就吃不上饭了。"

"看胡总说的。"郝军脸红了。

胡友德责备郝军说："别胡总胡总的了，快与你的东北老乡碰一杯。

你们不碰杯能有交情吗，没交情怎么开展工作。"

肖凌看了一眼鲁晓威，想让鲁晓威起来与郝军碰杯。

鲁晓威端起酒杯，对郝军说："郝处长，要多关照。"

"关照谈不上，相互帮忙就是了。"郝军端起酒杯跟肖凌和鲁晓威碰了杯。

胡友德喝过酒，没吃饭，其他人也没有吃。离开时他拍着鲁晓威的肩膀说："小伙子，回去好好想一想，我为了什么，咱们这可是个创业单位呀！这不是养尊处优的地方。"

肖凌和鲁晓威跟着马永池回到《汪海科技市场》月刊杂志社。马永池有点累了，坐在椅子上眼睛就有点睁不开了。他们跟马永池聊了聊工作上的事，便回黄东区了。他们明天就正式上班了，也就不必要多说了，好坏来了就知道了。他们觉着事情来得太意想不到了，也过于顺利了，这有点不正常。

<h2 style="text-align:center">3</h2>

肖凌和鲁晓威从没有想过要到杂志社和报社工作。记者和编辑这一职位，过去只是他们的一种梦想，从没想过能够实现。在他们没有丝毫思想准备时，这么好的工作就降临到头上了，让他们手足无措，有些紧张。

肖凌所工作的《汪海科技市场》月刊杂志社与鲁晓威工作的《讯报》编辑部同在六楼。肖凌跟马永池的办公桌是面对面摆放的。杂志社有四个人。行者亮负责文字编辑，孟宗哲负责版式与校对。虽然马永池是副总编，可什么活都干。肖凌刚来不了解情况，跟着熟悉工作流程，也负责文字编辑。孟宗哲比较热情，向肖凌介绍工作程序。行者亮不高兴，很少说话。肖凌跟他说话他也只是嗯嗯啊啊的，好像对肖凌有敌意。行者亮是怕肖凌抢了他的饭碗，两个人都从事文字编辑工作肯定有竞争。

肖凌和鲁晓威虽然都发表过不少文章，但编稿还是第一次，一开始无从下手，他们虚心向别人学习，请教。他们来到文厦信息文化传播公司的当天，整个公司的人便都知道了。他们在最短的时间内对公司进行了解。鲁晓威所在的《讯报》是个没有公开发行刊号的报纸，印数只有一千多份，这与胡友德说的六万多份是天地之差。这个印数靠发行量来维持正常运转是不可能的，只能用广告来补充。他们的热情减了一大半，但还是决定好好地干，因为他们喜欢这份职业。

马永池对她说新到一个单位头三脚是难踢的，干出点成绩让大家看看，不然很难开展工作。肖凌也是这么想的。马永池向她介绍了杂志社的近期工作安排和计划。马永池说近期《汪海科技市场》月刊准备在汪海全市各乡镇建立记者站，准备写专刊。马永池让肖凌尽快拿出作品，拉回赞助，只有这样才能在杂志社站住脚。

肖凌为了出成绩，也为了证明自己的能力，很快就独立出去采访了。

鲁晓威与肖凌不同。《讯报》跟《汪海科技市场》月刊杂志社里的情况也不相同，区别很大。《讯报》每半月出版一期。在《讯报》除了设有编辑部外，还设有新闻部和专题部两个部门，人员比杂志社多，各部门加起来有十几人。在《讯报》上发表的稿件都是带经济效益的。在他来编辑部之前，编辑部里有王若成、佳音和邹一峰三个人。

邹一峰是个见了胡友德就笑的人。他原来在一家大商场做文书，写得一手漂亮的字体，会看老板的脸色做事。他在《汪海日报》上发表过几篇小文章，人刚过四十五岁，就办了病退手续。他说有病，却看不出病在哪里。他很健壮，有活力。邹一峰比鲁晓威早来三个月，来了就当上了副总。

在邹一峰来《讯报》之前，编辑部的工作是由王若成负责，现在王若成要听从邹一峰的。王若成对邹一峰不满，也不服气，有些事他还是直接向胡友德汇报。邹一峰照顾王若成的面子，许多事也跟他商量。

王若成比鲁晓威大两岁，长着两只大耳朵和一双小眼睛。一米五几的个子，给人一种精明感。他对鲁晓威表现出友好，但不真诚。

佳音是个刚结婚的女孩。虽然人不算漂亮，可看上去还顺眼，不招人烦。她跟王若成的关系比较好，两个人总有聊不完的话题。

胡友德对鲁晓威说："你是破例聘用的人。一般情况下，我们都让新来的人在广告公司干上一段时间，才能调到编辑部。编辑部是公司的核心，不是谁想来干就能干的。邹总、王若成、佳音都是。"

"感谢胡总的信任。"鲁晓威不知道胡友德说的是真还是假。

胡友德说："小伙子，看你的了。"

鲁晓威为了熟悉工作，把过去的旧报纸都找出来，一期一期地看，看得非常仔细。他在翻阅旧报纸时，发现有好多人编过这张报纸，但那些人他没见到。邹一峰和王若成不在办公室时，他问佳音："宁可是谁？"

"原来的一个编辑。"佳音回答。

鲁晓威问："刘流是谁？"

"也是一个编辑。"佳音回答。

鲁晓威问："江河水呢？"

"也是。"佳音不情愿地做了回答。

鲁晓威问："他们还在公司里吗？"

"早走了。"佳音说。

鲁晓威心里打了许多问号，为什么走了呢？走的原因又是什么呢？

佳音说："小鲁，你刚来，最好少问这问那的。要是让胡总知道了，他会批评你的。"

"这些事还用保密吗？"鲁晓威说。

佳音说："当然要保密了。你知道胡总过去是干什么的吗？"

"干什么的？"鲁晓威问。

佳音说："胡总过去是军人。"

"军人遍地都是。"鲁晓威说这句话并不夸张，汪海是座沿海城市，除了有陆军外，还有海军和空军驻守，在街上到处都能看到军人的身影。

佳音说："胡总跟别的军人可不一样。他是在中央警卫局当兵，给国家领导人做卫兵，做什么事都要求保密，除了工作外，不许打听别的事情。"

"不可能吧？"鲁晓威觉着太神奇了，好像是在听天方夜谭。

佳音说："怎么不可能，胡总现在连公职都没有了，被开除了党籍，一撸到底。他是从部队被撵回来的。"

"那这个公司……"鲁晓威说。

佳音说："你不信就算了。"

鲁晓威被佳音这一番话说得心神不安起来。从此，他真的开始注意胡友德了。胡友德真的当过兵。胡友德说起当兵的往事，总是神采飞扬，有着自豪感。他想用部队的方式来管理公司，军人就是要以遵守纪律和服从命令为天职，他要求公司里的员工也这样做。

肖凌也听别人说胡友德是犯错误被部队撵回来的。胡友德的父母也都是军人，并且都是团级干部。不然他也进不了中央警卫局，给国家领导当警卫员，政审要求是非常严格的，要是没有良好的家庭出身，政审是过不了关的，他的父母都已经去世了。肖凌对鲁晓威说胡友德怎么样咱们不管，只要在这里工作一天，咱们就要好好地干一天，尽职尽责。

他们把精力投入到工作中，时间就这样匆匆而过。眼看一个月过去了，邹一峰也没让鲁晓威编版面，更没有让鲁晓威编版面的意思。那天只有鲁晓威和邹一峰两个人在办公室，鲁晓威问："邹总，我干什么呢？"

"编辑部的工作就是编稿，可你不熟悉，再说王若成也不给你版面，让我怎么说？要么你去找胡总问一问？"邹一峰说。

鲁晓威一直在等邹一峰给他版面，没想到他们没打算给他版面。他要是不问，这事还会继续拖下去。他认为这样被"晾"下去不是办法，便去找胡友德了。

胡友德早就知道这件事。他装成不知道，从没过问这件事。鲁晓威来找他时，他正在打电话。他放下电话对鲁晓威说："你让邹总和王若成到我办公室来一趟。"

鲁晓威刚转过身，胡友德又说不用了。他拿起电话，鲁晓威回到办公室时，邹一峰正在接电话。邹一峰放下电话，看了一眼鲁晓威，就去胡友德的办公室了。

胡友德问邹一峰鲁晓威来到这里的表现。邹一峰说没发现异常举动。胡友德在和邹一峰商量后决定把王若成编的两个版面让给鲁晓威。

邹一峰知道这么做损害了王若成的利益。他没有帮王若成说话，只是把胡友德的安排转告给了王若成。

王若成有点接受不了，急忙去找胡友德，想让胡友德改变安排。他说："胡总，小鲁是发表过不少文章，也获过奖。可他没当过编辑，没编过稿，编稿跟写稿完全是两回事。"

"照你说，没当过编辑的人就不能当编辑了？你没来报社前不是在酒店打杂吗？从打杂到编辑是不是天地之差？你不是也干得不错吗？"胡友德没给王若成留面子，一针见血地说。

王若成没来文厦信息文化传播有限公司前，在汪海市一家酒店做勤杂工。他爱好写文章，只是发表得不多。胡友德在一次去酒店吃饭时遇到他，就让他来《讯报》广告处当广告员了，后来当上了版面编辑。他最大的优点就是忍辱负重。胡友德当面骂他也不生气，总能一笑了之。他讨好地说："我都跟你学多长时间了。"

"只用你一个人，你就高兴了是不是？你要是走了，我的公司就得关门了。我们不培养新人怎么可以，你是怕别人抢你的饭碗吗？你要知道你的饭碗是我给的，你要是不听，我就砸了它。"胡友德认真地说。

王若成说："我不是那个意思，我还不是怕他编不好嘛。"

"他编不好，你帮他编。你比他干的时间长，也比他的经验多，你又是主任，你有责任帮助他。"胡友德说。

王若成来了个一百八十度的大转弯说："我肯定会帮他，我帮他是帮他，但我不能保证他不出问题，出了问题别责怪我，可别往我身上推。"

"要是出问题，我先找你。"胡友德不客气地说。

"明白，明白。"王若成看乾坤不可扭转，就没再多说什么。他回到编辑部，把部分稿件整理一下，转给了鲁晓威。

鲁晓威拿过稿件翻了翻，为难了，这些稿件质量太差，大部分都不能刊用。他早就已经注意到了，王若成在编稿时总在《新华每日电讯》

《北京青年报》《中国青年报》等报纸上寻找相关文章，从上面摘抄需要的文章。

胡友德推门走进编辑部，对鲁晓威说："小鲁，你要向邹主编和王主任多请教。他们干的时间长，经验多。他们是你业务上的直接领导，你工作的好坏，也是他们工作负责与不负责的体现，你明白吗？"

"明白。"鲁晓威回答。

胡友德对邹一峰说："这一期稿子，你们帮小鲁定。"

"当然要我们定了，他能定吗？他也不懂。"邹一峰一副傲慢的神情。

这期稿子编得急促。鲁晓威翻阅《新华每日电讯》《北京青年报》等报纸，在上面寻找适合《讯报》摘发的文章。他看得眼花缭乱，也没找出几篇适合的稿件。

4

肖凌来找他吃中午饭时，他才得到放松。文厦信息文化传播公司没有食堂，人员用餐都要到小吃街去买，小吃街在公司附近，卖什么的都有。他们买完饭到肖凌的办公室吃，肖凌的办公室一般情况下中午就她一个人。孟宗哲总是出去吃饭。行者亮是个爱联络感情的人，常借吃饭的机会去发行部及其他部门联络感情。肖凌和鲁晓威把杂志社门一关，比较自由。

马永池刚喝过酒，从外面进来带着酒气，也有几分醉意，一进屋就说："小肖、小鲁，你们能来到文厦信息文化传播有限公司不容易，可千万别忘了肖书记。肖书记对你们是有感情的。"

"马总，你我们也不会忘。"肖凌看出马永池说肖天明是假，想说自己才是真。

马永池说："别只动嘴，动嘴是没用的，要看实际行动。你们来了也有一段日子了，过几天咱们一起去看肖书记吧？"

"肖书记最近比较忙。等他有时间吧。"肖凌回绝了马永池。

马永池问："你跟肖书记通电话了？"

肖凌没回答。她不知道该说是，还是说不是。

马永池说："那就等他忙完了再去。"

"马总，你喝点水。"鲁晓威给马永池倒上水。

马永池一挥手说："你们别以为我喝多了，我没喝多。"

肖凌和鲁晓威都清楚马永池去石门镇的意图。石门镇在马永池眼里就是一块肥肉，时刻都想吃掉。肖凌不想现在去。

马永池说："我可是把希望寄托在你们身上了。"

肖凌一笑，没说话。

马永池站起来，伸个懒腰，出去了。

鲁晓威对肖凌说："咱们现在不能跟他去石门镇。他去找肖书记是想拉广告。肖书记要是同意还好，要是不同意呢？再说，这个文厦信息文化传播有限公司没有实力，做了广告跟没做一样，起不到宣传作用。"

肖凌跟鲁晓威的看法相同。她说："咱们拉广告也不能到石门镇去拉，到石门镇去拉广告，让肖书记怎么看？"

鲁晓威问："房子马永池找没找到？"

肖凌泄气地说："可能他还没去找呢！"

鲁晓威说："当时胡友德说得很好，做起来就不一样了。"

肖凌说："说和做是两回事。袁大祥一开始不也说得挺好吗，结果呢？一点实际事都不办。"

"胡友德总比袁大祥强得多吧。"鲁晓威说。

他们虽然在梅花药业集团工作只有短短几天时间，但给他们留下的记忆却是深刻的，一辈子都忘不了。

鲁晓威和肖凌每天都要坐公共汽车从黄东区到市里上班。从市里到黄东区要坐一个多小时的车。他们不在乎路的远近，而在乎车票钱。一天下来两个人要花八元钱，当然他们是能承担起这笔费用的。可他们一直住在学校里，学校的房子是袁大祥提供的，他们在梅花药业集团工作时，住在这里还是有理由的，可他们不在梅花药业集团公司工作了，就应该搬出去。虽然从上次鲁晓威跟赵雅凤吵过后，袁大祥和赵雅凤都没来找过他们，也没让他们搬家，但他们还是急着搬走。他们等不及了，就去找胡友德。

胡友德对租房子的事一清二楚，他知道马永池根本就没有去租房子。胡友德没有马上回答鲁晓威，让鲁晓威先回去。

马永池没去租房子是因为胡友德只说了一次，态度不明朗。他不知道胡友德说的是真话还是假意。胡友德在花钱上是特别细心的，租房子是要花钱的事。胡友德要是不再一次交代，他是不会去租的。他租到房子，万一胡友德不付房租怎么办。马永池在等胡友德的话。

鲁晓威没想到胡友德会给他这么个答复。

星期一早晨，胡友德在开协调会时，当着全体员工的面说起了这件事。他在会上动员公司里的员工帮鲁晓威租房子，他说得慷慨激昂。

鲁晓威和肖凌都没想到胡友德会这么做，他们认为胡友德是故意这么做。胡友德为什么要把这件看起来很小的事情搞得兴师动众呢？他们就不知道了。

5

杜木清是专题部的记者。小伙子一米九〇的大个子，英俊而潇洒。一年前他从武汉大学毕业后，便回到汪海市了。他在《讯报》专题部工作。他对工作不满意，没有工作热情，工作不上心。他说走就走，说来就来。他对这种三天打鱼两天晒网的工作态度，总能找出各种各样的理由来解释。他对鲁晓威说他租的那个房子不租了，要是鲁晓威想住可以租下来。

鲁晓威问杜木清一个月房租多少钱？杜木清说每月八百元钱。鲁晓威没看过房子，不知道房子怎么样，没有马上回答杜木清，而是去找马永池了。马永池没有马上做出反应，看着鲁晓威不说话。鲁晓威认为马永池不是租不到房子，而是不想给他租，他在等马永池的答复。他已经想好了，如果马永池不同意，他就去找胡友德。他一定要弄个水落石出。

马永池知道杜木清租房子的事情，他反对杜木清租房子。杜木清家在本市，离公司也不远，一个人在外面租房子算是怎么回事。马永池同意去看一看房子，他和鲁晓威跟着杜木清一起去看房子。

房子在海边，离汪海师范学院不远，但离文厦信息文化传播有限公司却挺远。周围的环境不错，房东不在家，门锁着，杜木清拿出钥匙开了门。

只有一个房间，但这个房间足有二十几平方米。房间很乱，靠左侧放着一张双人床，床上乱七八糟的，看上去好像多天没人住了。

马永池背着手在屋里转了一圈问："杜木清，你租房子干什么？"

"住呗。"杜木清笑了。

马永池问："谁住？"

"我住呀。"杜木清回答。

马永池不信地问："你家没地方住吗？"

"我女朋友从武汉来看我，住在我家不方便，就让她住在这里了。"杜木清说。

马永池点了点头说："你们年轻人可真行，比我们那时进步多了，没结婚就住在一起了，我们那时谁敢？"

"马总，你也不是老头，你要是想开心，我帮你找人，保你焕发青春，再现男人本色。"杜木清从不在乎别人怎么看。

马永池言归正传地说："别说没用的了，你租一个月多少钱？"

"八百。"杜木清回答。

马永池问："水电费呢？"

"自己拿。"杜木清回答。

马永池说："不便宜呀！"

杜木清说："马总，这价钱还算高？"

"房东是你家亲戚吗？"马永池问。

杜木清对马永池这句话挺不满意，反感地说："马总，公司要租就租，不租就算了。房东要是我家亲戚，这房子我让公司白用。"

马永池没有在意杜木清的态度。他问："房东是干什么的？"

"一个小伙子，在汪海师范学院培训中心当管理员，人还是不错的。"杜木清说。

马永池问鲁晓威说："小鲁，你看行吗？"

"行。"鲁晓威急着搬家，现在有个地方住就行。

马永池在回来的路上，领着鲁晓威又看了另外一处房子，这个房子的主人称马永池为大哥。鲁晓威看是个地下室，又暗又潮，见不到阳光，不同意租这个房子。马永池对鲁晓威说你只管住，房租不用管，他想说服鲁晓威。鲁晓威看出来马永池跟这个房子的房主关系比较近，本不想多说，可马永池一再让他表明观点，他还是不同意租这个房子。马永池生气了，不理鲁晓威。

下班后，鲁晓威和肖凌又去看了一遍这两处房子。肖凌也认为马永池找的那个房子不能住，也看上了杜木清租的那个房子。他们就等马永池表明态度，可从那天起马永池再也不谈给他们租房子的事。鲁晓威知道马永池是在为难他，他等了几天，见马永池还没反应，就找胡友德去了。他只是说起了杜木清的房子，没说马永池的房子。他担心说了胡友德会批评马永池，胡友德要是批评了马永池，不就给他和马永池之间造成更深的矛盾了吗？他不想跟任何人产生矛盾。

胡友德同意鲁晓威租下杜木清的房子。

鲁晓威听杜木清说房东去天津学习去了，一个月后才能回来，有点着急。他与杜木清商量后，认为先搬过去，房东回来再做解释。杜木清不住了，希望鲁晓威能早点把房子租下来。他知道鲁晓威的房租是公司付，他还有一个月的房租没付，希望公司一起给付了。鲁晓威认为房子是杜木清租的，两个人是同一个单位的，就等于转租给了他。鲁晓威找了一辆车，回黄东区拉东西。

鲁晓威找的是一辆来公司办事的半截货车，车上正好还有五六个小伙子。车主是个热情人，还想与《讯报》更深交往，便爽快答应了。

袁大祥老婆跟赵雅凤在楼上听到楼下有往车上装东西的声音，急忙从房间里走出来，站在二楼的阳台上，手扶着安全栏往下看。她们一看是鲁晓威领着一帮人在搬东西，慌忙从二楼往一楼跑，生怕她们的东西被鲁晓威用车拉走了。

鲁晓威恨她们，但又没有一个真正的理由。她们除了强行让他搬家外，也没有做过伤害他的事情。他住了人家的房子，这房子虽然不是梅花药业集团的，但要没有梅花药业集团，他也是住不进来的。他把东西装上车后，跟赵雅风打招呼说："赵经理，在这里你没少关照，非常感谢。你要是没别的指示，我就走了。"

赵雅风问："小鲁，工作找好了？"

"找好了。"鲁晓威回答。

袁大祥老婆问："什么单位？"

"报社记者。"鲁晓威虽然知道这不是正规报社，但还是把话说得坚强有力，声音响亮。袁大祥老婆跟赵雅风都做出吃惊的样子，鲁晓威得到了一丝满足与快意，不屑一顾地上了车。

袁大祥老婆跟赵雅风看车开走了，才松了口气。她们有些后怕，幸亏没惹鲁晓威，要是惹了，今天可够她们两个受的了。

鲁晓威拉东西回来时，肖凌已经把屋里的卫生打扫过了。鲁晓威把东西搬到屋里，肖凌开始洗涮起来。从东北出来后，她对这些衣物只洗过一次。现在天热了，衣物都散发着难闻的汗臭味。当她把这些家务活干完时，天已经黑了，人也疲倦了。

他们没有心情做饭，就到街上去吃。当他们往回走时，听到了涛声，便朝着涛声传来的方向走去。没走多远，就来到了海边。海水正凶猛地拍打着岸边的岩石。海风带着潮湿气息迎面扑来，给人心旷神怡的感觉。他们登上一块大岩石，眺望波涛澎湃的大海。由于天黑，看不清远处的海浪，只能倾听涛声，只能看见远处灯塔如萤火虫般的亮光。除此之外，什么也看不到了。他们商定明天早晨来看海上日出。但第二天早晨他们没能起来，昨天忙了一天，实在是太累太困了，睁开眼就到上班时间了。他们洗过脸，连早饭也没来得及吃，就锁上房门去上班了。

他们来到文厦信息文化传播公司时，胡友德和马永池都已经来了。胡友德的办公室门开着，马永池正在向他汇报工作。鲁晓威在经过胡友德办公室的门口时，往里扫了一眼。他感觉马永池跟胡友德正在说他和肖凌。

马永池把他的想法和安排一五一十地向胡友德做了汇报。

胡友德关切地说："建站的事要抓紧办。"

"上次去肖天明基本是答应了。"马永池说。

胡友德生气地说："你别用基本、可能、或者的口气向我汇报工作。工作中不能带有一丝一毫马虎和大意。你要明白，工作就是饭碗，要是马虎、大意了，就会砸了自己的饭碗。你要用行与不行来回答，我要的是肯定性回答。"

马永池静静听着胡友德的批评。

胡友德缓和了一下口气，鼓励地说："马总，你要抓紧，别贻误战机。贻误战机，一切都会成为泡影。你要知道时间对我们的重要性。我们接收了肖天明推荐来的两个人，是好事，也是坏事。好事是有了跟肖天明进一步交往的条件与理由，坏事可能会让他了解到我们的底细与实力。我们的实力你马总还不清楚吗？所以我们要抢时间，要在最短的时间内把肖天明这条大鱼从河里钓上来，绝不能放过他。你要是把他放走了，我不会放过你。如果不是为这个，我才不会花这么大代价来聘用鲁晓威和肖凌。他们写出的文章就算比海明威、大江健三郎好，也不会用。我就认钱。你不也是吗？如果不是为了钱，你我能坐在一起吗？没钱不行。马总，让我们为赚钱而奋斗吧！你振作起精神来吧，前面的路是光明的，别整天不死不活的，跟活不起似的，让我看到难受。"

"我准备这几天再去一次石门镇，找肖天明把建站的事落实一下，力争有个结果。"马永池在胡友德的鼓动下信心百倍。

胡友德赞同地说："你说得对，力争成功，只能成功。我只看结果，不管你用什么办法，只要能把肖天明这条鱼给我钓上来就行，就是好样的，就是称职的副总。"

马永池上次去肖天明那儿拉回来两万元的广告。他拉回广告除了工资有保证外，还可得到百分之二十的提成费。两万他就可提成四千，他干得当然卖力，他对肖天明当然感兴趣了。

马永池从胡友德的办公室出来，去了厕所，在厕所里遇上了鲁晓威。还没等鲁晓威说话他就先开口说："房子还行吧？"

"行，马总没少费心。"鲁晓威嘴上说着感谢话，心里却对马永池不满。

马永池叮嘱说："你们是奔我来的，一定要好好干。"

"会的。"鲁晓威听出来马永池是在索要人情了。他不想谈下去，匆匆从厕所里出来。

马永池本来没下决心到石门镇找肖天明，也想再等一等。刚才让胡友德一鼓动，就控制不住激动的情绪了，他回到办公室就想跟肖凌说。但话到嘴边又没说，他毕竟是年近五十岁的人了，对事情的把握有一定分寸。他喝了一杯水，也没找到个好的话题，于是又从房子上说起。他说："小肖，你住的比我住的都好。"

"不会吧。"肖凌不相信地说。

马永池说："不信你问孟宗哲，至少你现在住的要比我住的大。"

"马总，你不是祖祖辈辈都生活在汪海吗，住的怎么会那么小？"肖凌不解地说。

马永池不想回答，要想回答也简单，因为多年来他一直没个好的工作单位，要是有好的单位也就分上房子了。他现在住的房子是他老婆单位分的。要不是他老婆分到这间十几个平方米的小屋，他真的要领着老婆和女儿去租房住了。他女儿十八岁了，正处在青春期，有些隐私是连父母也不愿意让知道的。她跟父亲住在一起很不方便，正因这个他在老婆面前总抬不起头来。他老婆看不上他，对他漠不关心，从不问他工作上的事，也不跟他说自己工作上的事。两个人只有晚上回到家里见上一面，睡上一夜，就各忙自己的事情了。他们只是生理上的彼此需要，没有共同语言。他能给他老婆的满足就是比较健壮的身体，除此再没别的了。他认为，男人要是不能赚钱，就不叫男人了，也不可能有男人的尊严。

他讨要人情似的问肖凌："你来咱们公司感觉怎么样？"

"不错。"肖凌回答。

马永池说："我想也是，不是所有人都能像你们这么幸运，很多人来汪海好多年，都没能找到适合的工作。你们应该知足。"

"知足。"肖凌嘴上这么说，心里却不这么认为。她知道佳音是来自广西的，不到两年就买了房子。马永池的老祖宗就生活在汪海，也没买上房子，这就是个人能力的对比。她和鲁晓威在家里常说这些事，佳音是鲁晓威的同事。佳音的父母是支边时期去的广西百色地区，在那里生活了几十年。佳音是在广西百色读过高中后，考上汪海一所中专学校，回到汪海的。她父母到了退休的年龄，也回到了汪海。他们当时买了间套一的小房子，现在城市改造，旧房拆迁，分给了一个套三的房子。这要比马永池强多了。此时，肖凌从心里对马永池有说不上来的反感。

马永池拿起桌上的一篇稿子递给肖凌说："你看写得怎么样？"

"马总写的？"肖凌接过稿子说。

马永池说："帮着改一改。"

"看一看还行，这是马总交给的任务，改不行，水平有限。马总的亲笔，我一个小编辑怎么好乱改呢？"肖凌说。

马永池吸了一口烟说："你的这个观点我不赞同。别说是我写的稿子，就算是胡总写的稿子不行，也得改。当总编不一定就会写稿，会写稿不一定能当上总编。总编是要具备综合能力的，而编辑是要有专业水平的，两者是不同概念。"

肖凌看着稿件。马永池写的是石门镇一家村办企业的稿子，稿子没写完，两万元钱的赞助费却要来了。他让肖凌看是为了证明自己的写作水平。他清楚无论好与坏，肖凌都会说好。这样在行者亮和孟宗哲面前不就提高自己的地位了吗？肖凌不一会儿就看完了。她挑出几个重要部分做了一下总结。她总结出了六条，这六条都是对稿子的肯定。第一，稿子主题明确；第二，选材突出；第三，语言鲜活；第四，文字干净；第五，写得紧凑；第六，稿子写得情真意浓。

马永池对稿子还比较满意。为了写好这篇稿子，他一连好几个晚上都没睡好。他要在这篇稿件中体现出才华和实力。虽然他年近五十，但还有着干事业的雄心壮志。他想要是能从石门镇拉来二三十万赞助费那该多好啊！二三十万对他来说是个天文数字，但对肖天明来说不过是九牛一毛。他知道镇党委书记虽然级别不大，可实权在握。

肖凌看出这篇稿子有两处大毛病。其一是文章不简洁，多余的描写太多，没直接进入主题。其二是文章条理不清楚，写得过满，主题不明确，这也是文章的败笔。但是她没说出来。

马永池把稿件送给胡友德看。

胡友德头一摇说："马总，你就写成这个水平，不让人笑话吗？你要大改才行。"

马永池表面上同意改，心里却不服气，把稿交给了肖凌。

肖凌是这一期《汪海科技市场》月刊的责任编辑。开始她不想改，不改胡友德不让刊发。马永池自己又改不好，就让肖凌改。

马永池看发出来的稿件比自己写的原稿好，对肖凌就另眼相看了。他有事出去时，来得及就跟肖凌说一声，来不及就在办公桌上给肖凌留个条子。这在《汪海科技市场》月刊杂志社里还是从来没有过的。

肖凌认为马永池这么做不是因为她文章写得好，也不是她帮马永池改了文章，而是马永池想让她去石门镇拉广告。事情正如肖凌想的那样，没过几天马永池就改变方式了。他开始对肖凌严肃起来，有时绷着脸一句话也不说，有时说起话来像吃了呛药似的，冲劲十足，让肖凌难接受。肖凌装成没看出来，没反应，只是想专心把工作干好。

第四章　职场上的较量

1

采写纪实作品是《汪海科技市场》月刊杂志社的主要工作，从纪实稿中收取广告费是杂志社唯一的经济来源。胡友德把经济创收多少，当成对杂志社人员考核的标准。肖凌采访顺利，一个月内就写完了三篇，并且钱都收回来了。她的创收速度让胡友德和其他人都大为吃惊，这在文厦信息文化传播有限公司里是少有的。胡友德为了促使肖凌更加努力工作，鼓励她的干劲，让她当首席编辑。

肖凌知道在杂志社编辑编稿多少和写稿多少是实力的体现。被采访者看你有实力才愿意接受采访，因为采访是收钱的，谁都不想花冤枉钱。

胡友德让肖凌当首席编辑的通知下发后，好长一段时间也没得到落实。

孟宗哲不放手，一直以首席编辑编版。他认为自己虽然不会写稿，但会版面设计，干的工作多。他来杂志社工作的时间比肖凌早，资历比肖凌深。更何况他还是胡友德亲自要来的呢！所以他迟迟不给肖凌发稿权。

那天胡友德把肖凌叫到总编办公室问稿子编了没有？肖凌说稿子还在孟宗哲那儿。胡友德故意这么问，这是他工作中一种常用的手段。刚来公司工作的人不明白，时间长了就明白了，好人是他，坏人也是他，他对谁都不相信。他当着肖凌的面批评了孟宗哲。

孟宗哲不情愿地把稿子交给肖凌。

胡友德对肖凌说编稿是次要的，主要是创收。肖凌明白编稿并不影响创收。胡友德慷慨激昂地说："老马年岁大了，跑不动了，虽然是副总，也起不了多大作用。"

"我给马总当助手。他有经验，又是汪海本地人，我向他学。"肖凌说。

胡友德说："你也太看重马总了。他老了，你要下决心超过他。"

肖凌认为胡友德对马永池暗藏杀机，便不再接话了。她回到办公室的时候，马永池正拿着苍蝇拍打窗户上的一只苍蝇。她说："马总打苍蝇的技术真不错。"

"胡总找你了？"马永池打死了那只苍蝇。

肖凌应声说："嗯。"

"你最近跟肖书记联系了吗？"马永池问。

肖凌说："他很忙。"

"你们可别忘了他，他对你们有着浓厚的感情。"马永池说。

"当然不会。"肖凌说。

马永池说："你们也别太固执，固执会吃大亏。你们还是太年轻，有许多事情还没经历过，要去学。"

"马总的提醒我记着呢！"肖凌说。

马永池说："你别只顾写稿、编稿，要多拉广告，广告是财源。"

"我会尽力的。"肖凌说。

马永池说："都半年过去了，杂志才出两期，不就是因为没有钱吗？"

"马总，咱们报纸不是科学技术委员会办的吗，他们不给拨款吗？"肖凌说。

马永池斜视肖凌一眼说："咱们不给科学技术委员会钱就不错了。你知道杂志社的规定，不完成任务就要下岗，就要走人。拉广告没关系不行，你们刚到汪海，熟人少，去找肖书记吧。他们镇是全汪海市的经济强镇，出个广告费很轻松。"

"马总，你放心，广告我会拉。"肖凌了解马永池的用意，打断了马永池的话。

马永池说："我是为你们好，你们是我介绍来的嘛！"

"我们欠你一份人情。"肖凌说。

马永池毫不含糊地说："可以这么说。"

"我跟市环卫局的郭局长约好见面时间了，该去谈稿子了。"肖凌看了一下表，把稿子放到皮包里走了。

肖凌并没有去采访，而是提前回家了。鲁晓威回家后，肖凌说咱们是不是该买点东西去马永池家看看，不管怎么说是他介绍咱们来公司的，咱们欠他人情。

鲁晓威说老马看来真是等不及了，这样更好，能让咱们了解他们的用意。鲁晓威对文厦信息文化传播有限公司了解不少，公司主要以拉广告来维持运转。他对公司失去了信心。

肖凌原本认为《汪海科技市场》月刊杂志社是人才集聚的地方。可让她没想到的是杂志社里连个专科学校毕业生都没有。行者亮是牙科医生，孟宗哲是美术老师，马永池是修理工。这么三个人编杂志，就算是用上吃奶的力气，又能编成什么样？杂志又是自办发行，不能到市场上销售。她面对这种工作环境很不安，担心地说："马永池不会为难咱们吧？"

"眼前应该不会。他还没吃掉肖书记这块肥肉呢，要是吃掉了，就说不准了。他对咱们好坏不在咱们去不去看他，而是看能不能拉来广告。看他才多少钱，广告多少钱，哪个轻哪个重，马永池是清楚的。"鲁晓威分析说。

肖凌说："咱们不能去找肖书记拉广告，一旦肖书记答应他们了，对咱们是有害无益的。"

"要是去，也要办理了正式调动后。"鲁晓威说。

肖凌心情沉重。他们来到这个公司已经两个多月了，还没听说谁是正式的呢。她说："胡友德能把咱们调来吗？"

"他不是答应了吗，用人就应该办用工手续。"鲁晓威说。

肖凌说："满公司也没一个是正式的，咱们能行吗？还是先把户口迁移到汪海再说吧。一步一步办稳妥。"

"星期一我去黄东区公安局看一看，如果有机会赶紧办。"鲁晓威说。

肖凌说："这事可不能耽误了，这是大事。"

"对了，星期一我还走不开，我们要到印刷厂去。"鲁晓威想起星期一的工作安排。

肖凌说："我去。我正好要到那边采一个稿子。"

2

星期一早晨是《讯报》到印刷厂最后校对的时间。鲁晓威一个人留守办公室，屋里静静的。

梁宝强走进来说："就你自己？"

鲁晓威说："都去印刷厂了。"

梁宝强是专题部的主任。三十五六岁的年龄，表面看人挺厚道，暗地里想法不少，说话时总是先笑。他经常来编辑部，对鲁晓威做出友好的姿态，主动接触。

鲁晓威在没认识梁宝强前就知道他的名字。他在翻阅旧《讯报》时就看到了由梁宝强编的版面，他认为梁宝强有一定水平。他刚来到公司，当然想多交朋友了。在梁宝强伸出友谊之手时，也希望握住。他一有空也去专题部，两人坦诚相待。

专题部有梁宝强、杜木清、何英三个人。何英跟杜木清经常不来上班，一般情况下专题部就梁宝强一个人。胡友德开会批评过梁宝强好多次，让他管好专题部的人，专题部是公司里最乱的部门。梁宝强对胡友德的批评像没听见，没反应。他私下里对鲁晓威说工资都发不出来，让他怎么来管，谁又会听，管好自己就不错了。

鲁晓威问："今天又剩你自己了？"

"又成光杆司令了。"梁宝强咧咧嘴说。

鲁晓威问："他们没来上班的理由呢？"

"杜木清说是办户口去了，何英说去医院了，你说哪个不让去？"梁宝强认为这种打招呼跟没打是一样的。

鲁晓威知道杜木清回到汪海市一直没落上户口。

梁宝强问："你们的户口落上了吗？"

"我们自己落。"鲁晓威回答。

梁宝强赞成地说："你这么想是对的，你看郝军就是个例子。他等胡总给他落，结果呢？"

鲁晓威问："郝军的户口没落上？"

"他还在等胡总呢！"梁宝强说。

鲁晓威说："胡总不可能给他落。他又不是特殊人才，缺了他不行。像他这样的人遍地都是，谁会为他落？"

梁宝强看一下表说："我回办公室了。你这离胡总的办公室太近，要是让他看见了，又得发脾气。"

"走，上你那儿。"鲁晓威带上门，跟梁宝强去了专题部。

专题部在整个楼道的最里面。

鲁晓威走进专题部，一眼就看见摆放在何英桌子上的那束塑料花，花是红绿颜色，很好看。他拿起来说："美人花也不来陪一陪寂寞、孤独的梁主任。"

"你说什么呢？"何英正好开门进来。她听到鲁晓威说的这番话了。

鲁晓威转过脸面对何英笑着说："你都快成金庸小说中的女侠了，说来就来，说走就走，不见踪影，来去如风。"

"小鲁，你可不能这么说，让胡总听见了，我就倒霉了。我是很好的革命同志。我去医院看病还不行吗？国家法律没有规定不让人看病吧？我向梁主任请假了。是吧，梁主任？"何英不示弱地说。

梁宝强看着何英问："小鲁，你说何英像谁？"

"梁主任又来了。"何英马上就明白梁宝强说的话，显然他们说过这个话题。

鲁晓威看着何英，不假思索地回答："像三毛。"

"我真的像三毛吗？"何英高兴得似乎要跳起来了。

鲁晓威说："像。"

"像吧！"梁宝强补充着。

何英惋惜地说："可惜我不是，我要真是就好了。"

"有什么好的？"鲁晓威问。

何英说："三毛多有才华。"

"除了这个，再没有了？"鲁晓威问。

何英说："她周游世界，去过五十多个国家，走遍万水千山，多过瘾，多潇洒。"

"再没有了？"鲁晓威问。

何英想不起来了说："还有什么？"

"三毛的情人也多。她前后有四五个恋人，还喜欢过王洛宾。你就不想有这种艳遇吗？"鲁晓威开了个玩笑。

何英脸唰地红了，没想到鲁晓威能说这种话，反击道："你看看，有的男人看上去老实，心里花着呢！别人不说，就说你鲁晓威吧，平时看上去老实巴交的，其实心里整天想着遇到红粉佳人的美事。"

"那女人呢？女人心里想着什么？总不该是遇上美男吧？"鲁晓威说。

梁宝强平实跟何英很少开这种玩笑，他看鲁晓威这么一说，也来了兴趣，接过话说："何英，今天遇到对手了吧？"

"遇到了，别看小鲁平实不爱说话，要是说起来，我看咱们公司里没有几个人能说过他。梁主任，你信不？"何英说。

"编辑部的人都很厉害。"梁宝强说。

何英说："进了编辑部，好人也学坏了。"

"你们对编辑部的成见也太大了，有意见也不能全包括在内，也不能以点带面吧。就拿本人来说吧，好像没有跟你何英过不去的事情吧？"鲁晓威知道何英说的是王若成，她对王若成的意见大。

何英问："你在编辑部的感觉怎么样？"

"不错。"鲁晓威回答。

何英不相信地说："是吗？"

"我不像你意见多，想法多。"鲁晓威说。

何英说："我对谁都没意见，只是对自己有意见。"

鲁晓威停了一下说："何英，我看过你写的文章，你写得很不错。你编的版面也好，怎么不编了呢？"

"小鲁，你是聪明人，这事还用问？"何英当然还想编版面，可人家不让她编了，她还编什么。

梁宝强说："小鲁，你文章写得不错，我看过了。"

"其他人写得也不错，在文化单位工作会写文章是很正常的。"鲁晓威认为这没什么可大惊小怪的。

何英说："小鲁，看来你对公司里的事还不是很清楚。"

"你有话直说好了，别绕弯。"鲁晓威说。

何英问："公司里的规定你不会不知道吧？"

"不许乱说。"鲁晓威补充道。

何英从挎包里拿出一篇稿子，看了一眼说："小鲁，你看能不能在你编的版面上给发出来，劳驾你了。"

"你写的稿应该不会有问题。"鲁晓威接过稿子。

何英苦笑了一下说："这你可说错了，我在咱们报还真发不了稿。我发的几篇像样的稿子，都是在《汪海开发报》时写的。那是我发稿与写稿的黄金时期。"

"你在《汪海开发报》干过？我怎么没见过这张报纸？"鲁晓威还是第一次听说何英在别的报社工作过。

何英不想谈过去那段经历。她说："都是过去的事了，没新意，就别提了。"

"我怎么一次也没看见过那张报纸呢？"鲁晓威自从来到文厦信息文化传播有限公司后，特别关注汪海市的新闻界。每次他走到大街上对街边的报摊都很留意。

何英说："停刊了。"

"哪办的？"鲁晓威问。

何英说："宣传部办的。"

鲁晓威看何英不想多说，没有继续问下去。但是在他后来跟何英交谈中还是提到了《汪海开发报》。何英跟鲁晓威单独在一起时，不隐瞒，坦荡地说起她在《汪海开发报》工作的那段往事。那段工作经历是值得她回忆的，给她留下了深刻的印象，她谈起来很有兴致。

半年前，汪海市委宣传部主办的《汪海开发报》面向全市公开招聘8名编辑、记者。招聘启示在《汪海晚报》和《汪海日报》上登出来后，在汪海新闻界引起不小的震动。记者和编辑是好职业，许多人都托关系，找门路，跃跃欲试。记者要求本科以上学历，二十八岁以下，男女不限，热爱新闻事业，有一定写作基础和新闻敏感性。虽然是份刚创刊的新报纸，但牌子硬。在汪海市从事新闻工作，如果进不了《汪海日报》和《汪海晚报》的话，那么进《汪海开发报》也是有前途的。这家刚创刊的报纸是由市委市政府直接主管的，不像另外几家半死不活的企业报。企业报跟政府办的报纸没法比，不能同日而语。何英对进汪海晚报社和日报社不抱希望，便把希望寄托在《汪海开发报》上。她想要是将来有进晚报社和日报社的机会，在这家报社锻炼一下，也是个铺垫。她拿定主意，便报了名。她的材料不是很充实、厚重。她在最短的时间内利用各种关系在《汪海晚报》和《汪海日报》上发了多篇文章，又找了在宣传部工作的熟人做引荐。她读的是电大，人家要求的是全日制本科。虽然同样都是本科，但还是有区别的。可她找的引荐人非常管用，使她顺利通过材料审核这一关，她参加了面试。主持面试的是《汪海开发报》副总编。副总编对何英的印象很好，在笔试时对她进行了关照。有了副总编的关照，她到《汪海开发报》也就如鱼得水，接连发表了好几篇头条新闻，使她的才华得到充分发挥。

但好景不长，她试用期还没过，报纸就在全国新闻整顿中停刊了。人员哪儿来回哪儿去。这件事来得突然，何英没想到，报社领导也没想到。何英无处可去，她当初走时胡友德不让她走，胡友德认为她业务能力还算可以，能独当一面，想重用她。她没听，闹红了脸离开的。这个公司虽然不好，也算是个单位，有单位出去再找工作好说话，没单位出去找工作没有底气。好马不吃回头草的道理何英还是懂的，可她管不了那么多了，只能吃回头草。她请梁宝强在酒店吃了一顿饭，梁宝强过去是她的主任，两个人平时关系不错。何英去《汪海开发报》时跟他商量了，可谁脑后都没长眼睛，后来发生的事情谁都没料到。他答应帮这个忙，一连找胡友德好多次，胡友德才勉强同意让何英回公司。何英回来后，工作不如从前顺手了，处处受难。她对工作也是三心二意的，她在专题部里不停地打电话。由此，鲁晓威判断何英在《讯报》干不长，肯定在四处找工作。

鲁晓威把何英写的稿子看了两遍，觉着文笔一般，不好也不坏，可发可不发。他把稿子放了几天，考虑来考虑去，最后决定还是发了吧。何英是第一次给他稿，照顾面子也该发。他把稿子交给邹一峰。

邹一峰是副总编，负责审稿，他二话没说就把稿子撤了下来。他说何英写的这哪是稿子呀！这分明是在做样子。

鲁晓威不好坚持。

邹一峰拿着稿子到专题部去找何英，把稿子退了回去。邹一峰这么做，让鲁晓威在何英面前也算有个交代。

何英遇见鲁晓威，鲁晓威刚要解释，何英就抢先说："小鲁，你不用说，我清楚，我对这里再清楚不过了。我再也不会给咱们报社写稿了。我写得不行啊！"

鲁晓威看出何英心情很难受，可他找不出安慰的话语。他自言自语地说："真是没办法。"

鲁晓威是真心想发本报记者采写的稿子。哪怕写得不如从《新华每日电讯》《北京青年报》上摘抄下来的稿子，毕竟是本报记者自己写的。后来梁宝强送给他一篇写画家的稿子，总算没被枪毙掉，顺利编发出来。

胡友德看后极为不满，生气地说："汪海市的画家没有了嘛，干嘛发这人的稿子。"

鲁晓威不明白胡友德为什么不让发本市稿，非要让摘抄其他报纸上的稿子。

胡友德说："我原认为东北人都是东北虎呢！我没见到东北虎，却见到了一群'东北猫'，今后谁拿来的稿也不发，给你们权力也不会用。"

梁宝强又送来几篇稿子，鲁晓威全都给编上了。但都被王若成和邹一峰给撤换下来了。

那次梁宝强答应帮一个在电台工作的朋友发篇稿子。稿子也很适合，但就是发不出来，最后他去找胡友德。

胡友德生气地说："稿件适合就发，不用找我，去找王若成就行了。"

梁宝强是不会去找王若成的，王若成是他最恨的人。王若成刚来《讯报》时，在发行部当发行员，梁宝强在编辑部当主任，他发现王若成有文字功底，就找胡友德把王若成要到编辑部。当时胡友德还不同意让王若成到编辑部去，梁宝强保证出了事他负责，这样王若成才到了编辑部。王若成干得不错，得到了胡友德的赏识，没过多久他就顶了梁宝强的位置。梁宝强被调到专题部去了。

鲁晓威继续靠摘抄稿子来应付每期报纸。

3

胡友德一直在注意何英和梁宝强的行动，一点小事也看在眼里，记在心上。他发现何英在拉拢鲁晓威，就决定给何英点颜色看看。他命令邹一峰写个下岗通告，让何英下岗。他让何英下岗的理由是何英没有完成公司所规定的创收指标。

邹一峰特别喜欢干这种事。他认为胡友德把这事交给他是对他的信任与欣赏。他很快就把通告写好了，拿给胡友德过目。胡友德飞速地看了一遍，点着头，赞赏邹一峰写得好，同意张贴出去。邹一峰马不停蹄地拿着胶水把通告贴了出去。

在《讯报》编辑部门的左侧有一个宣传栏，宣传栏是专门张贴通知用的。只要通知一贴出去，文厦信息文化传播有限公司里的所有人都能看到。这是进出公司的必经之路。

胡友德常用下岗的方式来警告员工，督促员工努力工作。

下岗的员工公司不发给工资，再次上岗要看表现而定，没规定期限。

何英对下岗反应非常平静，一点异样的神态都没流露出来，像早就料到了似的。那次胡友德找她谈话，她就猜到了。胡友德问她怎么规划自己工作方向的，她没回答。胡友德指出两条路供她选择，一是调走；二是换个部门，重新开始。她仍没表态。她清楚自己的处境，这种处境不是换个部门就能改变的。她对这个公司心灰意冷了。她有自己的想法，有自己的选择，但要有个过程。她需要时间，需要充足的时间来做准备。

胡友德并不知道何英心中的想法。他认为何英无处可去，一切都要听他的调遣。何英上次走了，又回来，这是最有力的证明。俗话说：好马不吃回头草。何英是个聪明人，能不懂吗？只是她无处可去，走投无路了。胡友德让她下岗是在试探她，看她下一步的行动。

何英下岗让梁宝强心神不安。他比何英还急，还焦虑。他说："我原来就告诉过你，让你注意，你不听。现在胡总让你下岗，事先也没通知我，显然对我有意见，让我怎么去给你说情？"

"梁主任，你不用找胡总。你这么做是没用的，也是没意义的，更是徒劳的。你对我的帮助，我非常感谢。"何英说。

梁宝强批评地说："你还是不成熟。"

何英想着心事。

梁宝强说："你也别上火，有机会我还会找胡总谈的。"

"梁主任，真的不用。就算你找他谈，也没有用。他那人你也知道，说一套做一套，我对他没信心。"何英说。

梁宝强看着何英说："你这样下去是不行的。你还要吃饭吧？吃饭就得工作。生活就要花钱，就要赚钱。"

"我明白。"何英说。

正当公司里的人对何英下岗的事产生种种猜测、众说纷纭时，让大家更没想到的事发生了。在同一天下午，胡友德又让邹一峰写了个表彰梁宝强的通告。

胡友德在《讯报》编辑部里来回踱着步，显得兴奋、激动。他说梁宝强上半年给公司创收三万，应该表彰。

邹一峰听着没表态。他不希望胡友德表彰梁宝强，也不希望表彰公司里的其他人。胡友德表彰公司里的任何人，他都会产生嫉妒。他的心太小，小得装不下别人的优点。

胡友德亲自把通告张贴出去。他觉着自己做了个英明的决定。他说在文厦信息文化传播公司工作的人，要是一天不努力就有可能被开除。他说他是个赏罚分明的人。王若成正坐着编稿，胡友德伸手抓住他的衣服领子吼着："小子，你说是不是？"

"是！是！"王若成站起来，跟鸡吃米似的不住点着头。

胡友德把王若成拎到屋中间，上去就是一拳。这一拳把王若成打得一咧嘴。

王若成险些哭了。他说："胡总，你别再打了，再打我就趴下了。"

"我就是想让你趴下，看你站着我就难受。"胡友德坐在王若成的椅子上，目光却落在鲁晓威的身上。

鲁晓威目睹了整个过程，感觉胡友德在向他暗示着什么。

胡友德站起身，旋风般地离开了。

编辑部恢复了平静。

王若成揉着胳膊，朝自己的办公桌走去，自言自语地说："胡总下手真狠。"

"当兵出身，没两下子，还行？"邹一峰拍马屁似的说。

鲁晓威上厕所时遇上了梁宝强，他说："祝贺，你受到表扬了。"

"虚的，啥用。"梁宝强一摇头。显然他对通报表扬不感兴趣。他看出来胡友德采取了拉一个、打一个的策略。他对胡友德有意见，按照公司规定应该给他的提成还没给呢！

鲁晓威对胡友德和文厦信息文化传播有限公司有了新的认识。没过几天王若成找他谈了一次话。王若成对他说不要总跟着马永池走，跟着马永池走不好，会被误认为是在拉帮结伙。一听这话，鲁晓威就清楚是胡友德让王若成说的，这是在给他打预防针。

胡友德担心马永池拉拢鲁晓威。他想孤立马永池，在这种情况下，王若成扮演了"汉奸"的角色。

王若成扮演得很成功，这个角色也最适合他。他随时随地都把公司员工的行踪告诉给胡友德，就像抗日战争时期的汉奸，专门干给日本鬼子通风报信的勾当。王若成早就把鲁晓威经常去专题部，经常跟梁宝强出去的事告诉了胡友德。

胡友德马上又以串岗的"罪名"开除了行者亮。他早就想开除行者亮了，这只是个借口，也是在杀鸡给猴看。他给行者亮戴上串岗的高帽子有点不符合实际。

公司里的人认为这不是理由，真正的原因是行者亮没有创收。

经过胡友德有计划地这么一折腾，文厦信息文化传播有限公司里的气氛格外紧张，乌云密布。

<h2 style="text-align:center">4</h2>

马永池见肖凌迟迟不到石门镇拉广告非常生气，特别是胡友德又让肖凌当上了首席编辑，这更让他恼怒。他是不想让肖凌当首席编辑的。肖凌拉到了几个广告后，胡友德又开始重用她。她在公司里地位提高得很快，直接威胁到马永池了。马永池想控制肖凌的发展。那天肖凌不在办公室，马永池问孟宗哲说："这期稿子准备好了吗？"

"老马，你这不是明知故问吗，稿子不都在肖凌那里吗？"孟宗哲从来不把马永池放在眼里，也不称呼马永池的职位，只是老马老马地叫。

马永池用吩咐的口气说："肖凌以创收为主，你还是要负责版面的。要是让她负责版面，就会分散她创收的精力，一个人的精力是有限的，咱们要主次分明。"

"你对我说这个没用。你应该去找胡总说。"孟宗哲说。

马永池说："你也可以跟胡总谈一谈，大家都是为了工作嘛！"

"我跟胡总说了，胡总不听。再说，小肖是你介绍来的，你说比我说好。她又能写又能编又能拉广告，胡总又重用她，我看你的位置早晚是她的。"孟宗哲挑拨离间地说。

马永池说："我介绍她来还不是为了到石门镇建记者站吗，还不是想到那里去弄几个广告。只要能弄来钱，我干不干这个副总都没关系。"

"我看这个站也建不成了，广告她也不会去拉。她都来这么长时间了，连提都不提。胡总对她好，还不是想让她去拉广告吗，要是最后拉不来广告，胡总不辞退了你才怪呢！"孟宗哲说。

马永池不安了，脸色都变了。

孟宗哲说："老马，你这步棋没走正，看错步子了。现在小肖还不熟悉汪海的环境，就已经不听你的了，熟悉后就更不用说了。"

"没你说得那么严重，你把她说得也太神了。我就不信一个外来的小东北，能有那么大本事。她不是想飞吗？在她翅膀还没长硬前，就折断她的翅膀，她还能飞得起来吗？"马永池咬着牙。

马永池看了一眼桌子上肖凌写环保局郭局长的稿子，拿起来朝门外走去。他去找邹一峰了。他来到《讯报》编辑部没进去，只是把门敞开一半，把头探到门里，伸着头往屋里看。他看鲁晓威和邹一峰都在编辑部里看报，就轻声地叫了一声：老邹。

邹一峰听到马永池叫他，转身走出来。他看马永池手里拿着肖凌的稿子，立刻明白马永池的用意，跟在马永池身后来到胡友德办公室。

胡友德看马永池和邹一峰两个人一起来找他，就知道有事。他问："两位副总一起来，有什么重要的事吗？"

"胡总，我跟老邹看了一下肖凌写的稿子，稿写得不好，你看是不是让她重写？"马永池说话不转弯，总像枪膛里的子弹直来直去。

胡友德不解地一笑说："马总，你是副总，你认为不行就让她重写是了，还用来问我吗？我要是连这点小事都管，还要你这个副总干什么？"

"胡总说得对，老马也真是的，刚才我还说让小肖重写呢！"邹一峰刚才根本没说，他是顺风倒的人。

马永池见胡友德没有提出反对意见，胆量就大了，接着又说："肖凌当首席编辑不行，当首席编辑会分散她的精力，还是别让她编稿为好。"

"马总，那你看着办吧！你认为怎么合适，就怎么安排，只要把工作干好就行。"胡友德对马永池不感兴趣，也想让他们之间有矛盾，那样中心点就落在他身上了。他要以自己为中心。他想不用马永池了，因为马永池快五十岁的人了，涉及到养老金的问题。他是不会给任何人交养老金的。只要肖凌适应了，他就想辞退马永池。

邹一峰故意咳嗽一声，给屋里人发出个警惕信号，马永池转过脸向门口看去。

鲁晓威经过胡友德办公室门口，转过脸正往里看。他看到马永池手中的稿纸正是肖凌用的。他猜测马永池和邹一峰找胡友德肯定跟肖凌写的稿有关，回到家时把这事告诉肖凌。

肖凌没当回事。因为那篇稿子的钱已经收回来了，收了钱肯定要刊发的。

鲁晓威不赞同肖凌的观点。他认为收了人家的钱就应该给人家做好，这是职业道德问题。做不好是对人家不负责任，也是对自己不负责任。时间久了，就砸了自己的牌子。

肖凌写这篇稿件已经尽力了，从稿件的质量上来说不应该有问题。从版面上来说就不一定了。马永池只给两个版面，要求减掉三分之一的文字。两个版面根本发不出来，要是压缩文章，肯定体现不出作品的完整性。她跟马永池在版面上意见不一致，产生了分歧，最终要有一个人让步。看来马永池找胡友德是为了这事。

鲁晓威认为肖凌同一期上两篇稿子，有一篇长、一篇短比较好，能体现出作品的水平，也能在版面上做到互补。

肖凌说："我也是这么想，但马永池不同意。"

"你努力争取一下，也别跟老马弄得过僵。"鲁晓威认为那样对谁都没好处。

肖凌现在一提起马永池头就痛。她说："不是我跟他弄得过僵，而是他跟我。"

"老马着急了。"鲁晓威认为马永池目前的表现主要是想到石门镇去找肖天明拉广告。

肖凌把话题一转说:"你也该出去写几篇稿子了,写稿对自己有好处,公司给提成不说,也能提高在公司里的地位。"

"我还没找到好的采访对象,如果找到了,就去写。"鲁晓威一直没找到出去采访的机会。

肖凌接着说:"我都写四个了,暂时不想写了,写多了怕胡友德不给钱。我这里有一个私营企业老板,等联系好了,你去写吧。"

"干什么的?"鲁晓威问。

肖凌说:"服装厂的老板。"

"女的,还是男的?"鲁晓威问。

肖凌回答:"当然是女的了。"

"那还是你去吧。"鲁晓威对采访女老板不感兴趣。他认为女人事多,好了坏了,坏了好了,说不清道不明。

肖凌走到挎包前,打开挎包拿出一张粉红色的名片说:"这是她的名片。"

鲁晓威接过名片看着。名片上写着:丽人服装有限公司经理瑞芳。他看过了名片问:"你从哪里弄到的?"

"行者亮给我的,这是他的同学。"肖凌说。

鲁晓威说:"行者亮走了再也没来,跟你还有联系?"

"他让我给他写一篇论文,我答应了。作为回报,他就给我提供了这个线索。"肖凌说。

鲁晓威问:"他现在在哪里干?"

"一家保险公司。"肖凌回答。

鲁晓威说:"他在保险公司干,还要论文干什么?"

"形式主义呗。"肖凌说。

鲁晓威跟行者亮接触不多,但对行者亮的印象还是不错的。他说:"行者亮是个不错的人,就是胡友德看不上他。胡友德看不上好人,好人在这里也待不住。你看王若成、邹一峰都是些什么人?"

"走了好，早走早利落，早晚都得走，文厦信息文化传播有限公司根本不是个正经单位，在这里能有什么发展？"肖凌觉得行者亮走是正确的。

鲁晓威看了一眼手中的名片，又重复了一下他的观点。他说："你去采吧，都是女人好沟通。"

"你这人可真是的，人家都说男人和女人在一起好交流，你倒好，把机会放到你眼前，都不去抓，就你这样在汪海能行吗？别说发展了，还不得饿死。"肖凌火冒三丈。

鲁晓威没想到肖凌会生气。

肖凌仍然生气地说："咱们来到汪海就要靠自己，要是自己不行，就死路了。咱们不能跟任何人比，别人都有退路，在这里不行可以到那里，干不了这个可干那个，咱们是来寻找发展机会的。必须靠真本事吃饭、生存。你只编那么几篇稿子就完事了？那不行。咱们在这个公司根本不是长办法。杂志也好，报纸也罢，现在连个公开发行的刊号都没有，说不上哪天就关门了。不早做准备，到时候怎么办？"

鲁晓威拿着名片犹豫着。他还没采写过纪实，有点无处下手的感觉。

肖凌说："我不管你，你看着办，你也不是三岁小孩子，自己总该做点什么吧？"

两个人生了一夜气，早晨上班时谁也没理谁。

肖凌来到办公室时，马永池已经来了。她发现马永池的态度不对头，预感到马永池要对她说什么。

马永池想了想，沉默了一下，才用命令的口气说："肖凌，你必须把稿子压缩在两个版面以内。版面就是钱，多给一个版面，就会增大运作成本。"

"一篇在两个版，另一篇三个版，两篇稿件能起到互补。"肖凌还是坚持自己的主张。

马永池坚决地说："都两个版。"

"马总，环保局郭局长那篇两个版根本不行。上次《汪海文学》都写过郭局长了，写得不错，发的是五个版面。咱们给发两个版怎么好，两个版连人家一半都不到，人家能满意吗？人家不满意，下次谁还找咱们写。"肖凌再次做解释，她对这种解释有些烦了。她都解释好多次了，可马永池还是听不进去。

"咱们不管下次，只管这次，你敢保证下次他还写吗？要是你能保证他还在咱们这里做，就发三个版，要是你保证不了，就发两个版。稿子好坏是另一回事，咱们是以经济效益为主导。经济效益你懂吧？要做到寸版寸金。"马永池说话上纲上线。

肖凌说："马总，以经济效益为主导这没错，我也是这个观点。但在不影响大方向前提下，在相对平等的条件下，咱们是不是应该从长远来看？实际上发三个版面也不是浪费，只是紧一下别的稿子，就可以做到。"

"小肖，就两个版，三个版肯定不行。你要是不想改就让孟宗哲改。"马永池做出不再多说的姿态。

肖凌也上来了犟劲，带着不可压制的怒火说："就三个版。"

"你是副总，我是副总？"马永池警告肖凌。

肖凌不服气地说："你是副总，你是副总。"

"我是副总，那就听我的。小肖，我再次警告你，你别认为你进来了，就可以照自己想的随意做事了。你给我老老实实地听着，我可以请你来，也可以把你请出去，你信不？"马永池声音大，且坚强有力，好像马上就要做决定似的。

肖凌说："我信。"

马永池看着孟宗哲。

孟宗哲坐在那里一句话也没有，心里幸灾乐祸。他希望马永池跟肖凌有矛盾有分歧。现在《汪海科技市场》月刊杂志就他们三个人，论实力，他最差；论能力，他也是最差。肖凌是马永池介绍来的，要是他们两个人关系好了，就没他的位置了。他们俩一有矛盾，就能体现出他的重要性了。他看肖凌跟马永池两个人吵到了火头上，打圆场说："你们别吵，把稿子给胡总，让胡总决定不就完事了。你们争，如果到胡总那儿通不过，不还是没用。"

"胡总很忙，哪有时间管这小事。"马永池反对把稿子交给胡友德处理。他昨天跟胡友德沟通过了，胡友德让他负责。

肖凌从孟宗哲的话中得到了启示，抓起桌上的稿子，转身去找胡友德了。

胡友德听肖凌把事情从头到尾说完，没有立刻做出决定。他对稿子做了肯定，也对肖凌这一段时间的工作做了赞扬，他让肖凌先回去，到发稿时再定。

肖凌从胡友德的办公室出来后，到公司门口的院落里，想放松一下情绪。她心情压抑，真想大喊一声。但这是不行的，她要是真的喊了，人家肯定会说她是疯子。她听到有人在身后喊她的名字，回头一看是杨琴。

杨琴是个还没结婚的女孩子。她在发行处工作，对肖凌很好。肖凌来到公司后，杨琴经常到杂志编辑部来找她。杨琴不会写文章，想跟肖凌学写文章。肖凌当时笑了笑说自己也不会写，杨琴说你也太谦虚了，过分谦虚就是骄傲，全公司谁不知道你写的文章好。肖凌刚来到公司，并没对谁说过写文章的事。杨琴说你还没来时，胡总就在全体员工大会上说起你们了，让全公司的人都向你们学习呢！这一次，杨琴把手里的两张费翔演唱会的票递给肖凌。

肖凌没接，有点慌乱地说："我不要。"

"不朝你要钱，这是我对象单位发的。"杨琴说。

费翔演唱会是近些天汪海媒介报道最多的事情之一。在这座城市里歌星演唱会是最受人欢迎的娱乐节目，远远超过了球赛。公司里的人都在四处要票。因为票价贵，都不想花钱，就各自找门路。

肖凌和鲁晓威刚来到这座城市，没有门路，又不想花钱买，就没有打算去看。杨琴的男朋友在汪海市演出公司，演出公司是这次演唱会承办单位之一。这是商业演出，门票发放管理严格，工作人员只发两张门票。两张门票好干什么？谁没个亲戚朋友的。杨琴没跟肖凌说过要送票。她突然送来两张门票，让肖凌接受不了。她说："你还有别的朋友，你送给他们吧。"

"你不是我的朋友吗？你怕欠我的人情是不是？你要是这样想，你就不要。"杨琴做出生气的样子。

肖凌说的是真心话，没想到杨琴会生气。她不是不想去看费翔的专场演唱会，只是不舍得花钱去买门票。这种名歌星专场演唱会的门票是很贵的，杨琴送给她是多大的人情啊！她说："小琴，你是我在汪海最好的朋友，但这票我不能要。"

"好朋友送张票算什么，晚上去看吧。"杨琴把票塞给肖凌，转身离开了。

肖凌接过票高兴不起来，她知道两个人的交情还没有达到可以心安理得拿人家票的地步。她应该怎么还杨琴这份人情呢？

杨琴走了几步，又回来了，小声说："我刚才到你的办公室找你，看胡总正跟老马谈话呢，胡总训斥老马了。"

肖凌没料到胡友德会去批评马永池。她不希望胡友德批评马永池，只想把稿子完整地刊登出来，给对方一个交代。

杨琴安慰肖凌说："你不用跟老马计较，他多大岁数，你多大岁数。你要当杂志的副总编，他当然生气了。"

"谁说我要当副总编了？"肖凌大吃一惊。

杨琴说："公司人都这么认为，还用说吗？这不明摆着的事。你现在是首席编辑，又会写稿，又能拉广告，胡总又重用你，副总不是你的还会是谁的？你要是当上副总了，可别忘了我，到时候把我要到杂志社去。"

"这事还没个影呢。我要是当不上副总编你这票不是白送了？"肖凌半真半假地说。

杨琴纠正地说："我这可不是贿赂你，咱们不是朋友吗？"

"你可别乱给我张扬。让马总知道了，他会找你算账的。"肖凌说。

肖凌这才明白为什么马永池总跟她过不去，人涉及到自己的利益都会不择手段。她可从来没有想当副总编的意思，她是在等机会，一旦肖天明给办好了，就离开这里。她听杨琴这么一说，反倒理解了马永池，也原谅了马永池。

马永池正坐在那里吸烟。他看肖凌回到办公室，叹息了一声。

肖凌给马永池倒了一杯水，想安慰一下马永池，但话终究没说出口。她低头，两只手揉着纸。那张写了半页的稿纸被她揉成一团后，又被展开，像她的心跳一张一弛。她没有再提稿子的事，马永池也没提，两个人都在回避这个问题，同时又很关注这件事。稿子最终是照肖凌要求发出来的，但她高兴不起来。她跟马永池之间产生了一道深沟，这是无法弥补的。

第五章　弦外之音

1

鲁晓威去采访丽人服装有限公司经理瑞芳时，没有告诉公司里的任何人。他认为这些人都不能信任。他担心别人知道了，在背后坏他的事。

那天早晨他没到公司上班，直接去丽人服装有限公司了。公司门卫是个说东北话的老头。老头问鲁晓威找谁，鲁晓威说找瑞经理。门卫老头问约好了没有，鲁晓威说约好了。鲁晓威随手从兜里掏出记者证，门卫老头看是记者，便热情地告诉他经理在三楼的办公室里。鲁晓威朝那座三层小楼走去。

丽人服装有限公司看上去不是很大，前面是座三层小楼，后面是座二层小楼，两座楼相隔三十多米，这是公司的全貌。

楼道里静静的。鲁晓威看一眼手机上的时间，侧过脸，透过楼梯旁边的玻璃看着院中，院子里有几个工人正在搬东西。到了三楼，办公室没挂牌子。他往里面走，里面有一个房间的门开着，他走过去敲门。

"进来。"一个女人的声音从屋里传来。

鲁晓威走进去，见一位漂亮的年轻女人坐在老板台后面，便轻声说："你是瑞经理吧？"

"我是。"瑞芳站起身跟鲁晓威握手。她在见到鲁晓威的瞬间，惊住了，但很快恢复了情绪。她用一种很特别的眼神看着鲁晓威。

鲁晓威没想到瑞芳会如此年轻，看上去就二十二三岁的年龄，长发披肩，像电影明星巩俐。她没有化妆，完全是一副自然美。鲁晓威客气地说："你好，瑞经理。我是鲁晓威。"

"你好，请坐。"瑞芳倒了一杯茶，放在鲁晓威旁边的茶几上。

鲁晓威说："你来得真早，还不到上班时间呢！"

"都是自己的事，没个点。不像你们当记者的，拿着公家的钱，吃着公家的饭，到点上班，到点下班。"瑞芳回到了老板台后面。

鲁晓威看瑞芳用手摁了一下胸口，脸色不是很好，便关心地问："瑞经理，你怎么了？"

"我的胃病犯了。"瑞芳回答。

鲁晓威问："用不用去医院？"

"不用，老毛病了，过一会就好了。"瑞芳拉开抽屉找出胃药。

鲁晓威上前倒了一杯水递给瑞芳。

瑞芳吃过药，疼痛减轻多了。她说："真不好意思，第一次见面就这个样子。"

"没关系。"鲁晓威说。

瑞芳说："你不像是汪海人？"

"我是东北人。我父亲是闯关东时，从山东去的东北。"鲁晓威说。

瑞芳一听"闯关东"笑了说："我二叔也去闯关东了。"

"他在什么地方？"鲁晓威问。

瑞芳说："他现在回来了，刚才你不是见过他吗？"

"看门的那位老人就是你二叔？"鲁晓威想了一下。

瑞芳说："不像吗？"

"真挺像的。"鲁晓威说。

瑞芳看着鲁晓威，沉默了一下问："你是毕业分来的？"

"不是，是调过来的。"鲁晓威回答。

瑞芳问："你干记者多久了？"

"不是很长时间。"鲁晓威照实说。

瑞芳沉默了，她的表情让鲁晓威不知道怎么才好。

鲁晓威猜测也许是自己刚才说错话了。瑞芳刚才还有兴趣呢，怎么会在瞬间没了兴趣呢？鲁晓威从包里拿出一份《讯报》递给瑞芳说："这是我们办的报纸。"

"现在的报纸是太多了，这个报那个报的。我只看《汪海晚报》和《汪海日报》，你们的报纸对我们公司起不到宣传作用，又跟服装行业没关系，我拿钱花在上面不就等于把钱往水里扔吗？要是能发在别的杂志、报纸上还行。"瑞芳说着想法。

鲁晓威明白瑞芳对《讯报》不感兴趣，对他不信任。从瑞芳刚才的话语中能听出来，要是文章写得好，还是想做宣传的。鲁晓威心想老板有这种意向很难得，不能轻易放弃。他来到《讯报》工作之后，还是第一次采写纪实稿件，这次能不能成功，对他的发展非常重要。他努力争取地说："瑞经理，我们报虽然在汪海影响不大，但发出来的稿子是可以转发的。要是被转发了，影响不就大了吗？在报上做宣传能促进服装的销售，利于公司在社会上的影响力。不宣传客户怎么会知道呢？咱们汪海市的企业就不如青岛的企业，汪海跟青岛虽然同在山东半岛上，同样都是开放城市，但青岛的企业要比汪海的企业有影响，如海信、海尔、澳柯马都有自己的宣传机构，并且都非常专业化。公司在宣传方面投入也大，产品成了国内外名牌，畅销国际。你再看咱们汪海市，有几家名牌产品，不就是宣传跟不上吗？好的产品也要有好的宣传才行。"

"鲁记者，我们现在是在汪海，而不是在青岛。我是个私营企业，不是国有大公司，我花出去的每一分钱，都是我自己的。当然，我也不是个守财奴，我并不是把钱看得很重，但也不能乱花。不能来个记者，我就答应做广告，要是这样公司不就倒闭了吗？钱是要花在应该花的地方。"瑞芳说着自己的观点。

鲁晓威认为瑞芳说得合情合理，没有刁难和拒绝的意思。他说："你说得对，我要是身处你的位置，也会这么想。你放心，我会对你负责的。"

"你对我负责？"瑞芳的脸红了。她虽然在商海拼搏多年，但对个人感情还是把握不好。她见到鲁晓威就深深喜欢上他了，因为鲁晓威太像她过去的恋人了。

鲁晓威感到自己说话不够准确，急忙补充说："我不会白从你这里拿钱的，我会让你花出的钱换回同等的价值。"

"你有这个信心？"瑞芳不相信。

鲁晓威信心十足地说："当然有。"

"说这种话的人很多，最终能做到的却很少。"瑞芳说的是实情。许多记者为了能顺利拉到广告，对她提出的要求都答应，可钱一到他们手里了，就不兑现自己的承诺了。

鲁晓威说："瑞经理，为了不让你花冤枉钱，你看这样好不好，我写完给你看，你对稿子满意就发，不满意就当我白写。"

"你们报发行多少份？"瑞芳问。

鲁晓威说："发行六千份。"

"太少了，《晚报》和《日报》都在二十万份以上，六千还不如人家零头多呢！"瑞芳没有恶意地笑了。

鲁晓威心跳加快，脸发热。他说发行六千，实际上只有一千多份。他多说了五千份。他说："我们报纸跟日报、晚报的收费标准也不同。他们收钱太多，我们收的钱相对要少。"

"你们收多少？"瑞芳问。

鲁晓威说："日报、晚报一个版收八万，我们才收六千。两者差距是很大的。"

"我喜欢你的坦诚，也想跟你合作，你把稿写成后，我看了再说。"瑞芳还是不相信鲁晓威的水平。

鲁晓威说："就这么定了。"

"你这么自信？"瑞芳说。

鲁晓威说："你比我更自信。"

"谁告诉你的？"瑞芳笑了。

鲁晓威说："你告诉我的。"

"我什么时间说了？"瑞芳说。

鲁晓威说："你的一言一行，都在证明。这是你的性格。"

"记者先生，你没判断错吧？"瑞芳轻然一笑。

鲁晓威说："不会错的，我相信感觉。"

"我认为两个都自信的人是很难合作下去的。你不这么认为吗？"瑞芳提醒鲁晓威他这种自信不一定正确。

鲁晓威说："我们是能合作下去的，因为我们是年轻人，有着共同的追求和兴趣，利益也是相互的。"

外面有人在敲门。

瑞芳说："进来。"

"瑞总，咱们该走了吧！"一个秘书模样的女孩站在门口。

瑞芳说："我知道。"

秘书关上门离开了。

瑞芳看了一眼表说："我约了人，今天就这样吧，改天再联系。"

鲁晓威站起身说："好。"

"你开车来的吗？"瑞芳问。

鲁晓威说："我哪里有车呀！"

"我让司机送你。"瑞芳说。

鲁晓威说："谢谢了，不用。"

鲁晓威从瑞芳的办公室出来，楼道里人来人往，到上班时间了，大家都很忙。鲁晓威与他们擦肩而过。他走到公司门口时，一辆金黄色的轿车停在那里。门卫老头从传达室里走出来，鲁晓威打招呼说："大叔，我走了。"

"鲁记者，上车吧。"门卫老头说。

鲁晓威留意老头的长相跟瑞芳的确很像。他说："不用。"

"小伙子，上来吧！"司机说。司机是个五十多岁的男人，看上去很友善。

鲁晓威上了车，向门卫老头挥了挥手。

轿车从丽人服装有限公司院里开出来。司机问："小伙子，今年多大了？"

"二十六岁。"鲁晓威回答。

司机说："听口音你不像是汪海人。"

"我是东北人。"鲁晓威回答。

司机说："这几年从东北来汪海的人真不少，那边的生活不好吗？"

"也不是，就是气候不好。冬天零下三十多度，太冷。气候是人改变不了的。"鲁晓威解释。

司机问："小伙子，贵姓？"

"姓鲁。您呢？"鲁晓威看着司机。

司机说："姓曲，就叫我曲师傅好了。"

"曲师傅，你在丽人服装公司开几年车了？"鲁晓威问。

曲师傅说："从公司买车那天，我就来了。"

"那你对瑞经理很了解了？"鲁晓威问。

曲师傅说："当然了解了，她是我看着长大的，我们两家是邻居。我家在楼上，她家在楼下，在一起住了好几十年。"

鲁晓威向曲师傅询问瑞芳家里的情况。曲师傅没回答，他让鲁晓威去问瑞芳本人。鲁晓威没继续再问。他靠在座椅上，透过车窗，看着街两边，心想有车真好，有钱真好。他是第一次坐这么好的车。他在文厦信息文化传播有限公司门口下了车，又目送曲师傅把车开走，才回办公室。

虽然瑞芳同意鲁晓威写了，可是鲁晓威对瑞芳不了解，怎么写呢？写什么呢？写这种纪实稿，事情一定要真实，事情不真实写出来的稿子肯定没有张力，打动不了人，并且容易惹来麻烦。他在等瑞芳的电话，想做进一步了解。

鲁晓威等了半个多月，也没有瑞芳的消息。他给瑞芳打电话，瑞芳不是说没时间，就是电话没人接。这一拖又是好多天。在漫长的等待中，他猜测可能瑞芳不想做这个宣传了。他想放弃。

2

肖凌不想让鲁晓威放弃这次机会。她每次采访时也同样是经历着这样或那样的磨难，最终才成功的。她明白像这种收钱的宣传是不会一帆风顺的。她问："上次你去，她的态度怎么样？"

"她的态度是不错，可表情有点怪。"鲁晓威回忆着说。

肖凌问："是不是瞧不起人？"

"不是。"鲁晓威回答。

肖凌鼓励地说："你要想办法让她做，只有做成了，才算是你的成绩，胡友德才会给提成，才能证明你在公司的价值。现在咱们也真是需要钱。"

"你就知道钱。"鲁晓威心情烦躁起来。

肖凌生气地说："没钱寸步难行，没钱就吃不上饭。"

"饿着你了？"鲁晓威语气生硬。

肖凌说："没饿着也差不多了。现在过的是什么日子，你又不是不知道。在汪海这座海滨城市不敢吃海鲜，也不敢出去玩，不就是因为没钱吗？人要是只为了吃饱饭活着，还不如猪呢！咱们也就不用来汪海了，在东北待着算了。出来不就想生活得更好吗？"

鲁晓威是个理智的人。他跟肖凌吵归吵、闹归闹，吵过了、闹过了，对事情会做反思。他想这个广告只要有一丝希望，还是应该努力促成的。他想来想去，决定再去一趟丽人服装公司，大不了碰一鼻子灰，有什么了不起的。

他走在去丽人服装有限公司的路上，脑子里做出了种种猜测，好的与坏的轮流出现。他这次去与上次不同，上次是约好的，瑞芳同意了。这回没约好，人家不知道他到访。他心里七上八下忐忑不安。

门卫老头还记着他，笑着打招呼说："鲁记者来了。"

"大爷，瑞经理在吗？"鲁晓威问。

老头说："她昨晚没走。"

"那我上去了？"鲁晓威说。

老头点着头说好。

鲁晓威走进办公楼时，门都还关着。他站在那里等了一会，决定去敲门。他怕过一会儿，到上班时间找瑞芳的人多，没时间跟她交谈。但现在明显瑞芳没起来，在人家还没起来就敲门是不礼貌的。他顾不了那么多了，不礼貌就不礼貌吧，反正已经来了。

瑞芳迷迷糊糊地被敲门声惊醒，翻动了一下身子问："谁呀？"

"瑞经理，我，鲁晓威。"鲁晓威鼓足勇气回答。

瑞芳迟疑了一下，急忙下了床。她从里间走出来，从防盗门的可视孔看见站在门口的鲁晓威。她料到鲁晓威还会来找她，但她没想到会来得这么早。公司里来陌生人门卫都是要电话通知她的，今天门卫怎么没通知她呢？门卫上次看她对鲁晓威不错，加上鲁晓威又是记者，这次就没通知她。她穿的是一条睡裤，上身穿的是紧身内衣。她要是面对公司的女员工穿这一身还行，可面对鲁晓威就不适合了。她转身去换衣服。

鲁晓威有点等不及了，又敲起门来。

瑞芳边换衣服边说："稍等。"

鲁晓威想可能还没起来呢。他抬头向门上看了看。

瑞芳对着镜子照了一下，就去开门了。

鲁晓威抱歉地说："瑞经理，真对不起，这么早就来打扰你了。"

"没关系，进来吧，也该起来了。昨晚陪一位广州客人吃饭吃得太晚了。"瑞芳解释说。昨晚她陪个从广州来的客户吃饭，一直吃到晚上十二点。她睡时已经是下半夜了。

鲁晓威说："广州那边喜欢过夜生活。"

"可不是吗，他们是越晚越来兴致，陪他们真让人受不了。"瑞芳感触地说。

鲁晓威说："不可以让你的部下陪吗？"

"这哪能行。"瑞芳一摇头。

鲁晓威看着屋里的布局。

瑞芳给鲁晓威倒了一杯茶说："你先喝杯茶，我去洗把脸。"

"真不好意思。"鲁晓威觉着自己来得早了点。

瑞芳从洗手间回来淡淡化了一下妆说："咱们出去走走吧？"

"好。"鲁晓威说着站起来。

街上行人多了起来，他们来到了海上公园。海上公园里没几个人，像是只有他们两个是闲人。在这个上午，瑞芳向鲁晓威讲述了她的故事。

鲁晓威了解到一位年轻私营企业家的心声。他听得如痴如醉。不知是在什么时间他们都落了泪。瑞芳的真情讲诉，震撼了鲁晓威的心灵，激发了他的创作灵感。他很快完成了来到汪海后的第一篇纪实文学《金色的梦幻》。这篇长达两万多字的报告文学，他一气写完。胡友德看过文章后，给了高度赞赏和肯定。当然胡友德最关心的还是收回钱的多少。鲁晓威还没有把文章给瑞芳看，他相信瑞芳对这篇文章会满意的，他想把文章刊发出来后再去要钱。胡友德看钱没有到位，便对刊发这篇文章犹豫了。他是个时刻都以经济效益为主的人，他在创收方面丝毫不马胡，不见到钱，就不想刊发。鲁晓威保证说："文章刊发了，钱肯定能要回来。如果文章刊发了，钱要不回来，就拿我的工资顶。"

"小鲁，这可是你说的。"胡友德要鲁晓威的口供。

鲁晓威说："我说的。"

"你的工资才多少钱，一个版面费又是多少钱？两者是不能等量代换的。"胡友德说。

鲁晓威说："那怎么办？"

"文章发，钱你得去要。"胡友德在发稿单上签了字。他同意先发表，他相信是篇好稿。他让《讯报》用整个版面刊登了《金色的梦幻》的全文。

鲁晓威对《金色的梦幻》刊发确实很满意。他这篇文章刊发的过程要比肖凌那几篇顺利得多。文章刊发出来后，立刻在公司内引起了不小的反响。公司员工都被他那犀利的笔锋和斐然的文采吸引住了。他好像在一夜之间，就成了文厦信息文化传播有限公司里最有发展前景的人。他在公司里的地位，在瞬间就无形提高了许多。有的人还说像他这样有才华的人，应该到《汪海晚报》《汪海日报》去当记者，而不应该在《讯报》工作。

鲁晓威把刊发出来的报纸送给瑞芳。瑞芳看了非常满意，当时就开了六千元的支票。她请鲁晓威吃饭，但被鲁晓威婉拒了。鲁晓威认为他跟瑞芳之间的工作已经结束了。

鲁晓威觉着应该把《金色的梦幻》拿到别的报刊上选发一下。可是他刚到汪海，脚还没站稳，去找谁呢？他把想法跟梁宝强说了。

梁宝强认识《汪海晚报》和《汪海日报》的编辑。而这两家报纸都有《私营企业家展示》栏目。梁宝强和鲁晓威去汪海日报社找一位编辑。编辑答应尽量帮忙，但事后就没有了动静。

3

鲁晓威来到文厦信息文化传播有限公司工作的第三个月，终于盼到了发工资这一天。这次公司只给《讯报》的人员发工资，不是全公司的人都发。在城市里依靠工资生活的人，如果三个月拿不到工资，日子是相当拮据的。鲁晓威和肖凌同在一个公司里工作，除了工资外，再没别的来钱路了。他们盼着发工资，但只发了一个月的工资，这不是杯水车薪吗？他们高兴不起来，轻松不起来。

发工资时没有正式通知，大家是从财务室到银行取钱猜测到的。

邹一峰从胡友德的办公室出来，叫王若成去。王若成出来又叫佳音去。最后一个是鲁晓威。

鲁晓威走进胡友德的办公室，胡友德递给他一个工资袋，让他在工资表上签上名。鲁晓威签上名就想走，胡友德让他数一数钱。鲁晓威没有数钱是因为胡友德在面前。从前他在单位时，每次发工资都是财务科往工资卡上打钱，而不是现金。这回不同了，这回是在胡友德的办公室。胡友德是公司里最大的领导。胡友德发工资，要是当面数钱算是怎么回事？是对他不信任？还是有什么想法？鲁晓威粗略地数了一下说："两千二。"

"你是咱们公司里工资最高的了。"胡友德索要人情似的说。

鲁晓威笑了一下，心里在想也没有提成呀！他不知道别人有没有，不好直接问，便离开了。他回到办公室，学着其他人的样子，一言不发。

吃中午饭的时候鲁晓威把工资交给了肖凌。

肖凌接过钱说："这么少呀！"

"胡友德说这是公司里最高的工资了。"鲁晓威说。

肖凌说:"我不信。"

"不信还能怎么样?"鲁晓威说。

肖凌认为太少了。在这几个月中他们在交通费和吃饭方面就已经花这个数了,别想有一点剩余。鲁晓威不说话,躺在沙发上,翻了一下身子。肖凌问:"王若成发多少?"

"他发多少我能问吗?我问,他也不会说。"鲁晓威说。

肖凌说:"也没给提成呀!"

"提成可能是单独算吧。"鲁晓威说。

肖凌问:"什么时间给?"

"不知道。"鲁晓威回答。

肖凌有点蒙的感觉。

鲁晓威问:"你们什么时间发工资?"

"谁知道呢?"肖凌对发工资不抱指望了。她听孟宗哲说《汪海科技市场》月刊杂志社,还欠印刷厂两万多元的印刷费。胡友德说要想发工资就要先还上印刷厂这笔钱。虽然两万元不算多,但对杂志社来说已经是天文数字了。杂志依靠广告收入来维持运转,广告又少,想还上这笔钱很难。肖凌看迟迟不发工资,跑广告不像开始那么卖力了。

更让鲁晓威和肖凌着急的是房租的事。他们住这么长时间了,还没有付房租呢!鲁晓威找胡友德,胡友德让他去找马永池。胡友德说马永池是公司的工会主席,工会主席负责员工生活方面的事。

马永池说先暂时住在那里,那里离公司远,等有了合适的房子再换一家。鲁晓威说换房子也得把现在的房租付给人家。马永池说现在公司资金周转有困难,等等再说。

鲁晓威对公司拿出八百元钱都有困难产生了怀疑。他是不能自己付房租的,要是自己付房租,不但在这里挣不到钱,反倒往里搭钱。他认为房租不能继续拖下去了,便让肖凌去找马永池。

马永池一听肖凌找他要房租,就火了,他说:"你找我要钱,我找谁要钱?"

"胡总说你管。"肖凌说。

马永池说:"你别胡总胡总的,他让我去死,我还去死呀!"

"你不是工会主席吗?"肖凌说。

马永池说:"什么主席不主席的。只要在这个单位,花钱的事就必须找胡总,找别人没用,你明白吗?"

肖凌马上去找鲁晓威了。她把马永池说的话和态度都告诉鲁晓威。鲁晓威转身要去找胡友德。肖凌知道鲁晓威脾气不好,怕出事,拉住他叮嘱说:"好好说,他不是说给付吗,又没说不付。"

"我知道。"鲁晓威不会像在梅花药业集团那样处理这件事。他虽然认为胡友德跟袁大祥是同样人,但现在他和肖凌所处的位置跟原来不同,他不会因为房租的事跟胡友德闹翻。他相信胡友德也不会因为这事跟他过不去。胡友德是个聪明人,他接收他们是想到石门镇拉广告。广告没拉到,他就不会对他们采取敌对行动。鲁晓威把马永池的话向胡友德重复了一遍。

胡友德这回没像前几次那样让去找马永池,也没说公司账上没钱。他说让房东来签个合同,然后才能付款,没有合同算怎么回事。

鲁晓威觉着胡友德说的话合情合理。他晚上下班回家找到房东吕伟。吕伟答应明天早晨去文厦信息文化传播有限公司签合同。吕伟跟鲁晓威相处得不错,几乎从没提过房租的事。但他担心鲁晓威的单位不给付房租,他对鲁晓威说像这种老板你要多加小心,别被骗了,万一他跑了,你找都找不到他。鲁晓威非常感谢吕伟的提醒。

4

吕伟早晨到单位报个到,跟领导打个招呼,就去文厦信息文化传播有限公司了。

鲁晓威领着吕伟来到胡友德的办公室说:"胡总,房东来了。"

"你就是房东。"胡友德不高兴地看了吕伟一眼。然后他就把目光移向别处了,用手摆弄着办公桌上的书。

吕伟说:"胡总。"

"你跟小鲁签个协议，不是跟我签。不是公司租你的房子，是小鲁租，公司给他报销。你可明白？"胡友德阴着脸。

吕伟没说话，对他来说跟谁签都一样，只要付钱就行。

鲁晓威没想到胡友德会来这么一招。他看了一眼吕伟，又看了一眼胡友德说："胡总，你是说让我跟房东签？"

"没错。"胡友德斩钉截铁地回答。

鲁晓威把吕伟领到自己的办公室，找出笔和纸给吕伟，让吕伟写。吕伟不一会儿就写好了一份协议。他们又去找胡友德。

胡友德扫了一眼协议，贬低地说："看样子你就是老租房子的了，写得真顺手。"

"我不像你，你当老板财大气粗。我拿工资，挣小钱，过小日子，只是收个生活费。"吕伟反驳着。他就对胡友德不满。他心想你是鲁晓威的老板，又不是我的老板，你管鲁晓威行，管我不行。你不尊重我，我就不尊重你。

胡友德在协议上签了同意付款的字，对鲁晓威说："给财务吧！"

鲁晓威又领着吕伟来到财务室找郝军。

郝军接过协议看了一眼，难为情地说："现在没钱，有钱再说吧。"

"什么时候能有钱？"鲁晓威问。

郝军说："这说不准。"

鲁晓威看着吕伟。

吕伟对这个单位烦透了，做出不可理解的样子说："你们这么大一个集团公司，付不起这点房租钱，谁会信？这不成了笑话吗？"

"多大的公司？"郝军看了一眼吕伟想笑。

吕伟说："真让你们愁死了。像你们这样的单位，我是第一次遇见，要是连八百元钱的房子都租不起的话，干脆关门算了。"

"你先回去吧，有了钱让小鲁给你带回去，你看好不好？"郝军对吕伟说。

吕伟看钱拿不到了，转身走了。鲁晓威跟在吕伟身后送他。吕伟说："你不能在这里干，在这里干，对你没好处。你对汪海还不了解，有好多人就是被这些人骗了。你要是想发展，要找个稳定的工作单位才行。"

"让你白跑一趟，不过你放心，只要财务有钱，我就会给你要出来。你相信我就行了。"鲁晓威觉着不好意思。租房子一般房东只是收钱，不给钱就不租。吕伟来要钱，就是在帮他的忙，本来这钱也是他找胡友德要。

吕伟觉着把房子租给鲁晓威划算。他们白天都不在家，只晚上在家，清静。要么，他也不会租。他说："我要是不放心，就不让你住了。"

"真对不起。"鲁晓威说。

吕伟愤愤地说："你们老板自命不凡，狗眼看人低，找人揍他一顿，把他家砸了，就再也不狂妄了。"

鲁晓威还是第一次见到吕伟生气。吕伟是个老实人，从没说过这种无礼粗话，看来每个人都有脾气。他送走了吕伟，心里乱七八糟的，没心情看稿。

到了中午，鲁晓威和肖凌来到了海边。

海风给人凉爽的感觉。他们烦躁的心情在此刻才平静下来，他们静静地感受着海风的温柔和爱抚，让自己在纷乱中理出个头绪。

肖凌喜欢大海，小时候就向往大海。在东北没有海，她又一直没有来南方的机会。实际上汪海不算是南方，南方应该是长江以南。她对未来生活还看不到前景，然而并不迷惘和惆怅。她努力使自己恢复自信，自信是开创新生活的基础和动力。

他们的话题还是以房租的事为主。俩人商量来商量去，决定等到肖凌发工资的时候再要房租。现在手里的钱不能动，每天都在消费，又没有别的进钱路子，下次发工资还不知道在猴年马月呢！

第六章　信任危机

1

肖凌找黄东区公安局邓副局长问户口的事。邓副局长说外地往黄东区公开迁移户口的工作已经基本停办了，只是还有五六个没有办，办完这一批再办困难就大了。肖凌说那您就帮帮忙吧，邓副局长说只要我能帮上的肯定帮。肖凌问他要什么证明？邓副局长让肖凌在一个星期内把原单位证明送给他。肖凌回到家跟鲁晓威商量后，连夜给家人打电话，让开证明，快递寄来。

六天后她把证明交给了邓副局长。邓副局长说快要一个星期，慢要一个月。肖凌和鲁晓威心想一个月转眼不就到了吗？他们必须抓住这次机会。他们还要准备一笔钱，因为那个时候要交市容增值费。他们急着要工资，更急的是工作关系，要是工作关系调不进来，就没意义了。

房租可以先放一放，办工作关系是不能耽误的。户口准迁证一下来，鲁晓威就要回东北办理调动手续。办户口就要办工作关系，要不单位不给办。为了不耽误事，鲁晓威找胡友德好几次了。胡友德说开调令小事一桩，现用现开就行。鲁晓威对胡友德这个承诺产生了怀疑。

肖凌每隔几天就给邓副局长打一次电话，了解情况。那天邓副局长让肖凌带上钱到黄东区公安局办理准迁手续。肖凌听到这个消息激动得不得了，她放下电话就去找鲁晓威。

鲁晓威看肖凌站在门口喊他，从办公室里出来。他们来到院子里。

俩人为钱发愁，拿出一万二千元钱的市容增值费后，手里只剩九百元钱了。从九百元钱中再拿出鲁晓威回东北的往返路费六百元，用于生活的只有三百元了，三百元还不够他们一个月的吃饭钱。这是一个多么可怕的数字呀！如果再有一个月不发工资，他们就有可能吃不上饭了。

鲁晓威真想去找胡友德要工资，但又怕激怒了他，激怒了他，他就不会给开调动手续。鲁晓威思来想去做出了这样的决定：先把户口的事落实了，然后找胡友德把工作调动手续办了，办完了，再去要工资。

鲁晓威去了趟厕所，从内裤里拿出存折，存折还带着体温。存折藏在他的内裤里。他离开家，就养成这个习惯。

银行柜员小姐给他们的全是五十元面值的钱，带在身上不方便。肖凌让银行换成了一百元面值的。

他们用一张《汪海晚报》把钱包好，放在包里回了公司。二人决定第二天早晨去黄东区公安局办手续。

邓副局长刚上班，就看见了鲁晓威和肖凌。他不知是没认出来，还是故意不想先说话，旁若无人地走向自己的办公室。

肖凌和鲁晓威忙跟上去。肖凌说："邓局长。"

"你们来了。"邓刚打开办公室的门，把手上的公文包往桌上一放，让肖凌和鲁晓威到财务科交钱去了。

财务科开了财务发票后，又到落户科开了准迁证明。

肖凌和鲁晓威拿到准迁证后，又回到邓刚的办公室里。

邓刚说："你们也算是赶上了好机会，要么办得也不会这么顺利。"

"谢谢。"肖凌说。

邓刚说："你们抓紧时间办吧。"

有几个人来找邓刚，他朝肖凌和鲁晓威挥一下手，示意没事了。肖凌和鲁晓威看人多，不便多说什么，就离开了。

从公安局出来，肖凌说："花一万多元钱，换来两张纸，还把自己高兴得不得了，你说是不是有病？"

"这种病多得几次也好。"鲁晓威不认为这有什么不好。

肖凌说："你说不落户口不行吗？"

"不把户口落上，就属于流动人口，流动人口没有安全感，心里总不踏实。"鲁晓威说。

肖凌说："现在政策放得这么开，说不定哪天就不要户口了，只用身份证了呢！到时候你不后悔？"

"西方发达国家行，咱们国家不太可能。咱们国家人多，要是不用户口，还不乱套了。"鲁晓威说。

肖凌问："你准备什么时间回东北？"

"要是胡友德下午能开出工作调动关系，我明天就走。"鲁晓威说。

肖凌说："我有点不相信胡友德说的话。工作调令能那么好开吗？劳动局又不是他家开的，他说办就办了？"

"信也好，不信也好，回到公司就知道了，看他还有什么理由可推脱。"鲁晓威说。

肖凌说："假若胡友德开不出工作调令呢？"

"那我也回去，要先把户口落上再说。"鲁晓威说。

肖凌说："这件事应该抓紧办了，北方已经是树叶飘落的季节了，一天冷过一天了。"

"北大荒的秋天是一派万紫千红的景象，要比汪海的秋天好看得多。"鲁晓威回忆起遥远的北大荒，从心底抒发着深情的感慨。

2

晌午的时候，鲁晓威和肖凌回到了文厦信息文化传播有限公司。他们各自回办公室了。鲁晓威在办公室坐了一会儿，才去找胡友德。他在胡友德办公室门口，遇上了从里面往外走的邹一峰。邹一峰看了他一眼，他也看了一眼邹一峰，两个人擦肩而过，但谁都没说话。

胡友德看鲁晓威走进来，故意把目光投向窗外。鲁晓威说："胡总，我的落户手续办下来了，你看能不能把工作调令开了？"

"我看一下你的落户证明。"胡友德说。

鲁晓威把户口准迁证递给胡友德。

胡友德扫了一眼说："我这就给你开。"

邱日堂进来了。他是个只有一米四几的小个子男人。他的职务是办公室主任。他是胡友德最得力的助手，公司里许多事情，只有他们两个人知道。他拿来一张单据找胡友德报销。

胡友德生气地说："哪有钱给你报销！"

"我妈病了，真的没钱了。"邱日堂做出一脸为难相。

胡友德说："你妈病了，你爹病没病？你家人要是全病了，是不是都来找我？"

"我真的没钱了。"邱日堂央求说。

胡友德说："你们也不好好干，就靠我一个人，能行？"

邱日堂咧着嘴不说话。

胡友德拿起笔在一张纸上飞快地写着，写完了，把手中的笔往桌上一扔，看了一遍。然后交给邱日堂说："到打字室打印，一式两份。"

邱日堂转身去了打字室。

胡友德对鲁晓威说："你准备回去吗？"

"户口和工作关系是大事，我想亲自办。"鲁晓威把自己的打算说出来。

胡友德说："我同意你回去。肖凌不能回去，她现在是杂志社的主力，杂志社离不开她。"

"她不回去。"鲁晓威没有打算让肖凌回去的想法。

胡友德问："你准备什么时间动身？"

"现在已经是秋天了，东北的气温一天比一天冷。如果你能开出调令，如果公司没有紧要工作，我想明天就动身。"鲁晓威说。

胡友德说："你把工作向王若成交代一下，快去快回吧。"

邱日堂回来了，他把手写稿和打印稿一同交给胡友德。

胡友德把手写稿撕得粉碎，往纸篓里一扔，看了一遍打印稿，拉开抽屉，拿出文厦信息文化传播有限公司的公章盖上。他把盖上公章的那份交给鲁晓威，接着解释说："先把你们调到公司来，再从公司转到报社和杂志社。也就是说把你们的档案从我的第一个抽屉，挪到第二个抽屉里的意思。"

鲁晓威听这话像听童话故事，大吃一惊。他在国营企业工作过，对办理工作调动手续非常清楚。他知道跨地区调动是要由劳动局开调动证明。胡友德应该给他们汪海市劳动局的调动证明，而不是这份自己打印出来的证明。鲁晓威看着手里的调令心凉了。他说："胡总，工作调令是由劳动局开的，没劳动局的公章是不行的。"

"我们公司都是这样调的，不信你去问郝军。郝军就是这么调来的。"胡友德很有把握地说。

鲁晓威还是坚持自己的观点说："应该开劳动局的证明。"

"先调过来，再向劳动局打个报告，补办一下，不就行了。要是现在打报告，还不知到哪年哪月能批下来，你能等吗？"胡友德说。

鲁晓威确实不能等，就算等也未必有结果。他早就让胡友德给办，胡友德也没办。这说明胡友德可能办不了。他拿着调令去找肖凌。

肖凌说："这个调令根本不起作用，调令也不是这么开的。"

"胡友德说郝军也是这么开的。"鲁晓威说。

肖凌说："你问郝军了吗？"

"不用问，肯定是，不是他也不能说。"鲁晓威说。

肖凌说："拿这个能调出来吗？"

"能调出来。可这个单位能行吗？"鲁晓威说。

肖凌说："那你回去办办看，不行再说。"

"也只能这样了。"鲁晓威说。

肖凌忽然说："你说让肖书记给开调令行不行？"

"他现在不能给开，再说也来不及了。还是别麻烦他为好。"鲁晓威说。

鲁晓威找何英去了。肖凌一个人住在家里，他不放心。他想找个人在他回东北的日子里，晚上来陪肖凌。他在同事中选了又选，认为何英比较合适。

何英二话没说就干脆地答应了。何英让肖凌到她家去住。她说她家的房子大，她和她母亲两个人住，实在是太孤单，多个人热闹。她说她母亲是个热心人，肖凌去住她母亲会高兴的。

鲁晓威不想让肖凌到何英家去住。何英说你就放心回东北吧，肖凌肯定没事，如果有事你找我算账好了。鲁晓威看何英不愿意到自己家住，不好多说什么。

鲁晓威买的是下午的火车票，中午饭在肖凌的要求下，他们到公司附近一家饭店吃的。肖凌说路上吃不好，上车前要吃好。鲁晓威叮嘱肖凌要注意安全，他会尽快回来。两个人难舍难分。肖凌要送鲁晓威去火车站，鲁晓威没让，二人就在公共汽车站点别过。

3

肖凌是在下班前十分钟到专题部去找何英的。

何英一个人坐在办公室里看一本日文书。何英上学时外语学的是日文。近来她突然执着地学起日文来，这也是件怪事。她看肖凌进来不冷不热地说："坐吧。"

"你准备考试？"肖凌问。

何英把书放在包里说："有可能，但还不一定。"

"你年龄这么小，应该找个更好的单位。"肖凌说。

何英说："不是为了换单位，只是为了多学点东西，时代发展得这么快，没知识是不行的。"

"没看出来，你还很有远见呢！我为你有长远奋斗目标而高兴。"肖凌说。

何英说："你猜我多大了？"

"二十一二岁吧。"肖凌猜过好多次，也没猜出来，就不认真猜了。

何英说："咱们两个一样大。"

"绝对不可能。"肖凌不相信。

何英把手往桌子上一摊，显得有些失望地说："完了，我说的话你不信了。"

"你呀……"肖凌本想说你说的没个实话，让我怎么相信，但没说出口。下班时间到了，公司的人都在往外走。

何英说："咱们等一会儿再走吧！"

肖凌点了下头。她知道何英在回避，不想遇见公司里的人。

何英这种的心态是跟下岗有关。下岗后的她对公司里的人有着戒备。楼道里没有了声音，何英才和肖凌离开办公室。

在经过公司附近的菜市场时，肖凌买了五斤梨和两条活鱼。她第一次到何英家，空手不好。她手里的钱也不多，买这些也算可以了。

何英看见肖凌买东西，像没看见一样。她没有阻拦，只是东张西望，直到肖凌付了钱后，她才说："你买这些干什么？"

"小鲁一走，就给你添麻烦了。"肖凌说。

何英说："你跟我还客气。"

肖凌倒不是想客气，但不客气不行。她从何英的表情中看出来何英对她不像从前那么热情。她把手里的东西往上提了提。

何英说："给我一个，我家也不缺这个。"

"你家得是你家的。"肖凌把装鱼的方便袋交给何英。

鱼在塑料袋里跳动。

公共汽车开过来，她们挤上去。车上的人不是很多，乘务员让她们买票。何英把头转向一边，没有买票的意思。肖凌主动买了两个人的车票。

从公司到何英家中途要换三次车，三次都是肖凌买的票。肖凌心里有点不是滋味，她认为自己买票倒也没事，可何英总该说一说吧！哪怕是装出来的也行，也能让自己面子上过得去。何英没有谦让，就好像肖凌买票是天经地义的事。

何英家是一套三室的房子，房子设计不是很合理，给人压抑的感觉。这么大一套房子，只有何英和她母亲两个人住实在是宽敞。

何英的母亲是一家纺织厂的退休工人，退休后待在家里无事可做。她没有别的爱好，就显得寂寞了。她唯一的乐趣就是每天看着何英平安地从外面回来，然后看着何英把她做的饭吃下去，这就是她生活的全部意义所在。

何英的父亲跟母亲早就离婚了，她的父亲又组建了新家庭。父亲对她不关心，她很少去父亲家。她是跟着母亲长大的，但她并不关心母亲。她回到家没有说话，放下包，就到自己的房间看电视去了。

肖凌对何英这么做不满意。她是第一次来，何英最少应该向她母亲做个介绍。

何英的母亲是位质朴的老人，笑着说："你是何英的同事吧？"

"阿姨，我们是一个公司的。"肖凌说。

何英的母亲看了看东西说："东西是你买的吧？来就来吧，买什么东西呢！"

"也没买什么。"肖凌说。

何英的母亲说："你进去跟何英看电视吧，我去做饭。"

"阿姨，我来帮你。"肖凌说。

何英的母亲说："何英让我惯坏了，任性得很。你是她的同事，在工作上要多帮她，她对工作是很松散的。年轻人不要求上进怎么可以。"

"阿姨，何英工作得很好，你不用担心。"肖凌说。

何英从屋里出来，对肖凌说："走，进屋看电视。现场直播全国足球联赛呢。"

"我不喜欢看足球。"肖凌说。

何英说："足球多好看。你不看，我去看了。"

"你去看吧。"肖凌说。

何英说："妈，你可不能向我的同事说我的坏话呀！"

"你就是不懂事。"何英的母亲说。

何英去看电视了。

肖凌跟何英的母亲在厨房里做饭。何英的母亲可能是长期一个人待在家里寂寞了，老人有说不完的话。

饭做好了，何英才出来。肖凌没吃多少，夜里她单独睡在一间卧室里，躺在床上睡不着。她牵挂鲁晓威，鲁晓威是她生命的寄托。

第二天又很快过去了。晚上下班何英没有直接回家，她对肖凌说有个朋友找她，肖凌就跟何英去汪海广场找她的那个朋友。

那是个三十多岁离婚的女人。那个女人跟何英说得亲热，两个人说的都是一些关于女人的话题，肖凌听了肉麻。她没想到何英能说出这种话。

肖凌不听，也不好待在跟前，就坐在远处高坡的石阶上等何英。何英在天黑时才结束跟那个女人的交谈。她走过来对肖凌说咱们走吧，肖凌看了何英一眼问："她是干什么的？"

何英甩了一下头发，仰头看了一眼天空说，她是一个服装店的老板。

车票钱仍然是肖凌花的。肖凌对何英有怨气，她虽然是住在何英家，但并没有给何英家带来多大的不方便。要是这样下去，她要搭进去多少钱？钱花到明处也行，花得不明不白的算是怎么回事？她不想去何英家了。

第三天是星期六，肖凌对何英说回家有事，便提前回家了。

4

肖凌拿出钥匙，打开房门时，屋里静静的，顿时生出一种亲切感。她把房门反锁上，一头扑到床上。她两天没回来了，好像过去两年一样漫长。她觉得疲劳，吃了点东西，就睡了。她睡到第二天早晨，才带着懒懒的倦意起了床。

她洗过脸，看没有食物了，便去菜市场了。她带的钱不多，不想花钱。她转来转去买了六斤西红柿和五斤鸡蛋，还有三斤苹果。她正在做饭，听到隔壁的吕伟回来了。

吕伟拉开门，站在门口说："肖老师，你要是想看电视就过来看吧。"

"只要你不生气，我就会过去看的。闲下来没事做，时间过得太慢了，看电视过得能快点。"肖凌是个闲不着的人，闲着就难受。

吕伟一笑说："肖老师，看你说的。我这人你又不是不了解，我出去一趟，要是有人来找我，你就说我晚上回来。"

"行。"肖凌说。

吕伟的房间跟肖凌住的房间是相通的，中间被扇门隔开。肖凌把门反锁上，就无法通过了。她打开门，就能进吕伟的房间。

吕伟的房间好几年没粉刷了，他准备结婚时一起装修。屋里的家具都是旧的，唯一的家电就是一台旧电视机。肖凌被这台不起眼的旧电视机吸引着。

5

肖凌一个人待在家中心里空落落的，星期一她提前去公司上班了。她把办公室的卫生打扫了一遍后，孟宗哲和马永池才来。

马永池手里习惯性地拎着个小布袋子。他把布袋往办公桌上一扔，拿起水杯倒了杯开水，坐到椅子上，有滋有味地慢慢喝起水来。他过了一会儿问肖凌："小鲁该到了家了吧？"

"如果顺利，应该到了。"肖凌想了一下回答。

马永池假装关心的样子又问："那边好办吧？"

"如果这边的手续齐全，那边就好办。"肖凌说。

马永池说："办完了，可要安心工作了。"

"马总，你的意思是说我工作不安心呗，如果不安心，那些纪实稿是谁写的？"肖凌对马永池说的话有意见。

马永池解释说："小肖，你别误会，我不是那个意思，我是说对工作应该再踏实一些。上一期你干得不错，几篇稿子发出来，给杂志社带来不少收入。我跟胡总说了，到时通报表扬你。你应在原有的基础上继续努力。"

"马总，你可别表扬我，我这人不喜欢别人表扬，也承受不了表扬，只要把提成给我就行了。"肖凌认为表扬是虚的，不给钱，就算是一天一个表扬又有什么用，总不能不吃饭，整天看着表扬稿过日子吧！

马永池说："你不用急，到时就给你了。"

"马总，我们跟你们不一样，你们家里有存款，几个月或者几年不发工资吃饭都不成问题。我们刚来到汪海，花销大，要是几个月不发工资，就没饭吃了。我不急谁急？"肖凌知道与马永池说提成款的事等于白说。

马永池说："你要跟格琳比一比。"

"马总，我可比不上格琳。格琳可是个大人物，她不但是汪海本地人，听说她家在中央还有亲戚呢！我刚来汪海，两眼漆黑，谁也不认识，这能比吗？"肖凌想打消马永池的期望。

马永池说："你的条件也不错，就看你用不用了。你要是不用，谁也没办法。你要是会用，肯定是行。"

肖凌听出马永池又想提去石门镇拉广告的事情了。

马永池说："肖书记对你和小鲁可是抱着很大的希望。他会为你们创造条件，也有能力帮助你们。这是个好机会，就看你们怎么用了。"

"马总，赞助我会拉的。"肖凌说。

马永池看了一下表，站起来对孟宗哲说："封面你要抓紧设计，我出去还有事。"

孟宗哲没说话。马永池走了，屋里紧张的气氛就消失了。肖凌看着窗外。孟宗哲说："上午咱们还出去不？"

"我听你的，你说出去就出去。你说不出去就不出去。"肖凌对孟宗哲是友好的，工作上积极配合。

孟宗哲思索着说："今天是星期一，星期一上午单位不是开会，就是忙着做一周的工作计划。去了找不到人，找到了也不一定有时间，今天就不出去了。"

"你分析得对。"肖凌说。

胡友德从外面走进来怒吼道："马永池呢？"

"他说有事出去了。"孟宗哲回答。

胡友德问："他有什么事？"

"没说。"孟宗哲回答。

胡友德说："孟宗哲，从现在起你就是我的特别助理。你要全面负责《汪海科技市场》月刊的工作，有事可直接向我汇报。"

孟宗哲没有表态。

胡友德大声吼道说："你明白吗？"

"明白。"孟宗哲紧张起来。

胡友德在屋里疯狂地走来走去，嘴里一个劲地说着："老马呀老马，你真是老了。"

孟宗哲大气不敢出。

肖凌不作声。

胡友德走到马永池的办公桌前忽然止住步，搬起马永池的办公桌往门口一放，办公桌正好对着门，他说："滚吧，老马。"

孟宗哲和肖凌都没想到胡友德会做出这样的举动，这种举动哪里是个报社领导做出来的。

胡友德说："孟宗哲，你要团结肖凌，把工作干好。肖凌也要好好地配合孟宗哲，只要你们两个人努力，拧成一股绳，劲往一处使，杂志社就有希望。"

"胡总，你放心，我肯定服从孟大哥领导。"肖凌表明了态度。

胡友德瞪了肖凌一眼，纠正性地说："不是服从，是配合。孟宗哲是汪海本市人，对环境比你熟悉。"

肖凌点一下头。

胡友德走到孟宗哲桌前，一把扯过孟宗哲手上的一篇稿说："这就是你写的东西？你要跟肖凌好好学一学。你看她写的，你再看你写的，比一比。要是写不了就别写，好好弄版式就行了，就算公司白养着你吧！"

孟宗哲看胡友德发疯的样子不敢说话。

6

邹一峰突然闯了进来。他一进门就慌张地说："胡总，老马出事了。"

"出事了？出什么事了？"胡友德看着邹一峰，两只大眼睛瞪得圆圆的，像要从眼眶里掉出来了。

邹一峰说："老马被车撞了。"

"老马被车撞了？刚才他不还在这里吗？"胡友德看着孟宗哲。孟宗哲点着头。胡友德又看着邹一峰。

邹一峰见胡友德不相信，急忙接着说："交警队打来电话，让咱们单位去人呢！”

“你和孟宗哲先去，我过一会就到。”胡友德做了安排。

邹一峰和孟宗哲走了。

胡友德往自己的办公室走，边走嘴里边说：“老马呀老马……”

胡友德对马永池除了工作能力不满意外，还因为年龄大了。他想让马永池辞职。但是无论他怎么批评马永池，马永池就是没有反应，无动于衷。马永池看出胡友德的用意了，因为找不到单位，才没做出反应。他清楚像他这样年龄的人，不会再有单位要了。只要胡友德不赶他走，他就不会离开。胡友德现在后悔了，要是早点赶马永池走，哪有今天的烂事。胡友德认为自己这次失误了。他想知道马永池伤的情况，想知道结果。他骂了句：“两个笨蛋，也不来个电话。”

此刻，时间对胡友德来说过得是太慢了。一分钟过去了，一小时过去了。直到三个小时过后，邹一峰和孟宗哲才回来。

邹一峰和孟宗哲向胡友德做了汇报。他们见到了马永池，交警处理的，事故责任是司机，不是马永池。马永池到医院拍了片，做了检查，只是外伤，没大问题，休养些日子就好了。他们已经把马永池送回家了。

胡友德暗自庆幸马永池没出大问题。公司规定任何人不来公司上班都不发工资。胡友德心想就让马永池在家待着吧。

邹一峰说：“胡总，老马不来了，咱们还去天津吗？”

“怎么不去。老马要是死了，咱们是不是啥也不干了？他是什么？他是老佛爷？”胡友德火着。

邹一峰说：“胡总，你别生气，我没别的意思。”

“我还不知道你没别的意思。就算是有，我也不在乎。”胡友德真的要疯了。

邹一峰说：“老马一时来不了，要有人来接替他的工作才行。”

“就让孟宗哲接吧。”胡友德说。

孟宗哲没说话。

胡友德说：“孟宗哲，你要干出点样来给别人看一看，这是一次好机会。"

孟宗哲心里正是这么想的，嘴上"嗯"了一声。

胡友德说："你别只是嗯嗯的，嗯是没有用的，你要在马永池上班前拿出一期杂志让大家看一看，那才是真格的。现在干工作老实是不行的，要龙腾虎跃才行。"

"胡总，咱们什么时间去天津？"邹一峰问。

胡友德说："时间不变，就在后天，你要抓紧把工作安排一下。"

"胡总，我每天都工作到半夜十一二点钟，我真是在卖老命了。"邹一峰认为自己在工作上是尽职尽责的。

胡友德说："干工作就应该这样。我有时一连几夜都睡不着，想着方案。"

肖凌急匆匆地走进来。胡友德、邹一峰、孟宗哲都把目光投向肖凌。肖凌说："胡总，小鲁来电话说没劳动局的公章，原单位不给办理。"

"原单位管什么，我同意接收就行了。咱们公司都是这样调的。"胡友德说这话时表情不自然。

肖凌说："原单位不放。"

"原单位跟你们是不是有仇？如果没仇是应该放的。"胡友德推测说。

肖凌说："原单位说是要对我们负责。"

"胡扯。我用人，他负什么责？如果说负责，应该说是我们。我们调你们来能不能安排你们的工作，这才是主要的。"胡友德说这话时情绪激昂。

肖凌说："胡总，那怎么办？"

"你们自己想一想办法吧！现在让我马上到劳动局给你们开调令，也不太可能。"胡友德摆出爱莫能助的姿态。

7

　　肖凌看从胡友德这里得不到结果，便急匆匆地回办公室去了。鲁晓威正等着她的回话，她拿起电话把胡友德的意思转达给鲁晓威。

　　鲁晓威问："那怎么办？"

　　"就照胡友德说的办不行吗？"肖凌说。

　　鲁晓威说："不行，不合法的。"

　　"那怎么办？"肖凌也没了主意。

　　鲁晓威说："你给肖书记打个电话吧，征求一下他的意见。"

　　"那你挂电话吧，过半个小时，你再给我打过来。"肖凌说。

　　鲁晓威挂断了电话。

　　肖凌想了一会儿，拨通了肖天明办公室的电话。

　　肖天明听出肖凌的声音了。他说："小肖，有事吗？"

　　"肖书记，胡友德开的调令不管用，要劳动局的才行。"肖凌说。

　　肖天明说："你问你们领导了吗？"

　　"问了，他说过去都这么办的。"肖凌说。

　　肖天明说："把工作关系先调过来，再补办手续也行。"

　　"麻烦您给开一个吧？"肖凌说。

　　肖天明说："行。"

　　"小鲁已经回东北了，让他把工作关系办来，先放到您那里行吗？"肖凌说。

　　肖天明说："行。"

　　"让您费心了。"肖凌客气地说。

　　肖天明说："不用客气。"

　　肖凌结束与肖天明的通话后，就在等鲁晓威的电话了。文厦信息文化传播有限公司的电话，只有胡友德办公室的是全国直拨的，其余的都是本地网，无法拨打长途。鲁晓威打来了电话，肖凌把刚才跟肖天明通电话的经过重复了一遍。

　　鲁晓威决定把手续一起办来。他说："吕伟在家吗？"

"在家。"肖凌不清楚鲁晓威问吕伟干什么。

鲁晓威说："你让吕伟在我回去前找胡友德要房租，看胡友德给不给他。"

"知道了。"肖凌明白鲁晓威的用意了。

鲁晓威问："你现在住在哪里？"

"住在家里。"肖凌迟疑了一下，她本不想告诉鲁晓威，怕他为自己担心。可她还是照实说了。

鲁晓威听肖凌是住在自己家，忙问："你没有去何英家住吗？"

"我又回来了。"肖凌不想多说，长途电话费是很贵的。

鲁晓威没有挂断电话的意思，接着问："何英晚上陪你吗？"

"不陪，就我一个人。"肖凌简单地回答。

鲁晓威追问说："不是说好了她陪你吗？"

"你回来再说吧！电话里也说不清楚。"肖凌看孟宗哲进办公室了，想挂电话。

鲁晓威不放心地叮嘱说："你晚上要把门锁好，一定要注意安全，我办完事马上就回来。"

"你不用着急，把手续办好了再回来。这么远，回去一趟不容易，千万别丢三落四的。"肖凌放下电话，好长时间不能平静。

孟宗哲问："你怎么了？"

"没怎么，我不是挺好的嘛！"肖凌装做若无其事的样子。

孟宗哲问："为调令的事吧？"

"不完全是。"肖凌随口说了一句。

孟宗哲说："老马被车撞了，一时半会来不了。现在杂志社只有咱们两个人了，胡总让咱们快点出一期，你说一说看法。"

"我没看法，你说怎么干，就怎么干。我听你的。"肖凌在工作上一直是这么个态度。

孟宗哲翻着桌子上的稿纸说："你把采访的稿子快点写出来，看一看怎么排版。"

"这几天就差不多了。"肖凌说。

孟宗哲说："老马伤得也不是个时候。"

肖凌问："马总伤得重不重？"

"不重，就是一点小伤。他要休息一段日子才能来。"孟宗哲轻描淡写地说。他不希望马永池来上班。

肖凌在考虑是不是要去看望马永池。马永池家住在哪里她不知道，她没有马永池家的电话号码，她想打个电话给马永池。她问孟宗哲马永池家的电话，孟宗哲没告诉她。孟宗哲说又不是大不了的事，不用去。肖凌见孟宗哲不同意她去看马永池，也不好多问。她清楚孟宗哲现在的心态，她说多了肯定不好。

她上厕所时看见开饭店的小老板又来找胡友德要饭钱了。那人来过好多次，胡友德从没给过他钱。小老板说着一口菏泽方言，不是汪海当地人。文厦信息文化传播有限公司里有些员工都看不下去了，他们说小老板就是太老实了，要是放在本地人身上，胡友德敢不给人家。胡友德这回不但没给小老板钱，反倒骂了小老板。小老板垂头丧气地离开了。小老板正好从肖凌的身边经过，肖凌看到他眼睛湿湿的，像是哭了。

肖凌回到家就去找吕伟，吕伟不在家。吕伟回来时肖凌已经睡了，第二天早晨起来，她才见到吕伟。

吕伟端着碗正在吃饭，肖凌来找他，他就知道有事。他说："肖老师，找我有事？"

"你今天要是有时间，就到我们公司去一趟，找胡友德把房租要回来。"肖凌说。

吕伟说："等鲁老师回来吧！"

"你先去要一次，看公司的态度。你要是要不出来，等小鲁回来再说。"肖凌说。

吕伟问："我去公司找你，还是去找那个姓胡的？"

"找胡总就行。"肖凌说。

吕伟问："杜木清在吗？"

"他都好多天没上班了。"肖凌知道杜木清还欠吕伟一个月房租钱。

吕伟无可奈何地笑着摇晃一下头。吕伟没有跟肖凌一起来公司，一起来公司要是让胡友德看见了，好像是他们串通好了似的。

肖凌来到办公室后，不时向外面张望，留意吕伟来了没有。吕伟在九点半时来了，他在九点四十离开的。肖凌从时间上推算出胡友德没有付给吕伟房租。

晚上吕伟告诉肖凌胡友德说鲁晓威出差了，等鲁晓威回来再说。

8

肖凌早晨迟迟不想起来，晚上又翻来覆去睡不着。她觉着一个人的日子真没意思。她到了海边坐在岩石上，看着波涛汹涌的大海。

海边离汪海师范学院近，每天都有师生到海边散步。

肖凌坐在岩石上，迎着扑面的海风沉思。她思念鲁晓威，鲁晓威是她的寄托。在这座城市里她只有这一个亲人，她算着鲁晓威还有多少天能回来，她期盼着。

不知不觉中又是几天过去了。她不像一开始那样风风火火地出去拉广告了，工作轻松了许多。文厦信息文化传播有限公司已经欠她好几千块钱了，她担心胡友德不给提成钱。

孟宗哲在这些天确实忙起来了。他一会儿想做这个，一会儿想做那个，干得特别起劲。他让肖凌做什么肖凌就做什么，他对肖凌很好。

又迎来个星期天，肖凌躺在床上心不在焉地翻着三毛的《撒哈拉的故事》《哭泣的骆驼》《走遍万水千山》等书。这些书都是她从东北带来的。书和书的主人一样经过了汽车、火车、轮船的洗礼，才风尘仆仆地抵达汪海这座沿海城市，在这座城市里找到属于自己的位置。前些日子她已经把这些书放起来了。鲁晓威走后，一个人在家中寂寞，她又把书找了出来。她读着让三毛成名的书，体会着一个弱小女人独闯世界的魄力，体验到了一个女人在多年漂泊中的辛酸和苦楚。她想象着三毛。她与当年的三毛一样孤独和无助，人生就是这样吗？这样的人生有意义吗？她说不清。她要写作，也要成功。她想或许成功了，就不寂寞了。

她过去发表了不少作品。那时她还没读过三毛的书，只是看过萧红的《呼兰河传》才知人生，才知命运，才懂生活。她是带着理想和希望来到汪海这座城市的，但这座城市还没有让她看到生活的希望。她觉着心中空荡荡的。她在这座城市里漂浮不定，像大海中的一枚树叶随波逐流，游荡四方。

她只有用写作来发泄心中的苦闷与惆怅。她投入到写作中去，手中的笔在稿纸上飞舞着，黑色的字把每一个方格填满，稿纸一页页翻过去。这些字是她汗水和智慧的结晶。她会忘掉周围的一切，她会到另一个世界中去寻找快乐，寻找那属于自己的生活。

她在一阵激情过去之后，往往会被累得头晕眼花，把笔往旁边一扔，仰面躺在床上，不再想任何事情。

肖凌听到了敲门声，像是在幻觉中。当她细听时，声音消失了。当她放松了警觉，敲门声又响了。她相信是真的，不是幻觉。她问："谁？"

没人回答，但敲门声不止。

她又问："谁？"

仍然没人回答。

她下了床，蹑手蹑脚地走到门口问："谁？"

"快开门。"鲁晓威在外面喊。

肖凌一惊，马上开了门，泪如泉涌。

鲁晓威问："哭什么？"

肖凌听鲁晓威这么一问，反而哭得更厉害了。此时她像一个受伤的孩子一样，找到了倾诉的对象。

鲁晓威问："出事了吗？"

肖凌摇头。

鲁晓威说："没出事就好，别哭了。"

"都办好了？"肖凌擦着脸上的泪水。

鲁晓威说："证明还得让肖书记想办法。"

"他说给办了。"肖凌说。

鲁晓威问："公司里没变化吧？"

"马永池被车撞了。"肖凌说。

鲁晓威问："严重不？"

"不重。我没看见，只是听孟宗哲说的。"肖凌说。

鲁晓威用水洗着脸。秋天了，汪海的秋天还很热。他一天没吃东西了，肚子早就饿了，洗过脸就找吃的。肖凌忙给他做鸡蛋面条。鸡蛋面条是鲁晓威平日最爱吃的。

肖凌看鲁晓威狼吞虎咽吃得正香，也是一种快乐。

鲁晓威说："你也吃点儿吧？"

"不吃，我这些天就不想吃饭。"肖凌说。

鲁晓威说："不吃饭怎么行？是不是生病了？"

肖凌叹息着。

鲁晓威把一碗饭吃下去，肚子有了底，吃饭的速度也就慢了。

肖凌问："钱你借了吗？"

"没借。"鲁晓威不想说，但还是说了。他要是不说肖凌还会问下去。

肖凌一听鲁晓威没借钱回来，就生气地说："你咋不借呢？你知不知道咱家没钱了？要是胡友德再不发工资，就过不下去了，锅都揭不开了。"

"我朝谁去借？我人都走了，谁还敢借给我？"鲁晓威说。

肖凌期待鲁晓威借钱回来，缓解家中一时的困境。她万万没料到鲁晓威一分钱也没借。她的希望落空了。她生气了，不想理鲁晓威。

鲁晓威解释说："现在事情都办完了，用不上那么多钱了。借了用不上，还欠人家一份人情。"

"生活中没钱，你去想办法。"肖凌说。

鲁晓威说："我想办法。"

"你看到我妈了吗？"肖凌离开家后最放心不下的人就是母亲。

鲁晓威说："她还好。"

"我真想她。"肖凌说。

鲁晓威说："等咱们稳定了，把她接到汪海来住上一段时间。"

"我也这么想，每个人都要老的。她把我养大，我现在离开她……"

肖凌说不下去了，泪水再次流了出来。

鲁晓威问："你这是怎么了？"

"我太孤独了。"肖凌扑在鲁晓威的怀里。

肖凌说："你走了多少天？"

"十三天。"鲁晓威回答。

肖凌说："十三天你猜我花了多少钱？"

"一百。"鲁晓威说。

肖凌说："不对。"

"一百三。"鲁晓威说。

肖凌说："也不对。"

"我猜不出来了。"鲁晓威说。

肖凌说："八十。"

"八十。"鲁晓威惊讶地重复了一句。在这座城市里到处都是诱惑，随时都在消费，十多天才花八十元钱不可想象。

他们来到汪海后已经学会了节约。他们担心有一天钱花完了，正式工作还没着落，到那时可就是山穷水尽了。

肖凌问："家里有什么变化吗？"

"你猜谁来这里了？"鲁晓威说。

肖凌问："你家的人，还是我家的？"

"我家的。"鲁晓威回答。

肖凌说："你家的我猜不出来。我只去过你家一次，才待了两天，跟他们只见过一面，那么多亲戚，我根本记不住谁是谁。"

"晓梅来了。"鲁晓威说。

肖凌回忆着说："晓梅？"

"就是我大伯家的那个妹妹。"鲁晓威提示着。

肖凌有点记忆，但不是很深，她说："她来汪海干什么？"

"她没来汪海，而是到青岛了。她在青岛找了个对象。"鲁晓威说。

肖凌问："结婚了？"

"还没有，快了。我没见到她，我给她留了一张名片。"鲁晓威说。

肖凌问："她怎么会在青岛找对象呢？"

"是人介绍的。"鲁晓威说。

肖凌说："青岛人能看上她？"

"听说男的是个瘸子。"鲁晓威说。

肖凌说："我说嘛，好好的男人肯定不会娶她。"

"男的是个大学生，学计算机的。"鲁晓威说。

肖凌问："瘸得厉害不？"

"我没看见。"鲁晓威说。

肖凌说："不会太轻了，轻了也不会娶晓梅。"

"她来了，就有人跟你玩了。"鲁晓威说。

肖凌说："我不喜欢跟晓梅玩，她不是对手。我愿意跟有学识的人在一起玩，跟有学识的人在一起玩，才能玩出乐趣，才会增长见识，才能提高自己。"

"你这人可真是的。那你到英国找前首相撒切尔夫人玩去吧，你看她能不能跟你玩。"鲁晓威对肖凌这种心态不满意。

肖凌问："你不寂寞吗？"

"我不寂寞。"鲁晓威说的是违心话。

肖凌问："为什么你不寂寞？"

"因为有你在我身边。"鲁晓威回答。

肖凌问："真的吗？"

"真的。"鲁晓威笑着。

肖凌说："跟你说正经的呢！认真点好不好？"

"我说的不认真吗？我说的不正经吗？"鲁晓威看着肖凌。他不想把自己的寂寞说出来，他怕影响肖凌的情绪。

鲁晓威跟肖凌一样孤独。他静静看着肖凌，他的手理着肖凌的头发。肖凌把手搭在他的肩上。他把肖凌抱起来，在屋中旋转了几圈后，放到了床上，亲吻着。肖凌回应着，两个人好久没在一起了，心中都有着强烈的渴望。他们就这样忘掉了一切。

第七章 矛盾升级

1

鲁晓威没有马上回公司上班。他先到黄东区把户口落上，又去找肖天明办理工作关系的事了。肖天明从九州工业园给鲁晓威开了用工证明，鲁晓威把证明寄回东北原单位。这时他才回文厦信息文化传播有限公司上班。

肖凌和鲁晓威现在已经是汪海市的市民了。他们相信工作能得到解决，只是时间上的问题。他们相信肖天明会办的，也相信能办好。他们要求不高，只要稳定，能按时发出工资就行。

他们现在考虑最多的就是工资的事。两个人都在胡友德这里工作，又一连好几个月不发工资，日子可怎么过。胡友德已经欠他们好几千元钱的工资了，他们在琢磨讨要工资的方法。

鲁晓威一进公司，便来到胡友德的办公室。胡友德心里有数，如果鲁晓威把工作关系办来了，肯定会给他。鲁晓威说："胡总，我回来了。"

"回来好，收一下心，准备投入工作中去。"胡友德说。

鲁晓威说完这句话突然没话说了，找不到交谈的话题。

胡友德转移了话题说："你走后，可把邹总忙坏了，天天找我要人。"

鲁晓威相信胡友德说这话是真的。因为邹一峰这个人非常坏，公司里好多人都说他没有道德。这种人什么事都能干出来。也许邹一峰想在他回东北这段时间，把他挤出《讯报》编辑部呢！他一笑说："邹总那人……"

"小鲁，你可要跟他搞好关系。你要明白他是副总。"胡友德说。

鲁晓威说："我知道。"

"你去工作吧！"胡友德不想多说。

鲁晓威回自己的办公室了。他没有提房租和工资的事。因为是第一天，从情理上讲在第一天提不好，他准备过些天找胡友德。或许胡友德明白过来，不用他提，就能给他。那样不是更好吗？他在寻找最佳解决办法。

邹一峰对鲁晓威回来没有反应。鲁晓威走后原来编的版面都由他来编了，他没有把版面还给鲁晓威，鲁晓威也没有主动去要。

下午公司里的人就跟放羊一样，都不知去哪里了。鲁晓威来到财务室找郝军，财务室里只有郝军一个人。

郝军很少离开财务室，他是个坚守工作岗位的人。他一笑说："回来了，办得顺利吗？"

"不顺利。"鲁晓威坐在郝军对面的椅子上。

郝军说："不给办吧？"

"你也是这样办的吗？"鲁晓威看着郝军。

郝军说："我找我的同学了。我的同学正好管这个，要么也不行。"

"现在你的工作关系在哪里？"鲁晓威问。

郝军说："在胡总的办公室里。"

"这好像不符合规定吧？"鲁晓威说。

郝军说："啥规定不规定的，只要你有活干，能挣来吃饭钱，就对付着干就是了，别想得太远了。远水解不了近渴。"

"咱们这个月能发工资吗？"鲁晓威问。

郝军说："没钱拿什么发。"

"你还行，汪海有亲戚，不发可向亲戚借一借。我就不行了，两个人都在这里，又没亲戚，又没朋友，借都没处借。再不发工资日子就没法过了。"鲁晓威说。

郝军说："咱们单位真是穷透顶了。"

"你说我要工资是不是得去找胡总？"鲁晓威问。

郝军笑了说："你不找他，你找谁？难道找我吗？"

"找你也没错呀，你不是财务处处长吗？"鲁晓威说。

郝军说："我还不知道找谁要工资呢。"

"胡总签了字，就到你这里拿钱呗？"鲁晓威说。

郝军说："只要胡总同意就行。"

"有钱吧？"鲁晓威问。

郝军抬头认真地看着鲁晓威说："你这家伙可真是的，再没钱这点钱还是有的吧。要是连一个人的工资都支不出来，公司还能运转吗？"

鲁晓威还是第一次跟郝军说这么多话。公司里的同事说郝军人品不错，可同事不喜欢他。他老实过劲了，见到人连句客气话都没有。鲁晓威认为郝军不是没有话，这是他采取的一种自我保护方式。

又是好多天过去了，鲁晓威决定去找胡友德要工资。胡友德看也不看鲁晓威一眼，说到月底再说。可到了月底又让他等下一个月，推来拖去就把鲁晓威弄急了。开始他还不好意思说，后来，他干脆一天找胡友德一次。他想再不要，等积累多了，就更要不出来了。他想就算不干了，也要把工资要出来。

胡友德见实在推不过去了，就让鲁晓威写了一份申请报告，让邹一峰先在报告上签了字，再来找他。他说这是程序问题。

鲁晓威没想到要工资还要写报告，都四个月没发工资了，不是公司的责任，好像是他的责任了。他找出笔和纸写了一份申请报告，然后找邹一峰。

邹一峰是个精明人，他才不会因件事让大家骂他呢！大家都对鲁晓威表示了同情和理解，如果他不在报告上签字，不但会激化他与鲁晓威之间的矛盾，众人也会骂他。所以他连看都没看一眼就签了字。他清楚他签字是不管用的，给不给钱还是由胡友德决定。他希望鲁晓威能要出钱。如果鲁晓威要出钱来，胡友德可能就会发工资。他也想得到工资。如果不是为了多挣几个钱，他才不会来给胡友德干呢！

胡友德本以为邹一峰不会马上签字，想用这作为不给钱的借口。他没想到上午说完，下午鲁晓威就拿着经邹一峰签过字的申请来找他。他心里骂了一句，但没有推脱的理由，只好在上面签了字。

郝军接过鲁晓威的申请报告，不像开始那么热情了。他说现在没钱，让鲁晓威有钱时再来。鲁晓威问郝军什么时候能有钱，郝军说没准。

鲁晓威不相信公司没有钱。他刚把申请报告给郝军，不好多说什么，应该让郝军有个准备过程。半个月过去了郝军还没给他回话。他认为其中肯定另有原因，不是没钱的问题。他再次去找郝军。

郝军这回没有说没钱，也不说其他理由，只是听鲁晓威说。鲁晓威把好话说了一大堆，也把牢骚发了一大堆后，郝军才无奈地说："你可别弄错了，可不是我不给你。"

"不是你，那是谁？胡总签的字、邹总签的字都有，还要什么？你说。"鲁晓威质问着。

郝军说："你的意思是我不给你呗？是我跟你过不去呗？"

"这么大的公司，就拿不出这点钱，我不信。"鲁晓威发怒了。

郝军说："如果你真这么认为，我也没办法。"

"我去找胡总。"鲁晓威看跟郝军说不明白，转身就走。

胡友德说："财务上的事，你还要去找郝处长。我不是什么事都管，资金周转由财务决定。"

"胡总，我真的没有办法了，要是有一点办法，我也不会来支取工资。"鲁晓威说。

胡友德说："小鲁，单位跟你一样困难。郝军没给你是因为有比给你更重要的事要做。他是你的老乡，如果有钱，他能不给你吗？"

鲁晓威知道胡友德是在跟他耍手腕。他看着胡友德气往上撞。

胡友德转移了话题说："我要出去办事。"

鲁晓威从胡友德的办公室里出来没有去找郝军。郝军的办公室里人多，有些话不好直说。他想等人少了找郝军单独谈谈。他认为郝军不给他钱不是账上没钱，而是另有原因。他要想拿到钱，首先要了解这个原因，解决掉。要么，他就别想了。郝军一个人在财务室时，鲁晓威来了。没有其他人在场，两个人说话轻松多了。

郝军一笑说："你呀，就好像是我不给你似的，这钱又不是我的，我也是给别人做事，我要听人家的。"

"是胡总不让给吧？"鲁晓威问。

郝军说："他虽然没有直接说，但他说让我把周转资金留够，别让人家把门给封了。你说这是什么意思？"

"那我问你你怎么不说？"鲁晓威说。

郝军说："让我说什么？让我说胡总不让我给你钱？那我不是死定了。你还让不让我活了？咱们是老乡，要是能帮忙，我还不帮吗？"

"我还得找胡友德。"鲁晓威说。

郝军说："你真的手里没钱了？要不从我这里拿点？"

"不，我不能从你这里拿。我从你这里拿算怎么回事。我天天工作，到头来要是连吃饭钱都挣不出来，这个工作还有什么意义呢？还上什么班？"鲁晓威说。

郝军说："我也没钱，这个单位你也知道。你要是借，我也得去我妈那里拿，也不会太多。"

"谢谢你，我一分钱都不会从别人那里拿。因为公司还欠我的钱，我有理由要回我的工资钱。"鲁晓威坚定地说。

郝军说："你不怕丢掉工作？"

"我当然不想丢掉工作了。但是工作要是不挣钱，挣来的钱要是养活不了自己，我也就不在乎了。工作不就是为了挣钱吃饭吗？"鲁晓威做出天不怕地不怕的姿态。

郝军比鲁晓威年长，又比鲁晓威出来闯荡得早。他对待生活的理解就更深了。他说："我劝你一句，听不听在你，咱们出来遇到的事不可能都顺心，都如意，遇到不如意、不顺心的事，就要冷静想一想，想好了再做决定。千万别冲动，冲动会造成无法挽回的结果和局面。"

"我明白。"鲁晓威说。

　　鲁晓威从郝军的办公室里出来，正好遇见梁宝强和杜木清了。梁宝强指了一下手中拿的纸包，就进了财务室。鲁晓威一看是钱，马上明白梁宝强的意思了，便匆匆去找胡友德了。

　　胡友德在办公室里吸着烟。他一看鲁晓威进来，脸色唰地阴下来，很不高兴，像谁欠了他多少钱似的说："又是要钱？"

　　"胡总，其实，我也不想打扰你。只是没办法，要是有一点办法我也不会这么一趟一趟地找你。我在那儿住了好几个月了，还没给钱，再不给人家房租，房东就不让住了。在汪海你也知道，租房都是先给钱，不给钱，房东都不让你进。我们这个房东还算不错。"鲁晓威一脸的苦相。

　　胡友德说："就那个小房东？"

　　"房子是人家的，人家说了算。"鲁晓威说。

　　胡友德："你问郝军账上有钱吗，要是有钱就支给你。"

　　"有，梁宝强刚要回来一笔钱。"鲁晓威说。

　　胡友德看实在拖不下去了，就说："不就是几千块钱吗，算什么大事情。你去财务，让郝军给我打个电话，我跟他说。"

　　鲁晓威跑到郝军的办公室说："郝处长，胡总让你给他去个电话。"

　　郝军看了一眼鲁晓威，没说话。这是奇怪的眼神，带着对鲁晓威极大的不满。他认为鲁晓威不应该去追要这笔钱，继续要下去全公司的人会怎么看？所有的员工都在观望这件事，都在等着结果。给钱与不给钱的结果对公司影响都不好。

　　鲁晓威见郝军不打电话，又担心胡友德离开，心急地喊："我的郝老乡，你快打呀！胡总让你打的，你怕什么？出了事我负责还不行吗？"

　　"他说的？"郝军不相信地问。

　　鲁晓威说："当然是他说的，不信你可以问他。"

　　"他说的能是真的吗？"郝军重复着，好像鲁晓威在骗他。

　　鲁晓威被郝军这句话问住了。他也说不准确胡友德说的是真的还是假的，反正是说了。他一看郝军不打，就自己拿起电话拨通了胡友德办公室的电话。他说："胡总，我是小鲁，郝军不敢给你打电话。"

"你让他接电话。"胡友德的声音传来。

鲁晓威把话筒递给郝军。

郝军听见胡友德的声音，接过电话说："胡总。"

"你把鲁晓威的工资钱支给他。"胡友德说。

郝军问："全给他？"

"全给。"胡友德挂了电话。

财务室的人都把目光聚集在鲁晓威的身上，鲁晓威成了屋中的焦点。现金员帮腔地说："不是郝军不给你，大家出来工作，不都是为了吃碗饭，相互理解一下吧！"

"我理解。"鲁晓威说。

郝军说："我真服你了。"

"没办法。"鲁晓威一脸无奈。

经过一个多月马不停蹄的讨要，鲁晓威终于要出了工资和房租。但是肖凌的广告提成还没有给。他不打算要了，要也不可能要出来。他把房租一次性全交了。

2

吕伟接过鲁晓威递过来的房租钱，数了数，笑着说："你能从胡老板手里要出这笔钱，真不简单。"

"可真是不容易。"鲁晓威附和说。

吕伟说："这种单位不行，你还得趁早想办法。"

鲁晓威一笑，离开了。

晚上，鲁晓威和肖凌没做饭，到小饭店点了两盘菜，要了两瓶青岛啤酒，改善了一顿伙食。他们商量要不要去看马永池。

肖凌好几次试探着把去看马永池的想法告诉孟宗哲。孟宗哲都说马永池病得不重，没必要。肖凌看出来孟宗哲是担心她跟马永池走得过近。再说胡友德对马永池也不感兴趣，为了不惹来更多麻烦，他们没有去看马永池。

他们想离开这家公司，这次钱还没全部要出来，下次还不知要等到何年何月。这次要回来了，下次不一定能要出来。他们准备去找肖天明。

3

胡友德是在迫不得已的情况下才给鲁晓威工资与房租的。他想杀一杀鲁晓威的锐气，给鲁晓威一点颜色看看。他决定让鲁晓威下岗，他认为这个决定让马永池来做才会更有意义。他要达到一箭双雕的目的。

胡友德往马永池家打了好几次电话都没有人接，心里生疑。马永池生病应该在家，为什么家里没人？他是去医院了吗？但去医院也不对，因为邹一峰和孟宗哲都说撞得不重，没有必要去医院。他让邱日堂跟他一起到马永池家去看一看，马永池到底在家干什么。他正要走，何英走进来。

何英说："胡总，我有件事想请你帮忙。"

"请我帮忙？"胡友德没明白何英的意思。

何英说："胡总，我在这里干的时间也不算短了，你对我关照不少，扶持不少，我非常感谢。可我还是没能干好，让你失望了。我不适合在这里工作，想调走。"

"调到哪个单位？"胡友德的心抽动了一下，但表情是平稳的。

何英说："市妇联。"

"那是个好单位，祝贺你。"胡友德说。

何英说："他们要来政审，请你多说好话，你说的话很重要。如果你这关过去了，也就算全过去了。"

"你这是先斩后奏，还不如等你到那边上班了，再告诉我呢！我没有准备，如果说得不对，你别生气。谁让你给我来突然袭击呢！"胡友德显然对何英这个突然决定反感了。

何英解释说："胡总，你别生气，我也才知道。胡总，你是知道的，像这种政审是不告诉本人的。"

胡友德当然清楚这种事了，但正跟何英说的相反，像这种政审都是走形式的，一般情况下事情都有百分之九十的把握时，才走这个过程。今天来政审，明天就可能会接到调令。他说好说坏作用都不大。他问："谁来？"

"我不清楚。"何英回答。

胡友德问："什么时间来总该知道吧？"

"一会就来。"何英怕胡友德故意躲开。

胡友德表现出难为情的样子说："我正要到市里开会。你说我是去开会呢？还是等你的政审呢？"

"胡总，真对不起。"何英看出来胡友德是在找借口要人情。

胡友德说："好，我等他。这件事对我来说无所谓，对你就不同了。我尽力成全你的好事，人活在世上谁都不容易。"

"多谢了。"何英笑着说。

胡友德不说话，把身子往后靠了一下，平视着何英。

何英说："我在这里没干好，胡总要多原谅。"

"不是你没干好，而是你没选择好自己的立足点。我把你放在专题部，就是想让你跟梁宝强学。别看梁宝强话不多，长得不出眼，心里才有数呢！他一个月挣多少钱，你不知道吧？"胡友德有意停了一下，给何英一个思考的时间。

何英还真不知道梁宝强月工资多少钱，但知道梁宝强也不想在文厦信息文化传播有限公司干了，他在找人帮着联系新的工作。

胡友德接着说："梁宝强上个月发了两千八。不是我故意给他那么多，是他自己干出来的。你倒好，拉了两个广告，一分钱也没要回来，连版面都赔进去了。"

"人和人的能力没法比。"何英承认自己干得不好。

胡友德做了个回忆的样子，若有所思地说："你去《汪海开发报》时，我就不让你去，你不听。结果呢？"

"胡总对我不错，我从心里感谢。"何英说。

胡友德说："妇联是社会团体，在国外妇女组织是不拿政府钱开工资的。中国虽然跟外国不同，但也在与世界接轨。中国加入 WTO 后，政府机构也要进行大的改革、变动，说不上哪天妇联就被取消了。你别认为去妇联就是好事。"

"那我再回来。"何英说。

胡友德摇头。他的意思是回来没门，也是不可能的。他知道何英只不过是随口说说而已。桌子上的电话响了，胡友德接电话。何英转身走了。

何英回到专题部，梁宝强正在看书。她说："梁主任，又在看佛学的书了？"

"我请求佛祖来保佑平安，躲避小人。"梁宝强信佛。

何英不赞同地说："我看未必。佛只是人的一种寄托，是改变不了人生命运的。"

"你最近有什么打算？"梁宝强说。

何英迟缓了一下说："梁主任，我要调走了。"

"我猜到了。单位都联系好了？"梁宝强不觉得奇怪。

何英说："如果一切正常，就不会有问题。当然任何事情都会有意外，我不敢保证没问题。"

"哪个单位？"梁宝强问。

何英回答："市妇联。"

"那可是铁饭碗，只要不犯错误，一辈子没问题。祝贺你。"梁宝强吃惊地说。

何英解释说："梁主任，本来是想早点告诉你的，可又怕办不成。"

"我明白。你不说，我也知道你要走。你下岗后就没把工作放在心上，如果不准备走，早就找胡总了。"梁宝强说。

何英担心地说："梁主任，你说政审时胡友德会说我坏话吗？"

"胡总是个聪明人，他不会说什么。因为你走已经是成定局的事了。他阻拦也没用，大家生活在同一座城市里，见面的机会很多。胡总不会做损人又不利己的事。"梁宝强像指挥员分析战局一样做了分析。

何英说："我还是有点紧张。"

"你不用紧张，胡友德不会为难你。只要你把其他事都协调好了，就不会出问题。"梁宝强安慰何英。

何英说："其他没有问题。"

"你从《汪海开发报》回来后，就比原来成熟多了。"梁宝强转变了看法。他嘴上说的跟他心里想的是不同的，何英在他眼里一直是单纯、不成熟、不老练的。他没想到何英会突然调走，他不得不对何英刮目相看了。

何英说："梁主任，你也应该想一想后路了，这里不是久留之地。"

"有几个朋友在帮我联系呢。"梁宝强说。

何英问："新闻界的？"

梁宝强点了一下头。

何英说："找工作还得找官场上的人。"

"胡总说《讯报》的国家统一刊号快批下来了。批下国家刊号，也许会好些。"梁宝强不想再照原来的话题往下说。

何英不以为然地一笑说："别说是国家刊号了，就算是国际刊号、宇宙刊号弄下来，我也不会在这里干了。我看到这里的那几个人，就烦死了。"

"我不明白胡总办报的方针，更不明白他的用意，本来报纸是可以走正路的，可他不走正路，非要走弯路。报纸总该面对读者吧？报纸要是脱离了读者，就是自我灭亡。"梁宝强发着牢骚。他向胡友德提出过好多办报方案，都没被理会。

鲁晓威拉开专题部的门，站在门口大声冲着里面喊："你们又在商量什么？谁要是有不同想法，让胡总知道是要开除的。"

"小鲁，看你说的，我和梁主任的想法有那么重要吗？"何英笑了。

鲁晓威说："何英，你说得还真对，在《讯报》你们二位还真是重要人物。一个是部门主任，一个是主任的同党。并且你们有撤离的可能。"

"小鲁的口气越来越像胡总了。"梁宝强说。

何英说："我看也是。"

"你们是个小集团，小心我向胡总告发你们。"鲁晓威关上房门走进来。

何英神采奕奕地说："你不像胡总，而像密探。密探总是出卖同志。"

"何英，你今天的心情不错，有什么喜事说出来，让我和梁主任也为你高兴高兴。"鲁晓威看何英的神态跟平时不同。

梁宝强说："何英要调走了。"

"调走？调到哪儿去？事前怎么一点动静也没有？保密性可真够强的。"鲁晓威没想到何英会调走。

何英说："像我这样的人走了好，我在这里为《讯报》丢人。"

"别这么说。你走了可是《讯报》的损失。你还是很出色的人。别人怎么看我不知道，反正我是这样看。我为《讯报》惋惜。"鲁晓威说。

梁宝强合上书，看着鲁晓威说："能走的都会走，连续几个月发不出工资，饭都吃不上了，谁还待在这里。"

"走了好，各奔前程嘛！"鲁晓威说。

邱日堂进来找梁宝强，让梁宝强到胡友德的办公室去。

梁宝强跟着邱日堂从专题部出来。他想胡友德找他可能是跟何英调走有关。

胡友德在何英找过他后，没有马上对鲁晓威采取行动，反倒认为让梁宝强安抚一下鲁晓威更好，做时间上的缓冲，等何英的事处理利索了，再处理鲁晓威，要是一起处理会引起公司员工的不安和动荡。他问："何英调走，你知道吧？"

"她刚跟我说。"梁宝强认为事情到这种程度没必要继续保密了。

胡友德不相信梁宝强才知道，但没追问下去。他语重心长地说："她可是你的老部下呀！她走得太突然了。她连你都没告诉，可真够有心机的。现在的人不可相信呀！当初她从《汪海开发报》回来，要不是你来找我，我是不会要她的。"

"她没干好，我有责任。"梁宝强说。

胡友德说："她走对咱们公司也未必就是坏事。她的心早就不在这里了，走了好。不说她了。你要好好干，给别人做个榜样，带个好头。

现在你是公司里挣工资最高的人，要是干好了，还可再高，对你个人是件好事。”

“我一直在努力工作。”梁宝强说。

胡友德说：“何英一走，专题部就你和杜木清两个人了，要是人不够把鲁晓威调给你？”

“够用。小鲁在编辑部还是可以的，到专题部不一定适合。”梁宝强不想让鲁晓威到专题部来，在编辑部对他是有好处的。编辑部那边有个事，鲁晓威能给他透个风、送个信。

胡友德说：“小鲁还常去专题部吧？你要好好帮他。他是个不错的小伙子，有才华，也有能力。就是处事直爽些，不会转弯。他跟你在一起我就放心了，你不会教他往坏处走，我最相信的人就是你了。”

“胡总，我知道该怎么做。”梁宝强说。

胡友德沉默了一会儿说：“你可是我的老部下了，何英调走了，你可别有思想顾虑。她是她，你是你，我对你跟对她是不同的。”

“不会的。”梁宝强说。

4

何英看着窗外，在等着那个即将改变她命运的人到来。当她看到那人出现在公司大门口时，神情又惊又喜，推开门，迎着那个男人跑过去。

那男人在四十出头的年龄。他看见何英，放慢了脚步，在听何英说话。

何英把中年男人领到胡友德的办公室，给他们做了介绍，关上门离开了。她刚从胡友德的办公室出来，遇上了邹一峰。她没有跟邹一峰说话的意思。

邹一峰脸上露着奸诈的表情。他平时很少跟何英说话，今天不知是怎么了，一见何英就想说点什么。他说：“你真行，把政府的大官都请来了。”

“老邹，我不愿听你说话。”何英厌烦地说。

邹一峰解释说："何英，我可没别的意思。"

"老邹，我真的讨厌你。"何英说完就走了。

邹一峰小声骂了一句。

何英回到专题部，眼睛仍看着窗外。她情绪非常平静。刚才在院子里，中年男人已经告诉她那边的事都协调好了，来找胡友德只是走个程序。他来，又不是别人来，胡友德说好说坏都不管用。没到下班时间，何英就走了。她往外走时正遇见格琳。她想跟格琳打招呼，但一时没找到话题，只是笑了一下。

格琳开口说："回去呀？"

"嗯！"何英答应着。

她们匆匆擦肩而过。

格琳听到何英的脚步声消失在走廊里，轻轻地摇了一下头，拉开了编辑部的门。她问："何英调走了，你们知道吗？"

"她的情人给她办的。"邹一峰对何英有敌意，话中带着打击性。

格琳说："邹总，你怎么知道人家是情人呢？"

"我怎么不知道，那个男人叫陈智，我认识。"邹一峰说。

他们说了好多关于何英的话，也不知是谁把这些事告诉给何英了。第二天何英来到公司交接完工作，在《讯报》编辑部里没点名道姓地骂了一通，发泄着心中的怒火。整个编辑部里没人接话，直到何英骂够了，离开后，紧张气氛才散去，屋里人才松口气。何英是带着怨气与不满离开文厦信息文化传播有限公司的。

第八章 暗箭难防

1

征订下一年报刊的时间到了。胡友德制定了征订任务，他判断在外地城市可能要比在汪海好征订。为了保证《讯报》正常运转，他把报社人员分成三批派出去。人员回来一批，再出去一批，做轮回式。

王若成和杜木清是第一批。他们在开完会的第二天就出发了。梁宝强和鲁晓威要等王若成和杜木清回来才能走。杜木清走了，好多天后才回来。王若成在当天就回来了。他回来时情绪紧张，放下手提包就去胡友德的办公室了。编辑部的人猜测王若成出事了。但出了什么事，谁也不知道。

这时邹一峰接到了来自威海市公安局的电话。对方问他是谁，他说是副总编辑。邹一峰已经养成了时刻说明自己职位的习惯。他认为当副总光荣、自豪。威海市公安局的人一听是副总编，是领导，就直接说，邹总，你们报社王若成同志的车票钱我们追回来了，马上就寄回去，让他别着急。邹一峰说多谢了，他放下电话摇了一下头。

佳音笑着说："我说王若成怎么回来一句话也没说，就去胡总那里了。闹了半天是出了这种事，真有他的。"

"王若成也太不小心了。"邹一峰说。

鲁晓威没发表看法，只是听着。他在《讯报》编辑部对任何事都不发表自己的看法，他认为自己与他们不是一路人。

王若成回到编辑部没提这次出差的事。

邹一峰说:"刚才威海市公安局来电话了,说你的车票钱马上就寄回来了。"

"可别说了,一说就上火。我上了趟厕所,从厕所里出来,车就开走了。我赶紧坐出租车去追,追上了,司机不给退票,也不付出租车钱……"王若成见大家都知道了,就说出来。

佳音笑着说:"看把你气的,就这点气量。"

"现在小客车就是这样,不负责任,应该取消了。"邹一峰说。

胡友德来到编辑部,没有批评王若成,反倒表扬他。胡友德说全报社的人都要向王若成学习,一趟威海就订出了八百份。

杜木清是一个星期后来报社上班的,他一份也没订出去。他说人家不订的主要原因是内部刊号。人家只订本市和省里的报纸,不订同级别城市的报纸。胡友德批评了杜木清,责怪他工作不认真,还一派胡言,有扰乱军心的嫌疑。

鲁晓威和梁宝强是在同一天出发的。鲁晓威去青岛,梁宝强去烟台。梁宝强对这次去烟台有一定的把握,有些作者他熟悉,也许会给他支持。鲁晓威在青岛没有熟人,心中没数。鲁晓威先回来的,梁宝强是后回来的。两个人都没订出去。梁宝强根本没去烟台,他私下说去也是白去,连公开刊号都没有的报纸怎么让人家订。鲁晓威太实在了,结果到青岛一无所获,差旅费也没法找胡友德报销。

胡友德尽了最大努力,年终《讯报》才订出一千份,还不如上一年。报纸的发行一年不如一年,让他恼怒。

鲁晓威从青岛回来,还是没有编稿的机会。他只好看一些关于写作的书,工作期间看书是违反公司规定的。

那天胡友德来编辑部正好遇上鲁晓威在看书,他伸手拿过鲁晓威手中的书,看了一下书名自言自语地说:"散文创作。"

"胡总。"鲁晓威把书收起来。

胡友德说:"小鲁,你会写文章,你去新闻部吧!到新闻部能发挥你的长处,新闻部正好也缺个像你这样的人。"

"能行吗？"鲁晓威不感兴趣。

胡友德说："到新闻部多写点像丽人服装有限公司那样的稿件，写这种稿对你对公司都有好处。你就大胆地干吧，不会有错。"

鲁晓威调到了新闻部。

格琳一个人在新闻部没意思，多个人也好。她对鲁晓威到新闻部表示欢迎。她说："你来了就好了，就有人写稿了。"

鲁晓威不想去新闻部。因为这是一张小报，根本不是以发新闻为主。从编辑部到新闻部，是倒退。他对格琳说："你是新闻部的老领导，你要多支持我，我听你的。"

格琳说："谁也别说听谁的，在一起干就是了。出来工作不都是为了想挣点钱，要是不想挣点钱，谁还出来工作。"

"有你这话就行。"鲁晓威说。

格琳说："编辑部也不知是怎么搞的，总换人。别的报社编辑部是最稳定的部门，咱们这正好跟人家相反。咱们这轮着当编辑，真是与众不同。"

"格主任，你说这话就不怕我向老板打你的小报告？"鲁晓威说。

"我才不怕呢，我拉了那么多广告，还没给我提成呢！我还怕这个。他不用我，我也能找到地方。这里还是什么好地方怎么着？"格琳说的是实话。她才不怕别人说她的坏话呢！从前她是北京一家报纸在汪海市记者站的站长，那家报社取消了在汪海的记者站后，她才投靠了胡友德。她不会写稿，但她会搞关系，有很大的社交圈。她靠社会关系拉了好多广告。

鲁晓威说："我挺佩服你的。"

"别说那个。今后咱两个合作，你写，我联系，多弄些钱。要是胡友德不给钱，咱就给别的报纸。"格琳嘴上这么说，心里不这么想，口是心非。她不需要把稿子写得太好，只要写得差不多就行了。

鲁晓威知道格琳说的不是真心话。

2

肖凌对鲁晓威去新闻部工作非常生气。她来文厦信息文化传播有限公司这么长时间了，哪个部门好，哪个部门坏，还是清楚的。她认为新闻部是没有出路的。

鲁晓威安慰肖凌说："你用不着生气，生气也没用。去新闻部也没啥不好的，在编辑部没多大的意思。"

"谁让你去新闻部的？"肖凌问。

鲁晓威猜测着说："可能是邹一峰吧。"

"我看不是，可能是王若成，王若成要比邹一峰坏得多。"肖凌说。

鲁晓威说："别管是谁，反正咱们在这里也不想长干。"

"你抽时间多写点自己的东西吧！只有写自己的东西才会有生命力，说不上哪一天就用上了！咱们要为下一次机遇到来做好充分准备。"肖凌对在这个公司的希望彻底破灭了。

鲁晓威也对这个公司厌倦了，想离开。可他又无处可去。他产生了强烈的创作欲望，在格琳常出去采访的时候，他就把自己反锁在办公室里，开始了中篇小说《超越轨迹》的创作。这篇小说在他心里已经酝酿很久了，一直想写，又一直没找到最佳的创作感觉。现在他找到了，写作十分顺利，十天就写了四万字的初稿。接着又用了五天的时间，把稿子改出来。他开始找杂志社发表。他在汪海市图书馆查阅了一天杂志，最后决定把小说寄给国内文学界最有权威的《中华文学》月刊杂志。这是一本国家级文学杂志，并且专刊登中篇小说。在这本杂志上发的中篇小说会使作者一夜成名，轰动全国。他在寄稿的同时，还给杂志主编亚泉写了一封长信。他把稿子寄给亚泉后，为了防止小说没有回音或被延误，又寄了一份给《海潮》文学月刊。虽然《海潮》文学月刊是一家省级杂志，但在文学界也有一定影响力。他把稿子寄出后，就着急地期待着回音。

3

胡友德看见马永池走进来，把脸转向窗户看着窗外，故意不看马永池。

马永池虽然在家养病，心却跑到公司来了。他找胡友德要工资，还有广告提成。他走到胡友德办公桌前小声说："胡总，正忙呢？"

"我可没你老马那么舒服，在家养病，公司的事就跟你无关了。我还要考虑公司员工的吃饭问题呢！"胡友德一脸阴云。

马永池说："我也在想。"

"你在想什么？你在想你自己吧！老马，你身为副总，身为公司高层领导，你不能总想着自己，还要为公司着想。如果你连这点觉悟都没有，那还称职吗？"胡友德批评说。

马永池额头上渗出了汗，他央求地说："我真是没钱了。"

"你没钱就找我，你以为我是开银行的吗？我这个公司是给你开的呀！"胡友德站起身。

马永池不再辩解，只是低声说："胡总……"

胡友德抓起桌上一支笔，迅速在马永池的工资申请表上签了字，然后一扬手，把笔扔在桌子上。目视着马永池说："这回满意了吧！"

"谢谢胡总。"马永池感激地说。

胡友德下了最后通牒道："说别的没用，你要把肖天明的事抓紧弄下来。要是弄不下来，可别说我不讲情面。"

马永池说："我让他们去，他们不去，你说怎么办？"

"你问我？你是干什么的？难道说你只管来向我要钱吗？"胡友德生气了。

马永池颤颤巍巍地说："胡总，要么让鲁晓威下岗，给他一点颜色看看或许会好点。"

"不会把他弄跑了吗？"胡友德早就有这个想法，只是没来得及办。

马永池见胡友德没反对，接着说："对肖凌好点，拉一个打一个应该没有问题。"

"老马，这可是你出的主意，要是跑了，我就找你。你要知道我是把今年的希望都放在肖天明身上了。"胡友德说。

马永池一听胡友德把责任推到他的身上，有点动摇了。他不想承担这个责任。他说："不采取这种办法，也没别的辙了。"

"你可以不来上班，一直在家养着，没钱就来公司要钱。老马，你看一看哪里还有这种好事，帮我也找一个。"胡友德说。

马永池低着头，没敢看胡友德。

胡友德说："下一期杂志的稿子准备好了吗？也该出一期了吧？"

"差不多了。"马永池说。

胡友德说："差不多了？差多少？"

马永池没有回答。

胡友德说："老马，干工作你就这么干吗？我白养着你算了。要是这样，我不成你爹了吗？"

马永池的人格受到了极大侮辱，真想给胡友德一耳光。但是他打不过胡友德，他已经不是第一次遭到胡友德侮辱了。

胡友德说："老马，你要拉着杂志社这辆车往前赶路，别原地不动。我手里的鞭子可是不留情的。"

"胡总，把格琳调到杂志社来吧？"马永池说。

胡友德把眼睛一瞪，厉声说："老马，你用不用把我也要去，让我也天天向你汇报工作？你真是老了，老糊涂了。肖凌不比格琳强吗？你是不是对肖天明的事拿不下来了？老马，你给我听好了，你在没有拿下肖天明之前，不能动肖凌。"

马永池没说话。

胡友德问："听见没？"

"听见了。"马永池嘟哝着。

胡友德说："老马，说实话，肖凌的能力比你强，你也别不服气。上一期杂志她写出的稿子公司里人都说好。再看一看你跟孟宗哲写的，我们一定要看到别人的长处，要是看不到别人的长处，就不会进步。"

"她写得是不错。"马永池说。

　　胡友德说："去年我让你管广告公司，广告公司亏损。今年我让你管杂志，到现在才出两期，你到底还能干什么？"

　　马永池紧张得说不出话了。

　　胡友德说："到年底杂志必须再出两期！"

　　"两期还是能出上的。"马永池说。

　　胡友德说："吹气呢！"

　　马永池不做解释了。

　　胡友德看马永池又采取死猪不怕开水烫的办法来对付他，更生气了。他说："你想让我表扬你，可以呀，可你干得出点成绩来呀！你要是一年给我弄回个百八十万的，我就佩服你。就你现在这个样子，给我当儿子我也不要。你要是干不了，就走吧！"

　　马永池仍然没说话。

　　胡友德说："你算是没救了。"

　　马永池不敢直腰，站得腿都酸了。他换了一个姿势。

　　胡友德懒得说下去了，他说："你走吧。"

　　马永池愣了一下，没动地方。

　　胡友德重复着："走吧！"

　　马永池转过身，往外走。

　　胡友德喊："回来！"

　　马永池心一惊，又走到胡友德的办公桌前。

　　胡友德来一个三百六十度的大转弯说："老马，公司的情况你清楚，给你的这笔钱不算少，打破常规了，工作上你看着办吧！"

　　马永池微微点点头。他拿着胡友德签过字的申请报告去了财务室。

　　郝军看了一眼说："不少呀。"

　　"现在有了病，花钱也没个数了。"马永池说。

　　郝军把申请报告交给现金会计。

　　现金会计把钱给了马永池。

　　马永池接过钱数了数，从财务室走出来了。他本想到杂志社去，又一想，今天不能去。他担心胡友德反悔了，把钱要回去。胡友德在他心里没有好印象，只是他还需要这份工作。他急速地离开，往家走。

4

胡友德认为马永池提的建议有道理，这边批评鲁晓威，那边表扬肖凌，这么做或许能促使肖凌和鲁晓威主动到肖天明那里拉广告。他准备让马永池操作。他从办公室出来，站在门口喊："马永池，马永池！"

声音在走廊里回荡，但没有人回答。

胡友德匆匆地朝《汪海科技市场》月刊杂志社走去。他步子大，落脚有力，脚步声在过道里回响。他推开门，往屋里看着问："老马没来吗？"

"没来。"孟宗哲回答。

肖凌看着胡友德说："刚才我看马总在财务室呢。"

胡友德转身来到财务室，但财务室里并没有马永池。他问："老马呢？"

"刚走。"郝军回答。

胡友德下着命令说："你去把老马追回来。"

郝军一听让他去追马永池，便紧张起来。他心想是不是不让给马永池钱呢？他追到大街上，大街上根本没有马永池的人影。

胡友德又来到了杂志社，嘴里说："马佛爷呀！我的马佛爷！"

孟宗哲说："打他的手机吗？"

"快点打，让他回来。"胡友德好像不找到马永池誓不罢休似的。

马永池刚从公共汽车上下来，腰间的手机就响了，便问："是什么事？"

孟宗哲说："胡总让你回来。"

马永池没敢给胡友德打电话，他认为还是回公司一趟为好。要不，胡友德抓住他的小辫子会大发雷霆。他骂了句："胡友德，这个老狐狸！"

马永池生气的是自己刚回家，就让他又回公司去，这不是故意在找麻烦吗？

马永池平日总骑着那辆旧凤凰牌自行车上班，省了车票钱。自从被车撞后，他就不再骑自行车了。从他家到公司要花两元车票钱。这一往返，就要花四元钱。他花四元钱也心疼。没办法，他还得回公司，还得花掉这四元钱。

马永池把钱放到家里，喝了杯水，看了一下表，已经快到下班时间了。他真是不想去。可是不去不行。此刻他才感到难过，毕竟是年近五十岁的人了，为了生活，让别人叫来喊去的，真是不易。

马永池祖上几代人都生活在汪海市。汪海的变化在他的记忆里。这座城市记录了他从少年到青年、从青年到中年的难忘岁月。他是汪海市今昔变迁的目击者。可他不是汪海的真正主人，他没有主人的自豪。为了生活，他起早贪黑地在这座城市里奔波。

他对待人生的得与失，也有反思。他没遇上多大的不幸，也没遇上多大的幸运。他不是一个要求过高的人，只要求工作稳定、收入稳定就行了。但他的这个心愿一直没能实现，长期在无事可做中度日月。他一直在为生活奔波，他怕失去工作。

他来到公司直接去找胡友德了。胡友德办公室的门半敞着，里面没人。站在门口，他望了望，然后就回自己的办公室了。

孟宗哲和肖凌正准备出去买饭。孟宗哲说："你找胡总了？"

"他不在办公室。"马永池说。

孟宗哲问："早晨你来了？"

"来了。"马永池回答。

孟宗哲问："胡总看见你了？"

"看见了。"马永池回答。

孟宗哲说："胡总急着找你，可能有事。"

马永池听孟宗哲说胡友德有事找他，也着急了。他不知道是为什么事。他沉默了一下说："你们去吃饭吧，胡总没走远，他办公室的门还开着，过一会儿就回来了。"

"马总，我给你买饭吧？"肖凌说。

马永池说："不用，我刚吃过。"

肖凌和孟宗哲在经过广告公司时，从里面传出胡友德的说话声。胡友德声音很大，还有人在笑。孟宗哲让肖凌回杂志社叫马永池。

胡友德看见马永池也不管人多人少，劈头盖脸地说："老马，你都成神仙了，说来就来，说走就走。"

"你找我？"马永池问。

胡友德像没那么回事似的说："我没找你。你现在重病缠身，我找你就太不关心革命群众了。你可以回家睡觉了。"

马永池看了一眼孟宗哲。

孟宗哲把脸转向一边。

胡友德说："老马，你回去安心养病，病养好了，就不用来工作了。"

马永池站了一会儿，见没人理他，便走了。他在心里狠狠地骂着胡友德。

胡友德在兴头上时，跟员工说话就忘记自己是领导了。他在跟刘美说话，说得正高兴。他问："外资跑了吗？"

"跑得差不多了。"刘美是广告公司业务员。

胡友德问："制版的事联系得怎么样了？"

"宾主任说他做，我不清楚。"刘美回答。

胡友德指着办公桌上一本书说："这本画报由你主管，不是宾主任，你说不清楚对吗？你想让我处罚你吧？"

"宾主任是我的主管，我总不能不听他的吧？"刘美认为她没有错。她认为胡友德说的话不占理，她挺委屈的。

胡友德问："你听我的，还是听他的？"

"都听。"刘美回答。

胡友德像疯了一样说："你快要把我气死了！"

刘美笑着。

胡友德说："宾主任在公司里不就像机器上的一个螺丝钉吗？我随时都可以把他换下来，我让他是主任他就是主任，我不让他是主任他就不是。"

宾主任骑着摩托车回来了。他摘下头盔说："胡总。"

"立正。"胡友德严肃地说。

宾主任笑嘻嘻地说："胡总又开玩笑了。"

"谁跟你开玩笑？我让你立正，你没听见？"胡友德对宾主任吼道，说着照他前胸来了一拳。

宾主任脸通红，自我解嘲地说："立正，立正。"

"事都办完了吗？"胡友德问。

宾主任捂着胸口又揉着手说："一切顺利。"

"你的手怎么了？"胡友德问。

宾主任说："好好的。"

"把手放下，在哪养的坏毛病！"胡友德说。

宾主任讨好地说："放下、放下。"

胡友德说："向后转。"

宾主任来个后转弯。

胡友德说："朝前两步走。"

宾主任的脸贴到了墙壁上。

胡友德满意地对刘美说："你看见了吧，这就是你们伟大的主任。他是多么可爱的男子汉，你看他像不像在演小品？"

刘美不喜欢胡友德开这种玩笑，这不是玩笑而是对人格的侮辱。这要是放在自己身上，早就火了。不就是一个工作吗，不干又能怎么样？不要工作了，也不能让胡友德这么摆布。她认为宾主任不叫男人，没有男人的自尊。

胡友德接着说："刘美，你到《家庭生活》杂志社去了解一下，他们画报做得不错。你可以去学学经验，操作起来心里有个数。"

"行。"刘美说。

胡友德问："有熟人吗？"

"有个同学在那里。"刘美说。

胡友德说："那你下午就去。"

"好。"刘美本来就不愿意呆在办公室里，正好借这个机会出去玩一玩。

宾主任还在墙根站着，他哀求地说："胡总，我的腿都直了。"

"到我的办公室来。"胡友德走出广告公司。

宾主任朝刘美笑了笑，跟在胡友德身后走了。

5

肖凌正在聚精会神地赶写一篇文章，有人在她肩上拍了一下，把她吓了一跳。她回头一看是刘美。刘美经常来杂志社找她，她俩在一起说话很投机。她扭动一下身子，侧过脸笑着问："你没事了？"

"你有时间吗？"刘美把脸凑近肖凌柔声地问。

肖凌说："你有事就说吧。"

"陪我去一趟《家庭生活》杂志社好不好？"刘美说。

肖凌知道刘美有个同学在《家庭生活》杂志社做美术编辑。她说："我没问题，你问一下孟主任。他让去，咱们马上就走。"

"孟总，可以吧？"刘美从没把孟宗哲放在眼里，她话中带着嘲讽。

孟宗哲拿着几张图片，正在选杂志的封面。他抬头看了一眼刘美问："你去《家庭生活》杂志干什么？"

"孟总，我去《家庭生活》杂志社不行吗？"刘美说。

孟宗哲解释说："不是不行，你们广告公司的人，不应该拉拢我们杂志社的人。你们有你们的工作，我们有我们的工作。咱们分工不同，难道你不明白？"

"看把孟总神气的，出口就是教育人的话。我去《家庭生活》杂志社是胡总交给的任务，看来你比胡总还厉害了。"刘美说。

孟宗哲说："请一次客吧？"

"行，到汪海大酒店？还是到新加坡饭店？"刘美说了汪海市两个最好的酒店。

孟宗哲说："没那么高级，来几个小肉饼就行了。"

"孟总的胃口真是太小了，你吃几个小肉饼不觉得丢了杂志社的面子吗？"刘美笑了。

孟宗哲说："你认为我谁的肉饼都吃吗？我才不呢！我吃你的小肉饼是瞧得起你，别人给我吃我都不吃。"

"好，明天中午我给你买小肉饼。"刘美说。

肖凌看着刘美说："别忘了还有我。"

"不会忘的，孟总都发话了，咱们走吧？"刘美拉着肖凌往外走。

两个年轻女人从文厦信息文化传播有限公司出来，一股海风迎面扑来，如同给她们注射了兴奋剂。她们沿着公司门前的大路来到海边，顺着海边这条路往西走，就能到《家庭生活》杂志社了。

刘美是个活泼好动的女孩，说话直来直去。她父母在淄博，去年她从汪海师范学院毕业，没回淄博，留在汪海了。她父母是早年离开汪海去淄博的。她叔叔是黄东区文联副主席，她到文厦信息文化传播有限公司，就是她叔叔给介绍的。她和她的家人对这个单位都不满意。她父母不需要她赚钱养家，但总该养活自己吧？可刘美的工资都不够自己用的。她父亲多次找她叔叔想给刘美换个工作，她叔叔正在为她的工作四处想办法。

肖凌听着刘美的话，心里更着急了。她在这座城市里没有刘美那么多社会关系，没有谁会为她的前途和工作着想，只有靠自己了。

刘美告诉肖凌在公司里最佩服的人就是她和鲁晓威。刘美说写文章是要动真本事的，她认为肖凌应该想办法到《汪海日报》或者《汪海晚报》去工作。

肖凌只是笑，不表态。她当然想到《汪海晚报》和《汪海日报》去了，但那只是梦想，可能吗？一个熟人都没有，人家会要吗？

她们来到一座二十六层的大楼前，坐电梯上到了十八层。整个十八层楼都是《家庭生活》杂志社的办公室。

美编办公室里有一男一女两个人。他们都在忙着。他们看刘美进来，都站了起来，跟刘美握手、打招呼。

刘美给美编室的人介绍说："我的同事，肖凌，作家。"

肖凌上前跟他们握手。

刘美又把美编室的人介绍给肖凌说："这位是我的同学晶晶。这位是田老师，汪海市著名画家。"

客气过后，田老师拿着几张图片去照排室了。屋里只有她们三个小女人了。三个人都是同龄，自然就放得开了。

肖凌环视着美编室，地毯、矿泉水、电脑、中央空调，完全是一流的办公环境。

刘美对肖凌说："晶晶是我高中时的同学，中央美院毕业的。"

"看得出来。气质果然与众不同。"肖凌笑着。

晶晶对肖凌说："我看过你写的文章，不错。"

"你在哪看的？"肖凌问。

晶晶说："你们杂志每期出来，刘美都给我看。"

"肖凌，你回去可不能说，胡总不让往外拿。"刘美提醒肖凌说。

肖凌说："放心吧。我这人，你还不了解吗。"

"肖凌，你应该给《汪海日报》和《汪海晚报》写稿，说不定什么时候，就被谁发现了呢！"晶晶给肖凌出主意。

刘美笑着说："肖凌，你可以考虑一下。我也这样认为。"

"谢谢你们对我的看重。"肖凌笑着。

晶晶问："你们来有事吗？"

"你们上次做画报是在哪里制的版？我来讨点经验。"刘美说。

晶晶说："在深圳。"

"你有地址吗？"刘美问。

晶晶找出一本画报给刘美。她说画报上有深圳那家制版公司的地址和电话，让刘美自己去联系。刘美拿起来看了看，把画报放在小挎包里。她又问晶晶《家庭生活》杂志要不要人。晶晶说过些时候杂志扩版，可能会要。刘美说到时候告诉她，向总编推荐她。晶晶说推荐是可以，但不一定能起作用，因为想进《家庭生活》杂志社的人很多，各种关系都有，总编是要全面衡量的。晶晶让刘美还是多处想办法为好。

肖凌把晶晶说的话记在心上了。她想要是《家庭生活》杂志社要人，对自己也是一次机会。目前对她来说进《汪海日报》和《汪海晚报》是不可能的。因为《汪海日报》和《汪海晚报》都是政府主管的，用人机制还是老一套，条条框框多，不灵活。而《家庭生活》杂志是汪海市发行最大的综合性杂志，也是完全靠销售杂志来运转经营的，但因为是面对市场，在用人上就比日报和晚报灵活，机动性强。肖凌心想要是她能进来，也许是命运的转折点。

直到晶晶下班时间，肖凌和刘美才想起来要离开。晶晶说她请客，晚上在一起吃饭。肖凌说钥匙在她这，鲁晓威回家开不开门。刘美说真没口福，要不非好好"宰"晶晶一下。她们在公共汽车站分了手，一东一西回家了。

肖凌回到家，鲁晓威正在门口站着等她开门。

鲁晓威说："你去《家庭生活》杂志了？"

"你去找我了？"肖凌说。

鲁晓威下班时到杂志社找肖凌，孟宗哲告诉他肖凌跟刘美到《家庭生活》杂志社去了，他想肖凌可能直接回家了。

肖凌兴奋地说："你猜我今天得到一个什么消息？"

"是什么好消息？把你高兴成这样？"鲁晓威问。

肖凌说：《家庭生活》杂志准备扩版，人不够用，可能要招人。咱们可以去试一试。"

"你还是别想了，咱们去应聘得还少吗？人家要大本、大专，研究生文凭，咱们连门都进不去。"鲁晓威说。

没有文凭是鲁晓威和肖凌在汪海求职中的最大障碍，他们真想弄个假的。可又一想，还是人家不想用，要是想用，怎么说也会让你干一干，连干的机会都不给你，还有诚意吗？

肖凌与鲁晓威的观点不同。她认为事在人为，原本不行的事在经过努力之下，也可能行了。她说："没准就行了。我一定要去试一试。不试一试，我死不瞑目。"

"要去你去，我是不去。"鲁晓威没有去的打算。

6

胡友德气急败坏地闯进杂志社时，已经快到下班时间了。杂志社里就肖凌一个人。她在看小说。胡友德不允许员工在工作时间看与工作无关的书。肖凌在看虹影写的长篇小说《饥饿的女儿》，书的封面是用一张白纸包着的。肖凌看胡友德进来，急忙合上书。胡友德像一头疯牛似的在屋里转着圈，嘴里还不停地说："小鲁真是气死我了，气死我了。"

肖凌不明白发生什么事了。她担心地问："胡总，小鲁怎么了？"

"他四处诽谤我的《讯报》，这张报纸可是我的命根子呀！除了这张报纸我什么都没有了。他来了，我对他也够意思呀！他反过来这么对我，也太说不过去了吧！"胡友德双手摆动着。

肖凌想不起来鲁晓威说过什么反对胡友德的话。她说："胡总，你是不是听别人说什么了？是不是有人在调拨咱们的关系呢？"

"这不会。他肯定说了。"胡友德说。

肖凌说："胡总，你别生气，小鲁很感谢你。他不会说坏话的。"

"不行，我得给肖天明去个电话。"胡友德转身就走了。

肖凌去找鲁晓威，但没找到，格琳说鲁晓威跟梁宝强出去了。她想起来了，鲁晓威跟梁宝强去采访了。她推测鲁晓威采访完就回家了，于是她也回家了。

鲁晓威果真在家里，他把晚饭做好了。他看肖凌脸色不对就问："你又在生谁的气？"

"你说胡友德什么了？"肖凌问。

鲁晓威被肖凌问住了，没明白肖凌的意思。

肖凌说："胡友德说你诽谤他了。"

"我诽谤他了？谁说的？"鲁晓威说。

肖凌说："胡友德生气了，像疯子一样。"

"气死他跟我也没关系，他肯定又听谁说什么了。他相信别人传的话，我也没办法。我又不能管住人家的嘴，嘴是两面皮，怎么说都行。"鲁晓威一副身正不怕影子斜的样子。

肖凌回想着说："是不是那天在专题部说的话被人告诉胡友德了？"

"那天你也在场，又不是我一个人。都是说办报的事，格琳是主角，我才说几句。我说的也不过分呀！"鲁晓威说。

那是几天前的事了，他们在专题部谈起汪海市几家内部报纸的办报方式。何英说得比较激烈。但她已经调走了，没人追究她。鲁晓威成了替罪羊了。

鲁晓威说："胡友德跟神经病差不多，上来一阵子谁说的都信，又一阵子谁说的也不信。"

"胡友德说要给肖书记打电话呢！"肖凌说。

鲁晓威满不在乎地说："打吧！到时候咱们把胡友德开的假调令给肖书记一看，不就真相大白了。"

"胡友德这回真要收拾你了。"肖凌认为胡友德要动真格的了。

鲁晓威说："我朝他要工资，他就不愿意，怀恨在心。"

"你说怎么办？"肖凌没了主意。

鲁晓威说："不让干，就算了。干也没法干，你看全公司里哪有一个是正经人。个个都跟三孙子一样，这哪里是在干工作？"

"总要想个办法才行。"肖凌说。

鲁晓威问："胡友德说辞我了？"

"那倒是没说。你说是不是应该把事情的真实情况告诉给肖书记？"肖凌说。

鲁晓威说："当然要告诉了，不告诉他，好像是咱们不好好在这里干呢！再说，下一步他们还要去拉广告，万一再弄出点别的事呢？"

肖凌是在第二天中午给肖天明打的电话。肖天明告诉她胡友德给他打电话了。肖凌只是简略地把情况说了一下。

鲁晓威没有找胡友德，胡友德也没找鲁晓威，两个人处在表面的平静中。实际上他们各自都是不平静的，这种平静是不正常的。那天邱日堂来到新闻部，把鲁晓威叫到胡友德的办公室，胡友德和马永池坐在里面。

马永池说："小鲁，坐吧。"

鲁晓威坐下。

邱日堂问："小鲁，你来几个月了？"

"半年了吧。"鲁晓威想了一下。

邱日堂又问："你觉得在这里怎么样？"

"不错，很好。"鲁晓威说。

胡友德顿了顿声音说："小鲁，今天是公司的领导班子找你谈话，不是哪一个人私下跟你谈。"

"胡总，我明白。"鲁晓威很镇静。

马永池问："小鲁，今后你是怎么打算的？"

"马总，我不明白你的意思。"鲁晓威说。

马永池说："小鲁，我对你说这话是在打自己嘴巴子。你是我向胡总推荐的，让我把你辞退，我心都疼。"

鲁晓威没吃惊，这个结果正是他意料中的。

马永池接下来说的话就痛快淋漓了。他找到了快感，找到了发泄的理由和机会。他慷慨陈词地说："小鲁，本公司正处在发展阶段，不可能有更好的工作环境提供给你，你的才华在这里没有发挥的余地，为了不埋没人才，你就另谋高就吧！"

鲁晓威不再看着马永池，把目光移向胡友德。

胡友德没看鲁晓威，只是用余光看着他的反应。

邱日堂说："小鲁，你再想一想。"

"我没什么好想的，要是胡总的决定，我接受。"鲁晓威说得干脆、果断，没给自己留余地。

胡友德解释说："小鲁，这不是哪个人的决定，而是公司领导班子研究后的决定。"

"既然你们研究过了，我接受。"鲁晓威浅浅一笑，笑中带着讥讽。

马永池见鲁晓威如此冷静地决定离开文厦信息文化传播有限公司，有点慌了。他没想到鲁晓威会这样做。他说："小鲁，你太无情了。说走就走，一点情面也不留。你太让我们失望了。"

"马总，话不应该这么说。你刚说完不用我了，又不是我不干。"鲁晓威有点激动。

邱日堂说："小鲁，胡总是爱才的，要是不爱才，还有必要我们三个人跟你谈话吗？公司里面走了那么多人，有哪一个像你这样？"

"这是你们工作的方法和权力。"鲁晓威不想干了，说话也不客气。

马永池额头上的青筋暴起，语气也要吼起来了。他说："小鲁，你有才，大家知道，也欣赏你。但在处事上，你做得太自我了。"

"我们两个人在这个公司，都不给发工资，让我们怎么生活？总不能让我们喝西北风吧？最少要给一个人发工资吧？"鲁晓威对公司做法耿耿于怀。

马永池控制不住感情，声音很大地说："到现在你还不承认？你再不承认，你连风也喝不上。不信你就试试。"

"马总，我信，行了吧！"鲁晓威不服气地说。

邱日堂说："小鲁，你认个错不行吗？"

"有错就是有错，没错就是没错。我这人爱憎分明。"鲁晓威说得斩钉截铁。

马永池说："你不承认是了？"

"马总，如果你非逼我承认，你是不会得到安宁的。人做事是要讲良心的。"鲁晓威说。

马永池说："良心值多少钱？良心一分钱不值。"

"马总，你说得对。"鲁晓威看着马永池双眼都红了。

邱日堂问："小鲁，你在新闻部干得好不好？"

鲁晓威没回答。他不想回答。他不清楚好与坏的界线是什么。

胡友德说："你在编辑部时唱歌？"

"我在气他们。他们欺负我。"鲁晓威承认在编辑部时唱过歌。他在气邹一峰和王若成。邹一峰和王若成发现他跟胡友德有矛盾后，就开始排挤他。他就想着法子气他们。

胡友德说："他们还敢欺负你？"

"可他们失败了。"鲁晓威看着胡友德。

胡友德比划着说："谁对你不满，你就跟谁拼刺刀。你跟这个拼完了，就跟那个拼，最后造得两败俱伤，值得吗？"

"该忍的我忍，该让的我让。在忍无可忍的情况下，我只好针锋相对，奋力还击了。"鲁晓威语气坚决，不可抗拒。

胡友德说："你四处诽谤我的报纸，用恶语中伤我的公司，没人敢管你了？"

"我没有中伤，也没必要中伤。"鲁晓威说。

胡友德问："你没说？"

"我没说。老天爷可做证，谁说了让老天打雷劈死他。"鲁晓威发誓。

胡友德说："你跟《汪海日报》的人来往很密切吗？"

"这是没有影的事。"鲁晓威虽然给《汪海日报》写过稿，但稿子是寄去的。他还没见过《汪海日报》的任何编辑呢！

胡友德沉默了。

鲁晓威问："胡总，你是不是听王若成说的？"

"你不要怀疑王若成。他对你还是不错的，就算他知道，也不会告诉我。他会保护你的，你别好坏不分。"胡友德说。

鲁晓威不相信胡友德说的话。

胡友德说："我是听《汪海日报》的人说的。"

"胡总，我虽然给《汪海日报》写过稿，但还没见过他们的人。"鲁晓威认为胡友德是在张冠李戴。

胡友德摆出一副满不在乎的样子说："没说就没说吧，说了我也不在乎。我要是在乎这点小事情，就不用在汪海混了。辞职的事你回去再好好想一想。"

"不用了，我已经想好了。"鲁晓威认准的事从不后悔。

胡友德变了脸色，这样的结果不是他所希望的。他没达到目的，但他很镇定，对事情有自我控制力。他说："就这样吧，你要是想好了随时都可以来找我。我这个人不记仇，事情过去就算了。我办公室的门随时都向你敞开着。"

"不必要。"鲁晓威站起身就走。

邱日堂跟着鲁晓威来到新闻部，让鲁晓威把工作交给格琳。格琳没想到鲁晓威这么快就离职了。邱日堂站了片刻，回自己办公室了。

鲁晓威把东西装在一个红色的方便袋里，把钥匙交给格琳说："就这么两把钥匙，交给你吧。"

格琳接过钥匙问："你找到新工作了？"

"还没有。"鲁晓威回答。

格琳说："都到年底了，根本没有单位用人了，工作不好找了。"

"年底了。"鲁晓威自言自语地说。他想正因为是到年底，胡友德才要这么做。胡友德是在刁难他。

格琳说："现在的工作就是这样，今天在这干，明天还不知道在哪呢！没准哪天我也走了呢。这不是养人的地方。"

鲁晓威相信格琳说的是真心话。格琳不可能总在这个公司工作，这里不是她待的地方。鲁晓威说："你把钥匙收好了，可能邱日堂会来拿。"

"你这就走了？"格琳问。

鲁晓威点了一下头。他走到门口，遇上了王若成，王若成笑眯眯的，捉摸不定。鲁晓威看见他就生气，不想理他。

王若成说："小鲁，去哪？"

"去你家。"鲁晓威没好气地说。

王若成说："你这是说的什么话？"

"你纯牌是个汉奸、走狗，是个地地道道的小人！"鲁晓威指着王若成骂，他有一肚子的火要发。

王若成脸色惨白地说："你怎么骂人呢？"

"我骂的都不是人。"鲁晓威说。

王若成脸红了。

鲁晓威上前一把抓住王若成的衣服领子，王若成被鲁晓威拉到了跟前。鲁晓威的脸已经快贴到了王若成的脸上，王若成不敢看鲁晓威。鲁晓威咬着牙恶狠狠地说："我没得罪你，你为什么总跟我过不去？"

"你放手。"王若成挣脱着。

格琳听到门口有人吵架，便跑了出来。

鲁晓威松了手。

王若成说："神经病。"

"你才是神经病。"鲁晓威说。

王若成一看格琳在跟前，怕丢面子，不甘示弱地说："你疯了。"

"你才疯了？"鲁晓威上前就是一拳，他的拳头正好打在王若成的脸上。

王若成一咧嘴，就冲上来，两个人厮打在一起了。

文厦信息文化传播有限公司的员工从各个屋里跑出来，站在办公室的门口朝鲁晓威和王若成打架的地方看。

鲁晓威见人多了，就匆忙离开了。

王若成吃了亏，想打110报警。邱日堂没让，他说这是公司内部的事情，报警对公司影响不好。王若成只好回编辑部了。

邱日堂向胡友德汇报了刚才外面发生的事。

胡友德对邱日堂的汇报没表态。他正在跟马永池商议下一步到肖天明那里拉广告的事，胡友德把马永池训得一句话也不敢说。

第九章　春节的忧虑

1

肖凌回到家里把包往床上一扔，一言不发。

鲁晓威知道肖凌不想让他辞职，是在跟他生气，便解释说："我早就不想干了。干也不给工资，还干个什么劲。"

"不干总该有个打算吧？"肖凌认为鲁晓威过于冲动。

鲁晓威说："还有一个月就过年了，过了年再想办法。"

"我说的话你不听，现在好了。到年根了，弄出这件事。"肖凌责备着。

鲁晓威心烦地说："你别嘟哝了不行吗？"

"你认为这么做好吗？"肖凌说。

鲁晓威心里乱七八糟的。虽然他对文厦信息文化传播有限公司不感兴趣，但每天都是到点去到点回来，好坏也算是有个单位。现在一下子没了单位，他心里很难接受。

肖凌不是对鲁晓威辞职不满意，但离开要有准备才行。她也不想长期干下去，长期干下去只能是死路一条。她在寻找机会，没有好的机会，就不能辞职。她对鲁晓威辞职，前几天不适应，几天后就适应了。她让鲁晓威在家多看些书，过了年再想办法。春节过后她也想离开这个公司。她最担心的是怕年前在杂志社干不下去，那样给她选择的机会就太少了。她把自己的担心告诉给鲁晓威，鲁晓威告诉她别马上把手上的两篇纪实稿交出去，也别急着去要钱。只要稿子没交，钱没要回来，胡友德就不会把她怎么样。

肖凌手上的两篇纪实稿早就写好了，但没交给马永池。她要用这两篇纪实来与胡友德讨价还价。马永池催她好多次了，她也没交稿。她的理由是稿子要最后改动一下才能定稿。她说人家是看了发表出来的稿子才给钱，稿子要是刊登得不好，钱怎么要？马永池明白这个道理。他把情况如实汇报给了胡友德。胡友德是知轻重的人。两篇稿子可是一万元钱的收入。对胡友德来说，一万元不是个小数。他对肖凌做广告的事满意，当然想让肖凌办成了。稿子的采写都是肖凌一个人去的，中途换人怕人家不满意，不接受。他没给肖凌制造更多麻烦。肖凌也就安全地度过了春节前的危险期。

随着时间的推移，春节一天天近了。在离春节还有半个月时，各单位的工作基本上已经停止了，都在为过春节做准备。

文厦信息文化传播有限公司出现了一年中从未有过的宁静。公司员工看别的公司都在抢办年货、发福利，而自己公司却没有动静，真是扫兴。

胡友德整天不在公司，在公司就是开会。开会内容就是批评今年效益不好，让他拿什么来办年货、发福利，总不能让他从家里拿钱给大家办年货、发福利吧？

员工们一听，分年货的希望消失了，无精打采，如同被霜打过的茄子蔫了。不发年货倒也可以，但总要发工资吧？工资一直没发。员工们盼望着发工资，他们时刻都留意胡友德的表情，试图从胡友德的表情中猜测着发工资的日子。

胡友德嘴角起了血泡，每天匆匆地来，又匆匆地去，来去如风。那天他宣布，公司下属各个单位，哪个单位账上有钱，哪个单位就发工资。各部门自己解决发工资的钱。

邹一峰有一位同学在工商银行当行长，他到那就拉了一万元钱的广告，把《讯报》的工资给发了。广告公司和装饰公司账上都有一点钱，发工资也够了。最后只有《汪海科技市场》月刊杂志没发工资了。

马永池着急，急也没用。他没有像邹一峰那样的社会关系，没有社会关系在关键时刻谁肯帮你。他把希望寄托在肖凌身上，可肖凌却只说不行动。他想发火。他知道肖凌这么做是跟鲁晓威离职有关，在处理鲁晓威的事情上他说不上是对还是错，只是想给自己找个借口。不然他从肖天明那里一旦拉不来广告，要不出钱来，胡友德还不把责任都推给他？

年后有年后的事，年前说年前的问题。他也急着用钱，他老婆几乎天天往家拿东西，有单位分的，也有朋友给的。单位分的没有往来，朋友给的就要有回送。回送人家就要家里有，没有就得去买，买就要花钱。一提到钱他老婆就骂他，骂他一年到头挣的钱连自己都养活不了。他不说话，只是沉默。他没有说话的权力，只能用沉默来应付。他深深体验到不能挣钱的男人在家中的地位，更了解这样男人的苦衷。他了解没钱的日子是多么难过。他理解老婆，就不说话，直到老婆说够了，骂够了，才算完事。在到年根的日子里他回家的时间更晚了，他是回避没钱买年货的苦恼。

他在公司也不好受。其他部门都领完了工资，虽然没全额发，但够过年应急用的了。可他们月刊杂志社一点也没有发。

胡友德前些天一直在外面忙碌着，这几天停下来，待在公司里。他一个人一个人地分析，一个部门一个部门地评价，最终他把思维停在肖凌身上。他想要是早点重用肖凌也许那两个广告就能拉回来。两个广告就是一万元的收入，有了这一万元的收入，就解决大问题了。不但能发出工资，还能有点剩余。但肖凌后来没去拉，这跟他辞退鲁晓威有关。自从鲁晓威离职了，肖凌就只说不做了。有几次胡友德想连肖凌一起辞退了，可又一想，不能这么做，要是这么做，事情就没有回旋的余地了。他不能把事情逼到绝境处，那样是有害无利的。他还要利用肖凌和鲁晓威呢！他们是他跟肖天明的纽带。他还要到石门镇拉广告，这是一笔财富，一笔资源。他突然意识到肖凌会离职，肖凌离职对他是巨大损失。他不能给肖凌发工资！他要用工资来扣住肖凌。他让马永池做肖凌的工作。

马永池和胡友德的心情是相同的，都在寻找跟肖凌缓和的机会。肖凌嘴上还是马总马总地叫，从外表看跟过去没有变化，但从心理上更加警惕了。她时刻都在观察马永池的脸色，防止有风吹草动。马永池一点微妙变化也能引起她的思索。马永池让她向格琳学，多拉广告。她说我不是格琳，我没有格琳那样的社会关系，不站在同一个高度，把她与格琳比是不可思议的事。马永池说别让鲁晓威的事影响你。肖凌说不会的，他是他，我是我。我不能替代他，他也不能替代我。她说得干脆利落。马永池觉着肖凌让他头痛。

肖凌看到别人已经拿到了工资，而她没有，心急得都要跳出来了。她认为要是不给孟宗哲发工资还行，因为孟宗哲没拉来广告。公司的报酬是跟效益挂钩的。可她拉了那么多广告，钱都到位了，过年了，不给她发工资，就生气。话又说回来，全公司都发了，公司再没钱也不差他们三个人了。从情理上也应该发，好坏不说，跟着胡友德忙了一年，多了不给，总该给个过年钱吧？到了腊月二十八那天，她看还没动静，就去找胡友德要工资。她说："胡总，都过春节了，也不发工资，提成也不给，春节可怎么过？"

"发不出工资，你去找马总。别的部门都发了，你们杂志社不发那是因为你们没挣出来，没搞到钱。"胡友德说这话时态度不软也不硬。

肖凌说："胡总，他们没完成经济创收任务，可我完成了。并且我是超额完成的，总该给我发工资吧？"

"这次发工资是以单位进行的，不是以个人进行的，你们杂志社是个集体，杂志社没钱，就不能发。"胡友德说。

肖凌说："过年了不发工资，这年怎么过？"

"你去找马总。"胡友德说。

肖凌说："马总让我来找你。"

"你去把马总叫来。"胡友德说。

肖凌知道自己去叫马永池，马永池根本不会来。因为发工资是棘手的问题，马永池躲还来不及呢。正当肖凌发愁时马永池从胡友德办公室的门口经过，她喊："马总。"

马永池听到喊声转身走进胡友德的办公室。

胡友德看着马永池，脸上露着凶光，一副要吃人的样子说："马总，马上过春节了，你的兵没饭吃了，你说怎么办？"

马永池一言不发。面对胡友德，他养成了沉默的习惯。

胡友德说："你说我是给她钱呢？还是不给？"

"你是总编嘛。"马永池吞吞吐吐地说。

胡友德往椅子上一靠，冷笑着说："别说我是总编，就算我是市长，你不挣钱，我拿什么给你发工资？我又不会造钱。"

马永池无可奈何地看着胡友德。

胡友德沉着脸说："老马呀老马，让我说你什么好呢？去年你在广告公司没干好，今年你在杂志社又没干好，你走到哪里都带不来效益，你真想让我养着你呀？真让我拿你没办法。你记着，肖凌的工资我给她发一个月的，到时从你的工资上扣。她完成了任务，你没完成。你要是连工资也挣不出来，你自己想办法。无论如何你也要还上这笔账。"

"明年一定努力。"马永池说。

胡友德一咧嘴说："去年你不也是这么说的。你年复一年地重复，谁还信？"

马永池刚才准备上厕所，厕所没去成，让胡友德给批评了一通。胡友德一批评他，他有点憋不住了，憋得他直咧嘴，但还不敢走。他真怕自己尿在裤子里。那可就成了天大的笑话，成了新闻。

胡友德一挥手说："快去吧，快去吧，就你的尿多。"

马永池小跑着去了厕所。

胡友德拿起电话给财务主任郝军打电话，让郝军支付给肖凌一个月的工资。他放下电话，对肖凌说："好好过个年，来年好好干。"

"只要胡总相信我就行。"肖凌说。

胡友德说："我当然相信你，不相信你能让你当杂志的首席编辑吗？你干得不错，大家公认的，只是还没放开，能力还没完全发挥出来，再放开一些会干得更好，更出色。我想这可能是跟你刚来汪海有关，人到新地方总要有个适应过程。你才来工作能做到这种程度，就很不错了。我对你的工作是满意的。你要再接再厉，更上一层楼，别让肖书记失望。"

邹一峰进来了，他对胡友德说："胡总，拉苹果的车到了。"

胡友德没理邹一峰。他对肖凌说："去找郝军吧。"

肖凌从胡友德的办公室出来，看邱日堂跟孟宗哲正抬着一筐苹果往公司里面走，其他人也在忙着从车上往下搬苹果筐。她走进财务室，郝军正在收拾账本。他没说话，把准备好的钱给肖凌，让肖凌在上面签了字。肖凌数了一遍，拿着钱走出来。她往门口一看，苹果车已经开走了。

胡友德给公司员工每人分了一筐苹果，算是年货了。他给全体员工开了会，做了节日安排。散了会，大家就开始想办法往家拿苹果。苹果筐大，不好拿，有人合伙租车走。

肖凌住的地方只她一个人。她要是租车，还不如不要苹果了，苹果还不够车费钱呢，还闹个麻烦。她想让孟宗哲帮她抬到公共汽车上，下了公共汽车离家就不远了。她刚要出门，办公桌上的电话响了。她忙拿起电话问："请问，你找谁？"

"肖凌在吗？"从电话里传来一个女人的声音。

肖凌听不出来是谁，但她听出来是北方口音。她说："我就是。"

"嫂子，我是晓梅。"对方急切地说。

肖凌听鲁晓威说过晓梅找对象去青岛了，可是她没想到晓梅会给她打电话，特别是在这时候。她忙问："你在哪里打的电话？"

"我在青岛家中。"晓梅说。

肖凌问："你结婚了？"

"结了。当时我没告诉你们，怕你们抽不出时间过来。嫂子，你可别生气呀！"晓梅解释说。

肖凌问："你怎么会知道我的电话呢？"

"我哥上次不是给我一个片子吗？"晓梅说。

肖凌想可能是名片。她没有时间跟晓梅多说下去，她还要想办法往家拿苹果筐呢。她说："过年你来玩吧，到汪海师范学院下车，我去接你。"

"初几？"晓梅问。

肖凌说："初几都可以，我们不出去玩。"

"那就初三吧。"晓梅说。

肖凌说："行，我和你哥初三到车站接你。"

晓梅还想说下去，肖凌打断她的话。她说电话里说不明白，见面了再说。她放了电话，她认为晓梅打来的电话不是时候，她这么忙。可又一想，也是时候，要是再晚打来几分钟，她就接不到这个电话了，接不到电话，春节她们就见不到面了。这让肖凌感到了兴奋。现在大家都很忙，都在准备回家。她放下电话忙着跟孟宗哲抬起苹果筐往外走。走到公司门口遇上了郝军，郝军上前接过肖凌抬的这头。郝军和孟宗哲抬着苹果筐，肖凌跟在后面，三个人走向公共汽车站点。

肖凌被感动了。她认为人都是好人，只是每个人有每个人的处事方式。在不同的角度就要有不同的办事方法。他们来到公共汽车站点，车开过来了。孟宗哲和郝军把筐抬到车上，就下车了。车上人不是很多。肖凌到站时，让一个一同下车的人帮她把苹果筐抬下车。她站在那里发愁了，车站离她家还有一段距离，虽然不算远，但她一个人无论如何也不能把苹果搬回家。她拿着手机，看了看，心想要是再有一部手机就好了。她和鲁晓威用一部手机，鲁晓威在家，手机她用着。她看着周围，周围没有人。天黑下来，她的心乱了。她又不能回家去叫鲁晓威。她等了半个多小时，鲁晓威才来。肖凌生气地说："天黑了，你也不来接接我？"

"我都来三次了。"鲁晓威的确来三次了。冬天寒冷。他等了一会就回去了。他刚走，肖凌就下车了。

肖凌听鲁晓威这么说，气消了，问："我不回来，你一个人在家没意思吧？"

"一个人还叫家。"鲁晓威说。肖凌脚冻得发疼，一个劲地跺着脚。鲁晓威扛起苹果筐往家走。肖凌要跟他抬，他没让。两个人一前一后回家了。放下苹果筐，鲁晓威喘了口粗气说："今后可别回来这么晚了。"

"我回来还算是早的呢。孟宗哲、郝军、邱日堂他们都还没走，说是要给市领导送苹果去。"肖凌的脚还没缓过来，在屋里来回走着。

鲁晓威说："在汪海有哪位领导家缺苹果？在这里苹果是最便宜的水果了，别说领导，就算是普通百姓家也不缺。给领导送苹果人家吃不了，还不烂，烂了还要往外扔，不仅没给人家带来好处，反倒带来了麻烦，带来麻烦还不如不送了。"

肖凌说："胡友德不是没长脑子的人。他也想送贵重礼品，可是钱呢？没钱什么都送不成，能送点苹果证明他没忘了领导，表示一下心意，就不错了。"

鲁晓威问："是谁帮你抬上车的？"

"孟宗哲和郝军。"肖凌搓搓着手。

鲁晓威问："郝军过年不回家吗？"

"他不能回去，回一趟要多少钱。"肖凌说。

鲁晓威说："他是学财务的，应该找个好单位。在胡友德这里不行，岁数大了，再找工作更不好找了。"

"别管人家了，把自己的事操心好就行了。"肖凌的心情又不好了。这段时间她心情总是时好时坏，反复无常。颠沛流离的生活影响了她的心情。她困惑，烦躁。鲁晓威去洗手，肖凌跟在他身后说："晓梅要来了。"

"在哪里？"鲁晓威听晓梅来了，眼睛一亮。

肖凌说："她给我打电话了，说初三来咱们家。"

"她结婚了？"鲁晓威问。

肖凌回答："结婚了。晓梅是哪一个？我怎么就没印象呢？"

"我不是跟你说过了，说了你也想不起来，还是不说了，反正初三就见到了。"鲁晓威说。

肖凌问："上次你回家没见到她的对象吗？"

"她我都没见到，别说她对象了。"鲁晓威说。

肖凌说："晓梅能来青岛真是不错，咱们在这里总算是有个亲人了。只是不知道晓梅的对象怎么样？不知她能不能当起家。要是她能当起家来还行，要是当不起家也没多大意思。"

鲁晓威跟肖凌的想法是相同的。他在来汪海这么长时间里最大的感受就是孤独，孤独是生活的敌人。他渴望亲情，渴望那种没有任何目的的交往。

肖凌掀开锅，饭有点凉了。她又打着煤气把饭热了热。

鲁晓威吃过饭，去洗苹果。他说："胡友德过年就分点苹果，也太小气了。"

"给点就不错了，你要是在，咱们是不是还可以多分一筐。"肖凌的语气中有对鲁晓威不满的意思。

鲁晓威反感地接过话说："你又开始责怪我了，你还有没有完了？"

"我说得不对吗？"肖凌认为自己没有错。

鲁晓威说："你说得对，你说的是真理行了吧！苹果是你分的，我不吃，都给你留着。"

"你不吃，谁还喂你！"肖凌说。

鲁晓威一生气，把苹果倒了一地说："你吃吧！"

2

俗话说得好，天上下雨地上流，两口子打架不记仇。肖凌和鲁晓威生了一夜的气，谁也不理谁，一夜过后就忘了昨晚的争吵，和好如初了。吃过早饭，他们上菜市场去买菜了。他们对过春节不重视，只是晓梅和对象要来，才准备一下。他们还真被买菜难住了，没有电冰箱，买回来的菜要能放住才行。他们在选择买什么菜时，真是费了一些脑筋。

菜市场人多，你挤我，我挤你。他们在人流中从市场的这头走到那头。他们买了新鲜菜、猪肉、八条活鲤鱼，活鲤鱼是淡水鱼。在汪海是很少有人买淡水鱼的，人们都吃海鱼，海鱼要比淡水鱼新鲜。他们还没改变生活上的习惯。除了习惯外，另一个原因就是活鱼好放，买回来放在大盆里，能养上几天。活鱼每条都在1斤多重，一放到水里就来回跳动，给屋里增添了生活的气息。

新年就这样悄悄来了。在贴对联时肖凌与鲁晓威看法不同。肖凌要把大门贴上，鲁晓威认为应该先问一问吕伟。这些天吕伟早出晚归，不见人影。肖凌在没问吕伟的情况下贴上了对联。吕伟回来看大门上贴了对联，就不高兴。他思想守旧，当地风俗是大门上的对联房东贴，房客贴了就意味着把福气抢走了。吕伟让鲁晓威把对联揭下来。鲁晓威揭对联时，肖凌走过来生气地说："真迷信。"

鲁晓威责怪地说："让你问一问，你不问。"

"他生气了？"肖凌没见到吕伟。

鲁晓威说："反正是不高兴。"

"年轻人，还信迷信，真是的。他的书读到哪去了？"肖凌说。

鲁晓威说："住人家房子，就要看人家的脸色。"

"我为什么要看他的脸色？我住他的房子我给他房租。我看他的脸色也行，天天看都行，那他别要房租。"肖凌不服气地说。

鲁晓威给肖凌使了个眼色，让她小点声，别让在屋里的吕伟听见。鲁晓威揭下对联，要把对联扔到垃圾桶里。他拿着对联往垃圾桶那边走时，肖凌也要跟着。他说这几步你还跟着？肖凌说她要告诉他一件事，他看肖凌眼神奇怪得很，就问："什么事？"

"吕伟神气什么，我将来非要买个比他这房子更好的房子不可。"肖凌说。

鲁晓威说："他这房子最少值二十几万。你买得起吗？"

"二十万还多，钱不是挣的吗，只要有来钱的道，挣钱也快。"肖凌相信能赚到钱。她是个不服输的人。

鲁晓威说："你真敢想。"

"我的心比天高。"肖凌笑了。

他们回到屋里的时候有两条鱼从盆里跳出来，在地上蹦个不停，溅得满地都是水，鱼张着嘴，做最后的挣扎。鲁晓威把鱼放到盆里，这两条鱼又欢快地游了起来。

肖凌看着心里高兴，她是个好动的人。她心情好了起来。她说鱼跳出来是件好事，明年咱们要给胡友德来个鱼跳龙门。

鲁晓威用手指着肖凌的脑门说你是个小迷信。

　　他们住的屋子没有取暖设备，冷得很。他们感觉汪海的冬天要比东北的冬天还要冷，东北的冷与汪海的冷完全是不同的。汪海的空气中带着水分，是湿冷，东北是干冷。

　　他们开始包饺子。饺子馅用芹菜和肉，肉少菜多。他们没有吃饺子的想法。只是过年了，不包不好，包了又觉得麻烦。他们从不想吃这吃那的，他们吃的东西只是用来维持生命罢了。欲望对他们来说是没有任何诱惑力的。

　　两个人很快把饺子包好了，他们准备晚上叫吕伟一起来吃。他们认为吕伟是个不错的人，有时发点小脾气，过去就没事了。人哪有十全十美的。吕伟不同意到他们这边来，原因也简单，就是主人不能在客人家过年。他是房主，应该到他家里过年。肖凌和鲁晓威就把东西拿过去，三个人在一起吃年夜饭。

　　午夜的时候，外面响起了迎接新年的礼炮声，街上开始有人走动和说话声。

　　吕伟把饺子放到锅里，就拿着一大串鞭炮到外面放。放过鞭炮，他又把一碗饺子摆到正堂前的方桌上，在老祖宗画像前磕了三个头。肖凌和鲁晓威是第一次在汪海过春节，也是第一次看到拜祖宗。肖凌问吕伟这风俗延传多少年了？吕伟说老人们留下的，代代相承，也说不上多少代了。饺子一直在锅里，都煮烂了。肖凌要捞出来，吕伟不让，吕伟说要拜年回来才能吃。吕伟端一碗饺子给亲人拜年去了。肖凌没好多说，眼看着饺子在锅里变成了面汤。吕伟拜年回来，饺子跟汤混在了一起。肖凌端着碗吃不下，发愁了，烂饺子还不如馒头好吃呢！吕伟问东北过春节怎么过？鲁晓威说跟汪海差不多。吕伟吃得香，吃过了，他又要出去拜年了。肖凌说你不是拜完了吗？吕伟说刚才去的是几个主要的亲戚家，现在要去朋友和同学家。

　　鲁晓威和肖凌在屋里看着电视，不时地跟来给吕伟拜年的人打招呼。来给吕伟拜年的人看吕伟不在家，来了就走。过了午夜，来的人就少了。他们能静下心来看电视。好看的电视节目已经过去了，他们也困了，就回自己的屋里睡觉了。新年之夜就这样匆匆忙忙过去了。

初一早晨他们不愿意起来。屋里冷，起来也无处可去，还不如躺在被窝里呢。他们躺在被窝里睁着眼睛，说着话。

肖凌在梦中梦见了母亲，母亲在伸手向她要钱。鲁晓威没有做梦，只是睡得不踏实。他不愿看到肖凌不开心的样子，劝肖凌别伤心，等在汪海有了房子，就把她母亲接来。肖凌不自主地说："肖书记也真是的，把事办成这个样子。"

"他的九州公司也不知道怎么样了？"鲁晓威说。

肖凌说："你说肖天明跟王雨谁有能力？"

"王雨果断、敢干。肖天明考虑得多，前思后想，想好了也未必做，优柔寡断。他们是两种不同性格的人。"鲁晓威对肖天明给他们办的事迟迟没有结果而不满。

肖凌说："当初咱们要是不离开南里呢？"

"你后悔来汪海了？"鲁晓威看着肖凌。

肖凌看了看空荡荡的天花板说："说不清楚。我心里很矛盾。"

"现在不也挺好的。只要咱们找准发展机会就行了。"鲁晓威说。

肖凌说："王若成、孟宗哲他们还能比咱们强多少？不也在胡友德这里干。胡友德不用他们，他们不也要四处求职吗？"

"他们肯定要给胡友德送礼，不送礼胡友德不能用他们。胡友德是自己干，公司是他自己开的，每一分钱都是他自己的。他给别人多少钱，总记着。他们给胡友德送礼少了恐怕也不行。送多了，又能挣多少钱呢？"鲁晓威说。

肖凌说："他们能给胡友德送多少？"

"少不了。"鲁晓威说。

肖凌猜测说："五百，还是一千？"

"不会少于两千。"鲁晓威想了一下说。

肖凌说："不会那么多吧？那么多还能挣钱吗？"

"胡友德能让他们挣钱？他才不会呢！他开公司为了什么？要不是为了挣钱，他会操这个心？"鲁晓威说。

肖凌说："你说胡友德一年能挣多少钱？"

"十多万不够他挣的。"鲁晓威说。

肖凌说："咱们是不是去看一看胡友德？"

"我也在想这个事，我想还是去看一看他，让他说不出别的来。咱们不干是不干。"鲁晓威说。

肖凌说："买多少钱的东西？"

"最少也要五百吧。"鲁晓威说。

肖凌认为应该去看胡友德。不管怎么说，过年了，胡友德是她的领导，不去一趟不好。他们商量着买礼品，商量哪一天去合适。他们选择了初五，初五之前可能孟宗哲、邹一峰、王若成等人会去，如果遇上这些人就不好了。初五过后，胡友德要出去活动了，可能会不在家。去看望胡友德成为肖凌和鲁晓威过春节的一件心事。

3

初三早晨，肖凌起了个大早，打扫房间的卫生。鲁晓威觉得晓梅不是外人，没必要麻烦。他躺在被窝里看着忙碌的肖凌。肖凌是个要面子的人，晓梅是鲁晓威的亲戚，在她眼里是客人。就算晓梅不是客人，她对象也是客人，又是第一次来，要热情接待。她打扫完卫生，做了早饭，就让鲁晓威起来。

他们吃过早饭，就去接晓梅了。他们好几天没出屋了，温暖的阳光照在身上，呼吸着春天的气息，感觉舒服，心情很好。

在汪海师范学院门前，有几个小商贩在卖水果。

两个人沿着大街来回走动。他们不敢走得太远，走远了担心晓梅找不到他们。他们注意着从身边开过的每一辆公共汽车，看是否有晓梅。

文厦信息文化传播有限公司那辆白色的面包车进入到他们的视野里。他们看到了车上坐着邱日堂、孟宗哲、王若成、胡友德。车上的人也看见了他们。车没停，很快就开过去了。

肖凌说："才初三，年还没过完，他们能去哪里？"

"他们去哪跟咱们都没关系，反正过完年你也不在那干了。"鲁晓威对文厦信息文化传播有限公司不感兴趣，提起来就恨之入骨。

肖凌说："晓梅不会找不到这里吧？"

"她找不到，她对象还找不到吗？师范学院又不是个小地方，一问不就找到了。"鲁晓威想还是能找到的。他正想着，一辆红色出租车开了过来，在不远处停下。鲁晓威透过车窗看见了晓梅，晓梅也看见他了。他拉起肖凌朝出租车跑过去。

晓梅下车后，一个不高的男人跟着下了车。男人付了车钱，出租车开走了。晓梅给他们做介绍说："陈剑。"

鲁晓威上前跟陈剑握手。

晓梅又对陈剑说："我哥，鲁晓威。"

陈剑的腿不能走。他让鲁晓威找一辆自行车，有自行车他就可以走路了。鲁晓威家没有自行车。过年了，不好到邻居家去借。他要背陈剑，陈剑客气地推辞着。陈剑是个男人，第一次见面，就让人背多没面子。他坚持自己走。他一走三摇晃地奔到胡同里，手扶着墙往前走。虽然这条胡同不长，但对陈剑来说不算短。他喘着粗气，额头渗出了汗，走走停停，感觉失去了自尊。他是个虚荣心很强的人，唯恐谁瞧不起他。他情绪低落。

肖凌和晓梅跟在后面。肖凌问："你什么时候结的婚？"

"有三个多月了，没告诉你们是怕你们走不开。"晓梅解释说。

肖凌问："你自己从东北来的，还是陈剑去接的？"

"他能接我吗？是我大嫂送我来的。"晓梅一摇头，好像有些遗憾。

肖凌没料到晓梅会是这种态度。她问："你们两个人婚后的生活怎么样？"

"还行。"晓梅沉默了一会，勉强地说。

肖凌看出来晓梅过得不顺心，心里苦闷。

晓梅看着坐在床边的陈剑，关心地问："累了吧？"

"不累。"陈剑一笑，强打精神。

肖凌看了一眼手机，还不到做午饭时间，就说："前面就是海，咱们去看海吧？"

"好呀！"晓梅赞同地说。

陈剑最怕走路，他觉得刚才走那段路让他丢尽了脸面。现在他一步都不想走了，便推脱说："你们去吧，我不去了。我是在海边长大的人，对看海没兴趣。"

"我陪陈剑在家，你们两个去吧。"鲁晓威说。

晓梅问："远吗？"

"不到五十米。"肖凌回答。

晓梅认为五十米是很近的，想去海边。她迟缓了一下，跟肖凌出了门。她们走了十几米，又回来了。晓梅放心不下陈剑。

鲁晓威在跟陈剑交谈中，了解到陈剑是在江苏省一所电子学校学了三年计算机专业，回来后在规划院制图室工作。

陈剑表情不自然，放不开，显得不安，不想待下去。他说明天上班，下午就得回去。晓梅不同意陈剑走，刚来就走，想不通。她还有好多话没来得及跟肖凌说呢！肖凌和鲁晓威也不同意陈剑当天走，当天走算怎么回事。在他们劝说下陈剑同意住下来。

第二天陈剑一个人回家了。晓梅想住些日子。

鲁晓威一直把陈剑送上车，车拉着陈剑远去，却给鲁晓威留下了一连串的思考。他想不通晓梅为什么会嫁给陈剑。

晓梅在陈剑面前说话非常谨慎，生怕说错了话。陈剑走后，晓梅说话就无遮无拦了。她说她是不应该自己来青岛的，她主动到青岛是考虑到陈剑出远门不方便，就没让陈剑到东北接她。可陈剑却不那么想，他不但没感谢自己，反倒认为主动送上门来不值钱，不把自己当回事。

肖凌感到晓梅对这个婚姻不是很满意。她在晓梅的脸上看到了忧伤和苦恼。

晓梅说那天陈剑从外面回来，两个人吵起来。她一个人在家喝了一瓶白酒，醉了。邻居听到他们吵架，过来劝架，邻居批评了陈剑。

晓梅想多住些日子，可陈剑带走了她的心。她是个善良纯朴的女人，在她的思想里仍是"嫁鸡随鸡，嫁狗随狗，嫁给猴子满山走"的道德观念。陈剑一个人回家，她放心不下，心神不安，想回去。

肖凌说一个大男人在家没事，这么近，又不是很远，有什么放心不下的。

鲁晓威说没想到他的腿这么严重。

晓梅解释说："我主要看他有文化，上进心强，总比不学无术的人好。他单位又给了房子，这也算是优势吧！"

"如果陈剑单位的效益不好了，下岗了，那你怎么办？"肖凌问。

晓梅不相信地说："这不可能。他们单位经济效益很好，怎么会不好呢？他与同事关系相处得不错，怎么会下岗呢？"

"现在哪有一辈子不变的事。各行各业都在变，健全人都在为找工作发愁，为生活奔波呢，又何况他呢？"肖凌说。

晓梅说："我还真没考虑那么多。我只是想快点生个孩子，把孩子抚养成人。让孩子上大学，孩子长大了，我不就好了吗？"

肖凌和鲁晓威听到晓梅说这番话，大吃一惊。晓梅的人生刚开始，怎么就把全部希望寄托在孩子身上了呢？他们无法理解。

肖凌问："你能找到工作吗？"

"正式的找不到，只能干临时工。"晓梅说。

肖凌认为像晓梅这种性格的人，不适合在青岛生活。她说："晓梅，你为了来青岛牺牲那么多，值得吗？"

晓梅说："其实，我很早就想出来了，走得越远越好。我妈长年有病，我照看她，她还骂我。我爸的脾气又不好，我真受够了。"

"你要出来也行，你可以跟我说，我可以帮你找个打工的活。"肖凌理解晓梅想出来的心情。

晓梅马上说："那可不行，那样家里人会骂死我！"

"你这样走家里人就不骂你了？"肖凌看着晓梅像在看一篇文章，想读下去，读出内涵来。

晓梅说："结婚就不同了，谁也找不出责怪我的理由。男大当婚，女大当嫁，这是天经地义的事。我找的是青岛的对象，离开家也就顺理成章了。"

"陈剑的家人对你好不好？"肖凌问。

晓梅失意地说："就那么回事吧！"

"他们要是欺负你，你就来找我，我去跟他们讲理。"肖凌断定陈剑家对晓梅不是很好。

晓梅笑了笑说："还是咱们近。"

"你在这儿多住几天吧。"肖凌说。

晓梅住了两天，第三天就急着回去。他们虽然是生活在两个不同的城市，但汪海与青岛距离不远，交通方便。晓梅走时，肖凌拿出两件新衬衣和一个床罩送给她，晓梅收下了。

4

鲁晓威和肖凌送走晓梅后，从车站直接去商场买礼品看望胡友德去了。他们没去过胡友德家，不知道住在哪条路上。肖凌给胡友德打了电话，胡友德爽快地把住处告诉给肖凌。二人来到胡友德家，门铃响过后，胡友德老婆开了门。

胡友德从屋里迎出来，看着鲁晓威说："小鲁。"

"胡总，过年好？"鲁晓威说。

胡友德说："坐吧。"

胡友德的老婆端过装糖果的盘子，给肖凌和鲁晓威一人扒了一块糖。

胡友德对老婆说："这可是我们公司里有名的两位作家。"

肖凌说："大嫂果真漂亮，名不虚传。"

"人老珠黄了，还漂亮呢！"胡友德的老婆笑着。

胡友德不知鲁晓威来的目的，他希望鲁晓威来求他。他想稳住他们，只有稳住他们，他才能到肖天明那儿拉来广告。

鲁晓威说："胡总，过年没出门吗？"

"过节比工作还忙，天天都有酒会，喝得我晕头转向。"胡友德显得自豪。

肖凌笑着说："老板喝酒就是工作。酒喝不好，工作就不顺。"

"真是受不了。"胡友德说。

胡友德老婆说："你们不是本地人吧？"

"东北人。"肖凌说。

胡友德老婆说:"郝军也是东北人,你们是老乡?"

"我们是两个省,离得还很远。"肖凌说。

胡友德老婆问:"工作还习惯吧?"

"胡总没少关照。"肖凌说了一句违心话。

胡友德说:"文人相轻是自古以来的坏风气。你们才来汪海,更要努力,多出成绩,别人才不敢小瞧你们。"

"胡总懂得多,知识面广,样样都通。我们佩服得五体投地。"肖凌敬重地说。

胡友德老婆说:"你们平时要多注意积累,等你们到了我们这个年龄,一定比我们强。"

"小鲁的脾气太犟。我的脾气就够大的了,他比我的还大。我狂妄是因为我祖籍在汪海,在这座城市里有我的同事、战友、同学、老师。我有事求人一呼百应。你们行吗?你们不行。你们刚来这里,没有人脉关系,要过个三年五载才行。"胡友德说这话时声音低沉。

肖凌说:"胡总说得对。"

"小鲁是受了点委屈,受点委屈不一定是坏事,出门在外任何事都可能遇到。只有在经历了这样或那样的事后,才能成功。成功对每个人来说都不容易,每个人都要奋斗,都要努力。"胡友德看着鲁晓威,做出一种理解和安慰的样子。

鲁晓威说:"王若成做事要比别人更巧妙一些,他是在用心计来做事。"

"王若成是个爱耍小聪明的人,下个挨整的人就轮到他了。他把我当成什么人了?我早就注意他了。他做的那点小动作,我看得一清二楚。过去只是还没轮到收拾他的时候。"胡友德对收拾王若成胸有成竹。

肖凌没想到胡友德会说出这种话。她不禁吸了口冷气,不自然了。她对胡友德更是不相信了。胡友德时刻都在想着整人。要是自己继续工作下去,说不上什么时候就开始整她了。她想还是别在这个公司干为好,快点离开吧!

胡友德老婆插话说："梁宝强跟王若成两个人还是不说话吗？"

"他们两个人毛病都不少，哪个都不是块好饼。"胡友德见怪不怪地说。

胡友德老婆问："王若成在背后还做小动作吗？"

"他快完蛋了。"胡友德恶狠狠地说。

鲁晓威听出来胡友德老婆对公司里的情况了如指掌，她对公司里发生的每一件鸡毛蒜皮的小事都特别放在心上。从胡友德老婆身上，更能了解到胡友德谨慎的原因。鲁晓威对肖凌说："咱们走吧？"

"胡总，我们走了。"肖凌站起身。

胡友德没想到肖凌和鲁晓威来了就走。这似乎过于简单了，简单得让他手足无措。

胡友德老婆说："吃了饭再走吧？"

"谢谢嫂子，下次吧。我们回去还有事。"肖凌看出胡友德老婆说的是客气话，她不可能在胡友德家吃饭。

胡友德送他们到门口，把双手举到胸前，环抱着说："多谢了。"

"胡总，别送了，请回吧。"肖凌向胡友德挥了挥手，二人消失在楼道里。

他们在新年里没有要看望的人了。他们下一个要去看望的人是肖天明，看肖天明要等上班的时候才能去。他们想早点见到肖天明。

肖天明是他们的希望。他们像站在黑夜里期待黎明一样拭目以待那天的到来。

第十章　春天的祈祷

1

马永池来到办公室就摆出一副盛气凌人的架势，他这是在摆给肖凌看。他原认为肖凌会在过年时去看他，没想到肖凌不但没去，连个电话也没给他打。他认为他是肖凌的恩人，肖凌不看胡友德也应该去看他。当然他不知道肖凌去看胡友德的事。他把肖凌去看他列入到过年收礼的计划之内了，这个计划的破灭，让他对肖凌更加恼羞成怒了。

肖凌看出马永池的心态，但装成没看出来一样。要说上次马永池批评她，她还有点反抗举动的话，这回她一点反应也没有，甚至连理会都不想理会了。她对这种事麻木了。她想离开这个公司，她认为跟马永池对抗实在是太无聊了。

孟宗哲画好了版式，拿着版式给肖凌看，征求意见。肖凌根本不表明观点。孟宗哲说："你可真行，好像杂志跟你没关系似的。"

"你问马总，你们都是领导，我服从你们的领导就是了。"肖凌笑了笑。

孟宗哲说："问他还不如不问。"

肖凌说："马总人老，经验还是多的。"

"老马只说不做。他稿子写得不好，稿子刊发了，人家不满意，不付款。他自己不去要，让我去要钱，结果提成都是他的，我成了白跑腿的了。"孟宗哲对马永池有怨气。

肖凌故意装作不知道的样子说："马总没把提成分给你点儿？"

"他有这个心就好了。"孟宗哲把手中的杂志往桌上一扔。

肖凌说："那你就当学雷锋，做一次奉献好了。"

"雷锋我不想学，工作总要有人来干吧？你不干，他不干，谁来干？"孟宗哲说。

肖凌对孟宗哲说的这句话不满意。她带着火气说："我干得还少吗？"

"你理解错了，我不是那个意思。你干的一点也不少，可你总想离职。你给人的感觉是不安心，这是不行的。"孟宗哲提出了他的看法。

肖凌说："是吗，你不说我还没觉察到。今后我一定注意，改邪归正。"

"你要安心工作才行，只有这样，对你才会有好处。你想想，我都能看出你不安心工作，胡总能看不出来吗？胡总看出来，对你能有好处？人活在世上不容易。有时是为自己活着，有时是为别人活着。为别人活着也好，为自己活也罢，总之是要活。活着就要与各种各样的人打交道，就要与各种各样的人相处，人与人相处是最难的事，因为人是自私的。所以有时候为了顾全大局，就要舍弃自己的利益。"孟宗哲不知道是从哪里学的大道理，讲起来滔滔不绝。

肖凌来文厦信息文化传播有限公司这么久，还从没听过孟宗哲说如此多的话，也没想到孟宗哲会跟自己说这些。她知道孟宗哲是在拉拢她。

门开了，胡友德从外面闯进来厉声厉气地问："老马呢？"

"出去了？"孟宗哲回答。

胡友德问："去哪儿了？"

"他没说。"孟宗哲回答。

胡友德在屋里走了一圈，突然在孟宗哲的办公桌前停住，举起手狠狠地往桌子上一拍，瞪着眼对孟宗哲说："孟宗哲，从现在起你就是杂志社的办公室主任了，杂志社的人出去都要向你打招呼。谁去哪里，你要登记。要是不打招呼，就按照旷工处理。要是你不登记，你就是失职，让我发现了，就处理你。"

　　孟宗哲认为这不是个好差事，这是得罪人的工作。让他来做得罪人的事，他真不想干。他又不能说不干。

　　胡友德背着手在屋里来回走着，接着说："老马老了，工作力不从心了。你们要多分担一下工作，抓紧时间出一期新杂志。"

　　孟宗哲急着要出这期杂志，只有出了杂志，才能证明他的工作成绩。

　　胡友德用眼睛的余光注视着肖凌。肖凌没看他，低头在看一篇稿件，但她竖起耳朵听胡友德说话。胡友德对肖凌说："你住在那里离公司太远了，上班不方便。那里的房租也不便宜。在汪海八百元钱能租到楼房，过些时候公司给你们租套楼房，保准让你们小两口住得心满意足。到时候你就可以放开手脚干工作了。"

　　"感谢胡总关心。我们住在那里习惯了，不觉得离公司远。"肖凌不相信胡友德说的话。

　　胡友德说："你们两个要好好配合，快点出杂志。咱们这份杂志是有前途的，你们在这里是有发展的。我退休了也来杂志社干，到杂志社来养老。你们现在先打基础，这是我对你们的希望。你们可别给我泼冷水，拆我的台。"

　　"我听孟主任的。"肖凌原来称孟宗哲为主编，现在又称他为主任。胡友德上次封孟宗哲为主编助理，这回封他为办公室主任。肖凌对孟宗哲的称呼也在变。

　　胡友德大步流星地走了。

　　肖凌把稿子交给孟宗哲。孟宗哲接过稿子，顺手给肖凌几张交通票，让肖凌先用着。肖凌没客气，接过车票说："现在你是杂志社的一把手了，有活你尽管下指示。"

　　"可别这么说，让老马听到会生气的。"孟宗哲心里别提有多高兴了。

　　肖凌不以为然地说："马总生气也没用，这是胡总任命的。总编助理和副总应该是同一个级别吧？又多了个主任的官衔，你还了得。"

　　孟宗哲对肖凌好是因为肖凌听他的，他说什么就是什么。他要想把杂志办好，需要肖凌帮他才行。他不需要马永池。他跟马永池在一起，就要服从马永池的。

马永池回来了。孟宗哲说胡友德找他，马永池没说话，在想着问题。他一直都在想，还是没想出个头绪。他对孟宗哲的警惕性很高，许多事他都不告诉孟宗哲。

肖凌把马永池和孟宗哲的心思都看在眼里。她认为无论胡友德给他们封多大的官都是虚的，不会给他们一点实权。

他们三个人是三种心态。

<h2 style="text-align:center">2</h2>

肖凌给肖天明打电话，办公室的电话总是没有人接，她便打了肖天明的手机。肖天明让她和鲁晓威第二天早晨来他的办公室。

肖凌跟孟宗哲说腰疼，去医院看病。孟宗哲说他有一位同学在市立医院工作，如果需要，可以帮忙联系。肖凌说不一定去市立医院，到一家小医院就行了。

鲁晓威和肖凌到银行取了五千元钱带在身上。他们起了个大早去石门镇了。从汪海市里到石门镇要两个多小时，他们到石门镇时，办公楼里静静的。

党委办公室的周秘书认出了他们，相互问过好，周秘书告诉他们肖天明没来。他们不相信，用怀疑的眼神看着周秘书，因为肖天明从没失过言。周秘书问他们什么时间约好的？肖凌说昨天，周秘书想昨天约好的是不应该有变化的。

肖凌和鲁晓威从石门镇政府办公楼出来，拿不定主意是回汪海市，还是等肖天明。他们要是回去，这一趟就算白来了。他们决定等肖天明。

刚过完春节天气还寒冷。一阵风吹来，肖凌颤抖了一下说："要么咱们去晓梅家吧？"

鲁晓威同意肖凌的建议。

晓梅家虽然是在青岛，但与汪海市相邻，坐车只要一个小时的时间，比回市区的路还近。如果肖天明回来，他们从青岛来石门镇要比从汪海市里过来更方便一些。

肖凌先给晓梅打了个电话，通知晓梅一声。晓梅接到电话高兴地告诉他们路线，坐什么车。她到车站接他们。他们下车时，晓梅正站在那里等着。

陈剑不在家，上班去了。他的办公室离家不远，只有几百米距离。晓梅领着鲁晓威和肖凌一起去找陈剑。陈剑正和几个人在办公室里聊天，他忙走出来跟鲁晓威握手。

这是单位住宅小区，都是同一个单位职工的住宅，大院整洁。晓梅领着肖凌和鲁晓威走进二楼的家。

肖凌对家有着强烈的渴望，希望拥有属于自己的房子，安定地生活。她看着房间说："不错。"

"比别人不行，比你们还行。"陈剑对自己有房子感到自豪。他们单位的职工都有房子，待遇比较好。从他的目光中能让人看到他的高傲与满足。这种高傲是陈剑对待晓梅家亲人的惯性。当初晓梅的家人从东北送晓梅来青岛时，也遇到了陈剑的这种高傲。因为接受不了陈剑的高傲，在晓梅结婚的当天就回东北了。

鲁晓威看陈剑这副样子，不想多说话了。

肖凌说："你的单位真是不错。"

"比你们报社强吧？"陈剑几乎一句一个"你们"，让人受不了。

肖凌是个爱面子的人，根本不会让着陈剑。她生气地说："你当然要比我们强。我们是外来人，又是刚来，你要是不比我们强还叫人吗？"

陈剑张了张嘴没说出话来，脸胀得通红。

肖凌不高兴地说："晓梅千里迢迢嫁给你，她今后的生活就靠你了，相信你会让晓梅过上好日子。"

陈剑看着晓梅，猜想晓梅跟肖凌说他什么了。肖凌的话分明是对他有意见。

晓梅关心地问："哥，你写了多少作品？"

"二十几万字吧。"鲁晓威回答。

晓梅问："我嫂子呢？"

"她要比我多一些。"鲁晓威回答。

陈剑接过话说："你们离作家的标准还有很大的距离，没个二三十年不行。"

"我们不像你，一出生就是工程师。"肖凌对陈剑的反击毫不客气，不留情面。

晓梅到厨房做饭去了。

肖凌看茶几上放着电话，拿起电话就拨，但是拨不通。晓梅走过来找出一把钥匙递给肖凌。肖凌知道锁电话是为了省电话费。过去她只见过办公室电话上锁的，家里电话上锁的还是第一次见到。她一想就知道是陈剑干的。

肖天明说刚才在市里开了一个会，现在回来了。肖凌说一会儿就到。肖天明说不用急，他今天没有大的活动。

肖凌放下电话跟鲁晓威起身就走了。他们没说为什么要走，晓梅留也留不住。陈剑送到门口，没再送。晓梅一直把他们送上客车。

肖天明没有摆当官的架子，平易近人地给他们倒了一杯水，问这问那，问了一大圈，才回到工作上的事。他说机构改革的文件又下来了，镇里面的工作不适合，再等一等吧！

肖凌知道政府机构改革的事比较艰难，不是一天两天能到位的。从她参加工作那天起就喊改革，喊着减人，一年年很快过去了。她说："肖书记，你还要多费心。"

"报社不好吗？"肖天明笑着问。

肖凌说："文厦信息文化传播有限公司是私人的不说，工作关系根本无法接收。再说，胡友德上来那阵子就跟疯子一样，好了称兄道弟，抱脖搂腰；不好了，想骂谁就骂谁，想打谁就打谁。马永池见到他都不敢喘粗气。"

"没那么严重吧？"肖天明不相信。

肖凌说："你不信？"

"公司有多少人？"肖天明对文厦信息文化传播有限公司的情况不

了解，他只见过马永池一面。

肖凌想了一下说："二十几个人吧。"

"他从哪弄的人？"肖天明问。

肖凌说："干什么的人都有。走了来，来了走，人和人都相互不熟悉。"

办公室的门开了，一个三十多岁的人走进来。那人很急，像是要办什么事。肖天明对肖凌和鲁晓威说：这是霍镇长。

霍镇长没看肖凌和鲁晓威，眼睛盯着肖天明。霍镇长像是有急事，见有人在场，没说出来，在等肖天明说话。肖天明显然知道霍镇长找他是为什么事情。他让霍镇长出去等一会儿，过一会儿再说。霍镇长不情愿地走出去。

肖凌知道与肖天明当面说话的机会不多，就直截了当地说："肖书记，你还要为我们想办法才行。你不想办法我们就完了。"

"办法我会想，但不一定有结果。"肖天明仍然是开始那样的态度，像是谁也改变不了他。

肖凌说："我们哪里也不去了，就到石门镇来。"

"你们到我这里来怎么办？也没有适合你们的工作。"肖天明笑了笑。

肖凌说："我们不挑，随便找个能发出工资的活就行。"

"我们全镇前后两排办公楼只有三十六个编制，其他人都是镇里出钱发工资，就连周秘书都是编外人，他还找组织科长要编呢。"肖天明介绍镇里的情况。

鲁晓威说："我们到企业里去。"

"你们到企业里能行？你们又不是专业技术人员。"肖天明不同意肖凌和鲁晓威到企业里去。

鲁晓威说："到企业里干活还不行？"

"企业都是股份制，老板说了算，我要是老板就好了。"肖天明说完自己笑了。

肖凌看出肖天明在跟他们开玩笑，就说："老板不还得听你的。就算你不管他们，也好协调。我们搬来了？"

"你们可要想好了。这可是关系到你们前途的大事，不能冲动。"肖天明提醒着。

鲁晓威说："想好了。"

"我看这事别太急，要有机会才行。现在不是时候，你们来也不行，等有了机会，要好办得多，心急会误事的。这里的机会要比市里的机会少，选择面相对小。你们已经到市里了，还是在市里想办法，找机会。"肖天明有事，要出去。

肖凌和鲁晓威相互看了看，觉着肖天明说的话有道理，不好多说什么。

霍镇长开门又进来了，这次比上次还急。他坐在旁边没有走的意思。

肖天明对霍镇长说："你先出去，过一会儿我陪你去。"

霍镇长看了看肖天明，不情愿地又出去了。

肖天明说："就这样吧，我还有事要去办，就不留你们吃饭了。"

"这是我们的一点心意，你收下。"鲁晓威把用报纸包的钱递给肖天明。

肖天明接过钱捏了一下，又把钱交给鲁晓威说："我不缺这个。"

"这是我们的一点心意。"肖凌说。

肖天明说："你们的心意我领了，还是拿回去吧！"

鲁晓威再次给肖天明，肖天明没接。鲁晓威不好推让，办公室里随时都会有人进来。他们出来时，霍镇长又进去了。

肖凌和鲁晓威离开石门镇，心里没了底。他们一会儿这么想，一会儿那样想，想来想去，没个主意。他们认定肖天明没有放弃努力，但结果谁都说不清楚。他们在等肖天明的消息，可没等到。日子就这么一天天过去了，他们的心情一天比一天焦虑，一天比一天糟糕。

3

肖凌到刘美的办公室，看到办公桌上放着一本刚出版的《家庭生活》杂志，随手翻开了。在杂志的显要位置上有一条招聘启事。她看了又看，故意装作心不在焉地说："你不去《家庭生活》杂志社应聘吗？"

"去西藏，谁去。"刘美显然没兴趣了。

肖凌说："扩版了？"

"扩版只招聘两个编辑和一个去西藏的记者，两个编辑都是后门，关系特硬。去西藏太辛苦，没人去，还空着呢。"刘美叹口气。

肖凌回到家就迫不及待地把《家庭生活》杂志社招聘的事告诉鲁晓威。鲁晓威对这种招聘不放在心上。他认为像这种好单位，根本不缺人，有门路的人都千方百计想办法打通各个关节往里挤。他们刚来到这座城市，没有社会关系和背景，挤也挤不进去，白费力气。他的态度让肖凌大失所望，如同被浇了一盆凉水。肖凌想了好几天还是不死心，非要去试一试，要是不去试一试，一生都会后悔，都会遗憾。她知道这是个不好干的工作，要是好干的工作肯定轮不着她。正因为不好干才没人争，才给她提供了机会。她想去应聘。她不怕吃苦。她想只有先进去，才能考虑发展。连进都没进去，怎么发展？于是她给《家庭生活》杂志总编高启真写了一封自荐信，在信中她说明了自己的想法，简要介绍了自己。

高启真的电话是在肖凌的信发出一个星期后打来的。当时肖凌正在梁宝强的办公室里，正说着刚出来的《讯报》。孟宗哲让肖凌接电话。她问是谁打来的，孟宗哲说是市委。肖凌想不起来自己会认识市委的谁？她去接电话，一听是高启真。高启真让她带上材料马上来《家庭生活》杂志社。

肖凌放下电话，打开办公桌抽屉，把材料装到一个大塑料袋里，急匆匆地去那家杂志社了。

高启真给肖凌倒了一杯水，然后开始看肖凌的材料。他没有读过肖凌的作品，对肖凌不了解，所以看得格外认真。肖凌神情不安，像是在等待判决。高启真放下材料问："你不是汪海人吧？"

"我是东北人。不过，我的户口在黄东区，工作关系在九州公司。应该算是汪海人。"肖凌尽量表明对自己有利的条件。

高启真问："你来汪海多久了？"

"快一年了。"肖凌略微思索了一下。

高启真问："你从东北来汪海就在《汪海科技市场》杂志社工作吗？"

"一直在。"肖凌回答。

高启真问："你为什么想来《家庭生活》杂志社呢？"

"我喜欢这本杂志，这本杂志适合我。最少我相信在这里工作吃饭没有问题吧？要是在这里工作挣的钱不够吃饭的，我肯定不来。"肖凌很实际。

高启真说："你在文厦信息文化传播有限公司工作吃不上饭了吗？"

"差不多是这样。我的劳动得不到相应的报酬，我就想离开。"肖凌坦诚地说。

高启真说："我们这里待遇是没有问题，但要求严格。"

"严是对的，国有国法，厂有厂规。一家杂志社就要有自己的办刊风格。实际上《汪海科技市场》杂志也很严，只是运作方式不好。高总，您一定对《汪海科技市场》杂志很了解吧？"肖凌相信是这样。

高启真笑着说："胡友德是新闻界的野孩子，爹不亲，娘不爱的，汪海新闻界的人都知道。"

肖凌说："高主编跟胡友德很熟悉吧？"

"认识，没深交。"高启真轻轻地摇了一下头。

肖凌不明白高启真对她的看法，在等结果。

高启真说："你的文笔没问题，有才华，有潜力。你要是同意，只能聘用，聘用时的工资和待遇跟正式的相同，只是不接收工作关系。接收工作关系要等上级领导批准后才行。"

"可以。"肖凌没过多地考虑就同意了。

高启真说："你看过招聘要求了吧？"

"看过了。"肖凌愿意接受招聘条件，她同意去西藏。

高启真还是做了进一步说明。他认为有这个必要，因为许多人都拒绝去西藏工作。他说："汪海市是支援西藏的重点城市之一。我们要求应聘人员先到西藏采访一年，翔实报道援藏工作人员的工作和生活情况。到西藏采访可是艰苦的工作，你能行吗？”

"没有问题。"肖凌喜欢独来独往的工作。

高启真重复着说："你还是再考虑考虑吧！"

"不用，我考虑好了。"肖凌果断地说。

高启真说："到西藏采访待遇比在家高，拿双份工资。"

"几个人？"肖凌问。

高启真说："三个人。另外两个是外单位的。三个单位，一个单位去一个。"

"我去。"肖凌说。

高启真说："你把那边的工作处理完，就来上班吧。我们跟你签聘用合同。你还要在杂志社熟悉一下情况，对杂志有个了解，别出去人家一问杂志社里的情况，一点也不知道。"

"我明天就可以来上班吗？"肖凌确定一下时间。

高启真认为肖凌急了些，便说："不用急，等你把那边的事情处理完，再来也不迟。"

"明天我就来。"肖凌认为早来能早熟悉新的工作环境。反正她不想在文厦信息文化传播有限公司干了，早走也是走，晚走也是走，还不如早走了。她从高启真的办公室出来就直接回家了。走在回家的路上，她心情很好。去《家庭生活》杂志社工作，是她的心愿。她想只要进去，就有发展机会。现在她如愿以偿了。

肖凌回到家把跟高启真谈话的经过对鲁晓威重复了一遍。

鲁晓威反对肖凌去西藏。他们在汪海的生活刚开始，还没稳定下来就去西藏是不合时机的。她去了西藏，就脱离了汪海的环境，回来还要从头开始。他认为这是倒退。他说："你疯了？西藏的工作和生活条件那么差，高原反应那么强烈，你能受得了？"

"我不去怎么办？胡友德这里工资都发不出来，别的工作又找不到，这样下去不是办法。我去西藏是艰苦一些，但能挣双份工资，在经济上是个缓解。我还不知道艰苦，正因为艰苦才没人去，才给我提供了机会，如果不艰苦还能轮到我吗？"肖凌下决心去西藏了。

鲁晓威说："肖书记不是还在想办法吗？"

"他要是没结果呢？"肖凌担心地说。

鲁晓威相信肖天明能办成，就说："这不可能。"

"任何事情在没成为现实前都是一种幻觉。"肖凌说。

鲁晓威说："你去了西藏，要是他这边有结果呢？"

"我看眼下不会有结果。他只是个镇级领导，镇里工作条件是有限的。他要是想往那里办早就办了，根本不会等到今天。"肖凌做出了判断。

鲁晓威看肖凌已经下决心去西藏了，就不多说了。他找不出更好的办法来解决眼前的问题。他说："你要找胡友德辞职？"

"你去跟胡友德说吧？我见到他有点怕，他像疯子。"肖凌不愿意去找胡友德。

鲁晓威理解肖凌的心情，就说："我不信他会吃人。我去跟他说。"

"你别跟他吵，工资他给就要，不给就算了。"肖凌担心鲁晓威跟胡友德吵架。

鲁晓威说："他不给工资可不行。我不跟他吵。他跟我吵，我也不会理他。都不干了，得罪他没意思。"

"算啦，还是我去跟他说吧！"肖凌还是担心鲁晓威跟胡友德吵架。

鲁晓威说："你跟胡友德说，他也不会把你怎么样。"

"我看工资胡友德是不会给了。"肖凌对从胡友德那要回工资不抱希望。

鲁晓威不放心肖凌一个人去找胡友德。他知道胡友德是个不分男女，说发脾气就发脾气的人。他陪着肖凌一起来到文厦信息文化传播有限公司。他离开后，还是第一次来公司。他先去看了格琳，格琳仍然那么热情。他又去专题部看了梁宝强和杜木清，梁宝强和杜木清还是老样子。公司的人对他还算热情。他的出现，成为了公司里的热点。

肖凌走进胡友德的办公室，胡友德装作没看见，不理会。肖凌在门口站了一会儿说："胡总。"

胡友德装没听见，没回答。

肖凌过了一会儿又说:"胡总,我来辞职。"

"你出去,你给我出去!"胡友德看到鲁晓威来了,就知道有事。肖凌一说要辞职,他就火冒三丈。他不希望肖凌离职,可想到了肖凌会离职。他不想得到这个结果。他还没到肖天明那里拉广告呢,广告就是他的生命。肖凌走了,他还怎么去找肖天明?去了怎么说?肖凌走了,就等于自己的这个计划落空了,白忙活了。

肖凌解释说:"胡总,我要去广州了。我的同学让我去,都催我好多次了。"

"你出去,再不出去我让人把你绑起来。"胡友德一脸的凶光。

肖凌说:"胡总,你还是冷静一点比较好。"

胡友德不说话,拿起电话开始打电话,只拨号,就是打不出去。他把电话往桌子上一扔,转过脸说:"你去找老马吧!"

肖凌转身去找马永池。

马永池希望肖凌走,肖凌在这里对他起不到好的作用,反倒是个威胁。他不能把肖凌这颗定时炸弹留在身边,就说:"你现在就走吗?"

"现在。我去广州。"肖凌回答。

马永池站起来去找胡友德。

肖凌跟在马永池的后面。

胡友德看见马永池气就不打一处来,几乎吼起来说:"马总啊马总,你到底想不想干了?你要是不想干,马上走人!"

马永池低下头,不说话。

胡友德接着又说:"你的部下走了,你事先也不说一声?你也不做准备?你这是干工作吗?你认为我这是什么地方?你认为我这是养大爷的地方吗?我再跟你说一遍,我这里是按劳取酬的地方。没有经济效益的工作,别想拿走一分钱。"

马永池抬起头,看着胡友德。

胡友德说:"肖凌要走,你安排交接工作吧!"

"都交了。"马永池说。

胡友德说:"都交了?"

马永池点一下头。

胡友德说："这就是你老马干的好事。愧疚不愧疚？五十来岁的大男人竟然被一个小青年给耍了。你还有脸待着？"

马永池叹口气。

胡友德说："写辞职报告了吗？"

肖凌急忙拿出事先写的辞职报告交给胡友德。胡友德没接，让她给马永池。肖凌又给马永池。马永池瞪着肖凌，肖凌当没看见。

胡友德对马永池说："马总，再没别的了？要是有没交接清楚的事，出现不良后果，由你负责。你是成事不足，败事有余。"

马永池看出来胡友德是在找茬，不让肖凌顺利离开公司。肖凌在公司没别的业务，就是那几篇稿子。除了稿子外，就她这个人了。

胡友德缓和了态度说："肖凌，刚才我正考虑一个方案，都被你搅乱了。我该让你赔偿才对。"

"胡总，我来到这里，你给了不少关照，非常感谢。如果我不是去广州，还会在这里工作。我的同学催得太紧，我是昨晚才决定的。"肖凌不想把事情弄得过于复杂。

胡友德说："你的行动我一清二楚，不用解释了。工资要等等再说，现在都没发呢！发了，少不了你的。少了你的，你把我的头扭下来当球踢。"

肖凌对要工资没信心，心想就算了吧！她说："等等可以。"

"小鲁呢？他来了怎么不来见我？看来他对我的意见还真不小呢。你们两个一起来公司的，走的方式却是不同的。一个是我辞的，一个是辞我的。你们来时，我欢迎，走时，我欢送。让马总负责开个欢送会，到时候让小鲁也来吧。"胡友德接受了肖凌辞职的事实。

肖凌说："谢谢胡总，欢送会就不用开了，相互理解比什么都好。"

"你去跟马总说吧，马总没事，就算没事了。"胡友德不愿跟肖凌多说下去。

马永池和肖凌从胡友德的办公室回到杂志社。公司里的人都知道肖凌辞职的事了。鲁晓威来到公司，就说明了来意，故意造成一种气氛。

肖凌向马永池和孟宗哲交接了工作，又说了些客气话，就离开了《汪海科技市场》月刊杂志社，去《家庭生活》杂志社上班了。

肖凌在汪海市终于寻找到了满意的工作。

4

一个月后肖凌到《汪海科技市场》月刊杂志社领工资时，胡友德只给了一部分，而另一部分胡友德以工作没有完成为由拒绝支付。肖凌心想给点总比不给好，没有计较。她离开时在走廊里遇见了梁宝强。梁宝强说两天前北京的《中华文学》杂志社亚泉打电话找她。肖凌知道《中华文学》是一家专门发表中篇小说的国家级文学杂志，但她没有与《中华文学》联系过，也没跟亚泉联系过。她问是什么事，梁宝强说亚泉没说。肖凌对梁宝强说完谢谢就走了。

鲁晓威听肖凌说《中华文学》杂志社打来电话，立刻就想到了他的中篇小说《超越轨迹》。这篇小说是鲁晓威在离开文厦信息文化传播有限公司时寄出去的，联系人是肖凌。他算了一下时间，稿子寄出有三个多月了。他找出《中华文学》杂志，拿起手机就拨号，然后他把手机递给肖凌。

肖凌说："请问这是《中华文学》杂志社吗？"

"是。"对方回答。

肖凌说："请问亚泉主编在吗？"

"你是哪位？"对方问。

肖凌说："我叫肖凌，山东汪海人。"

"亚主编正在开会，过一会儿再打来吧。"对方说。

肖凌问："要多长时间？"

"十多分钟吧。"对方回答。

肖凌说："好。"

"要么你留下电话号码？"对方说。

肖凌把手机号留给对方了。她放下电话，有点激动。她想主编是不会轻易给作者打电话的。打电话一般有两种情况，一种是作品发表了，另一种是接近发表而没发。他们猜测会是哪一种。他们说不准，他们看着表，这十来分钟，过得太漫长了。

鲁晓威说："你再拨一次吧。"

"如果他没开完会呢？过一会儿吧。"肖凌话音未落，手机响了。她一看是北京的电话号码，有点惊喜。

鲁晓威说："快接呀！"

肖凌说："您好。"

"我是《中华文学》杂志社亚泉。"电话中传来男人的声音。

肖凌激动地自我介绍说："亚主编，您好。我是汪海市的肖凌。"

亚泉热情地说："你好，你好。"

"亚主编，你打电话找我了？"肖凌说。

亚泉说："我打过好几次电话，他们说你离开了，又不知道你去哪里了，一直也没找到你。"

"我调到《家庭生活》杂志社了。"肖凌说。

亚泉说："那可是一本不错的杂志，《家庭生活》杂志在北京销售得不错，非常受读者欢迎。"

"杂志社待遇不错，办公环境也好。"肖凌不想过多说下去。她最想知道的是鲁晓威的中篇小说《超越轨迹》发没发表，到底能不能发表。

亚泉打电话主要是核实一下鲁晓威写的中篇小说《超越轨迹》的真实性，要是没问题，稿子将刊发在下一期《中华文学》杂志的头版上。他认为小说写得有一定水准，但也存在着不足，对稿子质量是抱有肯定性的。他准备在小说发表后，到汪海来一趟，把小说宣传出去。

肖凌认为亚泉来汪海是件好事情。

肖凌不想把办公室电话告诉亚泉。因为文学创作是纯属个人的事，不是工作内的事。她刚到《家庭生活》杂志社，怕别人说她干私活。老板是不愿意员工干私活的。可她又找不到第二个联系方式，只好把办公室电话给亚泉了。

肖凌与亚泉通过电话后，隐藏不住心中的喜悦，真是喜从天降，高兴得几乎要跳起来了。

鲁晓威知道幸运之神来了，像《中华文学》这种大刊，全国有多少知名作家在往上挤，都挤不上去，而名不见经传的他第一次寄稿就发表了，并且发了头版，又怎能不高兴呢！这是对他的肯定，也是他文学创作上新的起点，为他开创了一个崭新的未来。

这个意外的喜讯让他们的忧愁跑得了无踪影。霎时，他们像战场上收复失地的将军一样对未来充满信心和希望。他们不把去石门镇当成主要希望了。他们认为要想有大的作为还是要在汪海市里，到小乡镇去发展空间不大，受环境限制。再说，肖天明也没个准确的答复，还是等一等比较好。当然最主要的还是为了等亚泉。

肖凌说："咱们得再买一部手机，一部手机不够用，联系不方便，会误事的。"

鲁晓威说："电话费贵，别付不起话费。"

肖凌说："贵就少打，只接听。"

鲁晓威认为不买手机真是不行了。可他又不想多花钱，想买个二手旧手机。肖凌说旧手机容易出故障，不如买个便宜的新手机。鲁晓威采纳了肖凌的建议，决定马上就去买。他们买了手机后，又到菜市场买了菜，还把吕伟叫过来，为这件喜事举起了庆祝的酒杯。他们开怀畅饮。这是他们远离家人，在漂泊旅途中最高兴的事。

吕伟豪情、爽快，当场表示免除一个月的房租。吕伟这个决定让肖凌和鲁晓威深感意外。但他们还是要付房租的，如果吕伟不要，就在其他方面还过去。

激情过后，鲁晓威又回到现实生活中。他对这种不安稳的生活厌倦了，认为应该找一个稳妥的工作。写作只是暂时的，要是写不出作品来怎么办？写出来的作品发表不了怎么办？最主要的还是挣钱，没有钱的生活是不稳定的，生活不稳定就谈不上写作。他不愿做自由写作者，更不想远离社会。

5

鲁晓威去人才市场找工作，有几家单位想聘用他，他对工作环境不满意，就没去。他还在算着时间，盼着中篇小说《超越轨迹》早点刊发出来。他的心境就跟这座城市似的复杂多变。

那天早晨肖凌刚到办公室，办公桌上的电话就响了，电话是汪海市作家协会主席陆义打来的。陆义还是《汪海文学》杂志主编。肖凌见过他一次，联系不多。他告诉肖凌亚泉来汪海了，正在宾馆休息，让她和鲁晓威到《汪海文学》杂志社来。肖凌急忙打电话通知鲁晓威，俩人直奔《汪海文学》杂志社。

汪海是海边城市，城市虽然不大，却充满大海的气息。所有的建筑物都依附在大海的怀抱。虽然它没有烟台、青岛、威海、上海那么大，那么古老。但它是座充满活力充满朝气的新兴城市，发展的速度也大大超过了那些沿海城市。

汪海市文学界的作家多数都是外来的。因为来的时间比较早，所以工作条件都很好。现在文学也要面临改革冲击。因为传说要取消文联，将不给作家发工资了，让作家走职业化道路。随着改革的深入，科研单位已经成为自收自支的企业了，又何况作家呢？在中国经济与世界经济全面接轨的同时，文学也要与世界接轨。

汪海市文联办公大楼坐落在海边。这座楼是在文学最受重视时期盖的。《汪海文学》杂志社就在一楼，肖凌和鲁晓威走了进去。

陆义和一个看上去五十岁左右的人正在聊着。陆义认识肖凌，他看见肖凌走进来，站起身对旁边的那个人说："他们来了。"

那个人也站起身。

肖凌说："陆主编，这就是亚主编吧？"

"就是，我和亚泉主编正说着你们呢。"陆义说。

亚泉与肖凌和鲁晓威握过手后各自坐下。他来汪海是参加当代小说研讨会的。他拿起放在桌上的一本《中华文学》杂志递给鲁晓威。这是他来时到印刷厂里取出来的，杂志刚出来，还没发到订户手中。

鲁晓威写的中篇小说《超越轨迹》果然发在了首版上。还配了插图，十分醒目。他说："非常感谢亚主编的支持。"

"我也感谢你的支持，你为我们杂志写出了这么好的文章。"亚泉说着笑了。

陆义奉承地说："亚主编可给咱们汪海的文学事业做了大贡献。"

"老陆，你可要好好培养他们。他们年轻不说，有活力，更主要的是有着奋斗精神。难得呀！"亚泉抒发着感慨。

陆义说："老亚，我向你保证，只要我能做到的，肯定没问题。我不就是干这个的吗？政府设文联不就是为文化人服务的吗？我拿纳税人的钱吃饭，就要对工作负责，不负责就是失职，就是犯错误。"

"现在文学也要面临改革冲击了，但我们要自己重视自己。国家不给钱就不从事文学工作了？就不写作了？就没作家了？我看不是。去年，我去了一趟法国，法国作家不拿国家的钱，国家也没有文联，但法国出了那么多著名作家。作家写出的书，读者爱看，书卖得好，作家靠版税生活，收入高于普通工人。我想一个好的作家，就要靠自己。当然像小鲁他们还不行。他们才开始，要经过一段时间磨炼才行。在磨炼的过程中，当然需要靠工作来保证生活了。总不能让他们空着肚子去写作吧？"亚泉谈着看法。

鲁晓威和肖凌被亚泉说的话感动了。他们需要别人的理解、关心和支持。

陆义没接这个话题说下去，他不能给亚泉答复。他对手中的权力有过衡量，他只是作协主席，不是文联主席。文联主席有权力招聘人，但还要报市里批，事业单位进人很难。虽然他认为肖凌和鲁晓威有才华，但采取了保持不远不近的接触方式。现在他是给亚泉面子。

亚泉是个处事相当有分寸的人，话到就止，不再多说。他来得匆匆，走得也匆匆，开完会当天就坐飞机回北京了。虽然他给鲁晓威带来好的转机，但不解决根本问题。

陆义决定在《汪海文学》杂志上推出鲁晓威的另一部中篇小说新作《远离家人的日子》和肖凌的报告文学《在小屋里》。

肖凌和鲁晓威在汪海市文学界声名鹊起，备受关注。

汪海文学界都知道他们了。鲁晓威的工作仍没着落。眼下让他用写作来维持生活是不现实的。虽然他发表了作品，但在发表数量上离职业化还差得很远。文联的作家都是拿国家工资的，目前在汪海还没有一个人完全能用稿费来生活的作家。离开工资他恐怕连粥都喝不上。肖天明那边还没有结果，现实生活残酷地围绕着他们。

肖凌三个月的试用期到了，她与《家庭生活》杂志社签了聘用合同，杂志社安排她去西藏采访的日期也一天天逼近了。鲁晓威成了她放不下的心事。

鲁晓威比任何人都愁。他在家待七八个月了，在这段时间里他除了四处找工作外，就是写小说。小说写好了没有寄，只是放着，因为他没有固定的联系地址。

这天早晨，他头很痛，接下来就是发高烧。肖凌让他去医院他不去。肖凌让他打点滴，他也不打。肖凌只好给他做了姜汤。在肖凌的精心照料下，到第三天才退烧。他病好后，人瘦了一大圈，瘦脱了相。从他脸上看不到生命的活力。

肖凌不喜欢看到鲁晓威这个样子，生气地说："我不去西藏了，你也不用愁，我现在的工资养活咱们还没有问题。"

"我反对你去西藏是怕你身体受不了，但我不想因为我找不到工作你才不去。我不能拖你的后腿，我拖你的后腿就是我的错。"鲁晓威说。

肖凌去西藏一是为了眼下有一份收入，二是为了丰富自己的人生，为今后写作积累素材，写作没有素材是不行的。她认为人在年轻时吃点苦不算苦，就怕老了吃苦，那才是悲惨的。

鲁晓威想到了丽人服装有限公司的董事长瑞芳。虽然瑞芳与他只见过几面，算不上深交，但两个人在一起兴趣还是相投的。鲁晓威不愿意求认识的朋友找工作，但他现在没别的办法了，就抱着试试的心态去找瑞芳了。

瑞芳没想到鲁晓威会来找她，她找鲁晓威几次都没找到，他就像在这座城市里消失了一样。她像老朋友一样热情地接待着鲁晓威，问来找她有什么事。她想如果没事鲁晓威不会来，鲁晓威的精神状态不如上几次好，她想他可能遇到了不如意的事。

鲁晓威没马上开口，这次来和前几次来是不同的。前几次来是采访，两个人是平等关系。这次来是要人家帮忙的，求人家给找工作。更主要的是两个人没有深交，如果被拒绝了呢？他心情复杂，沉默了好一会儿才说明来意。他要求不高，一份普通工作就行。

瑞芳一口答应下来了。她想了一下说："你到采购部吧，采购是很重要的工作。"

"我没有干过采购，怕是不行，别误了你的事。你还是给我安排一个不重要的部门吧。"鲁晓威当然知道采购是重要部门了，如果原材料进不好，会影响生产的，会造成损失。他没有承担风险的能力。

瑞芳笑着说："你没干过不要紧，任何工作都要有个熟悉过程。我又不是一上来就让你自己干，让你自己干，我还真不放心。干企业可不是闹着玩的，一不小心就会陷入困境。你先跟着别人熟悉，等入门了，再单独开展工作。我相信用不了多久，你就会入门。"

"你太相信我了，我不相信自己，你还是给我找一个不重要的工作为好。等适应了，再做调整也不晚。"鲁晓威不想承担风险。他出来工作只是为了维持暂时的生活，等机会成熟了，还是想搞专业创作，走职业作家的路。或者是等肖天明帮他找到一个机关的工作，这才是他理想的生活。

瑞芳对鲁晓威有信心，开始她就对鲁晓威有这种印象。不然，她不会答应聘用鲁晓威，她不能让鲁晓威干普通工人的活。她说："我相信你，你也要相信你自己。你要是不相信你自己，就不会对新工作有信心，没信心，就肯定干不好。人活在世上可以没钱，但不能没有信心。钱是挣来的，信心是挣钱的动力，没有动力，你能挣到钱吗？"

鲁晓威认为瑞芳不像一个只读过初中的人，她说话和举止都不俗气，又恰到好处，像有学问的人。他说："我会尽力的。"

"我相信你。你什么时候来上班？"瑞芳问。

鲁晓威当然想快点上班了，但他不好做主，要看人家的安排，人家能用自己就不错了。他停了一下说："听你的。"

"你要是没别的事，今天就来上班吧。"瑞芳说。

鲁晓威没想到瑞芳会马上让他来上班，这是意外的事，让人吃惊。

他愿意马上工作，就愉快地答应了。

瑞芳给办公室打了电话，让玲玲过来给鲁晓威办理入职手续。玲玲来了，鲁晓威没带身份证。没有身份证是不能办理入职手续的，鲁晓威说明天带来。瑞芳领着鲁晓威来到公司的生产车间。

虽然丽人服装有限公司不算大，但公司生产工序井井有条，车间干净。瑞芳向鲁晓威介绍公司服装的销售与生产情况。

瑞芳和鲁晓威从车间回到办公室时，有一个客人来了。瑞芳让玲玲领鲁晓威去采购部。瑞芳说过一会儿她跟王经理说。

采购部在一楼，一楼人多。玲玲领着鲁晓威来到采购部对王文广说："王经理，这是刚来咱们公司的鲁晓威，董事长让他来采购部。"

"欢迎欢迎。"王文广站起来跟鲁晓威握手。

鲁晓威热情地跟王文广握手。

王文广说："董事长那篇稿子是你写的吧？"

"写得不好，让你见笑了。"鲁晓威说。

王文广说："干记者不好吗？来这里能有什么发展。企业不好干，竞争激烈，今天有，明天没的。不如写文章，笔一动，钱就来了。"

鲁晓威分辨不清王文广是对他来不满意呀，还是对记者这个职业感兴趣。王文广说出的话让鲁晓威心里难受。

王文广说："董事长让你来干什么？"

"采购。"鲁晓威回答。

王文广好像是听错了似的重复说："不是销售？"

"不是，是采购。"鲁晓威确定地回答。

王文广问："你干过服装吗？"

"没有。"鲁晓威回答，他有些不好意思。

王文广说："没有干过，你上来就干采购是不行的。你对市场不了解，没法干。你知道哪种料子好，哪种料子不好吗？你知道哪种畅销，哪种不畅销吗？不知道这些，你采购什么？把不好的采购回来，公司就死定了。采购是公司最重要工作之一。"

"这就要靠王经理多指点、多关照了。"鲁晓威说。

王文广说："不是关照不关照的事，我看董事长疯了，我要找她去问一问。"

"不用问，就是让晓威跟你学采购。"瑞芳不知道什么时间站在门口了。

王文广接受不了瑞芳的安排，他想说服瑞芳，让瑞芳改变决定。他说："先让他去推销产品，过些时候他对产品有了一定的了解，再让他采购不行吗？"

"让他跟着你干，你要好好地把他带出来。"瑞芳说话不落空。

王文广对瑞芳的安排有意见，还想表明对这件事的看法。他看人多，当着人多的面跟瑞芳为这事争执不好，才没往下说。

瑞芳回自己办公室去了。她回到办公室思考着让鲁晓威到采购部对，还是不对。她考虑来考虑去，认为这么安排没错。她早就想找一个可靠的人到采购部去了。采购部是重要的部门，干得好与不好直接影响公司的生产。王文广是她请来的，也是她教出来的。王文广是负责的，但她明白，王文广要是达不到目的，将会是怎样？她是清楚的。鲁晓威不来，她也要选个人去采购部，只是鲁晓威来得正是时候。她决定让鲁晓威去采购部有两个原因，一是鲁晓威不是本市人，从外地来汪海，对工作会认真负责。工作对他来说是生存的保证，没有理由不好好工作。另一个原因是鲁晓威干过记者，对汪海熟悉，有一定能力。虽然她对鲁晓威有好感，但好感还不能让她感情用事。她跟鲁晓威只几面之交，算不上了解，还要观察观察。她心情不错，拿起电话给苗苗打了电话。

苗苗的手机开着，她听出是瑞芳的声音问："大老板，找我有事吗？"

"大记者，今天有空吗？我请你吃饭。"瑞芳说。

苗苗说："今天的太阳没有从西边出来吧？早晨我也没注意看一看。你怎么想起要请我吃饭了？"

"你不来？"瑞芳说。

苗苗说："我来，你不会就请我自己吧？"

"就你自己。"瑞芳说。

苗苗说："我不信。"

"信不信由你。"瑞芳说。

苗苗说："你要是请我自己，我还真不想赴宴了，你总是太简单。"

"还有一个人。"瑞芳说。

苗苗问："谁？"

"晚上就知道了。"瑞芳说。

苗苗说："大老板，晚上见。"

瑞芳早就想请鲁晓威吃饭了。上次鲁晓威给她写的报告文学《金色的梦幻》让她非常满意，正是这篇报告文学的宣传报道，她的创业精神才引起政府相关部门重视，她被汪海团市委评为上一年的优秀青年。她想表示感谢，也是在给鲁晓威接风。

鲁晓威对瑞芳的热情抱着极为谨慎的态度，他对私营老板没好印象。他给瑞芳写报告文学是自己工作需要，谈不上交情。他若不是走投无路，才不会来丽人服装有限公司呢。

他不想去吃饭，如果吃饭想由他来付钱，可他又不想付钱。他在家待了那么久，还没挣钱就花钱，说不过去。他拒绝了几次，瑞芳非要请他，只能从命了。

瑞芳没有开车，两个人走着去了酒店。街上的人不是很多，这不是条主街道，行人一直都很少。走在初春的街上真是一种享受。

鲁晓威不像上次来采访时问这问那的。现在两个人的地位不同了，他是员工，瑞芳是老板，老板跟员工有着本质的距离。

瑞芳没有多问，上次鲁晓威采访时，她问得比较细，对鲁晓威了解一些。她看出鲁晓威生活不如意，怕问到不好处伤了鲁晓威的自尊心。她想找个轻松的话题。她问东北的冬天下的雪有多厚？夏天有多热？鲁晓威说东北的夏天，跟汪海的夏天差不多，只是东北的冬天雪有一尺多厚，江上可以跑汽车。瑞芳说她没去过东北，找个机会让鲁晓威带她去东北看一看。

他们才到酒店坐下，苗苗就来了。瑞芳给鲁晓威和苗苗做了介绍。

其实他们早就认识了，只是没见过面。鲁晓威经常看《汪海晚报》副刊，苗苗是副刊的编辑，每期都有她的名字。鲁晓威没给苗苗写过稿，但上次鲁晓威写的《金色的梦幻》报告文学瑞芳给苗苗了，苗苗认为不错，把《金色的梦幻》推荐给《当代企业家》杂志和《报告文学》选刊了。这两家杂志都有她的同学，在半个月前被选发了。当然鲁晓威不知道，还没看到。

服务员拿着菜单走过来让他们点菜，鲁晓威把菜单递给了苗苗，苗苗不客气地对瑞芳说："今天我要狠狠宰你这个大老板一刀，给你放放血。"

"苗苗，不就是一刀吗？没问题，我挺得住，只要你的肚子能装进去就行。"瑞芳满不在乎地笑了。

苗苗点菜是极认真的，嘴里还不停地把要点的菜名念出声来，再抬头看一眼瑞芳。她有时念过了，又不点了，说不好吃。

瑞芳说："你点吧，下次吃饭可不知是在什么时候了。"

"我想也是。你这个老板不大方，吃你一口，要等白了头。当然你也不易，是个纳税人，而我是用纳税人的钱来生活的，咱们是不同的。算啦，还是给你省点吧！"苗苗把菜单又递给瑞芳。

瑞芳递给鲁晓威，鲁晓威直接给了服务小姐，服务小姐拿着菜单走了。

苗苗把身子往椅子上一靠，对鲁晓威说："你离开《讯报》到哪里去了？找你也找不到。在当代小说研讨会上亚泉还提到你了呢，他说《超越轨迹》那部中篇小说写得非常有特点。我一直想采访你，给你在《汪海晚报》上来个人物专访。"

"下次你再找就找瑞董事长吧。"鲁晓威一笑。

苗苗说："你认为我没找她？她也找不到你，你写完了，人就消失了。"

"现在我是她的兵了，不可能消失。"鲁晓威说。

苗苗看着瑞芳说："喂！老板，怎么回事？"

"他今天来的，我今天告诉你还晚吗？"瑞芳表现出够朋友的样子。

服务员上菜了，把酒倒在了酒杯里，没有走开的意思。

苗苗让服务员走开，她不喜欢吃饭时服务员站在身边。她端起酒杯说："你这个大老板真不得了，把这么一个大作家给挖来了，看来生意越来越红火了，我敬你一杯。"

"你这张嘴呀……"瑞芳端起酒杯。

苗苗对鲁晓威说："小鲁，你也来，今天你是客人，我只是陪客的，你不喝怎么行。"

"晓威，你领教到了苗苗的嘴了吧！她的嘴跟刀子似的，可不得了。"瑞芳说。

鲁晓威举起了酒杯，三个人碰了杯，鲁晓威要倒酒，苗苗没让。瑞芳倒酒，苗苗没客气，就把酒杯给了她。苗苗说谁请客，酒就由谁来倒。瑞芳笑着说你当新媳妇，我当老婆婆，伺候你一回。苗苗说你就占便宜吧！两个女人闹着。鲁晓威还没看见《当代企业家》和《报告文学选刊》两本杂志，刚才听苗苗有头没尾地一说，还真当回事了。他问文章选出来了吗？

苗苗说瑞芳那有。瑞芳说还没来得及给鲁晓威看呢。她又说晓威看不看无所谓了，反正是他写的。鲁晓威可不这么想，他还真就急着想看，因为这是他成绩的体现。苗苗举起了杯，一杯接一杯地喝下去。

鲁晓威没想到苗苗和瑞芳都很有酒量，她们的酒量都在他之上。他不能喝酒，又不好意思让苗苗和瑞芳扫兴，只好舍命陪君子。

苗苗对鲁晓威说："你在《讯报》干，真不如来跟瑞芳干。《讯报》那是什么单位？胡友德那是什么人？在那干没希望，前景不容乐观。"

"你对那一定很熟悉吧？"鲁晓威说。

苗苗说："算不上熟悉，只是知道。胡友德也算是新闻界的人，我对他多少有个了解。"

"你在《汪海晚报》负责副刊，大权在握，今后可要多帮忙呀！只要你一抬贵手，我就阳光灿烂了。"鲁晓威套了近乎。

苗苗豪气地说："没得说，只要我能做到的就行。发稿没问题，你现在也算是汪海文学界的名人了，不在我那里发在别的地方发也不会有问题。"

三个人都在兴头上，话说得多，酒喝得也不少。他们离开酒店来到大街上时，苗苗说打车走。他们三个人分别住在汪海市的不同城区，只能一人打一辆出租车。鲁晓威把她们两个送上车，自己没打车，朝公共汽车站点走去。

<h1 style="text-align:center">6</h1>

肖凌回到家看鲁晓威不在屋里就着急了。她早晨上班时鲁晓威没有说要出去。平日里鲁晓威出去都是早早地回来了。她拨打他的手机，手机关机。她做好了饭，没心情吃，在等鲁晓威。

鲁晓威回来了。他走进屋没说话，往床上一躺，喘着粗气。他觉得今天过得特别开心，但他轻松不起来，觉着压抑，想大哭一场。

肖凌看鲁晓威喝了酒，还有点醉意，就生气了，不理鲁晓威。肖凌开始吃饭。饭已经凉了，她吃得不舒服，没吃几口，就不吃了。

他们屋里空空的，没有可供消磨时间的任何娱乐设施。初春的夜晚还有些寒冷。他们除了到吕伟的屋里看电视外，就是早早地钻进被窝里看书了。

肖凌看的是《飘》。这部书她已经读过多遍了，还是不厌倦。她爱读外国作家写的书，感觉本土作家写的书政治色彩多，少写人情与本性。当然这是她个人观点，鲁晓威就不这样认为。可今天她却看不下去，目光盯在书上，心却早飞走了。她说：你的手机怎么关机呢？

鲁晓威刚使用手机不久，还不太习惯，也不注意。他从兜里拿出手机看了一眼说："便宜没好货，又自动关机了。"

"等发工资了，给你买部好点的。"肖凌说。

鲁晓威翻动了一下身子说："我找到工作了。"

"在哪？"肖凌的目光从书上移到鲁晓威的身上。

鲁晓威说："丽人服装有限公司。"

"干什么？"肖凌问。

鲁晓威回答："采购。"

"今天你请老板吃饭了？"肖凌问。

鲁晓威说："我还没有那么傻，工资还一次没拿到，就去请老板吃饭，我有病啊！"

"总不会是老板请你吧？"肖凌说。

鲁晓威说："老板当然不会请我。我只是搭个边。"

"搭个边？"肖凌没明白话中的意思。

鲁晓威说："我写的那篇《金色的梦幻》被杂志选载了。"

"选载了？"肖凌一惊。

鲁晓威说："没想到吧？我也没想到。"

"你不是没往外寄吗？没寄怎么会被选载？这不太可能吧？"肖凌从来没听鲁晓威说往外寄过。

鲁晓威说："你知道《汪海晚报》的苗苗吧？是她寄的。"

"她怎么会寄呢？"肖凌想起来了，但她不明白这是怎么回事。

鲁晓威解释说："丽人服装公司的老板跟苗苗是好朋友，丽人的老板把《金色的梦幻》给苗苗了，苗苗寄出去的。"

"刊发出来了吗？"肖凌问。

鲁晓威说："刚出来。"

"杂志呢？"肖凌问。

鲁晓威说："过两天我去找苗苗要。"

"哪家杂志？"肖凌问。

鲁晓威说："《当代企业家》和《报告文学选刊》杂志。"

"我还没看过这两家杂志呢，你快去拿吧。"肖凌对这两家选刊杂志不了解。

"看不看没用，只要给稿费就行。选刊的稿费不高吧？"鲁晓威非常在意稿费的多少，他太需要钱了。

肖凌问："你在丽人服装有限公司能站住脚吗？"

"我想不会有问题。我要求不高，只是个普通工作。她开公司总要用工人的，用谁还不是用。"鲁晓威认为这份工作不会有太大的问题，因为他对这份工作没提任何要求。

肖凌松了口气说："你找到工作就好了，咱们两个人挣钱，用不了多久日子就会好起来的。"

"你不去西藏了？"鲁晓威问。

肖凌想了一下说："我还是想去西藏。高启真主编说不去西藏就没有理由正式调进去，去西藏回来就可以考虑。去西藏眼前是辛苦些，但以后会好得多。年轻时吃点苦没什么，岁数大了机会就没有了。你找到了工作，我去西藏就放心了。"

"你去西藏了，如果肖书记给办好了呢？"鲁晓威说。

肖凌说："咱们不能全指望他，他要是不行呢？咱们不就傻眼了。咱们要有准备，行了去，不行也有退路。咱们不能在一棵树上吊死。"

"假若肖书记给办好了，你是选择当记者，还是选择到政府工作？"鲁晓威说。

肖凌说："当然去政府机关工作了，政府机关压力小，收入稳定。记者压力大，收入不稳定。我漂泊够了。人的生活总漂着，工作总不稳定，就不会有好心情，不利于健康。我去西藏是为了将来能有稳定的工作与生活。"

"我不拦你。你要是想去，就放心去吧。不就是一年吗，我在家没问题，只要你在外面好好的就行了。你从西藏回来后，争取能正式调进《家庭生活》杂志社。"鲁晓威畅想着。

肖凌放下手中的书，朝鲁晓威这边移过来，两个人拥抱在一起。

夜是宁静安祥的。在这个宁静的深夜里，他们享受着人性本能的欲望。两性相融会使人忘掉一切幸与不幸，让人回到自然中去，让人感受到解脱与美的幻觉。

第十一章　茫茫前程

1

早晨一上班高启真就把肖凌、马国、徐特定找来，给他们开了出发前的会议。他们三个人是代表汪海市新闻学会去西藏采访的，三个人来自三个不同单位。这次去西藏采访活动的组织者是《家庭生活》杂志社。

肖凌是第一次见到马国和徐特定，在见面前，她听高启真说过，但不认识。马国和徐特定都比她年龄大，都是汪海本地人。

马国和徐特定都不想去西藏，因为是单位派他们去的，又是工作任务，只能服从组织安排。他们对肖凌不算了解，但比较友好。他们将一同远离汪海，远离家乡，到陌生的地方工作。他们就要相互帮助，相互依存。

高启真问他们还有什么要求。肖凌深知现在不是她提要求的时候，她去西藏是背水一战。

马国是汪海市广播电台的记者，三十几岁，个子不高，人挺精神。他认为这次去西藏在待遇上应该更好一些，只是双份工资还不行。

徐特定是汪海日报社的记者。他是个不爱说话的人，看上去比较厚道。从外表上看有四十岁，其实没有那么大，也就是三十来岁。这次去西藏对年龄有限制，不允许超过四十岁的人去。他认为提任何要求都是多余的，想给不用提，不想给提了还是不给。

高启真对马国的要求没有马上答复。他说只去西藏不行，还要看在那里的工作业绩，没有业绩不行，有了业绩才好说话。

汪海市委市政府给他们开了欢送会。市委主管文化工作的田副书记参加了欢送会。

肖凌虽然在电视上见过田副书记，但生活中还是第一次近距离接触。她的社交圈在扩大，知名度在渐渐提高。她想机会总是创造和争取来的，她要不断地创造与开拓。田副书记叮嘱她在西藏要注意人身安全，无论何时安全都是最重要的，要在保证人身安全的情况下工作。

2

鲁晓威在肖凌去西藏的前一天，请了一天假，陪肖凌度过这美好的一天。早晨他们到麦当劳吃了早餐，晚上又去汪海大酒店破常规地消费了一次。他要让肖凌玩得开心，吃得安心，走得放心。

肖凌反对鲁晓威大手大脚地花钱，当然她知道鲁晓威是为了她。她体验到了有钱的好处，有钱才能买想要买的东西，才能想到哪家饭店吃饭就到哪家饭店吃饭。她下决心努力挣钱，创造美好生活。

肖凌不想带太多东西，路远带东西不方便。鲁晓威认为只要带上足够的钱就行了。肖凌说钱也不用多带，到了西藏，汪海市在那里的办事处就会发一笔采访经费。

天还没有大亮，肖凌就要起来。

鲁晓威不想让肖凌走，好几次把肖凌搂在怀里。在这座城市里他们相依为命。肖凌走了，只留下他自己，他显得极为失落。

虽然肖凌也恋恋不舍，但时间是有限的。夜开始退去，新一天慢慢走来。她要在六点之前赶到《家庭生活》杂志社。他们在那里集合，然后去青岛流亭国际机场。他们从青岛乘飞机到成都，再从成都飞往西藏。

鲁晓威锁上房门，拎起旅行包送肖凌。早晨的大街行人少，鲁晓威拦了一辆出租车。出租车在宽阔的大街上行驶着，鲁晓威摇下车窗，晨风吹乱了他的头发，也吹乱了他的心绪。

肖凌看广场上有人在练太极拳、有人在练功，就对鲁晓威说："你一个人在家要多注意身体，一定要吃早饭。下班了就回家，晚上别出门。"

"那还不闷死我。"鲁晓威说。

肖凌说："你要是在家呆不住，就出来跟这些人练功吧。听说练功能锻炼身体，有病不用去医院。"

"我不信。"鲁晓威说。

肖凌说："我也不信，可好多人都在练。"

"我不练。"鲁晓威说。

肖凌说："一个人在家的日子我能想到，咱们两个人还觉得空虚呢，又何况你一个人呢。我只要求你在我回来时好好的就行。"

"我会调理好生活的，你照顾好自己行了。"鲁晓威说。

肖凌说："小说你还得继续写，只要写就有希望。别忘了我们是靠写作来到汪海的。"

"你回来我给你个惊喜。"鲁晓威有信心在肖凌从西藏回来的时候完成他的长篇小说。他准备用这部长篇小说来迎接肖凌的归来。

肖凌来到《家庭生活》杂志社时，马国和徐特定都到了，还有给他们送行的家人、同事和朋友。高启真也来送他们了。他们匆匆告别亲人，乘车去飞机场。因为汪海市离青岛流亭国际机场还有一段距离，他们与送行的人在这里挥手告别。

火红的太阳从东方的天际里冉冉升起，朝霞给世界披上了迷人的外衣。街上的行人和车渐渐多起来，又是一派车水马龙的景象。

鲁晓威看了一眼手机上的时间，离上班时间还远着呢，就没有乘公共汽车，而是独自走着。他说不上心里有多难受，有多失落。肖凌带走了许多温情，他觉着孤独的日子已经开始了。在汪海就他一个人，一个人啊！他心情惆怅。

3

丽人服装有限公司的产品销售和采购都是由王文广主管。公司有明文规定销售的不能采购，采购的可以销售。销售部和采购部相邻，门挨着门。

鲁晓被安排在王文广的办公室里。他们办公室里有三个人。他刚来，不能单独做业务，就跟着干些附属工作，比如拉货、送货什么的。

瑞芳对鲁晓威关心有加，有空就跟他谈人生，谈爱好。但这种时间不是很多。她在谈一个新项目，比较忙。虽然她在生意场上拼打多年，但有许多事情还没经历过。她考虑问题很细心，她在做任何决定前都是想了又想。

那天鲁晓威到她的办公室时，她问鲁晓威相信不相信气功。鲁晓威两年前就看见有人在练功，只是他没接触过。他对练功没兴趣。现在练的人多了，就留意了。他说不信。瑞芳笑着说她在北京上大学的弟弟在练功，她弟弟来电话让她也练。

鲁晓威不相信练功能治百病，这是没有科学根据的，只是传说。这种传说像一股劲风来势凶猛。他猜测也许能治点病，但不会像流传中的那么神奇，要是一点病不治，人们还会每天起早贪黑地练吗？他说："要么你练一练看看。"

"我才不信呢，要是练功能治病还要医院、医生干什么？"瑞芳说。

鲁晓威说："我准备试一试。"

"要是管用，你再教我。"瑞芳笑了。

鲁晓威每天早晨都到广场上去看人练功，准备找个师傅跟着学。但他的这个想法还没行动，就被瑞芳制止了。

瑞芳突然把鲁晓威叫到办公室里，神情紧张地问他练没练功。鲁晓威说还没练，瑞芳说没练就好。瑞芳刚接到弟弟学校打来的电话，她弟弟在天安门前练法轮功被公安局抓起来了，学校让她速去北京。

鲁晓威没想到会发生这种事。他安慰瑞芳别着急，让她多留意中央新闻，像发生这种重大事情新闻肯定会播报。

晚上瑞芳坐在电视前看新闻，果然新闻头条就是练功者在天安门前静坐的事。在天安门前静坐肯定是违法的。

鲁晓威对新闻比瑞芳了解得多，像这种重大事件中央一有行动，地方肯定紧跟着。第二天早晨他来到广场上，警察早就等在那里了。警察阻止练习法轮功的人聚在一起，有的人不听劝阻，抗拒警察执法，当场就被带上了警车。

瑞芳让鲁晓威陪同她去北京。王文广要陪她去，她没同意。她让王文广留在汪海处理公司的事。

王文广发觉瑞芳对鲁晓威好，心里不是滋味。虽然把他留下是工作需要，但他生气，他想陪同瑞芳去北京。

鲁晓威和瑞芳是乘晚上汪海开往北京的火车。晚上从汪海发车，早晨就到北京了。他们来到瑞金的学校。瑞金的同学说已经从公安局出来了，正在医院里。瑞芳没想到瑞金会住院。她和鲁晓威马不停蹄地赶到瑞金住的医院。

瑞金伤得不重，跟他犯的错误相同。公安局看他受了伤，让学校对他进行批评教育，就把他放了。他没想到姐姐会来北京，便说："姐，你怎么来了？"

"伤得不重吧？"瑞芳看着他的伤问。

瑞金无所谓地说："没事，过几天就好了。"

"你不是说练法轮功能治病吗？你怎么练到天安门前去了？你怎么练到医院里来了？这不是适得其反吗？"瑞芳生气地质问着。

瑞金说："姐，国家不让练，师傅就让到天安门前去静坐。"

"你师傅是谁？"瑞芳问。

瑞金说："我师傅名气可大了，在外国都有徒弟。"

"他是谁？"瑞芳追问。

瑞金得意地说了个人名。

瑞芳看着鲁晓威，显然她没听说过这个人。就算她听说了，也不相信他是瑞金的师傅。

鲁晓威说："就是现在电视上天天说的那个人。"

"瑞金，你是怎么认识他的？"瑞芳问。

瑞金说："在网络上。"

"这么说你还没见过真人？"瑞芳半信半疑。

瑞金点了一下头。

"你没见过他，他怎么是你师傅呢？他怎么教你？你怎么学？"瑞芳想发火。

瑞金说："姐，我师傅是大师，不能随便见的，要功力达到一定程度才能见。"

瑞芳说："你这个师傅是昏了头，让你们到天安门前去静坐，这不是让你们犯错误吗？这不是把你们往火坑里推吗？他怎么不去？天安门是练功的地方吗？亏你还是个大学生呢？你学的知识到哪去了？怎么会连最起码的道理都不懂呢？你的学算是白上了。"

"姐，你没练功，你不懂。"瑞金认为姐姐不理解。

瑞芳说："你懂，你做违法的事。"

"我们听师傅的。"瑞金说。

瑞芳说："你师傅让你死，你也死？"

"姐，你现在还不懂，等我病好了，我教你练功。练了功，你就明白了。"瑞金说。

瑞芳说："你别教我，我不学。我看你那个师傅是没安好心，他今天让你们去天安门静坐，明天还不让你们去闯中南海，后天不知再搞出什么事来。你别练了，把心用在读书上。我来时都没敢跟妈说。"

"妈还好吧？"瑞金想转移话题。

瑞芳说："就是为你担心。"

"你不是说妈不知道吗？"瑞金说。

瑞芳说："没有出这件事，妈也放心不下你。北京这么大，你一个人在北京，妈能不担心吗，你不好好学习能对得起妈吗？"

"姐，你别告诉妈。"瑞金不想让妈妈知道。

瑞芳问："你是怎么受的伤？"

"人多，公安局来抓人，挤的。"瑞金说。

瑞芳说："影响学习了吧？"

瑞金眉头紧皱了一下，心情沉重了。

瑞芳觉察到了瑞金的这个表情。她没想到事情会这么严重。学校领导对她说瑞金迷恋上了练功，不认真学习，多门功课不及格了。学校研究决定，让他休学一年。瑞芳没多说什么，瑞金现在学习成绩不好，也就不好多说了。她为瑞金办理了休学手续。

鲁晓威安慰瑞芳想开些，休学不是大事，还有上的机会。只要不让瑞金继续练功，学习是能赶上的。瑞芳担心的并不是瑞金休学的事，休学只不过是多读一年，而她是怕瑞金放不下练功，他已误入歧途。鲁晓威也这样担心。从学校出来，瑞芳心里乱七八糟的，想走一走，他们没有坐车。

这是条主街道，行人比较多。他们走得很慢，话少。北京与汪海不同，北京比汪海更现代化，人的穿着更先锋。瑞芳来北京的次数不多，每次来都是匆匆办过事就走了，长城她都没去看过。这回她有时间了，医生告诉她两天后给瑞金做一次检查，要是没问题，就可回家休养了。这两天的时间她可以随意安排。

鲁晓威是第一次来北京，心情特别好。在他的影响下瑞芳的情绪也转变了。他们去故宫、看长城、到中华世纪坛，玩得开心，也极为有兴致。他们照了好多照片。

瑞芳花了不少钱。她认为花这些钱值得。

医生给瑞金做了检查，一切正常，恢复得比较好，同意回家休养。

瑞芳没把学校让瑞金休学的事说出来，她想等瑞金的病好了再告诉他。她怕他接受不了这个打击，但是瑞金的一位同学来看瑞金时把事情说出来了。

瑞金很平静地听着，他对自己的学习成绩心中有数。他沉默了一会说："姐，你生气了？"

"没有。只要你不继续练功，你的学习成绩是能赶上去的。"瑞芳说。

瑞金很难接受休学的事实，但现在说什么都没用了，他只有回家了。

鲁晓威一路上都在跑前跑后，几乎没让瑞芳操心。瑞芳把鲁晓威当成了支柱，从心里感谢鲁晓威。瑞金与鲁晓威兴趣相投，在短短几天里两个人就到了无话不说的地步。

4

他们从北京回到汪海时天近黄昏。王文广在火车站出口处向他们招手。王文广接过瑞芳手中的旅行箱，对瑞金说你小子是怎么回事，让你姐这么担心。瑞金一笑没说话。他们来到车前，曲师傅打开了车门。车里只能坐四个人，多一个人。王文广对鲁晓威说："小鲁，你坐公共汽车回家吧。这些天你一定累了，回去好好休息一下。"

鲁晓威没马上做出回答，他看了一眼瑞芳。

瑞芳认为让鲁晓威这么走不好，这些天鲁晓威跑前跑后的，回来要请鲁晓威吃一顿饭才行。她看了一眼司机说："大叔，你坐车回去，我开车。"

"行，你小心点。"曲师傅说着下了车。

瑞芳坐到司机的位置上，开动了车。

鲁晓威没想到瑞芳会做出这种决定。

王文广更是没有想到。在他眼中司机要比鲁晓威重要，鲁晓威在他眼中就是个打工仔。

瑞金跟王文广熟悉，他说："王哥，你比原来黑了。"

"男人黑点好。"王文广说。

瑞金问："汪海练功的人多不多？"

"不多，现在没人练了。"王文广回答。

瑞金沉默了。

王文广说："瑞金，你还想练功？"

"不敢了。"瑞金说。

王文广说："练法轮功没好处，国家不让练你就别练了。你是学生，要以学习为主才行。"

瑞芳说："瑞金，你听到了吧？没一个人同意你练吧。"

"不练了。"瑞金做出放弃的姿态。

鲁晓威在王文广面前有些拘谨，话少了许多。他看瑞芳开车的技术非常熟练，便说："董事长开车技术真不错，不比专业司机逊色。"

"谢谢你的表扬。"瑞芳笑了。

王文广白了鲁晓威一眼，轻视地说："在东北没有这么好的车吧？"

鲁晓威听出王文广话中带着看不起人的语气，有点生气。他没回答。

瑞芳也听出来王文广话中带着不礼貌，急忙说："晓威，过两天，我教你开车。"

"不行，这么贵的车要是碰坏了，让我拿什么赔。我把命搭上也赔偿不起。"鲁晓威说。

路上遇到了堵车，他们开车到家时已经很晚了。

鲁晓威是第一次到瑞芳家，屋里不算豪华，但干净，整洁，有条不絮。

王文广显然是瑞芳家的常客，东西放在什么地方他一清二楚。他跟瑞芳的母亲打过招呼，就帮老人给大家倒水。

瑞芳的母亲是个善良老人，通情达理。她看瑞金伤得不重，就没当回事。

瑞芳说："晓威，真是谢谢你，要是没有你，在北京这些天，我真不知怎么办才好。"

"我没做什么，做了也是应该的。"鲁晓威说。

瑞芳说："不说了。过会儿吃饭时你多喝几杯酒好了。"

"你是北京来的？"瑞芳的母亲看着鲁晓威。

鲁晓威说："不是。"

王文广接过话说："他是在我们公司打工的。"

"文广，你怎么说话呢？晓威是咱们的同事。咱们在一起工作，就是同事。"瑞芳不喜欢王文广对鲁晓威的这种态度，她对王文广的话进行了纠正。

瑞芳的母亲也不喜欢称人为打工的，这分明是有等级区别，带有歧视观念。她说："文广，你说的是不对。"

"我承认错误。我应称小鲁为同事，不应该说他是打工的。"王文广忙改口。他说的这句话比原来更恶毒。

鲁晓威对王文广烦透了。他坐了一会，看没事了，就要走。瑞芳一家人都留他，他还是不肯留下来吃饭。瑞芳要送鲁晓威，鲁晓威没让，他坐公共汽车走了。

鲁晓威回到自己家，屋里空荡荡的，几天没人住了，显得格外孤独。吕伟给他送来一封信。他一看信封知道是肖凌从西藏发来的。

肖凌叮嘱鲁晓威千万不能练功。

鲁晓威在外面奔波这么多天累了，把信往旁边一放，就睡了。

5

王文广在瑞芳家吃过饭后就离开了。他觉得不是滋味，像是被人家冷落了一样。他对瑞芳有点急不可耐了。他感觉到瑞芳对他的感情不是爱情，而是同事、朋友。他看见鲁晓威就生气，哪怕只是一个微笑，也会把他气得不得了。他容不下鲁晓威，他不会让鲁晓威在公司待下去。鲁晓威在公司对他绝对是威胁，他更怕鲁晓威抢走他的爱情。

鲁晓威与同事关系处得好，几天不见，多了些话题。但是他跟王文广说了三次话，王文广也没理他，这让他生气。

王文广出去做业务不带他。他在办公室里很清闲，但清闲不是好现象，清闲就是无事可做。没事可做的工作不会长远，任何老板都不会养着吃闲饭的人。

鲁晓威急着找事做。他到生产车间了解情况，努力让自己适应工作环境。他一个人在办公室时瑞芳也常过来。瑞芳让他常去看瑞金，开导瑞金。鲁晓威认为去陪瑞金要比在公司工作更重要，他一有时间就去看瑞金。他成了瑞家的常客，有时还留下吃饭，有时还买菜拿到瑞家。

瑞芳每天回家都很晚。她与鲁晓威谈起最多的就是瑞金，瑞金有些事不与她说，却跟鲁晓威说。由于他们说的都是家事，没有老板和员工的距离了，像朋友一样融洽。

那天瑞芳正和鲁晓威在办公室里说着瑞金，罗国杰来了。鲁晓威见来客人了，就回自己的办公室了。瑞芳说："国杰，有事打个电话就行了，何必跑来呢！"

"我打过好多次电话，你的部下都说你去北京了，我才跑来。"罗国杰说。

瑞芳说："我是去了北京，不过回来好几天了。"

"北京近期不是有不法分子在闹事吗？你这个时候去北京不安全。"罗国杰说。

瑞芳说："没那么严重，全中国有几个学法轮功的人。人民政权还在人民手中。个别不法分子只是风吹草动的事，别过于大惊小怪了。"

瑞芳显然不想在这个话题继续说下去，便说："你今天来总该不会是跟我讨论练功的事吧？什么事？直接说吧。"

"我表姐让我来问一问，你对袁大祥办的养鹿场还有没有合作的意思？"罗国杰的表姐就是梅花药业集团公司的钟主任。

瑞芳说："我当然对办鹿场有兴致了，要是没有合作的意思，何必跟他谈。现在服装行业不景气，我想转产。就算不干鹿场，也要干别的，但要考虑好了才行。你也知道，做每一笔生意都要小心再小心，一不小心就会导致决策失误，损失惨重。"

"你的资金能到位吗？"罗国杰问。

瑞芳说："拿出这笔钱对我来说还不成问题。袁大祥应该投入全部资金的百分之六十，可到现在我还没见到袁大祥有行动。鹿场的基础建设也没进展，让我怎么投资？我又怎么能相信袁大祥呢？"

"你没投入资金是因为不相信袁大祥？"罗国杰问。

瑞芳毫不隐瞒地说："是这个意思，但不能这么说，这么说不是伤了人家的感情吗？"

"让袁大祥请你去看一看不就行了。你不用考虑我的面子，做生意合适就做，不合适就不做。我把你的意思转告过去。"罗国杰是丽人服装有限公司和梅花药业集团公司合作办养鹿场的中间人。

瑞芳与袁大祥签了联合办养鹿场的协议，照协议规定，她出全部资金的百分之四十，袁大祥出全部资金的百分之六十。袁大祥请她去黄东区看过，但没有实际行动。她对袁大祥的经济实力产生了怀疑，所以她一点资金也没投入。罗国杰走时瑞芳送他，但她桌上的电话响了，就转身回来接电话。

电话是瑞芳在一起做服装生意的朋友打来的，问她去不去参加大连国际服装节。瑞芳参加过两次大连国际服装节，收效不是很好，这回不想去了。她说想去韩国看一看。她们聊了有半个小时。她放下电话时，王文广走进来了。

王文广来找瑞芳没事，只是想跟她坐一会，找一种感觉。他除了跟瑞芳谈公事外，最多的是想表白自己的爱情，瑞芳是他深爱着的女人。过去他认为机会不成熟，现在他认为机会成熟了。他向瑞芳暗示了好多次，瑞芳都没有反应。

瑞芳不是不明白王文广想要表达的感情，只是她不想接受这种感情。她认为这棵爱情树不会结果实的，于是她就不想让它花开花又落。

王文广下决心要得到瑞芳的爱情，当然他不是自不量力的人。瑞芳虽然是老板，有钱，但他是大学本科毕业，父亲是一家科研所的专家，母亲是大学讲师，只有他和一个弟弟，弟弟在一家电脑公司当副经理。他家的条件不错，正因为这个优势，他才有勇气追求瑞芳。

瑞芳看出来王文广不让鲁晓威跟他出去做业务了，她想说说他，这正好是个机会。她说："你怎么不带鲁晓威出去做业务了呢？你不带他，他能会吗？"

"让他在办公室里待着不是更好吗？"王文广很随意地坐在沙发上。

瑞芳问："你是不想带他，还是他跟你合不来？"

"都不是，只是他不适合做业务。"王文广笑了。

瑞芳接着问："他怎么不适合了？"

"不说他了，咱们在一起说他干什么。他不过是个打工的，打工的遍地都是，对公司来说无关紧要。"王文广不想说下去。

瑞芳对王文广的这一举动非常反感。王文广没把她当成老板倒没什么，但现在是在工作呀！她是在跟他谈工作。她不高兴地说："我还要出去一趟。"

"瑞芳，你到底爱不爱我？你回答我。"王文广走到瑞芳面前。

瑞芳脸红了，手足无措地说："文广，咱们不适合。"

"怎么不适合了？"王文广追问。

瑞芳对王文广的感情总是上不来。她努力改变过，但没有用。那种感情不是爱情，只是朋友间的友情。

王文广真诚表白说："我是爱你的，你不知道吗？"

"我知道，但爱情是双方的事，不是单方面的。"瑞芳说。

王文广说："你是说你不爱我？"

"你是我很好的朋友。"瑞芳想让王文广明白她的意思。

王文广说："我不要朋友，我要爱情。我都三十多岁的人了，不要爱情，就是有病。"

"文广，对不起，我给不了你爱情。我做不到。"瑞芳做了回答。

王文广生气地说："我真弄不懂做什么才能让你满意！"

瑞芳从没对王文广产生过爱情，王文广来公司三年了，在这三年里为她做了不少事，她感谢，但认为这不是爱情。

王文广问："你真的这样选择？"

"感情上的事勉强不了，希望你原谅。"瑞芳说。

王文广说："瑞芳，这是我最后一次跟你说这事，我等不下去了，我跟你不一样，我是一个把爱情与事业看得同等重要的人。或许爱情还要大于事业。"

瑞芳不是冷漠的人，只是她对王文广产生不了这种感情。要是能，她会不顾一切地嫁给他。王文广素质高，家庭条件也不错，可她就是找不到那种爱的感觉。虽然她与王文广相处三年了，但还不如与鲁晓威在一起待三天的感情深。这或许就是天意，就是命中注定。她说："我希望你能找到爱你的人，也是你爱的人。"

"我母亲又给我介绍了一个，还没看呢！"王文广说。

瑞芳善意地说："去看一看吧，也许能谈得来呢？"

王文广已经跟那女孩见过面了，感觉女孩不错，只是他放不下瑞芳，他总认为女孩身上没有瑞芳的气质。他跟女孩在一起时，眼前总会浮现出瑞芳的影子，想到瑞芳就分神了。有一次他还当着女孩的面叫起瑞芳的名字来。女孩认为王文广没把她放在心上，便跟他分道扬镳了。

他母亲责怪他没出息，说男人应该能拿得起放得下。他不听母亲的劝说，还想继续追求瑞芳。

瑞芳说："如果需要我帮忙，你就开口。"

"我让你好好地爱我。"王文广说。

瑞芳说："这我办不到。"

"那还会有什么？"王文广现在就要爱情。

门开了，销售科的人来找王文广说有客户找他。他离开了。

瑞芳松了口气。

第十二章　狭路相逢

1

瑞芳临时决定去袁大祥的养鹿场看一看，给袁大祥来个突击访问。王文广要陪着去，她没同意，她让鲁晓威陪着去了。鲁晓威来公司时间不长，就成了瑞芳最亲近的人。王文广认为瑞芳轻视他了，他要找机会跟鲁晓威比一比，看到底谁对公司发展的作用大。

鲁晓威不相信袁大祥会办养鹿场，袁大祥没这个经济实力。办养鹿场是要用钱的，没钱说空话鹿从哪里来？他认为不用说买鹿了，就是让袁大祥买几头猪都非常困难。可他又不好直说。投资是为了挣钱，瑞芳未必会听他的。他坐在车里，试探着问："袁大祥哪里人？"

"东北人，还是你的老乡呢！"瑞芳笑着。

鲁晓威说："我不认老乡，只看人品。"

"看不出来，你的为人原则观念还很强呢。"瑞芳说。

鲁晓威问："你去过袁大祥的养鹿场吗？"

"去过，但没看到鹿场里有鹿。"瑞芳说。

鲁晓威说："袁大祥的办公室在一个大酒店里吧？"

"你怎么知道？你认识他？"瑞芳看着鲁晓威。

鲁晓威说："我建议你不要跟他合作，跟他合作对你没好处。他是个空公司，公司运作资金都是借来的。"

"你怎么知道他是借来的？"瑞芳吃惊地瞅着鲁晓威。

鲁晓威说："你不信？"

"我信，但要有证据。你再说清楚一些，你没头没尾地说这话让我糊涂。"瑞芳说。

鲁晓威说："我在袁大祥那里干过，他一分钱也没给我。不过请你相信，不是因为他没给我工资我对他有意见。我说的是实情。"

"钟主任你认识吗？"瑞芳问。

鲁晓威说："当然认识。"

瑞芳停下车，不想去黄东区了。但思考了一会，又开动了车，她想还是去一趟为好，把事情弄个水落石出。她问鲁晓威说："你在黄东区有亲戚？"

"没有。"鲁晓威回答。

瑞芳问："在市里有？"

"也没有。"鲁晓威回答。

瑞芳用疑惑的眼神看了一眼鲁晓威，接着问："那你怎么来汪海市的？"

"应该说是有一个很好的机会吧。"鲁晓威回答。

瑞芳又问："那你是怎么到袁大祥的梅花药业集团公司的呢？"

"人才交流中心介绍的。"鲁晓威回答。

瑞芳说："你到《讯报》当记者也是人才交流中心介绍的？"

"不是。"鲁晓威回答。

瑞芳问："在汪海，你还有别的亲人吗？"

"没有。"鲁晓威回答。

瑞芳问："你在东北的亲人还很多？"

"不少。"鲁晓威回答。

瑞芳说："今年冬天领我到哈尔滨参加冰雪节吧？"

"只要有机会，可以。"鲁晓威心想只要老板出钱，哪里他都敢去。

瑞芳这次来找袁大祥之前没打招呼，来得突然，袁大祥有点措手不及。鲁晓威的出现更是让袁大祥没有想到。瑞芳说鲁晓威是她的副经理。瑞芳要去鹿场，袁大祥让她先休息一下，喝杯水再去。瑞芳明白袁大祥要做手脚。她不准备投资了，也就不在意了。

袁大祥这些天还真就忙着建鹿场的事。他和钟主任陪着瑞芳和鲁晓威来到鹿场。养鹿场离黄东区有十几里路，鹿场上有几台机器在施工。

瑞芳问这问那，看这看那。她的认真给袁大祥很大的安慰。袁大祥谈着他的打算。他看鲁晓威在场，没敢过多夸张介绍自己的公司。他对这次与丽人服装有限公司的合作没了底。瑞芳不住地点头，表示赞成袁大祥的想法。

瑞芳离开鹿场，就要回市里。袁大祥说什么也不让她走，说来了就得吃过饭再走。瑞芳推让了一下，就留下来了。她没有真心想走的意思，想吃饭才是真的，不吃白不吃。要不是鲁晓威告诉她，她不就上袁大祥的圈套了吗？现在她要套一下袁大祥，她要让袁大祥尝一尝被骗的滋味。

袁大祥是在黄东区大酒店招待的瑞芳。这是家上档次的大酒店，饭菜和服务质量都不比汪海大酒店差。

鲁晓威上了一趟洗手间，袁大祥跟了进去。他对鲁晓威说如果鲁晓威能帮他把事情办成，他给鲁晓威两万元的回报。鲁晓威说没问题，为了这两万元钱，一定尽力促成这次合作。袁大祥对鲁晓威的爽快显得特别高兴，不自主地拍了一下鲁晓威的肩膀，又赞同地朝鲁晓威点了一下头。鲁晓威从洗手间出来时，袁大祥还没出来。他知道袁大祥是故意在跟他保持距离，不想被瑞芳看出来。

瑞芳看了鲁晓威一眼。鲁晓威对她摇了一下头，没说话。瑞芳放得开，吃得心满意足。她上车后就像变了个人，她问："袁大祥在洗手间跟你说什么了？"

"袁大祥让我帮他办成这件事，事成了给我两万元好处费。"鲁晓威不可思议地一笑。

瑞芳说："袁大祥这回后悔了，这顿饭最少要花一千元。"

"也该让他破费点钱了，要不他总骗人。"鲁晓威说。

瑞芳说："真要感谢你了，没有你，我还真打算跟袁大祥合作了，后果不可想象。"

"你怎么会想到要养鹿了呢？"鲁晓威看着瑞芳。

瑞芳说："东北不是梅花鹿生产地吗，鹿茸、鹿角、鹿肉都有很好的市场，我能不动心吗？我是商人我就以赚钱为目的，只是袁大祥这个人不干正事，要是干正事，真是一笔好生意。"

鲁晓威认为瑞芳说得有道理，做生意就是看市场的需求。车到了市里，瑞芳要送鲁晓威回家。鲁晓威说还是先去看瑞金吧。瑞芳把车开回家。一开门，王文广正在屋里。瑞芳一看到王文广兴致大减。鲁晓威有点不自然，但他还是主动跟王文广打了招呼。

王文广看瑞芳跟鲁晓威一起回来，一股火就从心里升起。现在他最不想看到的就是鲁晓威跟瑞芳在一起，他们在一起就是对他的嘲笑，他受不了。

鲁晓威对瑞金说："好些了吧？"

"可以出去走一走了。"瑞金说。

鲁晓威说："等哪天我陪你去海上公园。"

"就明天吧！都快把我待疯了，人闲着也是受苦。"瑞金急不可耐。

瑞芳说："你要是不练功，现在还在学校上学呢！你非要练什么功，这不是自找的。"

"瑞芳，你别责怪他了，他也不好受。"瑞芳的母亲说。

瑞芳说："妈，你就惯着他吧，等哪天公安局把他抓起来，你就不用惯了。"

瑞芳母亲不说话了，她承认太惯着两个孩子了。年轻时她就守寡，领着两个孩子度日月，孩子是她的一切。

鲁晓威认为自己不应该继续呆下去，站起来对瑞芳的母亲说："阿姨，我回去了。"

"晓威，吃了饭再走吧。"瑞芳的母亲对鲁晓威特别好。鲁晓威给老人留的印象很好。

鲁晓威说："阿姨，不用了，我回去吃。"

"一个人回去还要做，在这里吃吧！你在这里只不过是多一双筷子，多一只碗，不麻烦，你要走就见外了。"瑞芳的母亲说。

瑞金说："鲁哥，在这吃吧。正好王哥也在，咱们好好地喝一次。"

"改天吧，我今天约了朋友。"鲁晓威认为还是不能留下来。

瑞芳明白鲁晓威走的原因，她没留鲁晓威。她要开车送鲁晓威，鲁晓威没让她送。他怕惹起王文广的不满意，坐公共汽车回家了。

王文广心里生气，脸上不表露，努力让自己冷静，他拿起一本书看。瑞芳的母亲对王文广也不外，像对自己的孩子一样。实际上，她已把王文广当成瑞芳的对象了，只是瑞芳还没有表态。瑞芳不高兴，回自己屋里了。瑞金跟王文广坐在客厅里，王文广没有走的意思。他的手机响了，一个朋友找他有事他才离开。

瑞芳的母亲冲着屋里喊："瑞芳，文广要走了。"

"知道了。"瑞芳回答，但没出来。

王文广知道瑞芳不会出来送他。

瑞芳的母亲说："又不知她在屋里忙个什么？"

2

瑞芳在回避王文广，他已经成为她的一块心病了。她不爱王文广，但工作中又离不开他，王文广是她工作中最好的帮手。瑞芳心里非常矛盾，她渴望爱情，但她没有找到。她要是找到了会不顾一切地去爱，去表达，她也是一个有感情的女人。

瑞芳母亲指责地说："你也太过分了，文广走时也不送一送。"

"妈，你别跟着瞎掺和好不好。"瑞芳不想对母亲解释，这是说不清楚的。

瑞芳母亲说："你也老大不小了，也该考虑自己的婚姻了。跟你同龄的人都有孩子了，你可倒好，连个男朋友还没定下来，我看文广就不错，左邻右舍的人都把他当成你的男朋友了。从前你刚开公司，没时间考虑。现在公司都开起来了，也该考虑了，再说结婚也不耽误开公司。你再等还能等到什么时候，总不能一辈子不结婚吧！"

"妈，你不懂。"瑞芳心烦地说。

瑞芳母亲说："我是不懂，我文化程度不高，大道理讲不了，但做女人的心是一样的。如果没你和瑞金在我身边，我才等不到今天呢！身边有孩子，看着孩子一天天长大，我才会有盼头。人哪有十全十美的，差不多就行，一辈子能有多长，转眼就过去了。我看你和文广就很般配。"

瑞芳不想提这件事，但又想考虑，她举棋不定。

瑞金说："姐，文广哥真的不错。"

"不错就是爱情吗？爱情就是不错吗？妈不懂，你还不懂。"瑞芳责备起瑞金来。

瑞金说："姐，你是不是看上鲁晓威了？"

"你胡说什么。"瑞芳没料到瑞金会这么想，她有点慌张。

瑞金说："姐，我没说错吧？"

"根据呢，总不会是信口开河吧？"瑞芳不否认爱上了鲁晓威，但她从没对任何人说起过。

瑞金笑了笑，认为自己说对了，他脸上露出自信的表情。他稍一停顿，接着又说："姐，爱情是奇怪的，只要心中有，不用表白就会自然而然地流露出来，想藏都藏不住。我从你对鲁晓威的眼神中能看出来。"

"从眼神里就能看出来？我的好弟弟，你又不是侦察员，你怎么会有这个本事。"瑞芳走到梳妆台前对着镜子照着。

瑞金说："爱上一个人，和不爱一个人，说话时的眼神是不一样的。"

"我怎么看不出来有特别之处呢？"瑞芳说。

瑞金说："我也喜欢鲁晓威，他要比王文广有能力。王文广人是不错，就是太女人化了，缺少男人味。"

"男人味？什么是男人味？我还是第一次听人说。看来你的书没白读。学习虽然不怎么样，对待男人和女人研究得还挺有水平的。那你就发挥发挥吧。"瑞芳笑了。

瑞金说："男人要有男人的气质才行。男人要是女人化了，让人烦。"

瑞芳认为瑞金在北京上学社交面广，见识多，说的话也是有道理的。

瑞芳母亲说："小鲁长得是比文广好，可他是东北人，是个来汪海打工的，你们对他了解多少？他家的情况你们了解吗？婚姻是人生中的大事，要是这步棋走错了，后悔都来不及。文广是本市人，咱们了解，家里条件也好，瑞芳你千万别看花了眼。"

"妈，你不懂。"瑞金反对母亲的话，不让母亲插言。

瑞芳母亲不服气地说："我不懂，你懂。你要是给你姐出错了主意，你姐一辈子的大事就毁在你手里了。你一个还没毕业的学生懂什么？好主意不给你姐出，就出些坏主意。"

"妈，鲁晓威除了不是汪海人外，你再说一说他什么地方不好？"瑞金说。

瑞芳母亲想了想还真找不出来鲁晓威的不足之处。她说："他家不在汪海，在汪海没有亲友，办事不好办，这就是最大的不好。"

"他在汪海没亲人更好，没有亲人他就没有选择的余地了。他就会一心一意对咱们好了，他会以咱们家为中心。"瑞金的观点正好与母亲相反。

瑞芳心很乱，不想听下去。她开车来到街上，在大街上转了几圈，不自主地来到了《汪海晚报》大楼下面。她看了一下表，给苗苗打电话。

苗苗问她在哪里，她说在楼下的车里。苗苗收拾一下零乱的办公桌，背起小包从办公楼里走出来。她走到瑞芳的车前说："大老板，找我有事吗？"

"没事就不可以来看一看你这个大记者了？"瑞芳说。

苗苗点了一下头说："可以啊。"

苗苗上车后，瑞芳开车沿着环海大路缓缓地行驶着。海风徐徐吹来，给她们带来了凉爽的感觉。

苗苗说："过些天我买车，你要帮我参谋参谋。"

"你还用买车？"瑞芳显然认为苗苗买车是不必要的。

苗苗说："没车太不方便了。"

"你准备买哪个牌子的？"瑞芳问。

苗苗说："还没想好呢。"

瑞芳把车开得非常慢。

苗苗问："你跟文广怎么样了？"

"就那样呗。"瑞芳说。

苗苗说："这样下去不是办法，对他、对你都没好处。"

"你说我该怎么办？"瑞芳征求苗苗的意见。

苗苗说："你这个大老板干别的有主意，做这个怎么就没主意了，你直接告诉他好了，别让他白费心思了。"

"我说了，他还不死心，让我怎么办。"瑞芳停住车。

苗苗说："王文广的脸皮真就那么厚？"

"他认为是有希望的。"瑞芳叹息了一下。

苗苗说："你就一点也不爱他？"

"我要是爱他，早就嫁给他了，还会等到现在。"瑞芳说。

苗苗大笑说："你要是爱他早就成为孩子的妈妈了。"

"你的嘴可真够缺德的。"瑞芳说。

苗苗说："我有人老珠黄的感觉，一个人的日子还真不好受。最近我遇上了一个男人，正在努力，你也要尽快。"

"大款，还是官员？"瑞芳问。

苗苗一甩头发说："两者兼顾。"

"我看见王文广就烦。"瑞芳说。

苗苗说："这有什么好烦的，让他死心不就行了。"

"没那么简单。他帮了我这么多年，我赶他走是不是不讲人情了？做人还是要讲点人情为好。"瑞芳顾虑重重。

苗苗对瑞芳的这个观点相当反对。她说："他在你这工作你不是给他工资了吗？你要是不给他工资，他也不会在你这工作。要是你真的过意不去，你多给他个三万五万的不就行了。"

"他没做错事我就让他走，你说好吗？"瑞芳想找个让王文广走的理由。

苗苗说："你是老板，他是员工，你想用他就用，不想用他就不用，这是合情合理的。"

"我不能这么做。"瑞芳说。

苗苗停了一下说："鲁晓威怎么样？"

"什么意思？"瑞芳看着苗苗。

苗苗说："不想说他？"

"他也算是帮了我一个大忙，要不是他我就让袁大祥给骗了。"瑞芳感谢鲁晓威。

苗苗一笑说："你爱上他了？"

"你怎么能这么想呢？"瑞芳说。

苗苗问："我没说错吧？"

"理由呢？"瑞芳说。

苗苗说："爱情是不需要理由的，爱情就是爱情。爱情没有因果关系，只要心中彼此拥有就足够了。"

"记者就是记者，果然跟常人不同，可以信口开河。"瑞芳说。

苗苗问："你真的喜欢上鲁晓威了？"

"你认为很奇怪吗？"瑞芳说。

苗苗说："一点也不奇怪。我认为你是有眼光的，他比王文广强得多。你要不爱他我就爱了，我可是一个敢爱敢恨的人。"

"你去追吧！"瑞芳不屑一顾说。

苗苗说："我爱他，他不一定爱我。我是不会在没有把握的情况下牺牲时间和感情的。"

"你说他比王文广强，强在哪？"瑞芳问。

苗苗说："王文广只算是个听话的男人，不算是个理想好男人。鲁晓威不是很听话的男人，但他是个好男人。嫁人如果只嫁听话的男人，会觉得很乏味。"

"你说得太深刻了，我理解不了。"瑞芳叹息着。

苗苗说："心中太渴望了吧？"

"那是你，你不要把你的感受强加给别人。"瑞芳说。

苗苗说："男人在一起说女人，女人在一起谈论男人。只要是正常人，就会有这种要求，有这种欲望。否认是虚伪的表现。"

"你只见过鲁晓威两三次，不会比我更了解他。"瑞芳说。

苗苗说："你过于自信了吧。我真的比你更了解鲁晓威，你爱他只是单相思罢了。"

"单相思？你能不能说得更清楚点。"瑞芳说。

苗苗说："我担心你爱他，他不爱你。我更担心你会成为第三者。"

"你是什么意思？"瑞芳说。

苗苗说："鲁晓威结婚了，你知道吗？"

"他结婚了？"瑞芳吃惊地重复。

苗苗说："你不知道吧？你没问过他吧？这就是你的失误。"

瑞芳没问过鲁晓威，鲁晓威也没提，她当然不知道。

苗苗说："鲁晓威的另一半是《家庭生活》杂志社的记者，现在去西藏了。"

"汪海人？"瑞芳问。

苗苗一摇头。

"东北人？"瑞芳问。

苗苗说："她跟鲁晓威一起来汪海的。"

"你见过她？"瑞芳问。

苗苗说："没有。"

"我的条件要比她好吧？"瑞芳一听是东北人，就不放在心上了，在爱情争夺战中经济实力是重要的。

苗苗提醒瑞芳说："她也不是一般的女人，要是一般女人能从东北来到汪海吗？并且还进了《家庭生活》杂志社工作，更何况她还去了西藏。普通女人是不敢去西藏的。"

"这么说她很优秀了？"瑞芳问。

苗苗不否认这个观点。她说："可以这么说。"

"我跟她比呢？"瑞芳问。

苗苗幽默地说："百花争艳，各有不同。"

"你应该早点告诉我。"瑞芳说。

苗苗说："我也是才知道的。她去《家庭生活》杂志社不久就去西藏了，她文章写得比鲁晓威还要好。"

"鲁晓威结婚了，为什么还对我这么好？"瑞芳疑惑了。

苗苗说："我看不是，要是你不往这方面想就没事了。他又没向你求爱，他对你好是正常的。你是他的老板，他做的事就是让你开心、让你满意，不让你满意，他还能干下去吗？"

"你说我应该怎么办？"瑞芳没了主意。

苗苗说："放弃。"

"放弃。"瑞芳重复着。

苗苗说："你做不到？"

"我做不到。"瑞芳说的是心里话。

苗苗说："你真的爱上他了？"

"他真让我动心了。"瑞芳毫不隐瞒，她跟苗苗说话从来都是很直接。

苗苗说："你现在成为第三者了。"

"我不道德吗？"瑞芳说。

苗苗说："现在是这样。"

"今后呢？"瑞芳说。

苗苗停顿了一下说："要看你的本事了，你要是能让鲁晓威娶你，当然就不是第三者了。你告诉他你爱上他了吗？"

"我不说他也能感觉到吧？"瑞芳说。

苗苗说："你还是别凭借感觉来判断这件事，感觉常常会出错的。你还是直接告诉他吧，这样才能做到心中有数。"

"我太自私了吧？"瑞芳说。

苗苗说："人都是自私的。尤其是在对爱情上。"

"他要是拒绝我呢？"瑞芳说。

苗苗说："那就辞了他。"

"我做不到。"瑞芳说。

苗苗说："我没想到你对鲁晓威这么有情有义，这对你未必是好事。你一定要把握好。不要让这份意外的感情影响了你的生活，你的事业。"

瑞芳没了主意。

苗苗的手机响了。她看了一下没接听，然后说："我还有个采访，要走了。"

"去哪？我送你。"瑞芳说。

苗苗说："不用，你去不方便，我打车去就行。"

瑞芳看着苗苗上了一辆出租车，出租车在车流中消失了。她开着车在街上没有目的地行驶着。她出来找苗苗本来是想散散心的，没想到苗苗告诉她一件她连想都没想到的事情，让她本来不平静的心更加复杂了。

汪海的大街是一流的，行驶在街上的汽车各式各样。她只是车流中的一个点，没有人注意她。她自己在想着心事，也许人们都像她一样在忙自己的事。她很晚才回家。她的脸色不好，没有困意，站在窗前，往下看着。眼前是一片灯火通明，在汪海这座城市里她这个未婚女人，爱上了一个已婚的外来男人。

3

鲁晓威好多天没到吕伟的房间来了，他走进去时被屋里的场景吓了一跳。屋里乱七八糟的，看上去卫生有好多天没打扫了。吕伟躺在床上没起来，好像生病了。他问吕伟发生了什么事情，吕伟叹了口气没回答。鲁晓威装成生气的样子说："一个大男人，有什么大不了的事，让你愁成这个样子。"

"我老丈人把我气坏了。"吕伟翻动一下身子没头没尾地说了一句。

鲁晓威说："别生气了，起来咱们俩喝一杯，我好多天前就想找你喝酒了。你起来，我去准备菜。"

吕伟两天没吃东西了，饿了，要是鲁晓威不提吃饭的事，也没觉着怎么饿。鲁晓威一说，便觉着饿得难受，他起来了。

鲁晓威到附近食品店买来熟猪头肉、油炸花生、炸鱼和一捆崂山啤酒。他们喝起酒来。酒一喝，吕伟的话就多起来了。

吕伟和女友相爱两年了，两个人准备结婚。女友的父母嫌他这不行，那不行的，总找茬刁难他。鲁晓威说只要女孩同意就好办。吕伟叹了口气，一摇头说，女友太听她父母的了。他问鲁晓威当时跟肖凌谈恋爱时是不是也遇到过这种事情。

鲁晓威与肖凌恋爱是水到渠成的事，从没遇到这样或那样的阻力。他知道吕伟想从他这里找点对爱情的信心和勇气，他就像写小说一样编了个故事，把故事说得有头有尾，跟真的一样。吕伟听得认真，精神好多了。鲁晓威化解了吕伟心中的苦闷。

鲁晓威眼前浮出肖凌的身影。他与肖凌是高中时的校友，同在一所中学，但在不同年级。两个人都爱好文学，都是学校文学社成员。那时两个人常在一起交流写作技巧。高中毕业后，两个人都参加工作了，并确立恋爱关系，他们工作一年后就结婚了。

他算了算肖凌离开汪海到西藏的日子。他思念肖凌。他在忙碌中不觉得孤单，静下来时倍感寂寞。他是个经历过女人的男人，在一个人的时候，更加渴望女人的温柔和爱抚。这个晚上他失眠了，他躺在床上翻来覆去睡不着，不知是什么时候肖凌和瑞芳两个人的身影交替在他的眼前出现。他衡量起两个女人谁的优点多，谁的缺点多。他想来想去，认为不相上下。他刚要睡，吕伟屋里的灯又亮了，吕伟起来出去跑步了。他睡不着，起来跟吕伟去跑步。

吕伟心情不好时就跑步，跑步好像是身体中能量的一种释放方式。他看鲁晓威精神疲倦，便问："你没睡好？"

"都是你惹的祸。"鲁晓威笑了。

吕伟想不起来鲁晓威睡不着觉跟自己有什么关系。他说："我怎么了？"

"要不是你问这问那的我才不会失眠呢！"鲁晓威说。

吕伟说："你想肖老师跟我有什么关系，你别把责任往我身上推。"

路上没有车，行人也少，两个人沿着海边大路跑着，海上乐园是他们要到达的终点。他们从住处跑到海上乐园有四里路，往返正好八里路。到海上乐园，他们开始做放松动作。

瑞芳站在海边，眺望大海。她静静站在那里看海上日出。鲁晓威来到她身边，没有惊动她。吕伟走过来时，瑞芳才发现鲁晓威站在身边。她羞涩地问："你早晨也来这里？"

"不常来。"鲁晓威回答。

吕伟走开了。他在不远处等了鲁晓威一会儿，就一个人回去了。

瑞芳让鲁晓威上车去公司。鲁晓威觉得她离他是那么近，又那么远。她的感情要融入他的生命中了。鲁晓威要请她到快餐店吃早饭，瑞芳用极为欣赏的目光看着鲁晓威。她把车停在路边，他们走进快餐店，在靠窗户的位置坐下。服务员端上了他们要的早餐，瑞芳吃了一口，做出轻松的样子问："晓威，你有女朋友了？"

"啊，她去西藏了。"鲁晓威迟疑了一下回答。

瑞芳说："你怎么不对我说呢？"

"你也没问我呀。"鲁晓威说。

瑞芳确实没问过鲁晓威婚姻方面的事，她不相信鲁晓威是结过婚的人。

他们来到公司时，正好遇上王文广了。王文广看到鲁晓威和瑞芳在一起就生气。他没用正眼看鲁晓威，而对瑞芳说："市个体协会来电话问你去不去韩国参加东北亚服装贸易洽谈会。"鲁晓威默默走开了。

"当然去了，这种好机会怎么能错过呢！"瑞芳说。

瑞芳给市个体协回去了电话。她放下电话，开始交代近几天的工作。她放心不下生产中的一批产品，这批产品在样式上有了改动，布料还是原来的。她找来王文广问生产中还缺什么。王文广说布料可能不够，需要进一些。王文广对生产的每个环节都非常清楚，根本不用瑞芳操心。瑞芳让他采购货，她还对王文广说："鲁晓威没干过服装，你还要带他。"

"他是干记者的，在这里干不长。现在他没找到好的去处，一旦找到好的去处，肯定会走，教也是白教。"王文广不想用鲁晓威。

"他在这里干多久咱们不管，他在这里一天，咱们就要让他做一天的事。如果不让他做事，不等于白养着他了，那样就更不划算了。"瑞芳说。

王文广说："让他去销售部算了。"

"他刚来汪海，谁也不认识，推销给谁去。让他去推销，还不是等于赶他走吗？"瑞芳反对王文广提的建议。

王文广不满地说："你就认准让他采购了？"

"我相信你，才让你带他。"瑞芳不想伤害王文广的自尊心。

王文广有点不知好歹，得寸进尺地说："我就是理解不了你为什么要用他。他什么也不会，什么都不懂，在汪海有那么多专业学校毕业的大学生你不用，为什么就认准了他了？难道说就是因为他给你写了那篇文章？"

"也许是吧。"瑞芳本来不是这个意思，她看王文广这副样子，就生气了，就默认了。这些日子她让着王文广，不想再让了。

王文广的嫉妒心几乎到了极点，似乎要喊起来说："他算什么记者，汪海电视台、《汪海日报》的哪个记者不比他强。"

"咱们不说他了，还是谈工作吧！当初你来公司对这个行业了解吗？不也是在工作中学到的。"瑞芳想说服王文广。

王文广知道说服不了瑞芳。瑞芳对鲁晓威是信任的，也抱着希望。瑞芳越是信任鲁晓威，王文广越是生气。他要给鲁晓威一点颜色看看，要把鲁晓威从丽人服装有限公司排挤出去。

下班时布料批发商纪老板来找王文广，王文广马上就明白是怎么回事了。他突然想到了一个赶走鲁晓威的办法和机会。他拒绝纪老板好几次了，纪老板就是不死心。今天他没拒绝。他让纪老板先走，他一会就到。他走出公司时，纪老板的车就停在不远处。他还没走到车跟前，纪老板就把车门打开了。

纪老板问他去哪家酒店，他没回答。纪老板开着车。他还在生瑞芳的气。他爱上瑞芳了，拿瑞芳没办法，他的心都要碎了。纪老板停下了车。王文广看是"洗头房"，忙说："不到这地方，随便找一家饭店吃点饭就行了。"

"这家洗头房是刚开业的，有几个不错的广州'洗头'小姐。"纪老板介绍着。

王文广虽然没在"洗头房"洗过头，但他清楚这里是个什么地方。男人渴望有艳遇，他也有这种心，但是他不会找三陪女。

他们来到了新世界饭店，新世界饭店是汪海市的一流饭店。他们都是个体经营者，吃饭讲究实惠。王文广没让点太多菜，吃多少要多少，想吃什么就点什么。纪老板讨好地说："王经理还得帮忙，如果王经理不帮忙我就死定了。"

"还是上次我看的那些货吗？"王文广端起酒杯喝了口酒。

纪老板说："就是，还没弄出去呢！"

"你不多找几个朋友吗？"王文广明知故问。

纪老板说："我这几年不都靠你的支持了，没有你的支持，哪有我的出头之日。"

"不能这么说，大家都是朋友嘛！"王文广说。

纪老板说："我是小本经营，受不了积压的。"

"我帮你销了货，货在我手里卖不出去，不就害了我吗？"王文广做出为难的表情。

纪老板说："王经理，咱们打交道也不是一天两天了，你的日子要是不好过，我还有出路吗？我赔点钱也行，你的门路比我广，总会比我的办法多。你说是不是？"

"多少钱的货？"王文广问。

纪老板说："三万五吧。"

"三万。"王文广斜眼看着纪老板。

纪老板一听王文广还了价，认为有希望了，嘿嘿一笑说："王经理你也知道价，三万五就赔了，要是三万那赔得就更多了。"

"纪老板，你要是给我，就这个数。要么你就找别人，不是我不帮你，你的货我是看过了，你心里也清楚，我要了你的货，加工出来的服装卖不出去，你让我怎么办？总不能救活了你，憋死了我自己吧？"王文广说。

纪老板说："好，三万就三万。"

王文广看过纪老板那批布料，布料质量没问题，就是颜色不正，颜色是服装的重要一关。服装主要是在两个方面，一是颜色，二是款式。款式和颜色又是相关联的，什么颜色的面料做什么款式的服装。这批布料进到公司来不能马上用，只能做备用品，但进来不影响公司正常运转，倒是给他找了个开除鲁晓威的机会。他要一步到位地把鲁晓威赶出丽人服装有限公司。他说："你别说是我同意要的，有个姓鲁的，你把他照顾好就行了。但价格不能变，货不能变，明白？"

"我用人格做保证。喝酒。"纪老板举起酒杯。

王文广认为纪老板是个猜不透的人。纪老板虽然人长得不怎么样，钱不算多，可他有好几个女人，女人喜欢他。女人喜欢就有喜欢的理由。他说："纪老板，我向你请教个问题？"

"王经理，别开玩笑了。我是粗人，你是大学毕业生，你向我请教？我懂什么？"纪老板嘴里啃着鸡腿。

王文广拿起一只虾，扒着皮说："大学毕业生就没有不懂的事了？你这是什么逻辑。"

"有，就是女人的事。"纪老板打了个饱嗝。

王文广没想到纪老板说准了，让他有点不好意思开口了。

"中国人口多的主要原因就是像你这种人太多，你这种人生殖能力太强。你几个孩子？"王文广问。

纪老板说："几个？就一个，第二个都不让生。"

"跟情人没生一个？"王文广说。

纪老板说："跟老婆生孩子行。跟情人要是生孩子就死定了，一辈子被锁上了。跟情人只是玩一玩，不能当真。情人靠不住。情人是野花，老婆是家花。家花没有野花香，野花没有家花长。"纪老板有自己的一套女人经验。

"怎么才能让女人喜欢你？有秘诀吧？"王文广真诚地问。

纪老板真诚地回答："在女人面前要有男子汉的气质，要让女人看到你存在的重要性，让女人佩服你。女人喜欢强劲有力的男人，强劲有力的男人能给女人安全感和依靠感。"

"真没想到纪老板成为研究女人的专家了，你应该开个女人心理问题咨询公司，保证比你卖布料赚钱。"王文广笑了。

纪老板说："你别看做生意我不如你，学问没你多，要是讲对付女人，你肯定不如我。"

"我承认。"王文广点头。

纪老板来了兴致，有点失控，两只手比画着说："人活一辈子为了什么？不就是为了吃喝玩乐。男人不玩几个女人，还算是男人？就白活一回。"

"纪老板真行，我佩服。"王文广示弱了，在这方面他是一张白纸。

纪老板问："你还没结婚？"

王文广苦笑了一下。

纪老板说："你要求太高了吧？"

"不是高，就是没遇上知心的。"王文广说。

纪老板好像深有同感地说："你说这个对，遇不到知心的不行，感情这东西才怪呢！要不要我帮忙物色一个？"

"不用。"王文广心想就是打一辈子光棍也不用他来介绍，纪老板在这方面太让他不放心了。要是跟纪老板介绍的女人结婚，跟到"洗头房"里去找女人没什么两样。

纪老板说："想不想找个情人先解决一下生理问题？"

"你饶了我吧！我的精力没那么旺盛。"王文广忙摆手，他还是洁身自好的。

纪老板看王文广没这个意思，就说："现在不找也好，现在找了会让你对所有的女人都没有真情。最少要保证自己的第一次献给新婚的妻子，要不你就会有犯罪感。"

王文广笑着喝下一杯酒。

纪老板问："有目标了吧？"

"目标肯定是有，就是离我太近又太远。"王文广发着感慨。

纪老板停了一下，两只大眼睛转了转问："爱上你的老板了？"

王文广从来没向外人说过爱上瑞芳的事。纪老板说中了他的要害。

纪老板看着王文广不知刚才说出的话对还是不对，态度在变化着。他说："王经理，我说的不对你就当没听见。我认为瑞芳老板是个不错的女人，她能从一个摆地摊的小贩，奋斗成为一个公司的老板，这非常了不起。她人品不错，长相也好，你们年龄相当，我看你们比较般配。你们在一起的共同点很多，你们在一起干很合适。你有学问，她有钱，正好优势互补。"

"你心真细。我还有事，先走了。"王文广猛然站起身。

纪老板以为王文广生气了，慌了手脚，一脸愁容地说："王经理，我说得不对你就当没听到就好了。"

"纪老板，我真有事。"王文广笑着说。

纪老板破涕为笑地问："王经理，我的那些货……"

"明天早晨你到公司来吧！"王文广说。

4

早晨王文广到公司时，纪老板已经来了。他没有理会纪老板，而是对鲁晓威说："晓威，你跟纪老板去看一看布料，认为行就买进来，不行就不进。纪老板是咱们的老客户了，他不会骗你。"

"我一个人去吗？"鲁晓威说。

王文广绷着脸质问："你一个人去不行吗？"

"我是怕进错了。"鲁晓威担心进错了货。

王文广说："董事长非常看重你，你就放开手脚干吧。你总闲着也不好吧？这是公司，不是养老院。"

"你放心，肯定没问题。"纪老板接过话说。

鲁晓威没有单独去采购过，没有把握。他看王文广这么个态度，不好多说什么。他上了纪老板的车。

纪老板明白这是王文广有意安排的。他开动车说："鲁先生，你刚到丽人服装有限公司工作不久吧？"

"时间不算长。"鲁晓威说。

纪老板摆出老资格地说："我说我怎么没见过你呢。我常来丽人公司，瑞芳董事长人很好，她总用我的货。她去韩国了吧？"

鲁晓威对纪老板的印象不好。他觉着纪老板奸诈，看上去不可靠。他是第一次接触，只是第一感觉，还不了解。

纪老板说："鲁先生，你不是汪海人吧？"

"不是。"鲁晓威不喜欢别人问他是哪里人。

纪老板的布料店在布料批发市场里。丽人服装有限公司为了灵活应对市场变化，大都是从布料批发市场进料。纪老板是丽人服装有限公司的老客户之一。

鲁晓威跟王文广来过布料批发市场，好像也来过纪老板的布料店，纪老板当时不在，店里当时有个服务人员，鲁晓威认出了她，他看了看纪老板说的布料，感觉跟公司正在生产的很像。他问："多少钱？"

"三万，最低价了。"纪老板回答。

鲁晓威问："不能再少了？"

"三万就不赚钱了。"纪老板说。

鲁晓威提醒说："纪老板，我可是第一次跟你合作，你不要骗我，你要是骗我，就是骗你自己，今后咱们就没有合作的机会了。如果这次合作得愉快，下次我还来找你。"

"你放心，没问题。不好，你退给我。"纪老板说。

鲁晓威不放心，没敢拿主意。他给王文广打电话征求意见，王文广劈头盖脸没好气地说三万元的货你都不敢进，你还能干什么？鲁晓威放下电话，心跳个不停。

纪老板说没问题，放心好了。鲁晓威让纪老板把货装上了车，纪老板跟着鲁晓威去取支票，他拿过支票就走了。

鲁晓威把货送到库房里，总放心不下。货要过两天才能用上，这两天是他最不安心的日子。王文广一反常态，对他特别好。他受宠若惊，总觉得不对头。第三天早晨刚上班，王文广就打电话找他了。他来到王文广面前，看车间陈主任也在，就知道出事了。

王文广气愤地说："陈主任，你领他到车间里去看一看吧！"

陈主任和鲁晓威从办公室出来后，陈主任说："小鲁，你惹麻烦了，你进的货现在根本用不上。"

"纪老板是咱们的老客户了，王经理认识他。"鲁晓威说。

陈主任说："别说王经理认识他，我也认识他。老客户也不行，你没听说过奸商吗？有的商人见利忘义。你没做过生意吧？你要是做过生意就不会发生这种事了。"

"陈主任，你说该怎么办？"鲁晓威没了主意。

陈主任想了一下说："一是退货，二是留着下次用。"

"现在要找谁？"鲁晓威问。

陈主任说："董事长不在，就要找王经理。"

鲁晓威来到生产车间，看着放在那的布料，用手摸着。这些天他就怕出错，但还是出了。他说："陈主任，现在没别的布料可替代吗？"

"这批活急着交货。一种服装一种布料，相互替代不了。"陈主任显得束手无策。

鲁晓威说："那怎么办？"

"你还是去找王经理吧，别误了事。耽误了交货时间是要赔偿的。"陈主任着急了。

鲁晓威去找王文广，陈主任也跟着来了。鲁晓威认为王文广是故意让他进错布料的，不然王文广会跟着去。王文广是同意采购这批布料的，要是不同意就不会让去看。鲁晓威知道王文广在找麻烦，也在制造矛盾。他让王文广抓住了把柄。

王文广说："晓威，你第一次做事，就出大错了，让我说什么好呢？"

"要么把货退回去？"鲁晓威试探着说。

王文广冷笑了一下说："你说得可真轻松，这是做生意，不是做游戏。你认为做生意是跟你写文章一样简单呢？写错一个字一改就行了，做生意可不行。做生意是要讲信誉的，不讲信誉是不行的。你自己进的货再退给人家，今后谁还跟你做。再说，退货的理由呢？只说用不上，这是理由吗？"

"纪老板说给退。"鲁晓威说。

王文广说："那好啊！你找他退了吧！"

鲁晓威想做一下努力，哪怕只有一线希望，也想争取。他想改变这种局面。他给纪老板打电话说："纪老板，这批货跟我们现在生产的产品不同，你看能不能给换一下？"

"鲁先生，你不是在跟我开玩笑吧？才拉走，你就要退给我，我今后还能做生意了吗？"纪老板不软也不硬，没有同意鲁晓威退货的要求。他好不容易才把货弄出去，让他收回来是不可能的。他相信王文广不会来找他退货。如果王文广跟他说退货他会考虑，鲁晓威想退货连门都没有。他根本没瞧得起鲁晓威，在他眼里鲁晓威就是一个地地道道的打工仔，今天在这儿干，明天还不知在哪儿呢。

鲁晓威放下电话，像泄了气的皮球。

屋里人都在看他。

王文广说："晓威，你说怎么办？"

鲁晓威没有回答。他负不起这个责任，只有听着。

王文广说："董事长很看重你，我对你也不错。工作是不能讲个人感情的，我怕你惹出事来，前一段时间才没让你干。可董事长非让你干，谁想到你会惹出这么大的事来，这个损失谁来负责？"

"我负。"鲁晓威咬牙回答。

王文广说："你负得了吗？你有这么多钱来赔吗？别嘴硬了。"

鲁晓威对王文广的话不满。王文广是在对他的人格进行污蔑。

王文广说："我宣布公司正式辞退你，你走吧！"

"用不用等董事长回来再说？"陈主任觉着现在辞退鲁晓威不是时候。

王文广说："不用，这件事我决定了，我说的就算。"

鲁晓威离开了丽人服装有限公司。他心情极为不好，他一个人没有目标地在大街上走着，直到天黑，才想起回家。此时他才明白自己在这座城市里的无助与无奈。

5

王文广设计的圈套成功了，他如愿地套住了鲁晓威。这是个公开的理由，瑞芳回来就是想阻拦也不好办。他认为这批货不会给公司带来太大的经济损失，因为货的价钱比原来的价格低，虽然暂时用不上，但过些时候还是能用上的。他马上去进了两万元新货。他知道新布料能用七天，再过七天瑞芳就从韩国回来了，不会误事。

公司规定王文广只有五万元钱的支配权力，超过这个范围就要瑞芳批准。

瑞芳比原定日期提前回来一天。她下飞机没回家，直接来到公司了。她得知王文广把鲁晓威辞退了，心里不是滋味，质问："这么大的事怎么不等我回来做决定呢？"

"像鲁晓威这种人在公司多待一天，对公司就是损失，趁早让他走算了。"王文广认为瑞芳不能把他怎么样，反正鲁晓威已经被辞退了。

瑞芳踱着步说："文广，我明白你的用意。你简直跟我开了一个天大的笑话。你不像男人，一点也不像。你先去忙吧！"

王文广回到自己的办公室静静想着心事。他没想到瑞芳会这么评价他。

瑞芳认为是王文广设的圈套，让鲁晓威往里钻，如果不是设的圈套，根本不会出现这种事。她越想越生气。她把陈主任叫到办公室说："陈主任，从现在起你就接替王经理的工作。"

"董事长，王经理干得不错。他跟你多年了，你别冲动，再好好地考虑考虑。"陈主任认为瑞芳是在冲动时做的决定。

瑞芳解释说："陈主任，你理解错了，不是说王经理这次做错事我就不用他，我不用他是因为他心胸狭隘。一个管理者要是容纳不了同事的优点，在工作中肯定干不好。"

陈主任明白瑞芳说的意思。公司人都明白王文广在追求瑞芳，但谁也判断不准结果。现在看来是到了有结果的时候了。

瑞芳给财务经理打电话让财务经理支出十万元钱给王文广。王文广在公司里干这么多年，功劳不少，瑞芳还是有数的。她给王文广十万元做补偿，也算不少了。

王文广与陈主任在交接工作。工作还没交接完，会计就给王文广送来十万元钱，同时让他在收据上签字。

王文广没签。他抱起钱，直奔瑞芳的办公室，把钱往瑞芳的办公桌上一放说："钱，还是你留着用吧！"

瑞芳不想让王文广走，又不能不让他走。这种结果让她很难办。

王文广离开丽人服装有限公司后，来到酒吧里喝了好多酒。他喝醉了。他感觉人生如梦，爱情如梦。

第十三章　情为何物

1

瑞芳决定去找鲁晓威，她不能让鲁晓威就这样在她的生活中悄然消失。在去韩国的这些天里她一直都在牵挂着鲁晓威，她对鲁晓威的情感如同对待亲人似的那么真挚。她准备对鲁晓威说她爱他。她知道鲁晓威结过婚，可还是爱他。爱情是来自生命中的感觉，也是说不清的感情。她想起了过去的那段生活，那段岁月，那次刻骨铭心的爱情，她这一生都不可能忘记。

那是刻在她心上的往事。

虽然已经过去多年，但她还是记忆犹新。她十七岁初中刚毕业，便离开了学校，走上社会，开始为生活奔波。她没有社会经验，没有做生意的本钱，为了谋生，就在市场上卖起了冰棍。卖冰棍本钱小、利润也少，一天下来只赚几元钱，就是这几元钱也会让她高兴得不得了。在她卖冰棍的地方有一个卖衣服的男孩，男孩比她大。男孩常买她的冰棍，两个人就熟悉了。她知道那个男孩叫阿强，阿强在市场上卖服装两年多了。有一天阿强对她说："你别卖冰棍了，也来卖服装吧？"

"我不会。"瑞芳把头一摇。

阿强说："不难，一学就会。"

"我没钱上货。"瑞芳说。

阿强说："开始可少上，等有了资本再多上货。"

瑞芳沉默了，少上货钱也不够。她想卖服装，阿强一天下来比她一个星期赚的钱还多，同样是在市场上站一天，收入却是天地之差。

阿强说："我可以借给你货卖。"

"这怎么行呢。"瑞芳说。

阿强说："这怎么不行，咱们出去上货也是个伴。"

瑞芳晚上回到家把阿强的话告诉母亲。母亲不同意她去卖服装，母亲说卖服装是大生意，市场上人杂，别让人给骗了。她没听母亲的劝说。她不相信阿强是坏人，就在离阿强不远处摆了一个摊，从阿强这边拿服装卖。果然一天下来比卖冰棍赚的钱多很多。

他们两个人一起卖货，货周转得灵活，资金周转得快，进货的次数也勤了。阿强上货时带着她。他们一起进货时，就好像出去旅游一样愉快。现在她还记得和阿强第一次去进货的情景。那天刮着风，还下起了雨。为了不让雨淋着货，他们脱下了身上的衣服盖在装货的包上。他们进货回来天黑了。第二天两个人都感冒了。那是她最开心的一天，也是她最难忘的一天。

那是她第一次走出汪海市，到即墨市服装批发市场进货。虽然即墨离汪海近，但她还是第一次来。她看到那么大的市场，惊住了。她萌生了当服装大老板的念头。

瑞芳自从卖服装后，开心的生活就到来了。没过多久她就有了本钱。她自己开始进货了，就不用阿强的货了。但他们两个人还是相互借货用，一方的货卖没了，就到另一方那儿去拿。他们在资金积累到一定程度后，合租了一个门头房，开起了服装专卖店。可在一次上货的路上，出了车祸，阿强在车祸中离开了人世。阿强在闭眼之前，深情地说爱上她了。她说她也爱他。她抱着阿强哭成了泪人。她明白阿强是她生命的支点，也是她生活中不可缺少的一部分。事过多年她还没有忘记。

她在寻找跟阿强一样的心中爱人。她见到鲁晓威第一面时，就认为他是阿强的替代者。她产生了爱的感觉和幻想。鲁晓威走了，她失落了。她想去找鲁晓威，她拨通了鲁晓威的手机，鲁晓威没有接听。她给苗苗打了电话。

苗苗说："你回来了？"

"嗯。"瑞芳有气无力地回应。

苗苗问："有事吗？"

"没事。"瑞芳说。

苗苗说："我正忙着编一篇稿子，要一个小时后才能有时间。"

"那你忙吧。"瑞芳说。

苗苗问："你的情绪不好？"

"有点心烦。"瑞芳说。

苗苗说："你来接我吧！"

"我在你的办公楼下等你。"瑞芳放下电话。她开车来到《汪海晚报》办公楼下时，苗苗已经等在那里了。

苗苗上车问："这次去韩国玩得好不好？"

"韩国那么小的地方，没什么好玩的。"瑞芳说。

苗苗问："你回来见到鲁晓威了吗？"

"没有。"瑞芳说。

苗苗说："他被王文广辞退了？"

"王文广也被我辞了。"瑞芳说。

苗苗一惊说："你辞退王文广只因为这件事吗？"

"不完全是。他早晚都要走，还不如趁早。他的气量太小，容不下我与别的男人在一起。我又不是他的私有财产。这次发生了这种事，下次还不知道会做出什么事呢！"瑞芳谈着感觉。

苗苗赞同地说："你还行，挺明白的。"

"鲁晓威对你说了？"瑞芳说。

苗苗说："这件事不是鲁晓威的错，他是无辜的，是受害者。"

"我知道。"瑞芳说。

苗苗问："对公司影响大不大？"

"王文广没那么傻。他只是为了达到目的，找了个借口辞退鲁晓威。"瑞芳说。

苗苗从包里拿出几张近日的《汪海晚报》递给瑞芳说："上面有鲁

晓威的文章，对你也是个安慰。"

"我不看。你们从来不写真的，都写假的。"瑞芳对文章不感兴趣。

苗苗看瑞芳没接，把报纸放在了座位的一边说："当老板的都是现实主义与金钱主义者。"

"鲁晓威常来你这里吗？"瑞芳问。

苗苗说："我正在给他刊发心情随笔系列散文，他来送稿和取稿费。你有事让我转达吗？"

"你让他找我，我有事跟他说。"瑞芳说。

苗苗说："他本来是想等你回来再离开公司，王文广不同意。"

"不说了，咱们去吃饭吧？"瑞芳说。

苗苗说："你还是先回家吧，出去好几天了，回家看一看才是正事。"

"跟我去我家吧？"瑞芳接受苗苗的建议。

苗苗说："我还有事，不去了。"

瑞芳问："去哪儿？我送你。"

"不用。有人接我，在这下车就行了。"苗苗说。

瑞芳问："还是和那个大款？"

"爱大款有错吗？大款就不该有人爱吗？"苗苗说。

瑞芳说："他比你大二十岁，这可不是个小数。"

"这样的男人才懂女人的心，才有安全感，才会心疼人。"苗苗说着下了车。

瑞芳回家了。

2

鲁晓威被王文广辞退后，没有去找工作，而是制定了写作计划。他心中有着强烈的创作欲望，想成为一名专业作家。他给《汪海晚报》写了个系列散文，每周刊发两次。他除了给《汪海晚报》写散文，还写小说。他没有电脑，用笔写非常累人，创作速度也慢。

他把稿件写好后亲自送到报社，及时同苗苗交流。苗苗总能为他的创作提供新思路。他到报社给苗苗送稿时，苗苗告诉他瑞芳从韩国回来了，瑞芳让他去一趟。

他不想去。他已经离开丽人服装有限公司了，一切好与不好都一笔勾销了。他又一想，去一趟也对，辞退他的是王文广，而不是瑞芳。他认为是王文广找他的麻烦，他想跟瑞芳解释清楚，可他能解释清楚吗？虽然是王文广设计的圈套，如果自己精通业务，也不会出现这种事情，归根结底错误还在自己。但他还想见瑞芳，这么不辞而别心不安，应该把事当面说一下。

他不知道王文广已经被瑞芳辞退的事。他来到丽人服装有限公司时，瑞芳办公室的门开着。两人目光相遇，都没马上说话。他走进去说："董事长，你找我？"

"你怎么不等我回来再离职呢？"瑞芳责怪说。

鲁晓威说："王经理不让。"

"看上去你的精神状态不怎么好。"瑞芳觉得鲁晓威老了很多。

鲁晓威在没黑没白地赶写稿子，加上心情不好，显得力不从心。他说："晚上睡得太晚了，没休息好。真对不起，我给公司造成了损失。"

"这件事已经过去了，就不要再提了。你回来吧！"瑞芳说。

鲁晓威说："不好吧，王经理让我走了，你再让我回来，不是给你们之间制造矛盾吗？"

"他离职了。"瑞芳说。

鲁晓威不解地看着瑞芳。他没想到王文广会离职，这出乎他的意料之外，他不知道王文广离职与自己是否有关系。他说："王经理工作认真，也负责，怎么会离职呢？"

"他是在故意让你犯错误，像这种人我还能用吗？这是公司，不是游戏场。他不顾公司大局，为了达到个人目的能不择手段，谁敢用他。"瑞芳站在窗前看着外面，心情不好。

鲁晓威不想回服装公司工作了，他走了就不能回来。他笑了一下说："我来能干什么呢？"

"你没有信心了？"瑞芳问。

鲁晓威说："那倒不是。"

"那你还犹豫什么？"瑞芳问。

鲁晓威说："让我考虑考虑？"

"我等你。"瑞芳说。

鲁晓威说："董事长，你帮了我不少，让我怎么回报呢？"

"不用回报。人活在世上是相互依存的，只要在一起快乐就好。"瑞芳说。

鲁晓威没想到瑞芳对他依然同从前那么好。他说："总不能让你为我做事，我一点也不回报吧？这不符合情理，也违背了人与人交往的规则。"

瑞芳问："你住在哪里？"

"吕伟家。"鲁晓威迟缓了一下才说。他不想告诉瑞芳自己的住处。

瑞芳问："吕伟是谁？"

"他是个很不错的小伙子，在师范学院工作。"鲁晓威说。

瑞芳说："你领我过去看看吧，我还没去过你那里呢。"

"还是别去了，很乱，不像个样子。"鲁晓威不希望瑞芳到他住的地方去。

瑞芳说："你拒绝我去做客？我是个不受欢迎的人吗？"

"你想到哪里去了。我住的地方不像样子，怕你见笑。"鲁晓威解释。

瑞芳说："你也没把我当朋友呀！就不怕伤我的心？"

"你去做客，我当然欢迎。从我来到汪海还没有朋友到我那里去过呢。"鲁晓威看瑞芳非要去，不好拒绝。

瑞芳开车拉着鲁晓威。鲁晓威让她心动，产生了别样的情感。她跟着鲁晓威来到屋里，一股潮湿的气味扑面而来，刺鼻子。屋里乱七八糟的，看上去卫生有多日没打扫了。瑞芳说："我来帮你收拾一下。"

鲁晓威说："还是我自己来吧，你坐到床上吧。"

"晓威，你别住在这里了，换个房子吧？这个房子太潮湿，不见阳光，会生病的。再说离公司也太远了，上班不方便。我朋友有一个房子，好几年都没人住，一直空着，你搬过去住吧？"瑞芳帮鲁晓威叠被子。

鲁晓威问："房租很贵吧？"

"不要钱。"瑞芳回答。

鲁晓威说："那要欠人家多大的人情？我还是住在这里吧。自己花钱，住得踏实。"

"你钱多得没处花了是不是？让你住不花钱的房子还不住，你说你是个什么人？"瑞芳把脸背过去。

鲁晓威说："我是不想给你增添麻烦。"

"有什么好麻烦的？明天我让人来给你搬家。"瑞芳说。

鲁晓威说："你跟人家打招呼了吗？"

"她去加拿大了，把房子交给我管了，还用跟她打什么招呼？"瑞芳说。

鲁晓威说："我看还是别搬了。她能去加拿大，房子肯定很好，别给人家弄脏了。"

"没问题，我这就领你去看房子。"瑞芳我行我素地说。

鲁晓威透过车窗看着街两边的建筑物。他要记住这个房子的位置，别迷失了方向。瑞芳心情很不错，打开音乐放着台湾歌星齐秦演唱的那首《大约在冬季》。鲁晓威喜欢听这首歌，不自主地哼唱起来：

　　　　轻轻的我将离开你

　　　　请将眼角的泪拭去

　　　　漫漫长夜里　未来日子里

　　　　亲爱的你别为我哭泣

　　　　前方的路虽然太凄迷

　　　　请在笑容里为我祝福

　　　　虽然迎着风　虽然下着雨

　　　　我在风雨之中念着你

　　　　没有你的日子里

我会更加珍惜自己

没有我的岁月里

你要保重你自己

你问我何时归故里

我也轻声地问自己

不是在此时　不知在何时

我想大约会是在冬季

　　瑞芳把车开到一座楼下，停住了。他们下了车，锁好车门。鲁晓威走进去一看，房间还没有住过，便说："你这个朋友是单身吗？"

　　"她还没有结婚。"瑞芳回答。

　　鲁晓威说："房子是不错，可我不想住。我不想白住人家的房子。"

　　"好，算是公司给你租的。"瑞芳说。

　　鲁晓威说："这样吧，我付一半，公司付一半，算是比较公平。"

　　"就照你说的办。"瑞芳说。

3

　　鲁晓威回到家愣住了，怎么也想不到杜木清正在等他。他从离开《讯报》后就没看见过杜木清。他知道杜木清一直没还吕伟那一个月的房租。吕伟在两天前跟他闲谈时还提到这件事了呢。他热情地说："好久没见了，忙什么呢？"

　　"整天瞎忙。"杜木清还是一副公子哥派头。

　　吕伟说："他来好一会儿了。"

　　"你现在搞专业创作呢？"杜木清问。

　　鲁晓威摇头说："没有，我的水平不行。"

　　"我在《汪海晚报》上看到你写的文章了，真不错。我跟梁宝强在一起时，他总用佩服的口气说起你。"杜木清说。

　　鲁晓威问："梁宝强忙什么呢？"

　　"他去风火广告公司了。"杜木清说。

鲁晓威好多次想去找梁宝强，但怕遇见胡友德才没去。他问："他现在怎么样？"

"挺好的。"杜木清说。

鲁晓威问："你来找我有事？"

"我是来给吕伟送租房子钱的。"杜木清说。

鲁晓威说："我说你是个讲信誉的人嘛！让我说对了。"

杜木清说："小鲁，胡友德让我给你传个话，他准备去法院告你。"

"胡友德告我，他告我什么？我没招惹他呀！"鲁晓威觉得意外。

杜木清说："你前一段时间是不是发表了一篇《文化公司风云》的小说？胡友德说你这篇小说写的就是《讯报》和《汪海科技市场》月刊杂志社里面发生的事情。胡友德要到法院告你侵权。"

"那是小说，小说是虚构出来的，就算是来源于生活，也高于生活。再说那篇小说里写的故事发生地点不是在汪海，而是在青岛。胡友德有什么权力到法院告我？"鲁晓威火了。

杜木清说："小鲁，大家都觉得非常像在文厦信息文化传播有限公司里发生的事情。"

"小说是艺术，小说是形象思维，要是写得不像谁会看？一篇好的小说就是要形象逼真，给人真实的感受。不能说小说中的人物像谁，就是在写谁。要是谁认为小说像谁，谁就到法院告我，那就告吧，法院就有事干了。要说别人不懂还可以理解，但胡友德不懂就不可思议了，他从事文化活动这么多年，整天在社会上混，这点常识还不懂吗？"鲁晓威说。

杜木清说："小鲁，不如你去找胡友德谈一谈。"

"我跟他谈什么，他是在找事，我不跟他谈。"鲁晓威拒绝了杜木清的建议。

杜木清说："小鲁，最好别闹到法院去。大家都在汪海，低头不见抬头见，别弄出仇来。"

"我知道。"鲁晓威说。

杜木清说："小鲁，你别认为胡友德没有证据，马永池和邹一峰都说你在《文化公司风云》中写到了他们，他们会出庭做证的。"

"他们简直跟狗一样，胡友德让他们咬谁就咬谁。让他们折腾吧，我奉陪到底。"鲁晓威说。

杜木清说："我把话捎到了，怎么解决你自己拿主意吧。"

鲁晓威送走了杜木清，生了一肚子气。他想不通胡友德到法院告他的动机是什么。他在《文化公司风云》这篇小说中根本没提胡友德，小说中的故事发生地不是汪海，而是在青岛。虽然青岛与汪海是两座相邻的海滨城市，但毕竟是不同的城市。虽然他在《讯报》工作过，但这不是证据。他原本对搬家还有些犹豫，得知胡友德要到法院告他，便不再犹豫了，决定马上搬走。他不是躲避法院，而是担心胡友德报复。他了解胡友德的流氓性格。

屋外响起了汽车发动机声，接着是敲门声，瑞芳找来的搬家公司到了。

鲁晓威没想到瑞芳会找搬家公司来帮他搬家，实际上根本用不着。他的东西实在是太少了，不值得动用搬家公司。他还没来得及跟吕伟打招呼，他搬走了，怎么也要事先说一声。他让瑞芳领人往车上搬东西，自己去跟吕伟解释。

吕伟没料到鲁晓威会突然搬走，鲁晓威从没对他说过要搬走，他在感情上接受不了。他不说话，鲁晓威也不好意思走。

司机着急地鸣着喇叭。

瑞芳喊："晓威，还没说完？大家都等着你呢！"

"小吕，你跟我过去看看？"鲁晓威不知道该说什么。

吕伟说："改天再说吧。"

鲁晓威上了瑞芳的车。

瑞芳责备地说："你跟他说起来还没完了，你没看大家都等着你吗？"

"他生气了，我不好多说。"鲁晓威说。

瑞芳说："他生什么气？只要你不欠他的房租钱就行。"

"做事不要太生硬，生硬会伤人的感情。大家都在同一座城市里，见面是常有的事，弄得那么生分不好。朋友多了，总比敌人多了要好。"鲁晓威说。

瑞芳说："要是人人都这么想就好了。"

"你不这么想吗？"鲁晓威问。

瑞芳说："我想得就更多了。"

"你怎么不用公司的车呢？"鲁晓威问。

瑞芳说："公司的车不能谁想用就用，你就更不行了。"

鲁晓威不明白这句话的意思，也没往下问。瑞芳帮鲁晓威收拾完屋里的摆设，让鲁晓威跟她去公司。鲁晓威说现在他去公司不合适，过些天再说。鲁晓威也不知是出于对瑞芳的感激，还是对瑞金的友情，他问："瑞金现在还好吧？"

"你离开公司跟瑞金没关系，你不去看他，他生你的气了。"瑞芳借题发挥。

鲁晓威说："我会去看他。"

"我带你过去。"瑞芳说。

鲁晓威说："不用，改天我自己去。"

"他可能会不理你。"瑞芳说。

鲁晓威说："我会找个理由让他接受。"

"你要说谎话？"瑞芳笑了。

鲁晓威平静地说："那你帮我想个理由吧？"

"你就说回东北看家人了，你看好不好？"瑞芳皱了一下眉头。

鲁晓威认为这个主意不错，欣然同意了。瑞芳的手机响了，有一个客户从大连来要见她，她回公司了。鲁晓威在屋里来回走着，他搬到这个房子里，有着不安，有着莫名其妙的兴奋。他到楼下买来一瓶崂山啤酒和凉拌菜，喝起来。他一般情况下是很少喝酒的，只有心情最复杂的时候才喝酒，一个人喝酒不容易醉。他躺下的时候，大脑还是清晰的，他想该给苗苗送稿子去了。他起身，找出写好的稿子去《汪海晚报》了。

苗苗看鲁晓威喝了酒，笑着问："谁又请你了？"

"谁会请我，我在这座城市是个不受欢迎的人。"鲁晓威不如意地说。

苗苗说："你是幸运的，你户口迁进来了，工作也找到了，还认识了一些朋友，这都是好多外来人所没有的。你生活在汪海市，就要学会与这座城市相处、相融，学会接纳它、包容它。你不要总把自己当成外来人。"

"你说得不错，我想那么做，但我做不到。"鲁晓威说。

苗苗说："你还是没下决心，下了决心，就做到了。"

"我在这座城市里遇见了你，还有瑞芳，你们给了我友情与支持，让我少了孤独和寂寞。我万分感谢。"鲁晓威说。

苗苗问："你见到瑞芳了吗？"

"见到了，她帮我租了一套房子。"鲁晓威说。

苗苗问："是不是一个没住过的新房子？"

"她跟你说了？"鲁晓威说。

苗苗轻轻地摇了一下头说："没有。"

"我刚搬过去，那你怎么知道得这么快？"鲁晓威不解地问。

苗苗说："她买这个房子的时候我去了。"

"房子是她的？"鲁晓威吃了一惊。

苗苗说："不是她的会是谁的。房子不是小物品，不会有人把房子交给别人管理的。"

"她没说房子是她的。"鲁晓威说。

苗苗说："她不告诉你就有不告诉你的理由。"

"她告诉我会好一些，相互沟通能加深了解与信任。"鲁晓威说。

苗苗说："晓威，你没觉着瑞芳对你有特别的地方吗？你就感觉不到吗？"

"你直接说吧，别像猜谜语似的，我猜不出来。"鲁晓威说。

苗苗说："她爱上你了。"

"这不可能。"鲁晓威否定了。

苗苗说："你不爱她就应该早点告诉她。我告诉她了，可她对你还是那么好。"

"我一无所有，又是个外来的，她为什么会这样？"鲁晓威疑惑地看着苗苗。

苗苗说："因为你像她过去的男友。那人死了，你成了替代者。"

"我太悲哀了，这不可能。"鲁晓威一听把他跟死人联系在一起有点恼怒。

苗苗说："现实一点吧，你爱不爱瑞芳？"

"她人不错。"鲁晓威说。

苗苗问："她跟肖凌比呢？"

鲁晓威没有回答。

"晓威，作为朋友，我劝你在这件事上果断一点，不然对你和她都没好处。"苗苗桌子上的电话响了，她接电话了。

鲁晓威心有点乱，不想坐下去，在苗苗放下电话时走了。他的心不能平静，他在对苗苗说的话进行反思。海边的风是凉爽的，他扶在护栏上，看着大海，回想着和瑞芳相识的一幕幕。

他往家走，看瑞芳的车停在楼下，急忙躲开。他关上手机，站在街的转弯处，直到瑞芳开车离开。他认为不应该住在这里，应该搬走。可搬走也总得跟瑞芳打个招呼，找个理由吧，可他没有理由和借口。他知道瑞芳爱他，可他不能接受，因为他不想离开肖凌。离开肖凌是他最痛苦的事情。晚上他做了一个梦，梦中两个女人来回在眼前浮现。

4

杜木清把鲁晓威的态度如实向胡友德做了汇报。胡友德生气地直骂。他要起诉鲁晓威。他不把这个事弄清楚，就不会罢休。如果他不说鲁晓威在小说《文化公司风云》中写的是他，也没几个人会把他同小说联系在一起。也只有在文厦文化信息传播有限公司工作过的人觉得小说像《讯报》和《汪海科技市场》杂志社里发生的事，像不等于是。可邹一峰和王若成反应强烈，他们认为小说中写了他们，鼓动胡友德去法院起诉鲁晓威。

胡友德派王若成到法院办这件事情。这件事跟王若成有直接的关系，要不是他去《汪海文学》送稿时看到发表在上面的小说《文化公司风云》，也没人会对号入座。他没有马上给胡友德看，而是先给了邹一峰。邹一峰一看就火冒三丈，破口大骂，然后愤愤地去找马永池。马永池已经离开公司了，他表示可以出庭做证，但不会直接参与。邹一峰拿着杂志去找胡友德。

胡友德不想到法院告鲁晓威。他让杜木清给鲁晓威捎话就是想让鲁晓威来找他，进行和谈。鲁晓威不理他，他不想在邹一峰和王若成面前丢面子。邹一峰和王若成反应强烈，吵吵嚷嚷着，这件事传播得非常快，全公司的人都知道了。全公司的人都把目光投向了胡友德。胡友德不想把事情搞大，大了对他没好处。虽然他可以忍辱负重，但邹一峰不干。他为难了，沉思了好多天，也没采取行动。

那天邱日堂说："要么再给鲁晓威捎个话？"

"好，邱主任，你亲自去找鲁晓威谈。"胡友德往桌子上一拍说。

邹一峰反对地说："还捎什么话，到法院起诉他，整死他算了。咱们这么多人，还对付不了他一个外来人。"

"邹总，你办事就是太急，太急不好。"胡友德批评说。

邱日堂找到了鲁晓威，让鲁晓威在《中华文学》杂志和《汪海日报》上公开道歉。只要公开道歉了，可以不追究经济赔偿。

鲁晓威不承认小说中写的是《讯报》和《汪海科技市场》杂志社。他说小说本身就是艺术，艺术本身就是来源于生活而高于生活的。小说写得像说明小说是成功的，要是写得不像，让人一看就是假的，就不会被读者喜欢。

邱日堂让鲁晓威再考虑考虑给他回个话。鲁晓威斩钉截铁地告诉邱日堂不用考虑，没什么可考虑的，要是打官司会奉陪到底。邱日堂把与鲁晓威的谈话向胡友德讲述了一遍。

胡友德挂不住面子，便让邱日堂去找律师，让王若成到法院起诉鲁晓威。

王若成和邹一峰两个人一起去的法院。

鲁晓威认为有理走遍天下，法院肯定会做出公正判决的。他没请律师，也没有对别人说。但后来区法院的判决结果让他大失所望。区法院一审判决让他在《汪海日报》和《中华文学》杂志上公开向胡友德、王若成、邹一峰等人道歉，并赔偿三千元的精神损失费。他没有料到会是这种判决结果，他当庭表示不服从判决，要求上诉。

这场官司搅乱了鲁晓威的生活。由于一审判决他败诉，他心情不好。他没有心情继续写稿了。他给《汪海晚报》写的稿件一拖再拖，最后不得不终止了。

鲁晓威自从离开丽人服装有限公司后，就靠写作来维持生活，不写稿，就失去了最基本的生活保障。他这回要找律师，他去过几家律师事务所，收费高，就没有请。

他想或许梁宝强能帮助他，他找到了梁宝强。

梁宝强忙放下手中的书，边给鲁晓威倒水边问："官司打得怎么样了？"

"你听谁说的？"鲁晓威说。

梁宝强责怪地说："你小子不够朋友，走了也不来看我。"

"你又不是不知道我跟胡友德的事，我怎么去看你？"鲁晓威从离开文厦信息文化传播有限公司后就不想再去了。

梁宝强说："你忙什么呢？"

"想请你帮忙找一个工作。"鲁晓威试探着说。

梁宝强摇头说："这个忙我帮不上。你小子现在是汪海市的知名作家了，找个工作应该还是没问题的吧。"

"不帮算了。"鲁晓威说。

梁宝强看鲁晓威来找他是为工作的事马上就不热情了，这时何英来找他了。

何英离开《讯报》后跟梁宝强保持着密切的联系，她常来找梁宝强。她跟梁宝强谈过鲁晓威发表在《汪海晚报》上的文章。

鲁晓威跟梁宝强谈得不投机，站起来想离开。他说："你们聊，我还有事。"

"小鲁，你是对我有意见，还是对梁主任有意见，我一来你就走。"何英笑着说。

鲁晓威说："我今天真的有事，改天再聊。"

"我跟着你，看你有什么事？"何英跟着鲁晓威离开风火广告公司。

鲁晓威从风火广告公司出来无处可去，他又不好让何英走开。何英看出鲁晓威没有别的事，就约鲁晓威到她家去做客。鲁晓威没想到何英结婚了。

何英家在一个新建的住宅小区里，一室四厅的房子，装修得很好。何英给鲁晓威倒了一杯饮料说："小鲁，你现在成了汪海市的名人了，就把我忘了。"

"你是在挖苦我吧。我算什么名人，你才让人望而却步呢！调到了这么好的单位。你老公干什么的？"鲁晓威对何英产生了好奇。

何英没兴趣地说："不提他了。"

"肯定是个政府要员，怕我求他吧？"鲁晓威说。

何英走到鲁晓威面前，脸几乎贴到鲁晓威的嘴上了。鲁晓威没想到何英会有这样的举动，有点不知所措。何英说："小鲁，只要你跟肖凌离婚，我的一切都是你的，你没有工作我也不在乎。"

"何英，别开这种玩笑，我受不了。"鲁晓威认为何英在开玩笑。

何英两眼放着烫人的光，认真地说："小鲁，你是个不错的男人，我喜欢你。我爱你，只要你不在意我结过婚就行。"

"不，不……"鲁晓威不明白何英为什么会跟他说这种话。

何英说："小鲁，不瞒你说，我嫁给了一个比我大二十二岁的老头，就是帮我调工作的那个。他岁数大一点倒也没什么，可他生理上不行，太让我失望了。我很苦恼，也后悔了。当初为调到这个单位，我才选择嫁给他，没想到会有这样的结果。他同意我跟别的男人，只要不离婚就行。"

"何英，我理解，但这事我不能帮你，我也帮不了你。"鲁晓威明白了何英的意图。

何英说："小鲁，你别拒绝我，我喜欢你。你要是愿意，我现在就可以把身体给你。他去法国出差了，不会有问题。"

"我该走了。"鲁晓威认为不能久留。

何英堵在门口，不让鲁晓威离开，她央求地说："小鲁，你别走。我会保密，不会告诉任何人，我可以发誓。"

"你闪开！"鲁晓威扒开挡在门口的何英，冲出去。他很紧张，一口气跑到大街上，呼吸着自由的空气。他思考着，想不到人的转变会这么快，在这么短的时间里，梁宝强跟何英就发生了那么大的变化。他想不通，也有点怕。

他在汪海只有瑞芳和苗苗这两个朋友了。

5

瑞芳来找鲁晓威时，鲁晓威从床上起来，显得十分疲惫，无精打采，她以为鲁晓威病了，要送鲁晓威去医院做检查。鲁晓威拒绝去医院。瑞芳让他到公司去上班，他也没有去。

鲁晓威不想靠瑞芳的同情来生活，他想有自己生活的天空。他正在创作中的长篇小说已经完成大半了。他想要是长篇小说出版后，若销售得好，有一定市场，就准备从事职业写作。他想当一名职业作家。他行走在通往理想的征程中，前方的路还很漫长，带着迷茫与不确定性。现实生活与理想之间距离非常大。他已经是四面楚歌了。

苗苗看鲁晓威很长时间没有去报社了，便来找他。她给鲁晓威送来最后一笔稿费。她问："你败诉了？"

"你知道了。"鲁晓威黯然神伤地说。

苗苗说："我才知道，你怎么不告诉我呢？"

"一审有问题。"鲁晓威有点感伤。

苗苗说："法律是公正的，可是执行的人不公正。胡友德他们是不是做了手脚？"

"我想是。不然，判决的结果不会是这样。"鲁晓威说。

苗苗说："你写的那篇小说我看过，不属于侵权。这是一篇文学艺术味很浓的文学作品，它符合文学创作规则。"

"现在谁说都没用，只有法官说了算。"鲁晓威说。

苗苗问："你请律师了吗？"

"没有。"鲁晓威回答。

苗苗说："你也没对瑞芳说？"

"她帮助了我很多，我不想再让她为我的事情操心。"鲁晓威没有打算把事情告诉瑞芳。

苗苗说："瑞芳非常关心你。"

"她是个善良的女人。"鲁晓威想纠正一下与瑞芳的关系。

苗苗问："是真心话吗？"

"当然了，我没必要说假话。"鲁晓威回答。

苗苗说："你对得起她吗？"

"我能怎么样呢？"鲁晓威没有回答。

苗苗说："你就不能去试着爱她？"

"我已经深深爱上她了，只是不能吐露真情。我不知道一旦放任了自己后果会是什么。"鲁晓威说。

苗苗问："肖凌快从西藏回来了吧？"

"她在信中没有提什么时间回来。她出去采访，工作条件不是很好。西藏不同于汪海。"鲁晓威说。

苗苗问："你打官司的事肖凌知道吗？"

"不知道。"鲁晓威回答。

苗苗说："你还真有点男人气。"

"算了吧，你别笑话我了，我都快疯了。"鲁晓威说。

苗苗问："为了官司，还是为了感情？"

"说不上。"鲁晓威说。

苗苗说："感情你可以再考虑考虑，官司的事你应该告诉瑞芳。她公司有法律顾问，用她的法律顾问你可以不花钱。并且她的法律顾问在汪海法律界知名度很高，对你是有利的。你可不要错过了机会，现在主要的事情只有一件，就是你要在二审时打胜。"

"好吧，就照你说的办。"鲁晓威接受了苗苗的建议。

苗苗说："另外你还要在宣传上给胡友德施加压力，打压胡友德的锐气。"

"你是说引起媒介的关注？"鲁晓威没有这么想过，他认为这是个好主意。

苗苗说："这是个很好的新闻视角，只要有一家媒体发出消息，就会引起人们的关注。在汪海市还是第一次发生作家因为作品涉及真实的人而产生纠纷的案件。你是汪海市文学界的新人，也有一定名气，引起媒介关注对你是有好处的。"

"那就把这项任务交给你了。"鲁晓威说。

苗苗说："把你的一审判决书给我看一看。"

鲁晓威从纸箱子里拿出来一份一审判决书的复印件。他已经把一审判决书复印了好几份，在为二审做准备。

苗苗认为这是个不错的新闻。她在《汪海晚报》上刊发了一篇不足一千字的消息，果然稿子发出后许多读者给报社打电话询问官司的进展情况，同时也有读者谈了对案件的看法。

鲁晓威的案件在汪海市引起了不小的轰动，他成为了新闻热点人物。

瑞芳知道鲁晓威打官司的事后，不再提鲁晓威到公司上班的事了。她认为鲁晓威以职业作家的身份跟胡友德打官司比较好。鲁晓威是个职业作家，胡友德就抓不住任何把柄来做手脚，同时更能引起社会广泛关注。她让公司的法律顾问做鲁晓威的辩护律师。

现在鲁晓威觉着打这场官司更重要了，原来只是他一个人跟胡友德打官司，现在有这么多人帮他，还有那么多人在期待官司的结果。他没有不胜诉的理由，他的心理压力更大了。

那天晚上他睡不着觉，从屋里走出来。夜是宁静的，他走着走着就思念起远在东北的亲人来，忍不住想给家里打个电话。他用手机拨通了家中的电话。

鲁晓威的哥哥鲁晓强还没等他把话说完，便打断了他，火冒三丈地说："你心里还有这个家呀？你走后信不写，电话也不打，你是怎么回事？"

鲁晓威与哥哥关系不好，有感情积怨，不想多说。他打电话是为了父亲。他说："你让爸接电话。"

"爸去世一周了，找你也找不到。"鲁晓强说。

鲁晓威不相信地说："哥，你别吓我。"

"这种事能随便说吗？"鲁晓强说。

鲁晓威说不出话来，无声的泪水从脸上滑落。他挂断了电话，一个人走在夜色中。他那么迷茫，那么失落，那么无助，又那么的孤单。他发烧，头痛，病倒了。

瑞芳来看鲁晓威时，鲁晓威终于忍不住悲伤，哭了。瑞芳被鲁晓威的悲伤感染了。她给鲁晓威买了药，又买了许多营养品，精心照料他。

她还留在这里度过了难忘的夜晚。鲁晓威看见瑞芳身下的血迹，这种血迹在他和肖凌结婚之夜时也出现过。他明白瑞芳是第一次。瑞芳脸色羞红，穿上衣服说：把床单换了吧？鲁晓威没说话，心在颤动。他做了让女人一生都不可能忘掉的事。他在想自己能负得起这个责任吗？

瑞芳说："我去买飞机票吧？"

"我不能回去。"鲁晓威说。

瑞芳说："你父亲去世了，你应该回去看一看。不然，你会后悔的。"

"人都死好几天了，我回去能做什么？只是为了哭一场？看一眼？有什么用？"鲁晓威认为他现在回去没必要。

瑞芳说："你不回去你的家人不会原谅你的。"

"过几天法院就要开庭了，我走了让大家怎么看，不了解内情的人还以为我怕胡友德呢！"鲁晓威心情是复杂的。

瑞芳说："坐飞机快，往返用不了多久，不会误事的。"

鲁晓威说："我家不在哈尔滨，下了飞机还有一段距离。回去最少要待几天，要是回去就走，心里会更难受，还不如不回去了。"

"晓威，你不回去不是钱的问题吧？要是钱的问题，你放心，我会帮你。"瑞芳说。

鲁晓威心中涌起一股暖流，摇了一下头说："你想到哪去了，我是不想在中院开庭前分散精力。我只能胜，不许败。败了我在这座城市就没法待下去了。"

"你不用担心，案子应该不会有问题的。我们做的准备是全方面的，也是周到的，没有理由不胜。"瑞芳成竹在胸。

鲁晓威苦苦一笑说："千万别过于相信感觉。一审时，我就这样认为，可结果呢？结果让人没想到。许多人都认为法院判得不公正，但法院就这么判。谁有办法？我不想在二审失败。"

"如果胡友德在二审败了，他会上诉吗？"瑞芳对胡友德不了解。

鲁晓威想了一下说："他要是冷静就不会，要是不冷静就会。他是个反复无常的人。"

"我去公司了，今天有个客户要接待，晚上再来陪你。"瑞芳说。

鲁晓威叮嘱说："路上要小心。"

瑞芳被这句话感动得差点流出泪来，她需要这种关爱。她的手机响了，她一边接电话，一边往外走。

鲁晓威掀起被子看着床单上的血，用手轻轻地抚摸着。他爱上瑞芳了，可他是个结过婚的男人。他对不起肖凌，他不是故意的。他同时爱上了两个女人，他该怎么办？

6

法院开庭这天来了不少旁听者，他们都是从报纸上看到消息的。由于媒体在开庭前的大量报道，案情被炒得沸沸扬扬。

法院非常重视，在开庭前做了充分的准备。审判长由知名庭长担任，他是法院系统全国先进工作者。新闻媒体已经把这位庭长的简历向市民做了介绍。

汪海市的新闻记者和外地驻汪海新闻单位的许多记者都赶到了现场。汪海电视台《法制大视野》节目还做了现场实况直播。

从上午九点开庭，一直到中午十二点法庭才进行完调查、陈述、辩论等事项。然后休庭，由合议庭合议后做出判决。汪海市中级人民法院做出撤销一审判决的决定，同时做出了原告证据不足不以支持的判决。

鲁晓威看着法庭对面的邹一峰和王若成，脸上带着胜利的笑容。邹一峰他们表示不服，但没有提出上诉要求。他们在庭审结束时匆忙地离开了法庭，拒绝了记者的采访。鲁晓威接受了采访，他对汪海市中级人民法院的判决做出了满意的评价。

胡友德看着从法院回来的邹一峰和王若成他们恼羞成怒，破口大骂：“看一看你们在电视上的样子，丢不丢人？公司的脸面都让你们给丢尽了。你们没事找事，我要是不让你们去法院告吧，你们不死心，会说我怕事。现在可好，上了电视，上了报纸，闹得满城风雨，结果是以失败告终。你们还能说什么？”

“有人帮鲁晓威，如果没人帮他，他是不会胜的。”邹一峰在寻找失败的原因。

胡友德说：“我就没帮你们吗？”

“胡总，你说鲁晓威写的是不是《讯报》？你说他写的是不是文厦信息文化传播有限公司？听格琳说鲁晓威在新闻部时就开始写这篇小说了，他早就有攻击咱们的打算。”邹一峰不服气地质问胡友德。

胡友德并不否认邹一峰的观点。他说：“现在说这个没用，法院都判决完了。我要看一看谁在后面帮鲁晓威，我一定要让鲁晓威没有好日子过。”

第十四章　天有不测风云

1

淫淫细雨还在下个不停，一辆警车开到文厦信息文化传播有限公司门前。几名警察迅速跳下车，来到胡友德的办公室。胡友德迟疑了片刻，拿起笔在拘留证上签了字。他走到警车前，转身回头看了一眼公司，流露出大势已去的神情。警察看他迟迟不肯上车，推了他一下。他低头无奈地爬上了警车。警车把胡友德拉走了，有两名警察留下来处理事情。

警察把文厦信息文化传播有限公司的所有员工召集到一间办公室里，宣布公司暂时关闭，各部门负责人要把各部门的安全工作管好。

文厦信息文化传播有限公司的员工意识到再来公司上班是不可能的事了，就直截了当地问胡友德被逮捕了，公司拖欠的三个多月工资找谁要。

警察看着员工你一言、他一语喋喋不休说个不停，生气地说："你们嚷什么嚷，胡友德犯错误了，你们找谁？你们不要认为他犯错误就没有你们的事了，你们也跑不了，你们跟他做犯罪的事情，下一步说不上找到你们中的谁呢。"

"谁犯罪你抓谁，反正我没犯罪，我来就是赚钱养家。我下岗多年了，政府安排不了，我儿子上大学需要花钱，不给工资，日子怎么过？"一位年过五十岁的女员工根本不怕警察，警察的话不好听，她比警察的话还不好听。

大家一看是公司的勤杂工，好多人都不知道她的名字。但知道她工作起来没有怨言，勤勤恳恳。大家都没想到她这么敢说话。

有员工接着说："谁犯罪抓谁，我们没有犯罪，工资就要给我们。"

"胡友德拖欠你们的工资，你们去找他要，我们管不着。我们只管抓人。"警察说得干脆。

员工说："胡友德让你们抓走了，我们怎么要？"

"等他出来找他要。"警察说。

员工们说："他出来要等多久？他要是出不来呢？"

警察看解释不明白，也就不解释了，劝他们回去等消息。

员工们在外面站了一会儿，商量过后，就离开了。

警察对胡友德的审讯进行得非常顺利，两个小时左右就有了眉目。胡友德交代了王若成、邱日堂的犯罪行为。

胡友德是因为参与练法轮功的宣传和私开增值税发票两项罪名被公安局逮捕的。在他被逮捕的第三天，《中华日报》驻汪海记者站的记者撰写了一篇关于胡友德犯罪的文章，接着又有多家市外媒介进行了跟踪报道。胡友德成了汪海的一个新闻焦点。

汪海本市的媒体没有报道。因为这件事发生在汪海市，又是从事新闻宣传方面的事情。汪海市主管宣传的领导和部门，在这件事情上有着不可推脱的责任。

开始人们还以为胡友德犯的是小案，但随着案件进一步深入，性质也在发生着转变，成为一个大案，并且引起了省里的重视。

省里专门派人来到汪海市对案件进行了督办。

2

鲁晓威与胡友德打完官司后，就和瑞芳同居了，公开生活在一起。他成为丽人服装有限公司主管行政工作的副总经理了。这一职位是瑞芳临时设的，当然也适合鲁晓威。

鲁晓威还在继续创作长篇小说，他想走职业写作的路，他对工作不感兴趣。他跟瑞芳在一起时心不安，总想着肖凌从西藏回来的日期。

汪海市的媒体开始播报去西藏采访记者的文章了。徐特定已经从西藏回到汪海市了，马国和肖凌还没回来。肖凌出去采访时腿部受了伤，伤好后才能回来。马国留在西藏照顾肖凌。

那天鲁晓威去《汪海日报》社看望了徐特定。徐特定没见过鲁晓威，但听肖凌说过。肖凌托他找鲁晓威。他向鲁晓威介绍了在西藏发生的事情。鲁晓威对西藏有着神往。当初肖凌去西藏他还反对，认为一年很长，转眼一年就过去了。生活的脚步在踏实地往前行，不会因为哪个人而停止，只会把人带到更新的时间里，谁抓不住机会谁就会被生活淘汰。肖凌赶在了时间的前面。她回来后，按照合同规定，《家庭生活》杂志社应该给她办理正式调入手续。鲁晓威想听肖凌在西藏的事，但又怕听，肖凌回来他的生活要被打乱。他从徐特定的办公室出来，心里总想着肖凌。

瑞芳问他去哪里了，他说去报社了。瑞芳在他的嘴边闻了闻，没有闻到酒味。鲁晓威把头转向了一边。瑞芳问："你怎么了？"

"有点累。"鲁晓威说。

瑞芳说："要么你出去旅游吧？"

"我对旅游没兴趣。"鲁晓威爱上了两个女人，但他只能爱一个，必需跟另一个分手。他跟哪一个分手都是痛苦的抉择。

瑞芳说："我都两个月没有来例假了。"

"你去医院检查了吗？"鲁晓威明白年轻女人不来例假将会发生什么。他显得有点紧张。

瑞芳没放在心上，缓缓地说："不会有事的，每次不都采取避孕措施了吗？"

"你还是到医院检查检查为好，如果有病也可以提前治。"鲁晓威有点担心。

瑞芳伏在鲁晓威的身上说："我要是真怀上了你的孩子，还真是件高兴事。我特别喜欢小孩，你喜欢吗？"

"明天我陪你去医院。"鲁晓威不想这样，这样对他不是好事。他现在跟瑞芳不是名正言顺的夫妻，不受法律保护。

天亮时，他们就起来了。他们没有吃早饭就去医院了，医院离住的地方近，他们走着去的。

医生问瑞芳近期身体的反应。瑞芳说有时心烦，不想吃饭，感觉疲劳。医生开了一张化验单，让瑞芳去化验。化验结果出来后，医生说她怀孕了。

瑞芳吃惊地看着医生，医生又重复了一遍，她没有多说什么，就从医院出来了。

鲁晓威最怕的就是这个结果。虽然他跟瑞芳在一起，可心中没有忘掉肖凌。他常想起肖凌，他牵挂她、思念她，肖凌是他生命的一部分。现在他只有两条路可走，一是让瑞芳流产，二是跟肖凌分手。

瑞芳完全被幸福的感觉包围着，她说的话和举动都有着做母亲的心情和样子。她说要把孩子送到最好的学校读书，孩子长大了让他当法官或是医生。

鲁晓威问："你真想生下这个孩子？"

"想，你不想留下这个孩子吗？"瑞芳奇怪地看着鲁晓威。

鲁晓威说："现在合适吗？"

"怎么不合适？"瑞芳没有觉着生下这个孩子有什么不妥之处。

鲁晓威沉默了。

"晓威，我没要求你为我做什么，也不想让你为我做什么。跟你生活在一起，我很快乐。哪怕你一生都不准备娶我，我也是有这个打算。咱们每次在一起时，都采取了措施，可孩子还是来了，这就是天意。这是个生命，是个你我在一起产生的生命，也是爱的果实，咱们没有权力毁掉他。"瑞芳说得激情，也动容。

鲁晓威认为瑞芳说得没错，但他不可能把肖凌忘掉。他说："我喜欢你，可是……"

"可是什么？可是有肖凌对吗？肖凌爱你对吗？你也爱肖凌对吗？爱情这东西太折磨人了。我要不爱你，孩子我是不会生的，我也不会为你做这么多事。当然，我做这些都是自愿的。你要是真不懂就算了。"

瑞芳有些生气了。

鲁晓威说："我是要负责的。"

"是真心话吗？"瑞芳问。

鲁晓威说："你要是坚持留下这个孩子，我只有这样做了，总不能让这个孩子一出世，就成为私生子吧！"

"我不会勉强你，更不想让你做违心的事，如果你还放不下肖凌的话，你就当我们没发生过这件事，天地这么大，我会让孩子在无声中成长起来的。"瑞芳做好了面对困难的打算。

鲁晓威说："就算我跟肖凌分手了，办手续也不一定来得及。她还在西藏，办手续要等她回来。她腿受伤了，什么时间回来还不知道呢。"

"只要你有这个心，手续早一天晚一天办并不重要。"瑞芳说。

鲁晓威说："不办手续别人会怎么看。"

"我不管别人怎么看，我是为自己活着，不是为别人活着。"瑞芳说。

鲁晓威说："你怀孕了，公司怎么办？"

"现在不还有一段时间吗，我现在教你，到时我在家里，你在公司，可以电话联络，这样不耽误生意，也会提高你的经营能力和理念。"瑞芳说着安排。

鲁晓威没有理由让瑞芳去做流产，他知道瑞芳的态度是坚定不可动摇的。

瑞芳说："晓威，你跟肖凌分手了，我不会亏待她。我可以给她一笔钱，她可以重新选择生活。每个人都不容易。"

"生孩子不是简单的事，对于你和我这都是初次。咱们面对一个新生命要有充分的思想准备才行。"鲁晓威认为瑞芳是个不错的女人，值得他爱。

瑞芳把公司里的工作在逐渐转给鲁晓威管理，她在为新生命到来做准备。

3

鲁晓威和瑞芳正在办公室里商量着什么，袁大祥走进来了。袁大祥的突然来访让瑞芳和鲁晓威都感到意外。他们不明白袁大祥来的目的与用意是什么。

袁大祥比从前瘦了许多，十分憔悴，没有精神。他还是那副见面熟的样子，没等对方说话，自己就开始说起来了。他说他这一段时间去东北买鹿去了，现在鹿场已经办起来了，他来请瑞芳过去看一看。

瑞芳跟鲁晓威交换了一下眼色，瑞芳说："袁董事长，我要出国，丽人服装公司这段时间的工作由鲁晓威经理负责。我最近特别忙，有好多事要准备，过些天你跟他联系好了。"

"是这样？"袁大祥没想到鲁晓威会得到瑞芳如此器重。在他眼里鲁晓威只不过是一个从东北来汪海的打工仔。

鲁晓威不想看见袁大祥，平静而坚定地说："袁董事长，我们正商议事情，过几天联系吧！"

"好。鲁经理，那你和瑞总忙，咱们回头再联系。"袁大祥迟疑了一下，离开了丽人服装有限公司。他走在大街上，一点力气也没有了。他想到了自己的后路。他去东北买回来十多只鹿，花掉了所有的钱。他买回鹿来是想找人合资，只有合资，他才能还上贷款，要不法院就强制执行了。他还没找到合伙人。

鲁晓威毫不留情地拒绝了袁大祥合资的建议。他认为袁大祥这种寻求发展的方式是不可取的，因为袁大祥违背了与人交往的道德标准。他知道袁大祥动机不纯，弄不好就会搞得身败名裂。

不久后鲁晓威在《汪海日报》上看到一篇关于袁大祥自杀的报道。

报道非常简单，说他欠了人家的钱，久钱不还，人家告到了法院，法院判决后他还是不还，法院强制执行后，他就从六楼跳了下去。

这篇报道给了鲁晓威很大的震动，他感受到了生存的严峻和冷酷。他想起了胡友德，也想到了自己。如果没有瑞芳的帮助，现在他的生活会是什么样子也很难说。他感谢瑞芳。人初到陌生地方是很不容易的，他经历得不算少，目睹了人情的冷漠。他开始用心来爱瑞芳了。

4

肖凌和马国乘坐的火车因为晚点，到汪海已经是晚上十点多钟了。火车站灯火通明，天空阴沉沉的，还飘着毛毛细雨。入秋以来汪海的天气一直是细雨缠绵。他们走出检票口，就看到了高启真。高启真迎着他们走过来。肖凌加快脚步迎上去，兴奋地说："高主编。"

"老高。"马国上前说。

高启真说："火车怎么会晚点三个多小时呢？"

"有一辆车脱轨了。"马国解释说。

肖凌没想到高启真会来车站接她，这是对她工作的认可与肯定。

马国知道肖凌没跟鲁晓威联系上，本来是打算送肖凌回家的。他看高启真来接肖凌了，便说："老高，你送肖凌，还是我送？"

"我送吧。你一路辛苦了，早点回去休息吧。"高启真说。

马国说："肖凌，过几天我去看你。"

"我去看你吧。"肖凌说。

马国拦了一辆出租车，先离开了。

肖凌上了高启真的车，司机开动了车。高启真告诉肖凌鲁晓威好长一段时间没到《家庭生活》杂志社来了，工资也没领。他不知鲁晓威在哪里，只是在《汪海晚报》上看到过与胡友德打官司的报道。

此刻肖凌想知道鲁晓威在哪里。她回来想见的第一个人就是鲁晓威，她在这座城市里只有鲁晓威这么一个亲人。高启真的话，让她没底了，着急了。

司机问去哪里？

高启真没有回答，转过脸问肖凌说："你现在去哪里？"

"我还是回原来的住处去看一看再说吧。"肖凌不想去宾馆，她预感到鲁晓威可能已经不在原来的地方住了。她想如果鲁晓威搬走了，吕伟应该会知道搬到哪里去了。

肖凌拿过一个大提包，递给高启真说："高主编，这是西藏的毛毯，给您的。"

"肖凌，你自己留着用吧！"高启真推辞。

肖凌说："我连个住处都没有，留着它还不够麻烦的呢。"

高启真认为肖凌是个不错的记者，他尊重有才华的年轻人。

车子在一个小巷前停住，小巷窄，车开不进去。肖凌下了车，高启真也下了车。肖凌要一个人走，高启真没让。肖凌不让高启真送她，司机让高启真在车上等着，他去送肖凌。

肖凌还记得这条小巷。一年多没走了，小巷没有大的变化，一切跟过去没有两样，徐徐的海风裹着大海的气味迎面扑来，凉飕飕的。她找到了那个门。她停了一会，才伸手摁响门铃。过了好一会儿门才开，吕伟伸出头来。他看是肖凌站在门口，大吃一惊，走出来。他不明白肖凌半夜来找他有什么事。肖凌说："吕伟，你不认识我了？"

"肖老师，看你说的，刚才还在看你写的文章呢！"吕伟说。

从屋里走出来一个年轻女人，那年轻女人手里拿着一本杂志。她对吕伟说："你在跟谁说话呢？"

"我说肖老师在这里住过，你还不相信？这就是肖老师。"吕伟对那个年轻女人说。

那个年轻女人听吕伟这么一介绍，把眼睛睁得很大，仔细地看着肖凌，带着惊喜地说："我喜欢你写的文章，你的文章真是让人感动。"

"谢谢。你们结婚了？"肖凌强做笑容。

吕伟点了一下头。

肖凌说："祝贺你。新娘很漂亮呀！"

"当时想告诉你们的，可想到你们忙，就没打扰。"吕伟不知道肖凌刚从西藏回来。

肖凌一笑说："我刚从西藏回来，你怎么告诉我呢？我还没找到晓威呢！"

"鲁老师早就不在这里住了。"吕伟得知肖凌刚从西藏回来，又是半夜来找他，判断肖凌肯定不知道鲁晓威搬走了。

肖凌说："是你结婚用房子他才搬走的吗？"

"不是。我结婚没用那边的房子，房子现在还闲着呢。鲁老师是自己搬走的，他搬之前没跟我打招呼，当时我还有点生他的气呢。"吕伟说。

肖凌问："你知道他搬到哪里去了吗？"

"不知道，我没去过。鲁老师搬走了，就没有来过。他可能挺忙的吧。你走后发生了好多事，也真够鲁老师受的了。不过，后来的结果还是不错的，官司鲁老师打胜了。"吕伟同情地说。

肖凌问："他现在干什么，你也不知道吗？"

"不知道。只是搬家时来了一个女的，她找人来帮鲁老师搬的家。"吕伟不知道瑞芳的名字，只看见她跟鲁晓威在一起两次。

"他们常在一起吗？"肖凌血往上涨，心跳在加快。

吕伟这时才意识到不应该对肖凌说这些话，忙说："不常在一起，平时那个女人从不来这里。我没见过，只搬家时来过一次。"

肖凌想不起来鲁晓威在汪海还认识谁，她想起了晓梅，难道说鲁晓威搬到晓梅家去了吗？这不可能吧？晓梅在家里没有地位，说的不算，鲁晓威怎么会搬到她家去呢。她问："那个女人长什么样？"

"挺漂亮的。"吕伟想了一下。

肖凌想晓梅长得并不漂亮。她说："东北人吗？"

"听说话不像，像是汪海人。"吕伟在记忆中搜索。

肖凌猛地想到是瑞芳了。虽然她没见过瑞芳，但她能想到瑞芳的美丽。鲁晓威第一次采访回来对瑞芳的美貌赞不绝口，当时肖凌还有点吃醋了。她不想把瑞芳跟鲁晓威联系在一起。她走时鲁晓威说到丽人服装有限公司去上班了，但后来她从西藏给鲁晓威打了电话，丽人服装公司的王文广经理告诉她鲁晓威已经辞职，离开了。她问鲁晓威到哪里去了，王文广说不知道，她就没再往公司打电话。近几个月手机打不通，腿伤了也顾不上找他。她抱歉地说："小吕，打扰你了，我走了。"

"肖老师，你到《汪海晚报》查一下，差不多能找到鲁老师。鲁老师常在上面发表作品。"吕伟给肖凌提供线索。

肖凌的精神立刻不好起来，走路时险些摔倒了。

司机安慰地说："你别急，只要他在汪海，明天我肯定能帮你找到，除非他不在汪海了。"

高启真让肖凌到他家去住，肖凌没有去。她还没有去过高启真家，去了怕不方便。夜深了，天又要下雨，高启真和司机还在陪着她，她不好意思继续犹豫下去，便找了一家旅馆住下了。

肖凌又困又累，可就是睡不着。天快亮的时候她睡着了，很快又醒了。她洗漱完毕，就去丽人服装有限公司了。

丽人服装有限公司最近因为没有订单，大部分员工放假回家了，只留少部分员工。这时刚到上班时间，员工正从外面往公司里走。

肖凌问传达室看门老头鲁晓威在吗？老头说鲁晓威过一会才能来。她站在门口等着。

鲁晓威和瑞芳像夫妻似的开着车来到公司。鲁晓威在车上就看到肖凌了。肖凌看到从车上下来的鲁晓威愣住了，四目相对，场面尴尬。

瑞芳看了一眼鲁晓威，又看了一眼肖凌，明白这是怎么回事了。她一句话没说，从肖凌面前走过，走向办公室。

鲁晓威说："你回来了。"

"你现在很忙吗？"肖凌话中带着极大的不满。

鲁晓威向四周看了一眼说："咱们出去说吧。"

"不想让我见到你的同事，对吗？"肖凌说的话极为尖锐。

鲁晓威说："你要是真想见他们也可以。"

"算了吧。看把你吓的，见他们是因为你在这里，把你吓坏了，我见他们还有意义吗？他们跟你有关，跟我没关。你好像害怕我见到他们。为什么？是不是不好介绍我？你放心，我不会说过头的话。昨晚从吕伟家出来，我就想好了，也料到会是这样的结果。"肖凌向公司外走去。

鲁晓威不想站在这里，这是公司最惹眼的地方，好多人正往这边看。他跟着肖凌朝公司院外走去。

肖凌是个理智的人，她有着强大的自制力。她看出来鲁晓威和瑞芳的关系已经不是一般的老板和员工关系了，她心里很复杂。她问："你现在住在哪里？"

"住在一个朋友那里。"鲁晓威回答。

肖凌问："朋友？什么朋友？"

"你什么时间回来的？"鲁晓威转移了话题。

肖凌说："你别转移话题。"

鲁晓威自知理亏，没有辩解。

肖凌问："昨天晚上你在哪？"

"昨晚？"鲁晓威没回答。

肖凌说："你想不起来了吗？你的忘性也太快了吧？才过一夜，不可能想不起来吧？"

鲁晓威没说话。

肖凌说："不好回答吧。昨晚你跟她在一起对吧？我相信直觉，直觉告诉我是这样。"

鲁晓威想说话，但没说出来。

肖凌说："你们在一起多久了？"

鲁晓威没有回答。

肖凌说："带我到你的住处去一趟。"

"干什么？"鲁晓威问。

肖凌说："不干什么。"

"你非要去？"鲁晓威说。

肖凌点下头，目光中带着火。鲁晓威见肖凌来了脾气，知道改变不了，拦了一辆出租车。肖凌看着车外，没说话。她对这条路线不熟悉。当她走进那个屋子里时，跟她想的差别非常大。她想象中的屋里是很豪华的，而眼前是间普通的房子。她看见屋里有女人的内裤和胸罩，还有化妆品，在床头还放着一盒避孕套。她厉声地问："谁的？"

"我对不起你。"鲁晓威产生了自责感。

肖凌努力克制着，不让泪水流出来说："为什么会这样，你说？"

"我也没有想到会这样。"鲁晓威没想到事情会发展到这个地步。

肖凌说："你准备怎么办？"

"你要冷静一下。"鲁晓威想说服肖凌，现在他只有说服肖凌才行。

肖凌说："你做出这种事情，怎么让我冷静？如果我背叛了你，你能冷静吗？"

"我们要面对现实。"鲁晓威希望肖凌能认真考虑。

肖凌说："那你说，怎么个现实法？又怎么个面对？"

"你住在哪里？"鲁晓威转移了话题。

肖凌说："我无处可住。"

"我跟你去找个住处吧？"鲁晓威心里不好受。

肖凌看着墙壁上的一张裸体画报伤感地问："你这里我不能住了？"

"你住在这里不好。"鲁晓威不想让肖凌住在这里。

肖凌把目光直对着鲁晓威说："亏你能说出口。我现在还是你的合法妻子吧？你还是我的合法男人吧？我住在这里怎么不好？到哪里说不过去？你是不是怕瑞芳？你真有本事，能让女老板爱上你。现在都流行女人找男大款，你倒更先锋，抓住个女大款，够赶潮流的了。你认为这样的生活好吗？你认为这就是幸福吗？你留我住我都不稀罕住。你是个地地道道的陈世美！"

"你根本不知道在你走后发生了什么？"鲁晓威想把他的无助讲给肖凌。

肖凌不以为然地说："好，你说，我走后在汪海发生了什么？是发生了地震？你不说，我替你说。我走后在汪海发生了一个有妻子的年轻作家爱上了一个女大款。这个女大款是个没人要的老处女！"

"你说话干净点好不好？"鲁晓威对肖凌这种带有污辱性的话很生气。他有些受不了，可他又不能发作。

肖凌不肯罢休地说："你嫌脏了？嫌脏就别干出脏事来。你接受不了是不是？那就别干这种见不得人的事。她的身体很美是不是？她还是处女是不是？你是个不要脸的男人！"

鲁晓威看肖凌在气头上，没有多说，说了肖凌不但不听，反倒会吵得更凶。他只有让她发泄够了，才算完事。

肖凌质问地说："你准备怎么办？"

"她怀孕了。"鲁晓威认为只有一个选择，别无办法。他想让肖凌接受这个事实。

肖凌没料到瑞芳会怀孕，怀孕证明事情更糟糕，证明回旋的余地更小了，几乎没有改变的可能。她不自主地说："她怀孕了？"

"这怨我。"鲁晓威承认是自己的错。

肖凌听鲁晓威这么说更生气了，怒吼着说："不怨你，难道说怨我？你真有本事，没让自己妻子怀孕，倒让自己的女老板怀孕了。你当过记者，也是位作家，作家有了外遇，并且情人是人女老板，还让女老板怀孕了。请问记者同志，你说这算是条新闻吧？"

鲁晓威不再做解释了。他没有解释的权力，只有洗耳恭听，接受责备。

肖凌说："好，我同意跟你离婚。"

"请你原谅。"鲁晓威愧疚地说。

肖凌把脸转向窗户，泪水一个劲地从脸上往下淌。她说："我做不到。"

鲁晓威一脸的无奈。

肖凌平静了一下，过了一会问："她爱你吗？"

"应该是。"鲁晓威回答。

肖凌头痛，嗓子也哑了。她说："只要她爱你就行了。我祝福你。你放心，我不会打扰你的。我该走了。"

"你去哪？"鲁晓威跟上去问。

肖凌说："这个屋子不是我待的地方，我要去我能去的地方。"

"我能为你做些什么？"鲁晓威想做补偿。

肖凌坚定地说："不用。我相信我能挺过来。因为除了爱情，我还有好多事情可做。我的人生一定要比那个大款女人更有意义。"

"生活就是多彩的。"鲁晓威深有感触地说。

肖凌说："你想发感慨吗？你最好别在我面前发感慨。我不想听，生活对每个人都是公平的，只是看怎么去选择生活。我们来到汪海，汪海对我们还是公平的，你说不是吗？"

"这是你去西藏时在汪海发的工资，我没花，都把它存起来了。"鲁晓威拿出一张存折。

肖凌做了一个苦笑说："看来你早就做出了分手的决定，钱也分得这么清楚。"

"不是。"鲁晓威不是为了分手才把这笔钱存上的。他原来准备存起来买房子用，现在还给肖凌是对的。

肖凌说："不是，钱为什么分得这样清？"

"这笔钱，我一直就没想动。在城市里没钱是不行的。没钱你的人生价值就无法实现，就不会找到做人的尊严。你还记得袁大祥吧？"鲁晓威做了一下解释。

"他怎么了？"肖凌当然不会忘记在梅花药业集团那些短暂的日子，那段日子给她留下的记忆是深刻的。

鲁晓威看着窗外说："他还不上人家的钱，跳楼自杀了。"

肖凌惊住了，马上说："这叫罪有应得。"

鲁晓威说："胡友德也被抓起来了，都是为了钱。钱真是个万能的东西。钱能让人选择自己想要的生活，钱也能让人去干不想干的事。"

肖凌看了一下存折说："所以你就选择了大款。现在这点钱对你来说起不了多少作用，可对我就不同了。这点钱对我来说还是重要的。"

"还是先找个住处吧。"鲁晓威说。

肖凌说："当然要找住处，我不会总住在旅馆里的。我走了。"

"你去哪儿？"鲁晓威问。

肖凌说："我去哪跟你没有关系。"

鲁晓威没说话。

肖凌走了两步又转过身问："我走后你去石门镇找过肖书记吗？"

"没有。"鲁晓威回答。

肖凌接着又问："你一次也没跟他联系过？"

"没有。"鲁晓威回答。

肖凌又打量了打量鲁晓威问："你怎么不跟他联系？是对他失去了信心，还是用不着他了？"

"你不在汪海我找他有什么用。"鲁晓威说。

肖凌转身走了。鲁晓威跟在后面。鲁晓威想帮肖凌找住处，肖凌拒绝了。她现在不想看见鲁晓威，鲁晓威让她太伤心了，不见还好，一见就伤感。当初来到汪海是两个人，现在只她一个人。她要去寻找属于自己的生活。

第十五章　太阳照常升起

1

肖凌回到《家庭生活》杂志社上班时，同事不约而同地围拢过来。她没有想到同事会这么热情。高启真为肖凌准备的接风宴会在海天大酒店。肖凌给马国和徐特定打电话，让他们也来。他们说已经接到高启真的邀请了，晚上一定到。

高启真除了邀请马国和徐特定外，还邀请了他们单位的领导。两个单位的领导决定，做一次回请，在后来的两天里肖凌是在酒会中度过的。她还没有找到住处，暂时还住在旅馆里，心情不是很好。

高启真让肖凌到自己家去住。肖凌不去。高启真就让老伴到《家庭生活》杂志社来劝说肖凌。肖凌是第一次见到高启真的老伴，老人给她的印象可敬可亲。肖凌不能拒绝老人的真心关爱，就搬到高启真家去住了。

高启真家是一套三室的房子，一百多平方米，老两口住，显得有些空落落的。肖凌搬来，屋中多了人气。

肖凌虽然住下了，可心还是不安。她认为住在这里不是长久之事，更急切找住处了。她让马国和徐特定帮想办法。马国说肖凌要是不在意就搬到他家来住。他离婚后一个人住着一套二室的房子，肖凌搬来可以一人住一个房间。肖凌拒绝了，她说那样会引起别人说闲话的。马国说在西藏不就这么住的吗？在西藏时因为条件有限，他们三个人住在一个套二的房子里。肖凌说在西藏是西藏，现在不是在西藏，而是在汪海，汪海与西藏是不同的，区别非常大。马国说要不你来我家住，我去广播电台的办公室住。肖凌觉着还是不妥。

徐特定帮肖凌找了个套一的房子，房租每月一千二。虽然肖凌认为有点贵，但她现在能承受得了，就租下了。

肖凌白天在忙碌中度过。晚上她总失眠，翻来覆去睡不着。她考虑今后的生活和工作。她思念远在东北的母亲，她放不下同在这座城市的鲁晓威。她想得越多，心事越重；心事越重，就越睡不着。

那天晚上肖凌正在看书，马国来找她了。马国说在西藏时就爱上了肖凌。因为那时肖凌还爱着鲁晓威就没表白，现在他正式来向肖凌求爱了。马国说要是肖凌愿意可以帮肖凌调到广播电台工作，但要在结婚后，这是单位的规定。肖凌不想依靠男人生活。她决定用自己的勤奋来选择属于自己的生活，寻找自己人生的坐标。但她没有伤害马国，她说现在不想考虑这件事。

高启真告诉肖凌《家庭生活》杂志社只能跟她签聘用合同，不能办理正式调转手续，后来他也多次找过上级主管领导，上级主管部门还是不给办。这件事超出了他的能力范围，办起来非常不容易。

肖凌感谢高启真的努力。她在遗憾的同时，也得到了安慰。高启真给了她去西藏的机会，使她在创作上有了生活积累，在汪海市文化界扬了名，更重要的是她打下了经济基础。她有了积蓄，在短时间内不会为生活问题发愁。

肖凌对合同记者不感兴趣，这让她没有安全感。她漂泊了这么久，不想继续漂泊了。她想得到稳定的工作，平静的生活环境。她决定去黄东区找肖天明，看肖天明是不是有办法解决。

肖凌想去找肖天明，又下不了决心。她想自己一个人去不好，最好和鲁晓威一起去。她不能让肖天明知道她跟鲁晓威分手的事，她决定给肖天明打个电话，看一看肖天明的态度。

肖天明一到办公室，就接到肖凌打来的电话。他好久没跟肖凌和鲁晓威联系了，但一直记着他们，关注他们。他从报纸上看过他们写的文章，也从报上看到肖凌去西藏的消息，他很意外，有些激动地说："我看到你们写的文章了，很不错，为你高兴，祝贺你们取得了好成绩。"

"肖书记，你在百忙中还关注我们，我们非常感谢。你对我们的关心，帮助，我们是不会忘的。"肖凌认为肖天明的态度还是很好的，没有变化。

肖天明没把他们的工作落实好，心里有着愧疚。他说："你们工作得还好吧？"

"工作上的事你还要费心。如果你不帮助肯定不行，别人是不会帮忙的。找个好的工作不容易，没人使劲不行。"肖凌心情急迫起来，语气也不平稳了。

肖天明说："你们现在的工作不是很好吗？"

"眼前还可以，但不稳定。我们领导说不能正式调进来。我不想干临时工。"肖凌说明了情况。

肖天明说："现在是市场经济，都是合同制，在哪都一样。国家工作人员也开始全员聘用制了，这只是个开始。今后往这方面发展是趋势。你们还年轻，要适应时代发展呀！"

"我想回黄东区工作。"肖凌说。

肖天明说："黄东区是新区，各方面都不如市里。你们要想好了，千万别回来了，再后悔。"

"我不后悔，只要是收入稳定的工作就行。"肖凌听肖天明话中没有拒绝的意思就放心了。虽然她这么表态，但她清楚肖天明不会介绍太差的工作。

肖天明沉默了。

肖凌接着说："肖书记，又给你增添麻烦了。我们到市里条件不成熟，如果在市里可以，我们是不会回来的，回来还是比较实际的。"

"你们要是真的想回黄东区，我给你们提供一个信息。黄东区今年为争创省先进文明市区，区委区政府加大了文化方面的工作力度。区广播电视局、宣传部、文化局三个部门公开向全区招聘工作人员。只要户口在黄东区，有这方面的工作经验和成绩就可参加应聘。你们的户口不是在黄东区吗？你们在文化方面也有一定的成绩，够条件，可以去试一试。"

"肖书记，你还要帮忙。你要是不帮忙，成功的可能性是非常小的。虽然是公开招聘，但不一定就公正。我们在这里不认识别人，就靠你帮忙了。"肖凌听到这个消息心里很高兴，觉着有希望。她想肖天明告诉她，就有告诉她的想法和打算，不然他不会对她说这些。肖天明跟她说话从来都是有一说一，有二说二。

肖天明认为肖凌的担心是有道理的。过去他向有关部门推荐过肖凌和鲁晓威，但都没被重视。他说："你们先去应聘，我随后再向他们介绍一下你们的情况。我的介绍是次要的，主要还是靠你们自己的努力。你们自己要是不行，谁都帮不上你们。这次是你们回黄东区的好机会，别错过了。"

"肖书记，我们会回报的。"肖凌听肖天明同意帮忙了，心里就有了数。

肖天明说："不用你们回报。你们多出成绩，就是对我的回报。"

"肖书记，我们去找谁呢？"肖凌问。

肖天明说："你想去应聘哪个部门？"

"文化局吧，应聘这个把握能大一些。"肖凌脱口而出。

肖天明也是这么认为。他说："去文化局比较适合你们，也能发挥你们的专长。你们去找李局长，我再向他介绍一下你们的情况。就这样吧，我还要到区里去开个常委会。再见。"

"再见。"肖凌说着放下了电话。

肖凌认为这是个好机会，马上想到了鲁晓威。但她不知道鲁晓威会不会去，就给鲁晓威打电话。她听接电话的是个女的，一句话没说就把电话挂断了。

2

瑞芳知道一场情感风波来到了。她想避免，可能避免得了吗？她不清楚。她对鲁晓威说："你是怎么想的？"

　　鲁晓威看着窗外，心里很乱，没有回答。屋外的空气是流动的，而屋中的空气似乎已经凝固了。他在两个女人之间必需选其一，做出痛苦的抉择。

　　瑞芳相信鲁晓威是爱她的。她理解鲁晓威，如果想让鲁晓威实心实意爱她，还需要有个过程。她知道鲁晓威还牵挂着肖凌。她认为肖凌不容易，想伸出援助之手，帮助肖凌改变生活处境。肖凌生活得好了，鲁晓威就少了一份牵挂。她说："肖凌住在哪儿？"

　　"住在旅馆。"鲁晓威回过头看着瑞芳。

　　瑞芳低下了头，思索了一下，然后抬起头看着鲁晓威深情地说："我想给她一笔钱。"

　　"她不会要。"鲁晓威把脸又转向窗户，目光是迷惘的。

　　瑞芳说："她也不容易，我没有那么自私。只要我能做到的，我可以全力帮助她。"

　　"你觉得愧疚吗？"鲁晓威说。

　　瑞芳不同意鲁晓威这句话的观点。她问心无愧。她认为她跟鲁晓威的感情是顺理成章、水到渠成的事。她说："我不欠她的。爱情是自然而然的事情，谁也强迫不了谁，强迫来的爱情不叫爱情。我见你第一面就爱上了你。而王文广追求了我好几年，也没能让我产生对他的爱。我对你的爱，你对我的爱都与她没有关系。我只是认为她在汪海不容易罢了。"

　　"我娶你们两个算了。"鲁晓威跟瑞芳开了个玩笑。他开的玩笑并不轻松。

　　瑞芳毫不在乎地说："只要你有这个本事就行。"

　　"开个玩笑，那是不行的。"鲁晓威走到瑞芳跟前抱住她，把脸贴在瑞芳的耳根上，抱着瑞芳来回轻轻摇动。

　　瑞芳像似陶醉了，柔情地说："她真的住在旅馆里吗？"

　　"她刚从西藏回来，还没找到住处。"鲁晓威说到这儿心情又不好起来，放开搂着瑞芳的手。

　　瑞芳问："我们能帮她什么？"

"她好强，不会接受我们的帮助。"鲁晓威了解肖凌的脾气。

瑞芳问："到哪里能找到她？"

"你真想找她？"鲁晓威认为瑞芳只不过是说一说罢了。

瑞芳说："当然是真的。我没有开玩笑。"

"到《家庭生活》杂志社肯定能找到她。"鲁晓威说。

瑞芳是认真的。她要做得大度，这样会显得光明磊落。鲁晓威不想陪瑞芳去找肖凌，但瑞芳非让他跟着去。瑞芳说不去不行，去了可以不下车，坐在车里等她。鲁晓威就跟着去了。瑞芳把车开到《家庭生活》杂志社办公楼下，给肖凌打了电话。

肖凌生硬地说："瑞经理，找我什么事？"

"我想跟你谈谈。"瑞芳说。

肖凌说："有这个必要吗？"

"有。"瑞芳回答。

肖凌说："我没有心情。"

"你下来吧。"瑞芳说。

肖凌问："你在哪？"

"在你的办公楼下。"瑞芳回答。

肖凌勉强地说："好吧。"

瑞芳扭头看了一眼鲁晓威，从车里走出来。

鲁晓威不知道两个女人会谈些什么。他看着车外，有点担心，有点紧张。

3

肖凌放下电话，从楼上的窗口往下看，看到了在楼下徘徊的瑞芳，就匆匆下楼了。瑞芳迎着肖凌走过去，肖凌嘲讽地说："大经理想与我谈什么？"

瑞芳不想把气氛弄得过于紧张，缓缓地说："我在报上读到过你写的文章，敬佩你的才华，也喜欢你的文章，更喜欢你这个人。"

"你喜欢我？"肖凌有些不解。

瑞芳说："你能有勇气去西藏，就是个不简单的女人。"

"你找我不只是为谈这个吧？"肖凌根本没有心情。

瑞芳停了一下说："你从西藏刚回来，在汪海又没有亲人，生活上一定有困难。你看我能为你做什么？"

"我现在很好，我有能力解决生活中的困难。"肖凌显得很洒脱。

瑞芳说："听晓威说你还没找到住处是吗？"

"汪海这么大，不可能容不下我一个人。我这人最大的优点就是适应能力强。"肖凌不愿意让别人同情和怜悯。尤其是瑞芳，一个抢走了她丈夫的女人。

瑞芳说："感情上的事谁都说不准，请你理解。你是位有成绩的作家、记者，对这种事应该是明白的。"

"我不是作家，也不是记者。我只是一个普普通通的女人。我理解不了，我理解不了别的女人当第三者，破坏我的生活，伤害我的感情。"肖凌生气了。

瑞芳说："生气是不解决问题的。我们应该好好地谈一谈，或许我们能成为朋友。"

"我也这样想，要不是这么想，我就不会来见你。但对我来说不是件小事，这是个天崩地裂的大事。"肖凌理智下来。

瑞芳说："如果你有事需要我帮助，你可以随时找我。"

"我还真有事要找你。"肖凌说。

瑞芳愣了一下说："你说。"

"我想让鲁晓威跟我去一趟黄东区，你看行不行？"肖凌说。

瑞芳说："这事你可以跟他直接说。"

"你不会有别的想法吧？"肖凌说。

瑞芳说："我的心没那么小。他要想跟你和好如初，我也不会计较。一个人的感情，另一个人是看不住的，主要是看他自己。"

"那你让他来找我。"肖凌说。

瑞芳说："我把你的话转告他，能不能来是他的事。他的事你找他，我的事你可找我，我们应该把事情分明白。"

"需要的话，我会找你。办公室里还有事，我上去了。"肖凌走向办公楼。

瑞芳看着肖凌远去的背影，若有所思，感觉到了肖凌身上有着不同寻常的气质与魄力。她喜欢肖凌直爽的性格，她在肖凌面前显得不自信。

鲁晓威坐在车里，离得比较远，听不见瑞芳与肖凌的交谈。两个女人他都爱，两个女人也都爱他，他的心情很复杂。

瑞芳回到车上，把肖凌的话转告找鲁晓威。

鲁晓威不知道肖凌去黄东区干什么。晚上下班的时候，他来找肖凌了。肖凌的神情非常自然，反而不自然的是鲁晓威。肖凌把黄东区电视台、宣传部、文化局公开招考工作人员的消息说了。她想让鲁晓威跟她一起去黄东区应聘。鲁晓威认为肖凌考虑得比较周全，答应跟肖凌一起去黄东区应聘。

他们约定第二天早晨去黄东区文化局应聘文化创作员。

鲁晓威跟瑞芳说起这件事，瑞芳认为没有必要。她是商人，只要有钱就行了。但她没有反对鲁晓威去黄东区应聘，她担心反对会引起鲁晓威的误会。她让司机送鲁晓威去，鲁晓威说还是坐公共汽车去吧。

黄东区文化局在黄东区城区中心大街右侧。这是座六层高的办公楼。李局长的办公室在三层。李局长接过肖凌和鲁晓威的材料，热情地说："肖书记把你们的情况跟我说过了，你们先把材料放在我这里，等我们看过材料后，再联系你们好不好？"

"要多长时间？"肖凌急切地问。

李局长想了一下说："最快也要一个星期吧。"

"李局长，你要多帮忙。你要是不帮忙就没有希望了。"肖凌说。

李局长笑着说："只要我能帮上一定帮。你们材料如果过关，就不会有大问题。"

"李局长，您多关照吧。"肖凌说。

鲁晓威和肖凌从黄东区文化局出来，没有回市里，而是到石门镇去看肖天明了。他们没看到肖天明，但遇上了周秘书。周秘书已经不在党委办公室工作，而到宣传科当科长了。他把肖凌和鲁晓威领到宣传科。肖凌开玩笑说："你当上科长也不说一声，让我们为你祝贺一下。"

"怎么找你们呀！你不是去西藏了吗？我真佩服你的勇气。我就不行。"周科长给他们倒了水。

肖凌说："没逼到份上，逼到份上就行了。"

"你们来找肖书记有事？"周科长问。

肖凌说："没事，顺路来看一看。"

"我正好要去九州工业园拍一组照片，你们去不去？"周科长说。

肖凌对九州工业园是感兴趣的。她是通过九州工业园知道汪海的，因而她关心工业园的发展。她问："工业园现在发展得不错吧？九州牌毛衣销量很大吧？"

"主要出口欧美。"周科长看已经到午饭时间了，改变了计划，准备吃过午饭再去工业园。他对肖凌和鲁晓威的印象一直很好。但联系不多，交流不多，这也算是个交流感情的机会。他要请肖凌和鲁晓威吃饭。

肖凌和鲁晓威也没推辞，跟着周科长来到了酒店。肖凌和鲁晓威认为周科长是书记提拔起来的人，说话也不外。肖凌拿起手机，拨通了肖天明办公室的电话，肖天明接了电话。肖凌高兴地说："肖书记，你回来了。"

"肖凌，你在哪里？"肖天明说。

肖凌说："我们在石门镇呢。"

"和谁在一起？"肖天明问。

肖凌看了一眼周科长不知道该不该说。周科长示意让她说。肖凌说："我们和周科长在一起。"

"你们在吃饭？别忘了带我一份。我这就过去。"肖天明放下电话。

周科长没想到肖天明能来陪他们吃饭，他赶紧让服务员多上了几个菜。他对肖凌说："你们的面子可真大，肖书记能来陪你们。肖书记一般情况下是不陪客人吃饭的，你们也算是贵宾待遇了。"

"他能找到这吗？我可没告诉他在哪个饭店。"肖凌担心肖天明找不到地方。

周科长笑了说："你认为这是在汪海市里呢？这是在石门镇。镇政府规定，就这个饭店招待客人，别的饭店不给报销。肖书记怎么会找不到呢。"

"周科长，你不愧是在政府里工作的人，反映就是敏锐。我可要好好地跟你学。"肖凌赞赏着。

肖天明没有坐车，从镇政府走着来的。他说："我在区里开完会回来处理点事，没想到赶上你们的饭局了，有福气啊！"

"肖书记，这么久没跟你在一起吃饭，今天真是不错的日子。"肖凌看肖天明心情很好，说起话来没了拘束。

肖天明一语双关地说："机会总是有的。什么事不能操持过急，机会不到，急也没用，这不机会就来了。你们坐，我是来吃饭的，又不是来检阅的。"

鲁晓威和肖凌来到汪海，肖天明给他们不少帮助。他们心存感激。

肖天明对周科长说："周科长，他们二位可是你的同行呀！你们要好好地合作，要好好地相处。你们都是舞文弄墨的文化人，在一起应该是有共同的话题吧？你们多交流。"

"肖老师、鲁老师，发稿还要靠你们帮忙。为了这个，你们也得多喝几杯。"周科长把酒杯倒满酒，拿出了官场上的气势。不过，他做的要比平时文雅得多。

鲁晓威说："周科长太外道了，你看这里还有外人吗？"

肖天明举起酒杯说："为你们取得如此好的成绩干杯。希望你们继续努力，更上一层楼。"

大家都举起了酒杯。

饭吃到一半时，肖天明的手机响了，被一个电话叫走了。

吃过饭，周科长陪着肖凌和鲁晓威到了九州工业园，工业园已经形成规模了，这里是黄东区效益最好的工业园。在汪海市也数得上，去年经济发展迅猛，还得到了省里的表彰。省长来黄东区检查工作时，对九州工业园的发展做了肯定。

周科长说肖天明近日就要调到黄东区当主管工业的副区长了。

肖凌和鲁晓威得到这个消息心里高兴。肖天明当副区长对他们当然是有利的，对他们到文化局应聘更是有帮助的。

鲁晓威没把这次应聘放在心上。现在他不是特别看重这份工作，他在帮瑞芳经营公司。只要他跟瑞芳在一起，就不可能来这里上班。他应聘上了，也不会来，也要办停薪留职手续，只是把工作关系落实一下。

肖凌把这次应聘看得很重要。她对干记者东奔西走的日子厌烦了，更何况还不能正式调入《家庭生活》杂志社呢。她盼着李局长的好消息。

李局长的电话是在半个月后打来的，当时肖凌对这件事都有点失望了，因为让她失望的事太多了。当李局长通知她和鲁晓威到黄东区文化局报到时，她不知所措。

肖凌跟李局长通过电话，就给鲁晓威打电话，鲁晓威不想去报到。他要陪瑞芳到医院给胎儿做定期检查。她生气地说："检查，一个人还不能去吗？要不找一个人陪着去也行，事情都办成了，你又不去了，让李局长怎么看？在肖书记面前怎么说？"

"我没时间，有时间一定会去的。"鲁晓威说。

肖凌说："鲁晓威，我告诉你，你别聪明一世，糊涂一时，这次无论如何你都得去。你以后干不干是另外一回事，我管不着，也不想管。但明天你非去不可，这不只是影响你，还影响我。"

"我去行了吧！"鲁晓威说。

鲁晓威跟肖凌通电话时，瑞芳就坐在他身边。瑞芳心里不痛快。因为她爱的男人不完全属于她。鲁晓威看她不高兴就说："你怎么了？"

"我好好的。"瑞芳装成没事的样子。

鲁晓威问："生气了？"

"没有。"瑞芳强做笑容。

鲁晓威说："我跟她把这些事处理完，就办离婚手续，到时她的一切都跟我没关系了，你也就不用担心了。"

"你真能把她完全忘掉吗？"瑞芳问。

鲁晓威说："能。"

"能？"瑞芳重复了一句。

鲁晓威说："你不信？"

"我信。"瑞芳说。

鲁晓威说："眼下你只要照顾好自己就行，咱们的孩子是我们的全部。你明天去检查时注意点安全，要么改天我陪你去也行。"

"你喜欢这个孩子吗？"瑞芳问。

鲁晓威说："当然了。"

4

黎明前下起了雨。汪海市入秋后总是淫雨霏霏，这种天气总会给人带来烦恼与不必要的麻烦。鲁晓威劝瑞芳别去医院做检查了，换个晴朗的好天气再去做检查。瑞芳没有说话，在想着心事。鲁晓威知道瑞芳不想让他去黄东区，他去黄东区引起瑞芳的忧虑。他想安慰瑞芳，开导瑞芳，可是时间来不及了，肖凌在等他，他匆忙地走了。

肖凌在车站焦急地等了好一会儿，鲁晓威才气喘吁吁地赶来。阴雨天，路上积水多，视线不好，公交车开得缓慢。在十字路口，车辆行驶多的地段，交通警察穿着雨衣在雨中疏导着来往的车辆。他们赶到黄东区文化局的时候，比原定的时间晚了一个小时。

李局长非常着急。他们一到，李局长就领着他们上了一辆小轿车，急速赶往区政府。李局长说主管文化的区委副书记要与他们谈话，他们是黄东区政府招聘的第一批文化工作人员，区领导非常重视。

肖凌想到两年前初来汪海的情景，那场景深深地刻在了她心里。时间的飞逝并不能让她忘掉过去的辛酸岁月，往事历历在目。她说："李局长，谢谢。"

"别谢我。应该说你们遇到了好的机会，要是没有好机会，我想帮也帮不上。当然你们也要感谢肖天明，要是没有他的推荐，我也不会知道你们。"李局长说得坦然。

黄东区主管文化工作的区委副书记与他们见了面。这是黄东区政府第一次向社会公开招聘文化方面工作人员，区电视台的记者对他们进行了采访。

鲁晓威和肖凌在参加完活动后，看天还在下雨，就急着返回市里。肖凌问鲁晓威去不去黄东区文化局工作？鲁晓威没有回答。肖凌肯定要去的。

鲁晓威回到家中，发现瑞芳脸色很不好，像是生了一场大病。瑞芳躺在床上，看了一眼鲁晓威，没说话。鲁晓威问："你怎么了？"

瑞芳流出了伤感的眼泪。泪珠从她脸上滚落下来。

鲁晓威说："你说话呀？"

瑞芳仍然哭泣着。

鲁晓威问："你去医院了吗？"

"我流产了。"瑞芳号啕大哭起来。

鲁晓威重复说："流产了？"

"下楼时我摔倒了。"瑞芳在医院做检查时，脑子里总是浮现着鲁晓威跟肖凌在一起的影子，精力不集中。她从医院出来的时候，从三楼的楼梯摔倒了。

鲁晓威一时无法接受瑞芳流产的事，他们的爱情结晶这么快就没了？他恍惚着，又想到了肖凌。他还没有跟肖凌离婚，但肖凌不会跟他和好如初的。感情上的裂痕是无法破镜重圆的。他在屋子里待不住，就走出来了，走向外面，走向雨中。

外面的天色更暗了，雨下得正急，街上的车辆和行人仍然是来往奔忙。他没有打伞，也没穿雨衣，浑身上下都被雨水淋透了。他在雨中没有目的地走着。在汪海这座城市里他仍有着一个初来者的感觉。他没有找到自己想要的生活。突然一辆出租车停在了他的身边，他转过头，透过车窗看到坐在车里面的何英了。

何英打开车门，让鲁晓威上车。鲁晓威迟疑了。他不知道自己在这个大雨滂沱的时候，上车对，还是不上车对？何英下车把他拉上车。何英让司机往她家开。何英说："晓威，你怎么了？雨淋湿了会生病的。"

鲁晓威没说话。他身上的衣服湿透了，湿衣服粘在身上难受。他尽可能让自己冷静。他跟着何英来到她家。

何英找出一套西装让鲁晓威换上。鲁晓威到里间换上了衣服。何英看着换了衣服的鲁晓威说："你穿上这套衣服真帅气，这套衣服就好像是给你买的。"

"这是你老公的衣服，我穿不好吧。"鲁晓威不想成为何英的情人。他不想长时间跟何英单独待在一起。他们单独在一起，容易产生那种情人似的感觉。那是歧途，他不能再步入歧途。外面雨下得大，还没有停下来的意思。这是场大雨，天还阴沉沉的，云还没有散开，雨一时停不下来，他还无法离开。他坐在沙发上看着屋里的布局，想得到精神上的放松。

何英打开了DVD，放着台湾歌星费翔唱的《冬天里的一把火》。她倒了两杯红葡萄酒，递给鲁晓威一杯，自己端了一杯。她说："你有点冷吧？喝杯酒就不冷了。"

"你经常喝酒吗？"鲁晓威接过酒杯，看了一眼杯中的酒，又看着何英。

何英在鲁晓威的旁边坐下，轻轻地喝了一小口酒，像在品尝着酒的滋味，也像是在品尝着生活。她确实是在寻找一种感觉，然后说："我刚养成这个习惯，但感觉不错。我才明白西方人为什么总喝酒的心情和感受。"

"你走在了时代的前沿。"鲁晓威说。

何英说："你也可以试一试。"

"我不行。"鲁晓威一摇头。

何英问："你是指哪方面？"

"我现在还没有选择生活的权力和条件，我只是对付活着。"鲁晓威说。

何英问："你为什么在雨中行走？是为了寻找感觉？还是为了体验淋雨的感受？或者是在感情上遭受打击了？"

"你在嘲笑我？"鲁晓威说。

何英说："肖凌回来后，你跟她在一起，还是跟瑞芳在一起？你在两个女人中间生活总不是办法，要有一个选择才行。你要是不选择她们，她们就该选择你了。"

"你说得对，我也这么想。可我又想不清楚。"鲁晓威听何英说这话，知道何英不会向他提出别的要求了。他就不再担心了，他认为跟何英做个普通朋友还是很好的。

何英把酒杯里的酒喝完了，又倒了一杯。她刚要坐下时，听到门铃响了，把酒杯往桌子上一放，就去开门。

门开了，陈智进来了。他没有跟何英说话，他走到屋里，走到鲁晓威面前问："你是谁？"

"我是何英的朋友。"鲁晓威站起来。他预感到眼前这个男人可能就是何英的丈夫陈智。他表现出友好的姿态，也做出放松样子。但他放松不起来。因为站在他面前的这个男人表情过于冷漠了，冷漠得像冬天里的寒气。这股寒气直逼鲁晓威，让鲁晓威浑身发冷。

何英没想到陈智会来，他好久没来她这里了。好多天了，她就是一个人在这屋子里独守寂寞与孤独。她的心是空荡的，她的情感是苦涩的，她已经习惯了。她说："你来干什么？"

"我来不行吗？我来你不高兴？我来打扰你们了？你可别忘了，这也是我的家。我也是这个房子的主人，你是我老婆，我的老婆，你懂吧？你不欢迎我也许是有道理的，但是你不让我来就没道理。你不欢迎我，你欢迎他，他是你的什么人？"陈智咄咄逼人。

何英说："你管不着。"

"你说得不对。我可以让警察来抓他，告你们通奸。"陈智冷笑着。

何英说："别说得那么难听，你不是同意离婚了吗？"

"这是两回事。现在我们还没有离婚，从法律上说你还是我老婆。世界上任何一个男人都不会允许自己的女人干这种事的。"陈智说。

"何英，我走了。"鲁晓威不想搅和在何英与陈智的家庭琐事中，他想离开。

何英说："晓威，你不用走。我们没做什么，就不怕别人说三道四。外面下着雨，你去哪里？怎么走？"

"我得走。"鲁晓威坚持着。

陈智用鄙视的目光看了一眼鲁晓威说："你就是鲁晓威，认识你真是三生有幸。何英总说起你，你都快成为她心中的偶像了。你这个小东北，真是不简单。你待在这里很不好，你不应该来这里。你身上的衣服是我的，你最好脱了再走！我想看一看你与别人有什么不同。"

"无耻。"何英咬着牙。

鲁晓威不能脱下身上的衣服，他脱下衣服成了什么了。他说："我走了。"

"你不能走。"陈智说。

何英说："晓威，你不要走。我跟他是要说清楚的，早晚是要了断的，这是我的选择，跟你没关系。你待在这里，看他敢把你怎么样！他不报警，我也要报警。"

"何英，麻烦你给我找一把雨伞吧？"鲁晓威还是要走。

何英说："我这里没雨伞，也没有雨衣。我从来都不用，也从来没买过。"

"算了，我出去坐出租车好了。衣服改天我给你送过来。"鲁晓威拎起湿衣服，离开了何英家。

鲁晓威下了楼，外面的雨还是下得那么大。街上的路灯已经全都亮了，雨夜里街上的出租车不是很多。他站在楼道口等了好一会，才等到一辆经过的出租车。他向出租汽车招了一下手，车来个急转弯，开过来，他上了车。司机问他去哪里，他说：前面。

司机开着车在大街上行驶了好长时间，也没见鲁晓威有下车的意思，就说："先生，你就想在大街上转下去吗？"

鲁晓威不想回住处。他现在跟瑞芳待在一起会感到不舒服。除了那间屋子，他没有别的去处了。他在汪海生活了这么多年，居然一个朋友也没交上，有些伤感。可他坐着出租车在大街上转，也不是办法，还得回住处。

瑞芳不在屋中，早就离开了。屋里静静的，外面的雨声传来，像一首凄凉的歌谣。他躺在床上想着心事。

5

雨连续下了两天，到第三天早晨才渐渐停了。太阳出来了，天空格外晴朗。鲁晓威一个人在小屋里躺了两天，情绪低落，想出去走一走，放松一下心情。他刚起来，还没穿好衣服，肖凌就来了。

肖凌问他去不去黄东区文化局上班了，如果去，就赶紧到单位上班去。那天报道过后他一直没跟领导联系，领导挺生气的，如果再不去上班，就按自动放弃处理了。

鲁晓威认为去黄东区文化局上班是对的，要把工作关系落实一下。这也是他理想中的工作，他就跟肖凌去上班了。

肖凌已经上班了，局里的人都认识她。文化局创作室的同事还在酒店为她接了风，她对工作环境比鲁晓威熟悉，她给鲁晓威做了引荐。她从市里搬到了黄东区文化局的一间办公室里住了。她对这个工作很满足，也安心。虽然她跟鲁晓威在同一个创作室里，办公桌也是桌对桌。但她对鲁晓威失去了原来的感情。

鲁晓威虽然上班了，却没有热情。他觉着这份工作单调、乏味。他们没有明确的工作任务，自己做自己的事，也可请创作假不来单位上班。他刚来上班，没有请创作假。他还住在市里，每天坐公共汽车去单位上班。他没有心情写作，现在他看重的不是写作，而是感情。他跟肖凌在同一间办公室里，肖凌的一举一动都在他眼中。肖凌影响着他，他心情格外复杂。

肖凌恢复了心态，很快就投入到一部中篇小说的创作中。她对生活充满了信心和热忱。她跟同事很快就打成了一片，深得大家的喜欢。

她对鲁晓威有点冷漠，找不到可接触的感觉。她的脑海里总浮现跟鲁晓威离婚的念头。她想跟鲁晓威再这样下去是没有意义的，不会有好的结果，只会产生负面影响。

那天马国从市里来黄东区专门看她，她的心情好于往日。她陪马国到一家非常有特色的韩式餐馆吃了饭。马国跟她在一起时，两个人能找到共同的话题，总有说不完的话。马国再次向她表明了爱意。

肖凌让马国再好好地想一想，再认认真真地考虑考虑这件事。她自己也会好好地想一想，会认真对待这件事。他们都是第二次选择婚姻了。第二次婚姻与第一次是不同的，第二次应该是成熟的，应该更加慎重；第二次婚姻比第一次脆弱得多；第二次是没有失误理由和退路的。

她认为马国是个可爱的男人，也值得她爱，但她不能立刻做出决定。她没回答马国，她想让事情随着时间自然发展下去，她要用时间来验证这份感情。时间是抚平伤痛的良药，能让人得到安慰。她想他们要是有缘分，肯定会有结果的，要是没有缘分，也就少了不必要的麻烦和烦恼。她再也经不起挫折了。

她跟鲁晓威的事还没有个结果。她不想跟鲁晓威这样拖下去了，拖下去对他们谁都没有好处，到了该了断的时候了。她送走马国，看鲁晓威一个人在办公室便说："晓威，你认为咱们的婚姻关系维持下去还有意义吗？"

"我也在想这件事。你看怎么办？"鲁晓威一直在考虑这事，他是有心理准备的。

肖凌说："咱们分手吧？"

"我尊重你的选择。"鲁晓威说。

肖凌有点难过，这毕竟是一段感情的结束。

鲁晓威与肖凌办理了离婚手续。他办完离婚手续，请了半个月的创作假，回市里了。他放不下瑞芳，瑞芳怀过他的孩子。他好多天没见到瑞芳了，他相信瑞芳还会爱他。这种感情上的相信是不需要理由的，只是凭着感觉就足够了。他要给瑞芳一个惊喜。他努力调解自己的情绪，让自己振作起来，焕发青春的朝气。

第十六章　阳光总在风雨后

瑞芳想到过鲁晓威会因为她流产生气。孩子是他们爱情的结晶，她在无意中犯下了一个天大的错误，犯下了不可饶恕的错误。她对鲁晓威还是一往情深。这些天来她一直在等鲁晓威的出现，可她又怕鲁晓威出现。她不知道鲁晓威会带来什么样的结果。她在电话中有气无力地对苗苗说："饭就不吃了，正好你也可以少破费一次。"

"今天你不但要来，还得精神点。今天是我朋友的生日，他非要见你。你可不要跟我摆老板的架子，你要是不给我面子，我就跟你绝交了，这辈子再也不理你了。"苗苗说得认真。

瑞芳想了一下说："苗苗，你这个朋友是干什么的？我不认识他，他过生日叫我是不是在难为人？"

"他就是想难为你，你快过来吧。"苗苗说。

瑞芳说："现在？"

"你走不开吗？好，我给你准备的时间。你好好准备准备吧，你晚上六点来找我。"苗苗完全是用命令的口气。

瑞芳觉着苗苗找她有点怪怪的，她猜测不出来苗苗这么做的目的与用意。晚上她如约来到苗苗指定的大酒店时，苗苗和鲁晓威已经等在那里了。

苗苗说："瑞芳，你来后悔吗？"

"苗苗，你不像是个新闻记者，而是像个侦探。我算是服你了。"瑞芳立刻明白今天苗苗让她来的意思。

苗苗对鲁晓威说："晓威，你今天请我们吃什么？"

"你说吧。"鲁晓威豪爽地说。

苗苗把目光投向瑞芳，笑着说："瑞芳，今天可要好好地宰晓威一刀，不让他血流成河决不罢休。"

"苗苗，你可真够狠的。你是屠夫啊！你真想把我放倒才算了事吗？"鲁晓威开着玩笑。

苗苗说："你们两个人怎么会从一个鼻孔出气呢，瑞芳说我是侦探，晓威说我是屠夫，你们可真是夫唱妻随呀！你们也不是请我来吃饭的呀！我不能给你们当灯泡用了，你们不欢迎我，我走了。"

"苗苗。"瑞芳喊。

苗苗说："我的任务到此结束。我不打扰你们的好事了，祝你们美梦成真。"

"苗苗，下次我一定请你。"鲁晓威对苗苗一笑，表示感谢。

瑞芳看着鲁晓威，鲁晓威也看着瑞芳，两个人会心地笑了。他们从心里彼此接受了对方，这次的约会是他们渴望多日的心愿。他们实现了这个心愿，也就选择了一种生活，寻找到了那种感觉。

他们坐在那里会说些什么呢？或许什么也不会说，只是静静地坐着，默默地注视着对方。这是一种独特的感知，这是一种心灵的寻觅，这是一种无与伦比的幸福和美妙感觉，生活还要继续。